西藏的孩子

鹰萨·罗布次仁◎著

北京出版集团公司
北京十月文艺出版社

图书在版编目（CIP）数据

西藏的孩子/鹰萨·罗布次仁著.—北京：北京
十月文艺出版社，2011.1
ISBN 978-7-5302-1085-7

Ⅰ.①西… Ⅱ.①鹰… Ⅲ.①纪实文学—中国—当代
Ⅳ.①I25

中国版本图书馆 CIP 数据核字(2010)第 263381 号

北京市优秀长篇小说创作出版资金资助作品

西藏的孩子
XIZANG DE HAIZI

鹰萨·罗布次仁　著

*

北 京 出 版 集 团 公 司
北 京 十 月 文 艺 出 版 社　出版
（北京北三环中路 6 号）
邮政编码：100120

网　　址：www.bph.com.cn
新 经 典 文 化 有 限 公 司 发 行
新 华 书 店 经 销
三河市中晟雅豪印务有限公司印刷

*

700×1000 毫米　　16 开本　　20.25 印张　　286 千字
2011 年 6 月第 1 版　　2013 年 8 月第 2 次印刷
ISBN 978-7-5302-1085-7
Ⅰ·1057　定价：32.00 元
质量监督电话：010－58572393

谨以此书献给我的母校——北京西藏中学

序 马丽华

北京城东北一隅，北四环东路两侧，有几座藏式建筑很是醒目：中国藏学研究中心，包括西藏文化博物馆，还有西藏大厦、西藏中学；往南不远的小关有藏医院；和平西街有专事接待西藏干部职工的招待所，现更名为喜马拉雅饭店。这些涉藏单位联系密切，平时常走动，每逢春节藏历年必聚会、歌舞联欢。正因有了这样的小环境、小气候，数年前我从拉萨调至京城，从所做工作到打交道的人，都没感觉有多么大的反差，也因此我把这一隅戏称为"西藏飞地"。

西藏中学我只去过一回，是应邀举办一个科普讲座：青藏高原自然演化史。从古海大洋到崇山峻岭，地质旧史本与人类无关，但小听众们反应热烈，几百人不时同时发出"啊——""噢——""耶——"的惊叹和欢呼——如此壮丽的自然变迁就曾发生在他们祖辈生活的地方，不可思议又激动人心，他们感觉自豪极了，我也感觉孩子们可爱极了。此前对于这所学校的认识仅限于此，进一步的深入了解，是通过罗布次仁和他的这本书。

2009年夏天快要过去的时候，小同事达瓦次仁引见了一人，面带谦和、谦恭的经典藏式微笑，一看便知是典型的"黑头红面人"。小达瓦介绍说，这位罗布次仁是他当年北京西藏中学的校友；小罗布写了一本书，想请马老师写一段勉励的话，印在封底。

年轻人写书了，不简单。不过，即便几句话，那也得通读过才可以动笔啊！为此我很发愁，但面对小罗布满脸的恳切期待，哪里忍心拒绝，只得答应待有空了再读。书稿就这样被搁置，直到国庆长假期间打开。

殊不料这一打开，一个新奇的世界扑面而来；这一打开，可就再也放不下了。随着一个十二岁小男孩的身影从西藏偏僻山村走来，走向京城，在与故乡天差地别的环境中度过整个少年时代：先在西藏中学读了初中读高中，直到考取北京广播学院（后更名为中国传媒大学）。看他阳光的心情，想家的眼泪，看他忙于对一应新事物的接纳，当然了，还有隐约的少年心事。加上身处特定位置的观察与思考，欣喜与感伤的内容与内地的同龄孩子多有不同。总之长大成人过程中的点点滴滴，具体而微，足够生动了，辅以非母语的、带有藏式思维和表达习惯的机敏、幽默，对于阅读者来说，有想象到的，更多是想象不到的，可说是处处皆新奇有趣。两三天的时间里，我就这样沉浸在小罗布的世界里，慢慢读来，时而会心一笑，偶尔大笑、爆笑，或者热泪盈眶、百感交集，就这样贯穿了阅读始终。

百感交集，是阅读体会的概括；其中最突出的感受，是感动，是欣慰。身为读者但不同于一般读者——你想啊，当年我进藏时小罗布还没出生呢，小罗布已成青年才俊，我还在西藏工作，怎可能混同为一普通读者？正像成千上万志愿进藏的前辈、同辈和后来者那样，几代人所有的心愿和努力，无不是为建设新中国的新西藏，为藏族同胞安居乐业，为青少年受到良好教育，可以与全国人民一道，共享现代文明发展的一切成果。现在通过罗布次仁，通过这样一本书，就像一个缩影，集中、强烈、富有文采地让我们看到了朴素的愿望成真，怎能不为之动心动容？

而在付出的同时，西藏的土地和人民已经给予丰厚的回报。这一深切的感悟，正是从西藏年轻一代成长经历中引发出来的。

不过，考虑到接受北京十月文艺出版社之托为本书写序，意在导读，我提醒自己尽量客观，不要以一己之思左右他人。按照这一定位，想要介绍给读者的背景内容也就有了。

罗布次仁家乡所在的山南地区，一向被称誉为西藏文化之源，这个"源"是全方位的：有人类起源神话的源，有农耕文明曙光的源，有吐蕃发迹崛起的源，有藏传佛教开端的源，凡此等等。总之此地迄今仍为西藏农耕文化代表地区之一，藏风浓郁。罗布次仁出生在藏南大神山雅拉香波脚下，在山村读初小，在县城读高小。而雅鲁藏布江流经的曲松县本为古史之地，吐蕃王室后裔"拉加里"（直译为"百神之王"）小王朝统治千年，直到上世纪中期，作为"邦中之邦"保持了半独立姿态，自成格局。现在王宫遗址尚存，此地古风尚存。这些内容在书中略有涉及，可视为历史文化积淀，当地人对知识学问的珍视和热爱自成传统。从家庭小环境而言，世代为"拉加里王"的属民百姓，小罗布的父系一脉是手工业者的裁缝，隶属农奴阶层；母系一脉系平民的佃农，家境略好，甚至有余力在当地开办私塾。影响到上一辈，又赶上了新时代，小罗布的叔叔和舅舅都在内地读过多年的书。学成归来，一个做了检察官，一个当了医生，都是令人敬重的职业，无形中也为晚辈打开了张望外部世界的窗口。所以小罗布会以在阿妈的织布机下哭了整整一下午的表现，力争到县城读书的机会。

另一需要简介的背景，是关于内地西藏班（校）的。这一创举肇始于改革开放的年代，体现了国家对西藏的特殊政策。二十多年前我在藏北高原就听说了，那曲地区的许多孩子在天津读书。十几年前再去，就见一茬茬毕业归来的学生，已成为地区到县乡的业务骨干——"天津红光中学毕业的"，这样的介绍很豪迈，不啻于光荣标签。而彼时的内地西藏中学，早已遍布大江南北、长城内外，所有参与援藏的省份均已相继开办，共计有二十八所之多，西藏班则在各省的城市中学中分布更广。早年当西藏班还是新生事物时，家长们对这些"阿妈的宝贝们"远行求学多有不舍，顾虑重重。然而不多几年后，便踊跃起来，牵挂依旧还会牵挂，人之常情，但"唯恐不得"的心态则占了上风。"报考内地西藏中学"成为当今西藏从城镇到乡村几乎所有家长和孩子们愿望的首选。有关内地西藏中学、西藏班的消息，不时地通过媒体传递到社会，但是像罗布次仁这样从头道来的亲历者言，还是当今第一部。由此我们也对培养了成千上万个小罗布的从北京到各地的西藏班（校）肃然起敬。

处处皆新鲜感受，是相互的。少年看世界，何尝不如此。从仅有三十多户人家的小山村走向万里之外，世界精彩，多向度展开；长大成人过程中的回望和最终回归，眼光和心态已有不同；那是重新的打量和思考，有了沉甸甸的分量，很自然地涉及了发展主题。然而我们的小罗布无意于坐而论道，而是起而行之——内地求学经历已成过去时态，我们看到被新知装备起来的小罗布正在回馈社会，他找到了最佳位置，或者说是最适当的朝阳产业选中了他：他在西藏自治区文化厅新设立的文化产业处任职。现在进行时的小罗布的世界，正在添加着新内容。在分享欣慰和感动的同时，我们有理由期待小罗布续写出不同于前人的新篇章。

2010 年末于北京

目 录 | C O N T E N T S

楔　子▌

真是固执。

刚刚种下去的萝卜子从土壤小洞里发出青青的芽，无数的排列整齐的菜埂上，伸出无数的嫩芽。在刺眼的清晨阳光底下，菜埂是黄油油的，嫩芽是清亮亮的。菜地的尽头，水珠一滴接着一滴掉落下来，闪烁着绚烂色彩，发出有节奏的声音。这声音渐渐加紧，突然，"哗——"地流泻下来。

阿库拉麻清晨的梦就这样被倒进了水桶。

姐姐刚从河边回来，放下手中的背水桶，"外面真冷。"她边说着边往炉边靠近。阿妈蹲坐在炉边正做着面疙瘩，揉捏的一个个面疙瘩掉落在铜盆里，当当作响。

我暖暖地蜷缩在氆氇被里，等待着这天的第一道阳光把灰尘一片的天窗照得金黄。天窗和窗户不同，天窗是在房顶上开的脸盆大的洞，既通风又采光，还是屋子里的除烟通道。

我看到一只金色的"多吉缀巴"①飞过我家的天窗，就在刹那间，头上的天窗闪过金黄，庭院里瞬间洒下一道道折皱了的阳光。大公鸡高亢地叫了一声，那是哥哥和我起床的信号。我起得比哥哥快，哥哥总是让着我似的。清晨的高原没有暖意，但那股凉气让人精神一振。洗完脸把

---

① 多吉缀巴，指麻雀。

盆中的水大力地泼洒在庭院里，让一群受惊的鸡咯咯地叫个不停。洗净的手从酥油罐里取出小块酥油放入掌心，用嘴哈一下热气，快速地揉搓之后抹在脸上。看看双手洗得白净，好像手的骨骼框架也好看了，我满意地吹个口哨，准备吃阿妈做的疙瘩面了。

仲萨，我们的村子，藏语里是"新村"的意思，坐落在神山雅拉香波的山谷中，四季不断的小河在山脉之间由南向北流过，村子靠着山脊而落。阳光照遍了四周的雪山草原，才能光临到山谷深深的仲萨。

金黄的阳光渐渐地温暖着浸润了一夜寒风的村子，各家的青烟相互交织着缓缓地在空中飘移，犹如村庄的晨曲在舞动。出了家门口，可以远远地望见邱多江乡民办学校。学校有个像羊圈样的围墙，用形状各异的乱石垒起的矮矮的三面墙，还有一排矮矮的四间屋。左脸颊有个大黑痣的洛桑老师，教语文课；人长得很精神的次旺老师，教数学。两位老师多才多艺，在村民眼里是有文化值得尊敬的人。上课基本上就是诵读课本，我们抑扬顿挫的诵读声，好似寺庙里悦耳的诵经声，是丁点儿文字不识的父母永远的慰藉。

1986 年 6 月，县里来了几位老师，说要考试，考好了可以到县里念书。我在班里学习好，洛桑老师就让我跳班跟着哥哥他们一起参加了考试。几周后，阿妈的两个孩子的名字出现在乡政府大门上的录取榜上。

两个孩子给她添了光，可是阿妈高兴不起来。额吉①见证了新旧社会，听窗外的风声也能知道今天村子里都发生了什么事儿。岁月犹如磨房的大石头，磨碎了她的光阴；而今每天坐在太阳底下，紧闭着双眼，手捻着佛珠，口诵着六字真言，安度着她年迈的日子。阿爸在下江乡的商店工作，离仲萨一天的路程，远远地操心着一家人的生活。阿妈就拉扯着我们姐弟三人，家里家外，山上田间地支撑着这个家。阿姐上完三年级就留在家，成了阿妈最好的帮手。眼看男孩子也快要毕业了，以后

---

① 额吉，在西藏山南地区对祖母或外祖母的称呼。

放牧砍柴的事儿不用再找村民帮忙了，可没想两个男孩子却这么争气地考上县里的学校。

我出生在上世纪 70 年代末，蓝天白云，皑皑白雪，生来有糌粑吃，天天有酥油茶喝，到了上学的年龄还有嘎喀①可以念。帮着家里记记自家青稞的收成怎样、牛羊牲畜有了多少，倒是绰绰有余的了。可我不，我还要去县里上学。县里的学生，有新衣服穿，天天有米饭馒头吃，晚上盖棉被子，睡钢丝弹簧床。

"我去上学。我要去县里上学。"我在家里可一刻也不愿待下去了。

这一天，洛桑老师来到我家。我知道他是来说服阿妈，让哥哥和我都去县里念书的。我坐在厨房门槛上，轻轻地哼着歌，打量着屋里。

"仲萨已经有几年没有小孩考到县里了。"

"说的是啰。"阿妈一边说着，一边像往常招待客人一样，给老师倒上酥油茶。

"这次一下子有七个小孩考上了。"

"阿莫啰②。"阿妈靠着柱子坐在茶炉旁，两手有些不自然地在邦典③上不断地擦拭着。

老师说家里有两个孩子能考上，是件了不起的事，虽然现在家里困难一些，但以后两个孩子肯定能出人头地帮家里大忙。听得我心里美滋滋的。

阳光开始从庭院里渐渐溜走了，太阳快下山了，能依稀听见牧人归来的"吾多"的响声从山头传来。

阿妈叹了一口气，起身给老师倒上茶。几碗茶喝过，洛桑老师也不再勉强了。坐在门槛上的我却在生阿妈的气，因为阿妈只想让哥哥去。

---

① 嘎喀，藏文三十个字母的前两个字母的音译，指念书。
② 阿莫啰，象声词，表示吃惊。
③ 邦典，西藏妇女传统服装之一，由氆氇制成。

"我还要去其他学生家里看看。如果可能，你还是让他们两个都去吧，不然可惜啊！"洛桑老师喝完茶，把一点余茶泼在地上，用手擦了擦瓷碗。

老师看了快流出泪来的我一眼，摸摸我的头，便大步跨出了门槛。

"我要去！"我跟在阿妈后面大声地嚷。

"阿妈，让我也去！"我的眼泪已经流出来了。

阿妈就是不答理。她什么都不说，坐在了她的织布机上。

我拽着阿妈的袍襟央求，她还是沉默着。我只好在地上哭着打滚。可无论我怎样使劲地哭，使劲地拽她的袍襟，她就是不吭声。

庭院里的鸡"咯咯"地叫着在石板缝中啄食。小鸡跟在大鸡后面，看着小鸡那走路姿势实在好笑，突然，我的小花猫从房顶顺着墙角跳下来，鸡群顿时乱了套。大鸡轻松地躲到了高处，可是小的们就惨了，只能瞎跑乱窜。小花猫看着鸡群如此的反应却面无表情，鸡群对它的到访一贯的欢迎方式它已经习以为常了。它优雅地向我走来，用细长的舌头舔了几下我的脸，弄得我脸上痒痒的，差点笑出声来。我用手推开它，叫它别碰我，因为现在我不想跟它玩。它盯了我一眼，"喵——"地叫了一声，无趣地走开了。庭院里就只有鸡的"咯咯"叫声和织布机的"吱吱"响声了，我真的又困又饿，还很累。身下的石板地真凉……

第一章　阿妈，我要去上学▮

1

　　朦胧记得，我和阿妈离开仲萨的那天正午，一辆"东风"牌大卡车停在了村头，很多村民来送茶辞行。很快地，车子载着戴满哈达的我驶出了村庄，一股黄黄尘土扬起又落在了后面，远远地看到村子归于平静了。我依稀感觉，在远远的山上，有个黑影跟随在一群洁白的羊群后面。他，久久地注视着这一切，一直到车子消失在前方的大山中。

　　今天，我和阿妈在新生入校的队伍当中。阿爸从当地村民家里借了一头毛驴，把我的被褥和箱子绑在驴背上。下江乡的毛驴没有我们邱多江乡的毛驴好看，想念我家的"麻日"和"拖拉"① 了。在家时，每天晚饭前我们姐弟三人要去圈它们的。

　　宿舍里外挤满了穿着各异的学生和家长，操着不同的乡音。一进屋

_____

① 麻日和拖拉，是我家两头毛驴的名字。

就看见邱多江的学生和家长们。他们帮阿妈把我的行李从驴背上搬到屋里，我们几个同乡学生互相见面，自然是非常的高兴。

大人们在一旁看着我们，告诉说，以后你们要团结，这里可不是邱多江，要好好学习，不要给父母丢脸，送你们来县里，是来学文化的，不是让你们来填县完小的茅坑。旁边其他乡的家长听了也哈哈大笑起来。

"我的阿库①怎么办呢？真的太小了。"阿妈说。

"阿卓嘎，你不要担心，这孩子人小鬼大着呢！"厄麻舅舅笑着说。

"在家时自己一个人都不敢睡呢！还经常说梦话，有时还……"

"阿妈——"我急了，怕阿妈说我夜里梦游的事儿。

"哟，哟，阿妈的②，阿妈不说。"阿妈有些无可奈何。

"在家里跟父母顶嘴，现在好了，咱不用管了。"扎西爷爷说。

"您说的倒也是……"阿妈叹着气。

宿舍是一排排水泥砌成的砖房，三角形铁皮屋顶。的确和村里那些老生讲的一样，宿舍里整齐地布置着钢制的双层床，全是钢丝弹簧床。我挑了一个墙角的上铺，让阿妈把床褥递上来正准备铺床。一个脸色微黑、双颊泛红的学生过来，对着我说："你现在不能占这个床，要等班主任老师安排。"

"阿库，我家的罗布他小，你能让班主任给他安排一个好床吗？"阿妈对突然冒出来的这位学生非常客气地说。

"床位已经定好了，不能变的。"他俨然一副没得商量的语气，说完就走了。那学生个子不高，看着很壮实。

"罗布，床褥先放上面，你下来吧。"阿妈说。

"嗯！"我答应着，但不肯下来。

---

① 阿库，在家中对年幼男孩的称呼。
② 阿妈的，省略语，阿妈的宝贝的意思。

中午时分，布穷和益西两位表哥在姐索朗的陪伴下才来学校，姐索朗和大家寒暄一番。姐索朗，是我大姨的女儿，在县百货公司上班。

班主任还没有出现，其他家长已经开始给自己的孩子占床位了。那学生也管不住了，邱多江的家长们见此景，便开始给我们铺床。

一切布置妥当后，已近下午。这时候，班主任老师姗姗而来。我见过这位老师，乡里称他达瓦多杰老师，他的家在下江，在我的阿爸工作的村子里。听见班主任来了，家长们又是敬酒又是请他喝茶吃卡赛①。有位家长说请老师对孩子一定不要客气，只要不听话，要打要骂随老师的便。这句话引来了其他家长赞同的笑声。

达瓦多杰老师跟家长们打过招呼，来到我们面前。邱多江的家长们，又急忙解开刚刚打完包的青稞酒和牛肉干。

"阿佳，你也来了！"老师跟阿妈说。

"是的啰！"阿妈很恭敬地回答。

"孩子的床铺都收拾好了吗?"老师问。

"没等您的安排，我们就已经抢占完了啰！"扎西爷爷脖子往前略伸，说完还吐了一下舌头，嘴角两边微翘，乡里人见了政府的人特有的表情极其生动地在老师面前定格了几秒钟。

"没事儿，这叫先来后到吧！你们从那么远的地方来很辛苦啊！"班主任说得没错，曲松县属我们乡最远，又远又冷。流传着这样一句话：宁愿生为水草肥美的动物，也不做邱多江的人。听到班主任老师这么一说，大人们异口同声地说："还可以啰！"

"孩子太小，还请您以后多帮忙！"阿妈说。

"阿佳，放心吧！孩子都是离家到我们这儿的，学校肯定会照顾好的。"班主任很慈祥，他喝干了杯中的青稞酒，"那你们先坐会儿，我去忙别的事了。"

---

① 卡赛，藏语炸果子的意思。

"啰哟，您辛苦了！"大人们又是异口同声地说。

班主任走后，邱多江的大人们边收拾着东西，边你一句我一句地开始评论起孩子的新老师和新学校。看得出来大人们很激动，并不是所有的仲萨的家长都能到县完小来送自己的小孩上学的。厄麻舅和扎西爷爷他们要去亲戚家里了，我和阿妈也准备到姐索朗家去。

曲松，在藏语里是三条河的意思。雪山融化的小溪沿山谷而下，众多溪流汇成一条河，三条河又汇成一条大河，最后一起流入滔滔奔流的雅鲁藏布江。这里曾是吐蕃赞普松赞干布后裔"拉加里王"的王宫所在地。高高屹立在悬崖上的王宫"嘎协"颇章①下面就是我就读的县完小，按从前来讲学校就建在"罗布林卡"公园内的。老人们讲，罗布林卡里有夏宫，即"拉加里王"的卓康②。我很小的时候还有我们亲戚住在那里，离完小不远的地方有琉璃桥，这一切跟圣地拉萨的老城布局一样。

从完小这边有一条坑坑洼洼的土路通向县城里，路旁田野里的油菜花开得正金黄鲜亮，草地湿润而散发着浓浓的清香。走过一条窄窄的路、一扇木门，就到了县里唯一的一个十字路口。正赶上拉加里镇的牲口从这里浩浩荡荡地经过，牲口们吃着街两边丢弃的纸箱纸屑，在小牛仔们的追赶下弄得整条街尘土飞扬。看不完的陌生人和不知里面住着谁的房子，还有太多无法辨清的声音从四面八方传来，弄得我有些不知所措。紧紧贴着阿妈，傻傻地跟着。

"姨姨，您也真是！"姐索朗对阿妈说。

"怎么了？"阿妈不紧不慢地说。

"罗布这么小，您看那些新生里，他是最小的吧？您也忍心，还不如

①　颇章，藏语意为宫殿。
②　卓康，藏语意为"度假地方"。

让桑珠来呢!"

"别说了,阿索朗。是这孩子自己哭着嚷着要来的,大的本来要来,可后来就是不去,还说:'我去干吗?我走了家里谁去放羊,谁去放牛?'"

"阿列米①!"姐索朗笑着说。

到了姐索朗的家。屋子里有股我自认为是城里的香味儿。坐在软软的沙发上,高高的没有木梁的房顶让我感觉空荡荡的。

2

高原的冬天来得迅猛,秋风还没有吹过几天,校园里仅有的那棵老树的叶子还没有掉完就在冰冷的树梢上冻住了。上完早读回宿舍,发现清晨洒在门口的洗脸水已经结了一层厚厚的冰。应该说是曲松的冬天,还是离开家的第一个冬天呢,这冬天可真冷。

伦珠,我进校第一天不让我占床铺的那个学生,被达瓦多杰老师指定为班长。他在班里年纪最大,能歌善舞,还喜欢吹笛子。他的权力仅次于班主任和其他任课老师,自习课上,他会拿着一个小木棍,在班上走来走去,如果有人说话,他就在那个同学的桌上狠狠地敲一下。有时还会打学生,学生们也很少有不服的。在学校,老师因为学生不听话打学生的事是家常便饭。自然,伦珠也学会了这简单实用的狠招来管教同学。

我在班里是个子最小的,我的朋友普布扎西跟我讲进校第一天,他还以为我是跟着阿妈来送哥哥的,根本想不到是来上学的,可见我是多

---

① 阿列米,惊叹词,藏语意为"是这样啊"。

么小不点儿了。

　　我的个子小，也觉得自己很懦弱，可是这一天我居然跟伦珠较上了劲儿。上完早自习，大家都回到宿舍吃饭。我从床底下拉出自己的箱子准备取糌粑，不小心碰了正好手里端着茶过来的伦珠。等我反应过来时，他已经生气了，我转身下意识地坐在了箱子上，不想迎面而来的就是他的一脚踹。我又委屈又生气，抓起掉在地上的碗要去打他。他一见这情况，先愣了一下，随即起脚就跑，我口里叫着："你妈的尸体！"这算是我最顶级的骂人话了。追到宿舍门口，我就不敢追了，拿着饭碗去追人太丢人，再说要是他跟我硬来，我绝不是他的对手。我知趣地回到自己床位，有的同学见我刚才的样子开始笑起来，有的则过来问我怎么回事。眼泪已经在我眼里打转了。过了一会儿，伦珠的半个脸笑嘻嘻地出现在门框边上，可此时我根本不想理会他。我只是低声哭泣着，打开自己的箱子准备吃饭。

　　很想阿妈，很羡慕家离学校近的那些孩子。想家的时候会想起一首歌，一首离家孩子的歌：

　　　　当初离开家的时候，
　　　　脖子上挂满了哈达。
　　　　后来翻过了甘巴拉①，
　　　　眼中泪不禁流下来。
　　　　……

　　伦珠是讨人厌，可是他也有让人高兴的时候。这天跟往常一样，我们在教室里上晚自习，班主任老师把伦珠和几个男孩子叫去了。

　　"不知道什么事儿。"大家摇头晃脑地交换着意见。

———————————

　　①　甘巴拉，西藏山南境内的一座山。

我继续看自己的书。教室里开始有说有笑了，跟往常一样，只要老师和伦珠不在，都是这样子的。过了许久，伦珠急匆匆跑到教室，笑容灿烂地大声宣布："赶紧排队去领新衣服！"

等了几个月的棉服终于要发了，教室里开了锅似的热闹了起来。相继地也听到其他教室里传来开心的欢叫声。各班差不多同一时间从教室里出来，匆匆排队一路小跑，去自己班主任家里领衣服。原来，几个月前订做的棉服刚刚从泽当运到学校，在我们上晚自习时学校把各班的衣服分发给班主任了。

发下来的棉衣很像军棉服，好看，墨蓝色。领完自己的衣服，马上回到宿舍，急忙穿上，厚厚的很暖和。同学们都开始在自己的棉衣棉裤上做起标记来，有的在衣服内里写上自己的名字或是做特殊的记号，有的干脆用针线把自己的名字缝上去。虽然天已经很黑了，但都还是很高兴地去河边洗脏兮兮的红领巾，因为班长伦珠要求明天早操都要穿着棉服统一系上红领巾。都觉得这主意不错，当然新衣服虽不能配新红领巾，也要配干净点的红领巾呀。

第二天，天蒙蒙亮，我们穿着暖暖的崭新的棉衣，系着鲜红的红领巾，高兴地出操了。天色渐亮，点点炊烟在山谷中升起。院墙外面的小路上，背水的村人停下脚步，看着我们。我们把脚步声故意踏得重一些，扯着嗓子喊着口号，整齐高昂的声音回荡在山谷间。

周末，我和同乡的学生们一起迫不及待地回到下江乡，当然穿着新发下来的棉服。阿爸从商店仓库深处找出一双皮鞋，说阿爸的钱只能给你买这双鞋了。虽然有些紧，但我告诉阿爸穿得很舒服，生怕他不给我买。

3

　　我是家里的爱哭鬼，动不动就哭是我的"本事"；阿爸讨厌我这一点，而我却觉得阿爸不喜欢我。阿爸和阿妈我更喜欢阿妈，我对阿爸更多的是怕。哥哥和姐姐从小在阿爸的身边待过，而我一直跟阿妈在一块儿，也许是这个原因吧。每次我们做错什么他会非常严厉地瞪着眼睛，我最怕阿爸那样的表情，夸张而让人害怕。

　　有一年过新年，我们姐弟三人和阿爸玩扑克，阿爸给每人五毛钱作为"赌资"。不知道为何，没玩几局我就输了四毛钱，阿爸问我说："还玩不玩了？"

　　在一旁纺毛线的阿妈看着我说："罗布，别玩了，他们几个在骗你，你又不会玩。"

　　"谁骗他？"哥哥马上反驳。

　　阿妈拿起刚才哥哥手里的几张牌，跟哥哥这样那样地比画了几下："这不是骗你阿库吗？"

　　"阿妈你不会玩，就别瞎说了，是阿库他自己不会玩。"哥哥放机关枪似的跟阿妈说。

　　"你刚才那样还不是骗他？"阿妈笑着说，想要回我刚输的一毛钱。

　　"行了，继续玩！"阿爸点根烟，似乎有些不耐烦。

　　我却把最后的一毛钱也输了。看着姐姐和哥哥手里还有钱，可自己一点儿也没剩，眼泪就下来了。我低着头，怕他们看见，可还是被看见了。

　　"怎么了？"阿爸试图用手把我的头托起来，我望到他那夸张的表情，泪珠又淌下来一串。

"别哭了，不就是五毛钱嘛，阿妈明天给你！"阿妈说着把我抱了过去。

"啊滋滋，这孩子。"阿爸在我手里塞了五毛钱，带着那可怕的表情。姐姐和哥哥在旁边看着我直笑。

那是我无数次在阿爸那夸张的表情下哭鼻子的经历之一。不过，现在我跟阿爸在一起的时间比哥哥和姐姐多，每次周末我都要回下江乡。我也不那么怕他了。

阿爸的商店和乡政府隔一条路，这是去县里或者回仲萨的必经之路。阿爸在乡里朋友不多，但他的朋友都很好。阿爸有个哥们儿，叫阿香①次仁。阿香次仁以前在县公安局工作，后来才到下江乡。他人善良且风趣，对小孩子很友好，不像有些大人总是对小孩吊着一种高高在上的假威风。记得有次阿香次仁与阿爸带着我，和几个干部一块到乡政府马房后面的林卡②。我们从下午一直待到太阳落山，大人们把阿香次仁的妻子从老家带来的青稞酒喝完了后，又派人到附近的村民家里去买。晚上大家一起在阿香次仁家里吃饭，可吃饭的时候不见了阿香次仁。后来找到他时，他靠着厕所墙根发呆。他说，他的牙齿不见了。原来他在厕所里呕吐，把假牙也一块儿吐出去了，可自己一点也不知道。

醉酒吐假牙的事儿成了下江乡人人皆知的笑话。阿香次仁是公安，我经常要他的公安帽来戴着玩。他说等他退休了就把帽子送给我。后来我小学毕业那年暑假，我在阿爸的橱柜里看见了那顶帽子，虽然帽徽没了，但我第一眼就认出了它。阿爸告诉我阿香次仁在几个月前退休了，他把帽子送给了我，但说帽徽不能送，如果公安局的人看见了帽徽会抓

---

① 阿香，在下江乡当地方言里对成年男子的尊称，舅舅的意思。

② 林卡，藏语意为公园。

我的。退休以后，阿香次仁回到他妻子那里安度晚年去了，我再也没有见到过他。

很多时候我是自己看书或在院子里待着，我一个人很少出去。阿爸的商店不用全天开着门，来买东西的人都会来敲门的。没人买东西，阿爸就盖着外衣躺在客厅的床上睡觉。那时，如果有人来买东西他会显得很不耐烦，尤其一些小孩子，只是来买一块糖，此时阿爸就会带着他那张夸张的表情，一边叫着："该揍的，啊滋滋！"一边急匆匆走出屋子，不一会儿又急匆匆地回来继续睡觉。

阿爸喜欢吃糌粑，而我喜欢吃米饭。阿妈说过以后要把我送到部队去，因为我们这边的军人每顿都有米饭吃。我周末一回来，阿爸就会蒸米饭，炖牦牛肉，煮土豆或炒菜，阿爸做的饭简单但很可口。我在阿爸那里只能待一晚上，第二天下午我就要返校。阿爸有时会特意给我烙饼，阿爸烙的饼焦黄酥脆好吃，我知道如果不是为我，他自己是绝对不会烙饼的。他很懒，尤其做饭，我觉得。

学校每天三顿饭只提供黑茶，学生们要从家里带糌粑和酥油。我的老家邱多江乡是农牧区，所以箱子里的牛羊肉基本不断，其他乡的小孩就是带点饼子或什么的。为了改善我的伙食，阿爸从县干部食堂给我买了好多饭票，交给在完小读书的一位亲戚的女孩。这位阿姐是我们学校唯一的汉文班的学生，她们班里学生都是县机关干部的孩子，有藏族，也有汉族。她们的班主任是一位汉族人。她们不住在学校，下午下课后就不上晚自习回家了，是叫走读生那种。我很羡慕她们，也很羡慕她们有个汉族的班主任老师。

自从阿爸给我买了饭票，每天上午其他同学在吃饭的时候，我会在学校大门口等，阿姐买来的饭菜到了学校时已经是凉的。即便那样，我也不愿意吃箱子里因为潮湿而有点霉味的糌粑和酥油了。

就这样，有一段时期，每天早饭时间，在县完小的大门口就会出现一个饥肠辘辘的孩子在等他的早饭。阳光照射在学校大门的院墙上，温暖，也有些刺眼。远处的小路上可以看见一股股蒸气升腾，和着更远处的县机关各家的炊烟，是一幅精美的画面，画面中间那盒机关食堂的饭菜向他走来。

4

临近期末考试的时候，各科都会印发复习资料，浓浓的油墨香气，透着知识的味道。钉子、针线、剪刀、尺子，当然还有石头，便是我们装订期末复习资料的工具，同学们犹如善待经书一般仔细认真地忙碌起来。

邱多江乡有八名同学这年考上了县完小，创了我们乡历史最高纪录。布穷表哥，我们中间个子最高的，周末放假一般都回姐索朗的家里。格桑表哥，他在邱多江上学时住在他舅舅家里，但真正的家在贡卡萨乡，比起邱多江，离学校就近多了。他跟布穷都是十二岁，自从考上县完小很少回邱多江了。益西表哥，我舅欧珠的孩子，比我高比我胖。阿库其米，我们乡另外一村子的，记忆里他有流不完的鼻涕，不过哪个小孩不是这样子呢。多次达，一个极调皮的学生。扎次仁，江塘村的孩子，跟多次达差不多，也很调皮。还有一个和我同名的孩子，是厄麻舅的大孩子，有个尿床的可怜的毛病。晚上尿床那是一件非常无奈的事情，我也有过几次尿床经历，睡觉时会梦见自己到了厕所门口然后它就不由自主地流出来了。但他比我严重，因此，没念完一学期，就退学回家了，家里请高僧算卦说要送他到寺庙。这里还有个说法，但我不太懂。后来他真被送到寺庙了。

校园里变得很安静，其他就近乡的学生们放寒假当天一大早就回家了，而我们几个因为没有找到去邱多江的车子只能在学校里耐心等待。

我和益西表哥去县里找车子，路上碰见刚下班回家的姐索朗。姐索朗帮我们问到一辆县干部食堂的车子，明天要去我们那里拉羊，让我们明天一大早在县十字路口等着就行。姐索朗给我们买了几包方便面，我俩就迫不及待地飞奔回到了学校。

推开宿舍门，屋里满是烟，原来阿库其米他们正在烧水。他们找来了三块石头在门后搭个小灶，宿舍的茶壶放在灶上。烧废纸，几人跟从炭堆里出来的似的，脸是黑黑的，眼睛被熏得红红的。

"干吗呢?"我问。

"烧水做饭，兄弟。"多次达揉着眼睛说。

"正好，这里有方便面。"益西表哥拿出刚才姐索朗给的方便面。

"车，有吗?"

"有，县食堂的，明早天不亮就走。"

"噢呼——"大家从地上爬起来高兴地叫着。

"赶紧煮面!"

"用什么煮?"

"这个。"我指着茶壶。

可是我们立即又犯难了，用废纸根本烧不开水。明天到了家有暖暖的酥油茶喝了，可是今天晚上我们连个热水也没有。

最后准备去河边做饭，那里又安全又可以找些干柴干草。就这样定下以后，我们带着家什开始行动了。

天边只剩一抹暗红的彩云马上就要黑了，空荡荡的一排排宿舍，一个个紧锁的门，我心里顿觉空空的，不知道到了河边水能不能烧起来，也不知道这顿面能不能吃上。

我们边走边捡干柴，流水的声音渐渐清晰。别看阿库其米常被我们嘲弄，但到了这种时刻显然很有当家的能力。他指挥着我们搬来石头，然后又麻利地搭出一个小灶，点上火，让我们围在灶边不让风把火熄灭。几个"饿鬼"肩搭着肩紧紧凑在灶边，眼睛死死盯着小小灶台。干松的木柴渐渐着了起来，顿时映出我们幼嫩兴奋的小脸。看着火苗在壶底快乐地燃起，大家似乎看到了那沸腾的方便面。河水在我们身旁疾驰流过，天完全黑了，天边层层彩霞暗淡下去，不知远处那些住在暖和的屋子里正吃晚饭的人们，有没有看见我们这些煮一壶方便面的邱多江的孩子。

伴着流水，伴着夜晚的清风，手里的瓷碗热乎乎，身前的火堆暖烘烘的，想想明天能坐着车子回家，我心里特别高兴。

走出去再回来就有点不一样。曾经熟悉的一切依然在那里，也许黑了点，长了点，也许从这边搬到了那边，也许多了点什么，或者少了点什么，可一切还是那样的亲切。村里的人见到我们高兴地问这问那的。至少刚回来的这几天里，我们成了村子里的焦点。额吉还是跟以前一样眯着眼坐在那里数着念珠。阿妈说我瘦了，每天早晨把家里用来捣酥油的奶煮给我喝。早晨我在被窝里背汉语课文，哥哥和姐姐听了直乐，阿妈在一旁也听得很开心，说好听。

阿爸从县里买了一个汽灯，每天晚上点汽灯的活儿由哥哥负责。

我说："让我来吧！"

哥哥说："学生待一边去，这种体力活儿有我们小伙子来干。"

阿妈说："罗布让你哥来吧，那个灯泡弄不好会晃掉的。"

我第一次意识到现在家里我是唯一念书的孩子了。

5

家里确实没有办法打消我去县里上学的念头后，阿妈最担心的头等大事就是我的睡觉问题了。完小每年给学生发一套新的棉被，可是阿妈知道即便棉被我也是应付不了。在临走之前阿妈带领我们姐弟三人特意赶织了一个特殊的氆氇被子，叫

"笔巴"，就是上下口直通的，中间完全缝合的专门给小孩的毡
毡被。容易铺，也容易叠，"笔巴"的确是解决了我的问题，也
解决了阿妈的心头烦恼。

马上就到年底了，田里的活儿和牛羊的差事少了很多，但临近过年
阿妈她们还是有干不完的活儿。额吉老了，腿脚越来越不好，挂着拐杖，
另一边必须由我们搀扶才能迈步。每天早上家里人吃过饭，阿妈在庭院
布置好额吉的靠椅，做一壶酥油茶放在换好"日马"①的茶炉上，放在额
吉的座位旁边。额吉嘴里嚼着厄姆②，一边捻着佛珠，一边慈祥地盯着身
旁写寒假作业的我。

记得小时候，我就喜欢坐在额吉旁边，晒太阳喝茶，听她讲旧社会
的故事。额吉的羊毛毡帽里经常会藏有一些冰糖或者杏干，一般都是家
里来的客人或阿妈给的，她都留着分给我们小孩吃。我喜欢吃额吉放在
茶碗里的"厄姆"，硬硬的厄姆被酥油茶泡软后非常的好吃。

我写完两页纸的作业，额吉的茶也差不多可以喝了，就请额吉喝茶。
额吉喝茶很慢，接过茶碗又再倒上后我又继续埋头写作业了。

"阿库，别给额吉倒了，额吉怕上厕所。"我迅速地倒满额吉的空碗，
她才反应过来。

"没事儿，额吉。我扶你去。"我说着继续写我的作业。

"你太小了，搀不了额吉的。"额吉轻声地说。

"额吉，我现在长高了，劲也大了呢！"说着，我摸了摸额吉的干瘦
的手。我知道我可以搀扶额吉。

进入藏历 12 月底，家家户户开始准备过年了，有很多活动和仪式都

----

① 日马，山上采集来的羊的干粪，用来生火。
② 厄姆，类似干奶渣。比奶渣硬，耐嚼。

要按良辰吉日有条不紊地进行。首先，要"度恰"，是清扫烟尘的意思，要给房屋进行彻底的扫除。以往"度恰"那天，家里人要一大早起床，把里面的东西全搬到庭院里，然后阿妈和姐姐戴上头巾，把脸蒙上，换上旧衣服，拿起扫帚和刷子，把屋子的每个角落擦刷一遍。起居室被烟尘熏了一年，要清除这些累积了一年的烟尘的确不是一件轻松的事儿。阿妈和姐姐一进屋子就把门关上，过一会儿才出来透口气，此时她俩已经成了彻头彻尾的黑人了。我和哥哥负责擦拭在庭院里的桌柜器具。"度恰"的时候，一些丢失好久的东西突然能找到，还可以翻箱倒柜，能找到一些很有意思的玩意儿。等扫除完了，扫出来的垃圾按习俗要扔到一个三岔路口，以示一年的所有不干不净的东西沿着路飘到远处。不过今年我们搬到新盖的房子里，所以基本不用怎么扫除了。

过年需要准备大量的卡赛。炸卡赛要用很大的器皿，火力要很强。我们那里一般烧野石榴树干，野石榴树干烧出的火又旺又稳。炸卡赛时我们家每年还要请亲戚帮忙，因为阿爸的商店过年前要给乡里买年货，这时候也最忙，临过年前几天他才能回来。

炸完卡赛，就要做角旗。房屋一般是四方院子，在屋顶的每个角和大门顶上都有专门插角旗的地方。角旗要用专门的树干，邱多江不长这种树，每年都是阿爸从县里提前买来。我们家的年货，我们的新衣服都是阿爸采购回来的。

这期间，还要在起居室的墙上用糌粑涂抹吉祥图。"八瑞相"、"吉祥叠卡"①、"六弦琴"和"金麦穗"画在墙面上，在炉灶所在的墙上要画"圣蝎"，在水缸所在的墙上要画"雪山瀑布"。这些图画一般家里都要涂抹的，如果家里有经商的还要画"天秤"，牧民家里还要画"牧人的背袋"等等，每个吉祥图，都有它特殊的意义。我们小孩略知一二，不是很明白。等这些画都画完了，整个屋子亮堂起来，过年的气氛就很浓了。

---

① 叠卡，即用卡赛、酥油、点心等精心装扮的摆设。

腊月二十九晚上，全家人要喝"古图"。"古"即数字"九"，"图"是"疙瘩面"。做"古图"很有讲究，不同于平时家里喝的疙瘩面，要在面疙瘩里包进石子、辣椒、盐巴之类的东西，然后和其他的面疙瘩放进锅里一块儿煮，等全家人一块儿吃面时看自己吃到了什么。每次大家小心翼翼，一旦吃到了包有东西的面疙瘩，就拿到额吉面前，请她讲解一番。比如吃到了包有石子的，说你的心和石子一样坚硬刚强；吃到了辣椒，说你是面团嘴辣子心；如果吃到了盐，则说明你"屁股重"，懒惰的意思。

除夕夜晚，各家各户喝完五谷杂粮做的团圆面汤，小孩子可以出去放鞭炮。我和哥哥到门外放鞭炮，阿爸会给每人点根烟用来点爆竹捻。村里不是每家的孩子都有鞭炮可以放的，所以哥哥我俩特别得意，也特别高兴。

除夕之夜是我们小孩最兴奋的一夜。临睡前，哥哥和我拿着自己的新衣试了又试，穿了又穿，闹到很晚才肯钻被窝。把自己的新装整齐地叠起来，放在枕旁，盼望着天早些亮起来……

除夕夜是阿爸阿妈最忙碌的一晚，这晚家里的灯是要点一宿的。阿妈和阿爸在客厅摆叠卡，泡人参果，煮米饭，还要准备在客厅里摆放新卡垫，然后要给每间房屋进行这一年最后的打扫，因此他俩几乎一夜不能睡觉。

当我和哥哥起来时，姐姐已经到河边背新年第一桶水去了。灶上阿妈已经煮好了米饭，"羌桂"① 也开始煮了。我和哥哥迅速起床洗漱然后穿上新衣服，把自己的床铺收拾后送到另外的房间，阿爸阿妈把新的床垫靠垫铺好。

穿着新衣服，踩着新鞋子，感觉就是跟平时不一样。看看天空，星星在天空眨眼，星星比平时更亮，轻声地告诉自己："新年到了！"

---

① 羌桂，即煮的青稞酒，里面放有人参果、奶渣、红糖等。

天空渐渐发亮，一切弄妥当了，阿妈和阿爸也换上了新装。我们都坐定，阿妈和哥哥起来，阿妈端着五谷斗，哥哥端着青稞酒，先给额吉拜年，然后给阿爸拜年，然后给姐姐和我拜年。我也学着念念有词：阿妈巴珠平颂措①，永远幸福安宁，祈祷来年丰收幸福。之后阿妈和哥哥坐下来，阿爸从阿妈手里接过五谷斗，姐姐接过哥哥手里的青稞酒，给阿妈和哥哥拜年。全家人互相拜完年后，就开始喝"羌桂"；喝完"羌桂"，就要吃人参果饭。这时天也亮了，新年的第一道阳光从东山顶上出来了，姐姐换上另外一套新装准备去参加全村的团拜，我和哥哥则揣着糖果和鞭炮找朋友玩去。团拜的人在村长指定的地点聚起以后，从村头开始一家一户地拜年。

藏历初一，一般不能走亲串门的，初二以后才可以。初一，是自家人过。我和哥哥在外面玩了一天，回家吃饭，家里已经做好了丰盛的晚餐。晚上，点着汽灯，整个屋子换上了新的摆设，在吉祥的墙画底下，全家人坐在明亮温暖的屋里，玩"薛"②，打扑克。现在阿爸和我都常年在外，一年当中也只有这时候全家人能够聚在一起了。

新年快过完了，大人们已经换下节日的新装，开始忙碌家务了。只有小孩，还穿着新衣服，依然沉浸在新年的气氛当中。自从上了县完小，之前的朋友们玩不到一起了。节日里哥哥有自己的一帮朋友去找地方带着吃的喝的玩，而我就没有了。

这天，一股想做点坏事的想法油然而生，我从仓库里偷偷地拿了半桶青稞酒和一个瓷杯，带了一点卡赛就出去了。是阴天，村子里很少有人走动，也没见小孩子玩耍。我一人坐在公社羊圈的围栏底下，边吃卡赛边喝青稞酒。靠着墙，看眼前只有光秃的地和青色的石板，天空阴沉

---

① 巴珠平颂措，吉祥圆满之意。
② 薛，藏族传统色子游戏。

沉的，心里有点酸酸的感觉，我想今天自己也跟大人们一样醉他一回。我吃着卡赛大口地喝酒，越喝寻醉的想法越强烈，后来干脆直接就着酒桶喝了起来，只感觉酒气一阵又一阵地从肚子里冒出来又压了下去，慢慢地我就睡过去了……

当我醒来时，躺在床上。天已经黑了，屋里早已亮起了灯。阿妈是在羊圈的围栏底下找到了我，我手里拿着酒桶，桶口还对着自己的嘴，吃剩的卡赛在身旁撒了一地。阿妈说她当时看着我的样子又可怜又想笑，怎么叫我都不应，看来我是喝高了。这是我平生第一次喝醉酒。

6

是因为床底下木箱里装满的糌粑和酥油，还是铺在钢丝床上的新新的卡垫和"笔巴"，抑或是渐渐熟悉了的校园和同学们；当短短的一个寒假过去，再次踏入校门的时候，感觉自己不再是小孩子了。迎接我的是渐渐暖和的春天，春天的曲松县有种让人振奋的清爽。走在校园里，我的脚步轻快了，活在一个不用天天帮家里驱赶牲畜、捡牛粪、打扫庭院，而是每天有同学和书本相伴的地方。新的一节课文，新来的一位老师，让我很高兴。

天气暖和了，学校给各班分配了菜地。到了秋天，各班种的菜要交送到校食堂，上交的菜量最多的班可以受到学校的奖励。因此，种菜成了各班之间的一场课外竞赛。在班主任达瓦多杰老师的鼓动下，大家异常地认真起来。松土挖地、垒菜埂、播撒种子。下地干活儿难不倒我们这些村里来的孩子，再说这比在家干活儿更有乐趣。菜地都在教室的门前，从窗口就能望见的地方。课余时间，大家的精力就都花在菜地上了。

菜苗长出来了就要施肥、除草，从河边一盆水一盆水地打来浇菜地。待到菜花都开了，那就不需要怎么照料了。不过这时还不能够有丝毫的放松，要提防校食堂的猪啊，附近村民的牛啊，老师家里养的鸡啊等等很多不速之客的破坏。每天课外时间我们自发地到菜地里值班，拿着课本坐在自己班的菜地里背书，感觉神圣而自豪。

到了七八月份就可以收获自己劳动的果实了。我们跪坐在菜地里用双手刨开土，看着一个个土黄色的土豆，犹如从酥油浸润般柔软的地里出现在你的面前，那种感觉就像梦见无数的糖果在眼前飘荡一般极其的快乐。老师让我们把萝卜和大个的土豆装在筐里送到校食堂，小个的土豆则让我们洗净后拿到他家里去煮，晚上全班同学在教室里可以美美地吃上一顿煮土豆。对于我们邱多江的小孩来讲，吃上新鲜的土豆比吃鲜肉更香。老家气候寒冷，种不了蔬菜的。

我知道糌粑是怎么来的，但萝卜是怎么种出来的，土豆是怎样在地里长的，还是在完小的这一个学期才懂得的。

四年级，学校招收了新同学，我们分成两个班。布穷和益西表哥被分到了四年级二班，我在一班。任课老师调动了，班主任也换了。达瓦多杰老师继续教我们的藏文课，但不当班主任了。新班主任叫米玛老师，教汉语课。他红红的脸，衬衣的袖子总是挽起来，同学们都说他是全校最厉害的老师，很是怕他。二班的班主任叫伦珠老师，负责教他们的藏文。他卷卷的头发，鹰钩鼻子，看上去很腼腆，他的学生都很喜欢他。

上了四年级原来的班委改选了，新委员上任必得有什么表示吧。我们班的新生活委员可把我们害惨了，他规定谁在宿舍里洒茶水就要按量罚谁打茶。一日三餐学校提供清茶，各宿舍自己安排舍员，两人一组负责一天。一个宿舍有四个茶壶，宿舍离食堂将近两百米，而且几乎是冲到食堂排队然后领完茶一路小跑着回来，有时不够还要再去一趟。谁都不乐意在这门差事上多遭罪，因此新生活委员的这把火可烧得是立竿见影，从此宿舍里少了好多湿了的地面发了霉的味道。

但，还是会有倒霉蛋因一次不经意的犯错而成了新生活委员树给大家的反面典型。其中一个倒霉蛋就是我。那天，下了上午第四节课，我兴冲冲地从教室回来，因为箱子里还有阿爸给的五毛钱，想着到教工食堂去买一碗米饭，改善一下伙食。我翻出钱然后从桌上整齐地排着的饭碗中找到自己的碗，不巧里面剩有早饭时没喝完的茶，当时真没多想，离开桌子顺手把茶从门口洒出去了。偏偏这碗茶一大半洒在了门槛内，我还没有意识到问题的严重性便夺门而去。背后传来新生活委员声嘶力竭的吼声。仔细检查了在地面上弄湿的面积，郑重决定罚我打一星期的茶。完了！

整整一周时间，每天早晨一起床我想到的第一件事就是今天我还要去打茶，每天晚上临睡前考虑的最后一件事也是明天我还得去打茶。感觉很委屈，甚至想过在夜里假装说梦话，说自己太可怜了，这么小的个子还要天天拎着那么大的壶这类的话，好让同学们听见了同情我要求生活委员减免我的"刑罚"。

学校总共不到两百名学生，互相都太熟悉了。在我痛苦的这一周，很多同学都问我为什么天天来打茶，有的表示关切，有的表示同情，有的却在背后"嘿嘿"地笑，估计在笑我打茶的样子吧。天天重复这极不情愿的差事，再有力气的人也会动作走形的，何况我呢？布穷和益西表哥知道后，觉得我们生活委员太狠了，他俩让我把事情告到班主任那里。这的确是个办法，也许真能让我少去打几天的茶，可同学们会怎么说？"罗布是小广播！"我不想成为大家眼中的"小广播"。我没有去找米玛老师。

当一周时间过去后，有种莫名的轻松和自豪，反倒有种成就感。我甚至都不怕班长和新的生活委员了。如同我现在再也不怕阿爸了，我已经对阿爸那夸张的表情有了免疫，而他也很少给我看那我曾经不敢抬头去看的表情了。

学校买了一台彩电，放在会议室里，晚自习时间每天各班轮流看电视。同学们最期待轮到周一，因为周一晚上有藏文节目，而那时西藏电视台在播藏语版的《西游记》。《西游记》的名字藏文翻译很直接，大家都说看"比屋"（猴子的意思）。"比屋"受欢迎的程度不亚于《格萨尔的故事》，不管大人小孩都非常地喜欢。所以轮到自己班晚上看电视的这一天，那么大家这一天的课，上得绝对的心不在焉。不过即使没有赶上周一，没看上"比屋"，也没有关系的，可以不用上晚自习已经让我们很高兴了。

不知道是谁从哪位老师手上拿到了"比屋"主题歌的音译歌词，大家互相抄着学唱起来。从此，歌词不准曲子又走调的《敢问路在何方》在学校里流行起来了。布穷表哥特别钟情这首歌，他几次跟我们说起他每次唱这首歌时就想起孙悟空三打白骨精后被唐僧赶走的那一段而不由自主地流出泪来。我还真见过一次他边唱还边流泪，实在是动了真情。

7

每个班里都有自己的孩子王，形成一个班级核心。这与班委并没有多大的关系，有时甚至是与班委对立的。它是无形中形成并被大家默认的。平时只要这个班级核心说干什么一般大家都会响应，久而久之它成了一个班真正的核心。

我们班级核心是由三个大孩子组成，灵魂人物是阿库达瓦，个子不高，留着长长的头发，能跑能跳，身体素质一流，做事干净利索。还有两位，一个是大赤来，全班个头最高，大家戏称"郎阔"①；另外一个同学，普布扎西，是我要好的朋友，入校第一天他以为我是和阿妈来送我哥哥上学的。这事儿我还一直耿耿于怀。普布扎西是左撇子，有一头潇洒的头发。三人特点是有力量，有速度，精练、果断，是战斗型领导。二班班级核心的特点则是风趣、调皮、幽默。他们的灵魂人物是布穷表哥，他和他的大哥多布杰表哥一样是个非常风趣的人，一旦幽默起来，脸上略带笑容，边说边动作，还带动起身边的人，犹如一场喜剧电影里的男主角。他的身边有几个极有个性的成员，额米鞠喇，额米是爷爷的意思，鞠喇即"直肠"。他有着与他的年龄不太相称的男子汉特征，外号也由此得来，这还是布穷表哥所赐的。黝黑精瘦的脸庞，穿着肥大的氆氇裤，说起话来声音又尖又高，他一开口你就已经笑了，所以他理所当然地进了他们班核心。另外还有个叫大格桑的学生，高高的个子，一张严肃的脸上长的却也是个极其能逗人的嘴，除他们三个之外还有几个人是他们的绝对追随者。总之在这个领导集体的影响下，他们班男生的语言风格统一有着风趣的特点，全班常有说不完的笑话。

米玛老师和伦珠老师，两位班主任是好朋友。两个班之间的关系格外的好，同学之间经常走动，很多自发的活动也是两班的同学都会有人参加。那时候，两班的班级核心倒是经常有些神秘兮兮的活动，不愿意透露给其他同学。

解放多年后，昔日的拉加里王的颇章——嘎协，空空荡荡。之后，就成了县百货公司的仓库。后来县百货公司搬迁到新址后，嘎协颇章里面值钱的货物都搬走了，值班人也走了，留下来的都是些过了期的罐装食品。颇章年久失修，里面也没人住。当地的小孩就从阁楼顶上钻进去偷拿里面的过期罐头，几年下来县百货公司的过期食品也所剩无几了。

---

① 郎阔，藏语意为公牛。

我们的"领导"们也常光顾那里，不过不可能收获任何过期罐头，纯粹成了探险。毕竟那里面曾是显赫一时的吐蕃王朝后裔们住过的地方，那些建筑，那些壁画，的确给人一种异样的感觉。

曲松县坐落在一个河谷里，曲松镇、下江乡、贡卡萨乡在河谷两边的高地上，我们学校正对上面的就是嘎协颇章。不知道何时，为了解决农田灌溉的问题，从河谷的上端河流引水开渠，经过下江乡的脚下，沿着悬崖的半腰修有一条长长的水渠，经过三个小隧道，最终把水引到了额拉杰日村庄的脚下。然后经由一条非常狭长的隧道，直接从嘎协颇章所在的村庄底下斜穿，把水引到村庄的另一端。春夏农忙时节，隧道里有水，但平时是干涸的。而嘎协颇章脚下的隧道则成了我们的乐园。

我曾经有幸和我们班的"领导"们穿越过一次。隧道进口，高度恰好一个大人通过，往里走五十多米以后有一个往上走的岔道可通向嘎协，这条岔道以前是用来解决拉加里王的牲畜饮用水的。当然"嘎协"还有一条神秘的通道，就在大厅的一个角落。老人们讲以前从这个通道沿阶梯而下一直通到颇章脚下的"罗布林卡"，战争时期那是一条秘密通道。现在我们看到的只有一个坑，从坑口往下三四米的地方就被封死了，估计通道早已塌陷或是被人为破坏了吧。而我们穿过的这条隧道则一直在为额拉加里的村民们承担着农田灌溉的输送任务。从通向嘎协的那条岔道口，再往深里走，隧道渐渐变矮，弓着腰慢慢行进，大概在隧道的中间有一个一柱房①那么宽敞的地方，可以在那里点上篝火小憩片刻，然后再通过一个极窄的小豁口，左拐右拐地就可以走到另外一端了，渐渐地可以望见光亮，手中的火把就可以灭掉了。

类似这样的事儿我们乐此不疲，成了课外重要娱乐活动。夏天学校要求我们睡午觉，也不知是从什么时候开始我们就没有按规定睡过一次完整的午觉，要么趁值班老师没来检查之前就做好了都在睡午觉的假象，

---

① 一柱房，意为一根柱子范围大的房子。

其实人早已跑出校园到"罗布林卡"游泳去了。到了夏天，由于下雨发洪水，河流大都是浑浊的，"罗布林卡"里的水全是沙子根本不适合游泳，但我们不管那么多了，玩得照样很起劲。大家把自己的衣服和裤子按人的模样摆在地上，在岸边整齐地排成一列，游完泳就赤条条躺在岸边睡一小会儿觉，下午上课之前赶到学校。

还有大礼堂。我们管县的礼堂叫大礼堂，直接用藏文音译发声类似"达力堂"。县里的大礼堂中午有时候会免费向县机关干部播放电影，如果赶上这样的机会，我们中午吃饭的时候就能听到大礼堂的广播，那么这一天的午睡时间我们基本上都会出现在大礼堂最边边的角落了。

可以肯定的是，所有违反纪律的事情不一定会得到惩罚，但只要被米玛老师知道了，那么后果是严重的，他可是我们学校最厉害的老师。这天大礼堂放了一部武打片，我们几个偷跑出来的学生都看得出神，居然没能在上课铃响之前赶到学校。当我们踩着上课铃声飞速奔向教室的时候，远远看见米玛老师了。大家迅速回到座位上，眼睛给了讲台上的达瓦多杰老师，可是心却扑通直跳：下一节课是米玛老师的汉文课。

完全心不在焉地上完藏文课，课间我们几个谁也没有离开座位。米玛老师气势汹汹地来到教室，其他同学们也乖乖地赶紧落座，中午逃睡的几个人自然是低着头，而其他同学左顾右盼的不敢出声。当米玛老师说"下午上课迟到那几个人，出去"的时候，一种神奇的力量让几个人迅速从座位上站起来跑向教室外面并迅速地列好了队伍。我们已经很熟悉米玛老师的意思，每次有谁违反纪律，就要在教室外面站好等待他"处置"。

"还有人吗？"米玛老师最后问了一下全班，走出教室，门在他的后面被轻轻带上了。这轻轻的关门动作，很优雅但我们已经开始发抖了。

他将白净的衬衫袖子再往上挽了挽，从我们几个人面前走过。没有说一句话，没有任何的动作，但却让我们主动招认了中午所有的事情。

作为惩罚，我们被"请"到了教室的最后排，把自己的凳子架在靠墙面的桌子上，然后站在凳子上"看电影"。

"想看电影，是吧？"米玛老师盯着我们说。

"中午不休息，是吧？"此时我们已经站在凳子上，第一次以这样的角度看着教室里，而脚下的凳子并不稳固，新鲜而刺激。

"嗯，那就好好看电影吧！"说完，他回到讲台开始上课了。其他同学时不时地趁米玛老师在黑板上写字的工夫偷偷回头看我们，想笑又不敢笑的样子。他们今天真的看到了精彩的"电影"，而我们这样被米玛老师"看电影"，实在是永生难忘的教训。

8

熄灯后，我们就听阿库达瓦讲格萨尔母亲在织布机上吃进了一粒雪花而怀胎，然后如何奇迹般地生下了小格萨尔；他和他的母亲怎样受到舅舅的刁难和虐待；他怎样赢得了王妃卓玛的爱情；怎样与其他部落展开了一次又一次惊心动魄的战争……在漆黑的夜晚，躺在床上，听着阿库达瓦绘声绘色的讲述，格萨尔王身披战袍骑着白色千里马的英雄形象在脑海里栩栩如生地出现。宿舍里安静极了，只有阿库达瓦的声音，等他讲完了，大家满意地翻个身，进入梦乡。

村里管我们在县里读书的小孩叫"公办学生"，意思是在公办的完小上学的学生，而在仲萨民办学校上学的小孩叫"民办学生"，中间差别好比牧区的藏獒和村子里那些到处游荡的小狗的区别一样，总有一些关乎光宗耀祖的意味掺杂在其中。其实我们这些完小的"公办学生"也就是比其他小孩多知道一些玩的花样而已。比如，我们知道"比屋"、陈真、少林寺，同时我们在村子里抽烟不会再被大人们说三道四，这似乎也是我们"光宗耀祖"的事情。

在父母身旁的小孩，再怎么被我们不以为然，但毕竟是在父母身边，饭不是张口就来，也是天天家里吃什么就能吃什么；衣服不是伸手就到，也是天冷了给你穿暖和、天热了有人给你减衣服的。而我们在县里上学，就没有那么幸福了。

"离开家的孩子是虱子的温床"，老人们大概是这么说的吧。很多故事里当小孩被父母抛弃或者失去了家人，身上肯定会有很多虱子，既当他的孤独时的伙伴，也是吸他血液的寄生虫。在学校，我们都明白：谁的身上没有那么一两个虱子？大家的床铺，上铺挨着上铺，下铺靠着下铺，你的虱子还是我的虱子，谁知道呢？小孩子，打闹着，嬉笑着，谁会管这些虱子，偶尔挠挠被虱子咬痒的地方，继续无忧无虑地玩儿。

一般周末放假我回阿爸那里，益西表哥就跟布穷表哥回到姐索朗的家，偶尔益西表哥会跟我一起回下江乡。他不是很愿意和我回我阿爸那里，我感觉他有点怕他表弟的阿爸那夸张的表情。哈哈。不过这次他和我回到阿爸那里，然后我俩一起把阿爸给吓了一大跳。当我们早早起来，在院子里背书时，阿爸说我俩的头发都太长了，待会儿吃完饭要理发。

院子里阳光倒是很暖和，斜斜长长地把椅子照得很温暖，但毕竟天寒地冻一晚上，周遭还是冷冷的。

当我坐在椅子上低着头，等着阿爸手上的推子开始"咔嚓咔嚓"时，阿爸"噢滋滋"地叫了出来。

"这孩子头上怎么那么多虱子？"阿爸放下手中的推子和梳子，像大猴子给小猴子拣虱子一样迅速地翻弄起我的头发来了。阿爸有点吃惊了，他的力气很大，弄得我的小脑袋晃来晃去的。我不敢吭声。

"益西，过来，我看你。"阿爸的双手已经迅速地放在我旁边的益西表哥的头上了。

"你们的头都成了虱子窝了。"阿爸"噢滋滋"地叫着几乎都要手舞足蹈了。

"理光头了，给你们。"阿爸做了这样的决定。我不愿意理光头，只有进了寺庙的僧人和被抓起来的囚犯才会理光头。

没容我反对，阿爸虽然也看到了我俩的不情愿，可是我已经看到一把头发从我的脑袋顶上飘落眼前了。我听到益西表哥"呵呵"的笑声，我知道自己正在被阿爸变成光头。不知道为何，其实我知道为何，就觉得委屈，谁愿意自己的头变成虱子的窝，可是我们在学校住着，没有他们大人在身边，虱子自然找上门来了，可阿爸却毫不犹豫地要把我变成光头，而且我已经看到阿爸那夸张的表情就在我即将变成光光的头上。此时，我的眼泪已经落下来了，我抽泣着，用手捂着紧闭的眼睛，一把鼻涕一把头发的。

"这孩子，哭什么呢?"这是我上了完小之后，第一次在阿爸面前哭，也是阿爸第一次用这么严厉的语调说我。旁边的益西表哥的双腿直直地杵在我前面，他没有说话也没有笑。

我和益西表哥，在门口洗头，两人互相一看，看到的是一个光头，而往脸盆里一看也还是一个光头。此时，两人扑哧地笑起来。

回学校时，戴着阿爸给我们买的崭新的军绿帽，这多少有点让我们感到高兴。可是到了学校被同学们看见我们的光头怎么办呢? 一路开始愁起这个问题来。

学校早起的铃声是校长办公室里播放的电视剧《霍元甲》的主题歌，挂在操场的那棵老树上的高音喇叭催促着我们赶紧起床。铿锵有力的歌曲，多少驱散了我们睡眼惺忪的劲儿。排着整齐的队，大家激情高涨，尤其我们男生。队伍按个子由高到矮排下来，喊出的口号也是按低音到高音的声部排列下来，阿库达瓦和大赤来他们的声音低沉，而到个子最小的我就担当高音声部了。在体育委员赤列的带领下，从学校出发到县里的十字路口绕一圈再回来。一路上我们不断地喊着口号，抱着要把县城里的所有人都要叫醒的目的。晨跑结束回到教室，身体已经热乎乎的。我把报纸折叠放进帽子，戴在光光的头上，很有型的，当时流行这个。

而晨跑下来，头上的汗弄湿了帽子里面的报纸很不舒服，这时候就有人趁我擦汗的工夫抢我的帽子。我光着头，追着要帽子，背后会传来"少林寺小和尚——"的叫唤。这时候我不会觉得委屈，却有几分窃喜。

少林寺，因为电影《少林寺》而成了我们常挂在嘴边的汉语词。男孩子都喜欢看武打片，最爱看的就是少林功夫片了。每个男孩都有功夫梦吧。在我们县里有一个武装中队，他们经常到学校前面的河边练操。他们训练的"抱手卧倒"、"倒钩倒地"等都是我们男生最喜欢模仿的动作。因为大礼堂不断放映的少林功夫片，还有经常看到部队的训练，"武功"就成了我们男生的必修课目之一。我们班里的所有男生差不多都熟练掌握那些动作，不过有些高难的动作就只有"高手"会了。

普布扎西，就是我们的高手，他曾有一次在下晚自习后回宿舍的路上，表演了"双脚"。我们管在空中同时用双脚踹踢动作叫"双脚"。那天我们刚下晚自习，同学们一边打闹着一边往宿舍走。突然普布扎西"啊——"地叫着跑向前面的尼玛旺久，然后我们就看到了电影里面的一段惊险的高难度动作表演了。随着这一叫声，普布扎西双脚同时离地，身体在空中高高跃起，几乎直直地飞向转身发呆的尼玛旺久，不偏不倚，普布扎西的"双脚"落在了尼玛旺久的胸口。尼玛旺久来不及反应已经踉跄地倒退几步，仰面倒下，而普布扎西侧身从空中摔在地上。当我们从惊诧中还未缓过神来，普布扎西已经笑容满面地扶起地上的尼玛旺久了。当然这没引起打架，很多同学都看到普布扎西表演了精彩的"双脚"，大家都啧啧称奇，包括尼玛旺久，甚至带着崇拜的眼神看着眼前的普布扎西。

普布扎西会"双脚"的消息迅速在学校里传开，而高手所在的班集体更是掀起了人人"少林寺"、个个学武功的热潮。阿爸给我理的光头，不但没有被同学们笑话，反而自然地获得了他们的赞许。没过一个星期，四年级一班的所有男生理了光头。每天下课后，便在教室门口的草皮上练功夫，每天晚自习之后睡觉前的时间，所有男生跑到学校外面的田地里，练高难度动作。而种种这些举动，班主任米玛老师笑嘻嘻地看着，没有说什么，顶多谁违反了纪律在谁的脑袋上狠狠地弹上一指。当然，这样是理了光头的苦果。

9

有一次阿妈带着我去乡商店，别人在她面前问我："你是谁家的孩子啊？"我抬头盯着那个人，脱口而出："我是阿妈的孩子。"记得我更小的时候阿妈常喜欢提这件事儿。阿妈虽然没怎么上过学，但因为我们家族的一位舅爷是旧社会私塾的教师，阿妈从小受过一些文化教育的熏陶，她能读写报纸上的藏语，还会写她唯一熟练的五个汉字"毛主席万岁"。这也是一件让阿妈引以为自豪的事情。

在仲萨，我们家族人口算是庞大的。以前谁家都有七八个孩子，但毕竟在吃不饱穿不暖的年代，加上没有很好的医疗条件，很多小孩生来就夭折了。记得额吉跟我讲我的两位舅舅在很小的时候就离开人世了。现在家里的舅舅和婶婶，还有叔父和姑姑们都过着幸福的日子。生活就是这样子吧，一代一代的，不过他们以前过的是怎样的日子，我一个小孩子是不知道的。

我被大家宠着惯着长大，同时受我在内地读过书的舅舅索朗、还有当时在泽当念中学的多布杰表哥的影响，从羡慕他们到内心受到激励对读书格外地热衷和喜爱。希望像他们一样穿上漂亮干净的装束，受到大家尊敬。当然对我影响最大的莫过于我另外一位到首都北京上过学的叔父。叔父在我们老家称呼为"阿爸阿库"，而哥哥和我称呼我这位叔父为阿爸扎西。

阿爸扎西，在最初的记忆里出现时，我大概五六岁吧。那次阿妈背着我去奶奶家参加阿爸扎西的婚礼。在我们老家农村谁和谁成家基本不举办什么婚礼的，谁和谁成家，就是谁住进了谁的家，没有什么仪式。阿爸扎西他们也不算真正意义的婚礼，说是回家省亲更贴切些。那次是阿爸扎西的爱人第一次来家里，因此所有亲人都专程去送茶献哈达。而那次我去奶奶家印象很深刻，因为那天我的牙疼，疼得脑袋都快炸了。整整一天我缠着阿妈，颇让她在阿爸扎西面前为难。阿爸扎西和阿佳坐在铺上崭新卡垫的座位上，他戴着一个金色镜框的透明眼镜，穿着一套精致的西装，梳着油亮帅气的头发，而坐在他身边的阿佳是我平生见过的第一位漂亮的"阿佳啦"。阿爸扎西面带微笑，庄重地坐在那里接受着亲人和全村村民的哈达。阿妈说：那就是你的阿爸扎西。

透明的眼镜，精致的西装，油亮的头发，格外吸引我，那是我童年世界里最耀眼的形象。阿爸扎西就像一块磁铁，把小小的我所有虚荣和梦想都吸了进去，而我渴望将来变成和他一样的人。后来发生了很多故事，比如我为了到村子里去买有横杠杠的笔记本而摔破了手；还哭着要阿妈给我六分钱，要从布穷表哥的父亲那里买连环画书；找县完小的学生去要他们的旧书等等。所有这些，包括后来我考上了县完小，而为了让阿妈同意我去上学在织布机下哭闹的事情。一个小孩子为了上学而在织布机底下哭了一整个下午，不知道这是阿妈的烦恼呢，还是这个小孩的幸运。我相信是自己前世修来的福分，今世生长在这样的家庭里。总之现在我如愿来到县完小读书，都四年级了我的个子依然是全班最小的，但达瓦多杰老师说我是"石头虽小，照样能砸碎核桃"。因为我学习用功，成绩还不错。

在我上完小期间，阿爸扎西的信成了除阿妈从老家寄的卡赛之外我最期待的礼物了。阿爸扎西在信里鼓励我好好学习，教我学习的方法，而我则会把每次给他的回信当做最认真的功课来对待。

四年级和五年级的两次暑假，阿爸扎西把我接到泽当。第一次阿爸把我送到阿爸扎西家里，吃完饭他就匆匆离开了，他要赶当天回县里的车子。从阿爸扎西家的阳台看着阿爸的背影走向大门，然后从铁门的栅栏外消失。阿爸连个头也没回，我的心里有些酸酸的伤感。

阿爸扎西和阿佳每天要去上班，屋里就剩下我一个人。他给我买来了练习本，每天布置汉语词让我抄写，下班回来要检查。他单位有很多同事有和我年龄差不多的孩子，有藏族的也有汉族的。刚开始，跟他们在一起时我明显感觉自己是个乡下小孩，傻傻的，很害羞。不过渐渐地，我跟他们玩儿到一起了，他们互相说话，说藏语也说汉语。有一天楼下的那位汉族小孩和我在楼梯口玩儿，就我们两个人，两人你看看我，我看看你，他不会讲藏语，而汉语我根本不会开口讲，两人就这样自己玩自己的。我想说汉语，可是不知道要说什么。

是灵机一动，还是逼急了，我作了一个勇敢的尝试，就跟我在一起的汉族朋友说了一句："过来，这里！"然后指了指地上，发音肯定不准，当我说了这句汉话时心里很紧张。

"有什么？"我的汉族朋友听懂了我说的汉语，并好奇地凑了过来。

"我说假的。"我微笑着说道。为了练习一下我的汉语，就随便说了那么一句。而他居然听懂了，可是地上什么都没有，我是骗他的。

"嗯，你说谎。"我的汉族朋友微笑着对我说。

突然我有所悟，原来不真实的话不能说成"说假的"，应该说"说谎"。

"是的，是的，我说谎。"我重复了一遍正确的。在课本里学过"谎"这个字，但"假"和"谎"的区别在哪里，怎么使用我第一次明白。

阿爸扎西的家在三层，阿妈听说后她非常担心，整整一夏天阿妈肯定担心我从三层掉下来吧。起初我连阳台都不敢去，后来渐渐习惯了，而且非常喜欢趴在阳台护栏上往外看，高高地，远远地看着雅砻河谷。眼前的一切，每天发生的一切对我这个乡下的小孩来讲都是全新的，第一次吃冰激凌，第一次喝健力宝，第一次看别人玩电子游戏，第一次看动画片，第一次拥有真正的课外书，等等，很多的第一次。

后来，暑假还没结束，奶奶从老家到泽当待了一段时间。奶奶这次过来算是休养身体，顺便要给姑姑群宗新盖的房子买家具。白天奶奶就去尼姑庙转山朝拜，逛街，就剩我一人在家完成阿爸扎西安排的作业。他安排的整整一本汉语文课本的词我已经从头到尾抄完的时候，奶奶要准备回老家了。阿佳很喜欢我，经常听她讲要给我转学留在泽当读书，阿爸扎西说等我的阿爸来泽当接我的时候商量。可是阿爸还没来，奶奶马上就要回去了。我应该很喜欢待在阿爸扎西的家里吧，可是奶奶要走了，我就不想继续待着了。每天跟奶奶央求，跟阿爸扎西软磨硬泡，最终阿爸因为商店的事情无法来接我，而阿爸扎西和阿佳也只好让我跟奶奶一起"衣锦还乡"：穿着阿爸扎西给我买的崭新的运动服，带着一书包的新书和新本子，还有崭新的《藏汉对照词典》。

再次来到泽当过暑假是一年以后的事情了。在过去的五年级这一年里，我的各方面的确有了明显的进步。尤其暑假结束我再次回到学校时，发现我的汉语在班里属于最好的，甚至有一次我发现了米玛老师的一个小错误。在上如何写信的这节课时，老师让我们在黑板上写一个地址，当时我写的是我最最熟悉的经常给阿爸扎西写信的地址，但是米玛老师说我写的"检察院"的"察"错了，应该是"检查"的"查"，当然我不敢在课堂上反驳老师。因为我的汉语成绩，米玛老师对我也非常喜欢起来，甚至有几次让我帮着他判同学试卷。我这个"小石头"的成绩开始在班级里名列前茅，在过六一儿童节时按学生的期末成绩给家长排队，因为我的成绩好，让我的阿妈很是高兴。这一切都要感谢阿爸扎西了。

当然，再一次的暑假我又来到了泽当，不过和第一次有点不一样了。第一次在阿爸扎西家里过暑假，我每天在他们没醒来之前就起床，洗漱，打扫屋子，完后坐在阳台上看书。等叔父他们起床了，一起吃早餐，然后他们去上班，我则在屋里学习。第二次来叔父家我就没那么勤快了，早晨醒来时阿爸扎西他们已经去上班了，桌上留着早餐和这天学习的任务单。

那时候我的舅舅索朗已经从乃东县医院搬到了地区人民医院，舅舅索朗在乃东医院时我还没有上学。第一次在泽当过暑假时，周末我去舅舅索朗家里。舅舅是远近闻名的外科医生，很多患者经常慕名前来寻医，连下班在家的时间也有很多乡下人来找他看病。第二次我再到泽当时，舅舅索朗把额吉接到了泽当。因此，我就在舅舅索朗和阿爸扎西两家来回跑着，在舅舅家我好比放了学，基本不怎么看书学习，因为额吉腿脚不好，陪着额吉，看电视或自己玩儿，到了阿爸扎西家里就要学习了。

我也不知道为什么，可能环境熟悉以后反而生成一种惰性，阿佳说罗布现在怎么这么能睡？清晨在被窝里我做很多怪异的梦。有一次，我梦见在一个幽静的山谷里，在一张纯白丝绸的帷帐内，铺有纯白的地毯，在那上面坐着一位少女，清风吹动着帷帐和她的长袍，伴着清风，似乎有幽幽的歌声传来，帷帐飘动，长袍轻舞，漂亮极了。她肯定是个仙女，我一定能见到她，她一定是我的新娘。当时在梦里，我绝对是这么想的，醒来发现屋里空荡荡就我一个人，心里还想着那个梦，那个少女。我一个十岁的男孩，做这样的梦，想来也感到自己实在是……

10

内地，谁都觉得太遥远，不知道有多遥远的遥远。我对内地西藏班的了解，就是内地西藏班的学生给我们同学寄来的信件和他们的照片。如果有谁收到内地寄来的信那是天大的自豪，在同学中可以骄傲地耀武扬威好一阵子。考上内地西藏班，到内地读书，我们并没有特别强烈的愿望，只是家长和老师们偶尔对我们吊胃口的大饼子和连他们自己也不甚了解的鼓励罢了。

在无忧无虑的日子中，我上了六年级。记得开学不久，中午我们在校门口的草坪上看书聊天时，经常能看见次旦骑着自行车在县里兜来兜去。有自己的自行车已经让我很羡慕了，更令人羡慕的是这年他是全校成绩最好的，是我们县唯一被录取到了北京上学的学生。他跟我有亲戚关系，可是我心里记得的都是被他从身后狠狠摔过，或者跟他在校园里死命地追着打闹。也没见过他怎么用功学习，就这样考到北京读书，真是奇迹。看着他马上要去北京了，我的大脑真正地第一次抵达了想象的极限——一大片的空白。没有东西来填补我傻傻发呆的脑袋了。

冬天悄悄来临，再过两周六年级上半学期就要结束了，同学们急切地盼望着学校早点安排考试，好早些回家过年。今晚真是奇妙的夜，亮如白昼。飘落了一天的雪，把整个学校、整个县城、全部的山淹没在厚厚的白雪里，天空深蓝而广阔。腊月里明亮的圆月挂在窗外，一小片青云遮着月亮，宿舍里的灯早就关了，屋里却很亮，躺在床上，我没有睡意。我已经隐约闻到了自己已经空空的箱子里的霉味儿，感到身子在回家的车上被颠得那么的舒服和叫人享受，我甚至都听见了过年时村子里欢庆热闹的各种声音。

夜已经很深了，月亮从窗户的第二个格子飘到了第五个格子。我看见有三个人在屋中央轻声地商量着什么，是阿库达瓦他们，我们班的"核心"，显然又有什么计划要在今晚行动。我看见普布扎西手里拿着明晃晃的斧头。他们要干什么？

我仰躺细听，"树"，"公园"……听到砍完后直接送到普布扎西的家里。我猜到他们是要到县林卡砍过年时做角旗的树了。我家过年做角旗的树，每年阿爸都从县里买来。阿库达瓦他们是大孩子，而我还是小不点一个，只能好好读书，不给家里增添更多的负担。

宿舍的门轻轻地被关上，"沙沙——"的踩雪的声音渐渐地从宿舍门口远去了。

几年里学校几次动工改建校舍，我们的宿舍搬了四次，不过最终还是回到原来刚入校时的那一排房子。邱多江的孩子，下江的孩子，贡卡萨的孩子，我们生活在一个小小的县城里，却从相隔很远的村庄来到完小，彼此间渐渐熟悉。我们年少，我们绝对纯真，绝对不懂事；我们傻呵呵的，我们笑嘻嘻的；我们的小肚子时常不饱，但不知道饿是什么滋味；我们调皮捣蛋，但我们心眼太小，绝对不对他人构成威胁；我们无忧无虑，我们自由自在，甚至不知道自己是在干什么，学习是为了什么。真的挺好，就在这样的环境里，我们像散落在庭院里的小花小草慢慢成长。不经意间发现原来大家头顶上长出的花色各不相同：老师为什么比作园丁，学生为什么比作花朵，原来如此。

作为毕业班，就是不一样。我们要背诵厚厚的笔记本，背诵一摞一摞的复习资料，背诵《正字法》、《文法三十颂》，还有长长的《字性论》。背诵是我们学习的首要方法，这可能是西藏教育最有特色的一点吧。我们把所有课程的课本从第一册到最后的第十二册用钉子钻洞，然后用铁丝或用粗线穿起来订成一大厚本，似乎这就是读过六年小学的标志。毕业班晚上要比别班多上一节自习课，苦苦上完一天的课，到了宿舍上床倒头便睡。凌晨不到 5 点钟就会被班主任米玛老师敲醒，那时天还没有亮，星星闪闪而耀眼。

在我们复习最紧张的时候，将近有一个月的时间，由于电路故障，整个县里没有电，我们是点着蜡烛度过的。凌晨来到教室，我经常打瞌睡，有时就趴在桌上睡着了。毕业前夕，同学之间都互赠留言，我的留言本上，写得最多的是早自习不要再打瞌睡了。

班主任米玛老师毫不松懈地盯着我们的学习。他是教汉语的，但他挨个儿检查我们藏文课的复习。每天中午他会在教室门口的草坪上听我们背诵《字性论》。我们都清楚米玛老师是个非常严厉的老师，所以都格外地用功。我在班上成绩算是好的，尤其是汉语，经过两次暑假在泽当的"补习"，每次考试都名列前茅，米玛老师很喜欢我，对我的要求也更高。有一天，他给我拿来了一张报纸剪报，让我看。剪报标题是《写给我的老师》，是一名毕业生写给自己恩师的一封信。这是我第一次读汉文报纸，上面的汉字我全部能认，可是我写不出这么好的文章，方方正正的汉字，朴实而真诚的话语，吸引着我。这篇文章好比我的心声，我也体会到米玛老师的良苦用心。这张剪报我珍藏了很久，我还清楚地记得上面的一句话："您是我人生路上的一盏明灯，指引着我走向一条更加宽广的求知道路。在这里学生衷心地向您道一声：'谢谢您，老师！'"

11

六年级时，学校组织我们看了一部叫《远方的教室》的片子，是江苏常州西藏中学的学生们参与拍摄的，讲述的是关于内地的西藏班学生的故事。故事里的一个角色，就是从我们学校毕业的学生演的，以前和次旦是一个班的。看到曾经和自己在一个学校的学生在内地的生活，还出现在电视屏幕上，给我们这些马上要参加内地西藏班招生考试的毕业班学生十足的想象空间。我猜想很多同学看了这部片子，就有了到内地去读书的愿望。

毕业考试前，学校的"东风"车拉着我们满满一车的毕业生到泽当拍准考证的照片，然后照惯例在泽当百货公司的门口的"猴子洞"假山前一起照了个合影。拍完照片，中午安排我们在一个小饭馆吃饭，进饭馆吃饭的经历对我们这些农牧民的孩子来讲可是头一回。一人一碗面，我们吃得又新鲜又兴奋。吃完饭，老师让我们自由活动。我和益西表哥本来计划去找舅舅索朗的，但是老师不让我们走远，所以就打消了这个念头。来泽当之前，阿爸来学校看我，给了我五块钱，这是阿爸给过我的最大一笔零花钱了。既然不能去找舅舅，我就开始迫不及待地想拿这笔钱好好购物一番。我带着益西表哥，去新华书店对面的那间阿爸扎西曾带我去吃冰激凌的店，每人买了一个冰激凌。我们只有在冬天见过冰，从未见过夏天的，而且用奶粉做的这么甜的冰。在泽当待过两个暑假的我，开始给益西表哥吹嘘，这是用一种叫冰箱的东西做出来的。比我大几个月的益西表哥，比我高，也比我壮，经常对我是有些不屑一顾的。可是这次他听得很好奇，眼神里充满对我的一丝少有的崇拜，让我很是得意。

忙碌的时间过得比任何时候都快，学校里只剩下我们毕业班的学生等着参加这年的内地西藏班招生考试。今年考点设在了我们学校，到时候加查县的同学也要到我们这里来一起参加考试。教室已经封了条，我们的书本都搬到宿舍里，每人的床上一大包的书堆着，满地是废纸。宿舍里的感觉和往常不同，少了许多温馨，多了些许的紧张气氛。

阿爸从下江乡来看望我，带来了特意给我做的一盒土豆炒牛肉，当然还有我最爱吃的白花花的米饭。阿爸跟我说了一些考试时千万不要紧张，先做会的，不要在不会的题上浪费太多的时间的话，临走前还告诉我，考试当天阿妈会在老家各处神台煨桑拜祭，为我祈祷。其实我自己晚上也有时念六字真言，祈求家乡的神能保佑自己这次考上内地班。

考试前三天下午，加查县的师生坐着一辆"东风"车来了，他们住在另外一排的宿舍区。晚上普布扎西带着我去他们宿舍，屋里有好多人，很浓的烟味儿，我们学校的好几个同学也在中间，大家兴奋地交起朋友来了。说起烟，我从五六岁开始偷偷地、断断续续地抽一点。烟本身倒并不好抽，可是大人抽起烟来的确很潇洒，而家里人不让小孩抽烟。在我的眼里大人们做的事情小孩天经地义要去做，那是早晚的事儿。小时在家里抽大人们留下来的烟头，上了学，就跟几个朋友凑点钱买六毛钱一盒的"乌江"牌香烟。在我们班里首先在大家面前抽烟的是我，那天晚上我钻进被窝，点了一根烟抽了两口就掐灭了，因为在被窝里蒙着头抽实在很难受。等我掐灭了烟把头伸出来时，有人说闻到了烟味儿。大家都很兴奋，然后睡在我旁边的阿库其米把我供出去了。这下完了，先是阿库达瓦起来跟我要烟抽，然后是普布扎西，最后很多人都过来要烟，我的一包烟全没了。毕竟快毕业了，大家开始有临毕业前做些违反纪律的事情以此来得到一种快感的想法。那晚我去加查县男生的宿舍，自然也跟着他们吞云吐雾起来。

考试前两天老师给每人发了一张卡片，上面贴着我们在泽当照的照片，老师千叮咛万嘱咐：这是你们的准考证，没有这个不能参加考试，一定要好好保管。

傍晚时分，听同学说校门口有个汉族人找我。我纳闷了半天，这辈子头一次有汉族人来找我，对我来讲还是个新鲜的事。来到了校门口，有两位汉族叔叔，但不像我们县里那些嘴唇干裂，脚下拖着布鞋的包工队里的人。

"你是扎西的侄儿吗？"其中一个人问我。

我想他说的是阿爸扎西，但不知如何回答。

"有，我的叔父。"总算蹦出了这几个词。

"这是你叔父带给你的。"那人说着把一个塑料袋递给了我。

我接过东西，看着他，还是傻呵呵地笑。

"叔父让你好好考试。考完了要给他写封信。"他说话语速很慢，生怕我听不懂。

我点点头，还是傻呵呵地笑着。

他俩也笑了笑，然后就走了。

阿爸扎西给我写了一封短信，信中说考试前几天，好好休息。考试时一定不要紧张，当平时测验一样。他还说，对我很有信心，只要我能正常发挥，就一定能取得好成绩。随信还寄了两包饼干，一袋奶粉，一袋白糖，还有一些果汁之类的。三天考试时间，真亏了这些东西，早餐泡个奶茶，吃饼干就完事，中午学校给我们供应馒头和菜。不知是对这次考试的重要性知道得不够，还是真的就很有信心，三天考试，根本不紧张，六门课程，考得也很轻松。两个学校的学生都一样，前三门藏语文、数学、汉语文大家都考得很认真，只有结束钟敲了才出考场。而后面的历史、地理、自然常识的考试，因为不算在总成绩当中，所以大家几乎是比着看哪校的学生先出考场一样，卷子交得一个比一个快。

考完试当天下午，我写了一封信，跟阿爸扎西说，考试考得很轻松，自己一定能考上内地西藏班，请他不要担心。我把信叠成一小条，在县城找到那两位叔叔，请他们帮我转交给阿爸扎西。

真的要毕业了，宿舍里完全乱了套。大家把有用的书装在包里，没用的全扔到门外烧了起来。有些人在打回家的背包，有些人则在打牌，嘴里叼着烟，即使那些不抽烟的也抽起来了，都在传达这么个信息：毕业了，再见了我的小学！

考完试，当晚班里开毕业联欢晚会。以前给我们上过课的老师，放假了还为毕业班忙碌的食堂师傅，总务处的老师们，当然我们六年级一班的班主任米玛老师，教藏文的达瓦多杰老师，教数学的格桑老师，教自然常识的次仁群培老师，教历史的多吉老师，教地理的巴桑老师，他们都来了。我们的次仁旺堆校长，扎西罗布副校长和教务处索朗群培主任也要到我们班里来串一下门的。晚会上，大家唱歌、跳舞、玩游戏，然后老师们一个一个讲话。米玛老师的脸比平时还红，达瓦多杰老师比我刚进校时老了很多，次仁群培老师不像平时那样笑嘻嘻的，格桑老师毕竟是个女老师，还没说完话就流眼泪，弄得女生们都一起哭了起来，很多男生也流了眼泪。老师跟同学们一个一个拥抱，劝我们不要流眼泪，说今天是个高兴的日子。后来，我们唱歌，我们跳舞。在我的记忆里，那场晚会根本没有结束，那晚教室里的灯彻夜没有关，犹如我们还在为毕业考试忙碌着……

第二章　远方的教室▌

1

雅拉香波山脚下，阳光炙热，人们都在享受一年中穿着最单薄的这个夏天。仲萨和去年一样，远处山坡和近处家门前田地里，庄稼依然绿油油的，偶尔下一场大雨，天气忽而转凉，备感清爽。阿妈和姐姐很少在家，每天还是有忙不完的活儿；哥哥整整一夏天都在山上与羊群为伴。只有我和额吉在家里，安静而日复一日。

安静的日子里阿爸从县里寄来了一封信，突然变得热闹起来——我要去北京上学了！阿库拉麻考上北京的消息，很快在村子里传开了。村民们嘴上几乎许多年很少提起"北京"了，那是他们心中的"毛主席"曾经生活工作的地方。多少年后的 1991 年，"北京"，再次成了村民白天在灶边的谈资、晚上在酥油灯下的话题。

倒不奇怪我会去北京上学，都说："阿库拉麻，阿库拉麻，就是喇嘛。"在我出生那年，仲萨来了一位康区的高僧，阿妈抱着我去求名。康区喇嘛摸着我的小脑袋意味深长地说："他叫喇嘛次仁。""次仁"是长寿的意思，"喇嘛"则在藏传佛教的光泽普照的土地上是尊圣的称呼，那是受人敬重和被供奉的人物才能用的。阿妈虔诚地跪地，谢过康区喇嘛便退出了屋外。阿妈看着我，抱着自己身上掉下的这块小肉，唯恐不能承受这样的名字。从此我便有了两个名字，但是在村子里甚至在完小大家都喊我"阿库拉麻"，只有在作业本子和政府的各种登记册上我才会写上我的小名。

村民们一想我将去的地方是他们连梦里也没有见过的首都北京，他们就开始使劲地想象，时而担心，时而兴奋。

考上了北京，我的第一个反应是：我要坐飞机了。关于飞机的种种议论足以使我对飞机产生太多的好奇。曾经有个县里的干部去内地进修，她在上飞机前紧张过度，起飞后才感觉内急。一位空姐看到她那着急的样子，猜到了什么状况，便把她带到了洗手间。空姐关上门就走了。她进去以后，左看右看，怎么看也不觉得这漂亮的香气喷喷的屋子是能解决她问题的地方。当她一转身时发现眼前有一个人在看着她。她当时惊叫了一声："啊嘛！"便吓得赶紧跑回了座位上。后来还跟人家打趣说："我那次把西藏的尿，带到成都去了！"

好像一个笑话，但我相信，是个真实的故事。一位汉语说不利落的县干部，一生当中第一次坐飞机，从未见过抽水马桶，而且在一万米的高空冷不防一转身把镜子里的自己当成别人，我太相信这一切绝对可能发生。

还有一些说法就纯属个别坐过飞机的人哄乡下人吹牛皮的。说，飞机起飞时不抓好前面的座位靠背就会被甩到后面去了；说，飞机降落时跟梦里掉悬崖一般几层楼几层楼高地往下直降，到了地面如果身子不结实会被折腾得不成人样了。更好玩的是说，在飞机上方便，你就能看见脏物从那么高的地方往下掉，加油添醋地打趣说，万一掉在一个人的头上他该会惊呼："老天爷赐给我的宝贝！"这种话，一传十，十传百，你加点东西我再加点东西，那些爱吹牛的其实连飞机是什么样都不知道的人说得就更邪乎了。

我顺利地通过了去内地上学的体检。布穷表哥和格桑表哥，本来被录取到辽阳，因为超龄，不能去内地了。而益西表哥没有通过考试，几个亲戚家里面就我一个人要去内地了。每天，家里来很多村民送茶，亲戚们两块、五块、十块地把压在箱底的钱拿出来塞进我的手里。他们说去内地咱们的酥油和糌粑阿库你也带不了，就这点钱兴许有用。

阿爸扎西说了什么都不要带，只带一套藏装就行了。一套丝绸面料的藏袍，阿爸已经在县里为我做好了，所有的东西都已经打包完了。但，阿妈几乎是每天一路小跑地忙着，而我每日被包围在哈达和各家不同口味的酥油茶里，弄得有点飘飘然，好比在过一个人的新年。

额吉坐在那里，默念着六字真言，看着家里进进出出的客人，话却少了很多。有那么两次，额吉轻声地念叨着：罗布这一去，可再也见不到额吉了。额吉明白四年的时间对她太奢侈，她怕熬不过。可是我陶醉在自己的节日里，全然没理会额吉的担忧和心痛。

终于要起程了。离开家门那天，家里来了很多人，我几乎淹没在层层的哈达堆里，被大家簇拥着走出家门。额吉腿脚不便，没有来送我，一直坐在屋子里。走过起居室矮矮的窗户时，我才在心中默念：额吉我走了，四年后我还会回到你的膝下。

县里有三名学生考上了北京，赤列、索次仁和我。索次仁的姐姐就在北京上学，家里有两个孩子在北京读书，真是福气啊。

出发那天，校长带着我们到县政府新盖的办公楼前，教体委的领导给我们献了哈达，每人发了一支吸水钢笔作为纪念，说我们三人是县里的骄傲。胸口别着一支吸水钢笔，在老家意味着文化，意味着受人尊敬。即将启用的气派的办公楼，暖暖的金灿灿的阳光，洁白的长长的哈达，还有领导和老师的微笑，让我感觉到了一种幸福。简短的送别之后，学校那辆东风车载着我们到了泽当。

去成都的前一天下午，考上北京的十六名山南地区的学生由地区教体委派车送到了贡嘎机场。给学生安排了住宿，我们男生住在一个大房间里。

阿爸扎西和阿爸阿妈到机场来送我，阿爸扎西在宾馆订了房间，阿爸和阿妈本来准备跟我住在一起的，反正那个大屋子里还有很多空床。可是来人说请家长们离开学生的房子，让学生们好好休息。

房间特别大，高高的房顶，硕大玻璃窗，点着四盏大灯泡。第一次住宾馆，感觉有点怪。从窗户可以看见机场跑道上灯塔的灯光还亮着，心里是一种身子悬在空中般的兴奋。屋里很热，没有人去关灯，还有几位家长不愿离开屋子，头靠着自己孩子的床头，睡着了。

第二天一大早，我在急促的敲门声中惊醒。睁开眼，才想到今天就要坐飞机离开西藏了。天还没有亮，我拿着自己的一个小包，出了旅馆的门。

门顶上昏黄的灯照在湿漉漉的台阶上，灯光下晶亮亮的小雨轻轻地飘落下来。

"罗布他们今天可能走不了。"阿爸扎西说。

"是吗？"阿妈轻轻地说道，紧了紧背在我身上的大包的牛皮绳。

"那次我送大女儿，就下雨，飞机晚点了。"索次仁的阿爸说。

听他们这么说，我心里有些不快：谁也阻止不了我今天坐飞机。

旅馆就在跑道旁边，可是却要走路到很远的地方等飞机。来到候机大厅，家长们打开竹编的篮子。卡赛、饼子、热腾腾的酥油茶、煮好了的牦牛肉摆在了我们面前，我很奇怪这么早他们是从哪里要来的热水做酥油茶。

我喝了一小口茶，吃了点卡赛，就吃不下去了。赤列的哥哥开玩笑说："现在不多吃点，到了汉人的地方，想吃也没有了。"

天完全亮了，雨还在下，我来到大厅外面。附近的住户还完全沉寂在睡梦当中，远处的山雾蒙蒙，身体一阵清凉。从房檐上滴下来的水珠溅在墙角松软的地上，连成了一串整齐的小点点。

回到昏暗的大厅里，人头攒动。穿着漂亮制服的工作人员，紧张而有序地指挥着进出的旅客。比起我们，他们就显得很冷静。他们惊奇地看着我们这些带着哈达格外兴奋的学生和在一旁着急的家长。

不一会儿，教体委的人把学生召集起来，给我们发了临时身份证，还介绍了送我们到成都的负责人，一位大姐姐。我们在大厅外面排着队听教体委的人说话，家长们则站在我们的身后，面带一种叫我形容不出来的微笑盯着队伍中自己的孩子。

广播里说飞机已经在贡嘎机场降落了。

心思完全在马上可以坐飞机了。我尽量不直接看阿爸阿妈的眼睛，那样叫我有点不舒服。阿爸和阿妈似乎要说点什么，但始终也没说出口。其实，也没有什么新鲜的话可讲了，无非要好好学习，听老师的话，要遵守纪律，到了内地一定要学会照顾自己，平时多给家里写信，不要一个人单独出走等等的唠叨。从要去内地的那天起一路听过来，我都已经有些不耐烦了。

大厅里的人渐渐少了，我们开始慢慢往前移动。家长们簇拥在安检通道门口，气氛顿时变得伤感起来。学生们背起一路由家长背着的包，家长捧着青稞酒盯着自己的孩子，大声地说着："阿妈地，路上小心，到了给家里写信！"有位家长抱着孩子号啕大哭，完全不顾周围人。就要轮到我了，阿爸和阿妈静静地站在对面，我假装不在意，手里拿着机票和证件，眼睛直直盯着安检的窗户。我捋了捋脖子上的哈达，紧紧贴着前面的赤列，往前挪动。一股热浪逼近我的脑袋，阿爸和阿妈走过来，急匆匆的。阿爸把一条长长的卡达阿喜①系在我的脖子上，阿妈把一碗青稞

———————————

① 卡达阿喜，哈达的一种。

酒递到我面前，让我祈祷祝福。我双手接过阿妈手中的酒，按习俗用无名指点了三下，然后行了三口一杯礼。我开始有些哽咽，眼睛已经湿润了，可是眼前安检窗口里伸出的手，阻止了就要掉下来的眼泪。走进候机厅时，听见阿妈后面说着："路上小心！跟着大孩子……"我径直走过去，再也没回头，我怕我会流眼泪。

候机厅里人很多，声音嘈杂。那位大姐姐在前面带队，我们静静地跟着她，慢慢地往前挪动，没有人说话。

门外停着摆渡车。好多家长在门口，没看到阿爸阿妈。上了车，从窗口望见，阿爸扎西就在客车旁边向我招手，听不见他在说什么，我微笑着，也不知道该说什么，理理脖子上厚厚的哈达，赶紧找了个座位坐下来。

"这么大，怎么能飞起来呢？"摆渡车把我们送到了飞机前面，头一回这么近距离地看着眼前的庞然大物，就是这样的感觉。坐定，从舷窗看见好多人在远处围墙外面，他们在向飞机使劲摇动着哈达，阿爸阿妈也在中间吧。

飞机缓慢地转了一个弯，上了起飞跑道，逐渐加速，然后，我看见一切都留在了后面。

2

走出机舱，一股热浪扑面而来。走下去的舷梯，踏上去的地面，呼吸到的空气，全被火蒸了一般。短短不到两个小时，在曲松也就是从学校走到阿爸那里的工夫，飞机就已经把我送到了完全不同的地方。时间是1991年9月份，我第一次离开西藏，脚踏内地。

早晨离开西藏时，都被家人穿戴上毛衣毛裤的厚厚一层的我们，一下飞机，不约而同地开始脱衣服。我的外衣里面是阿爸做的漂亮的绸缎棉背心，背心下面是我平生第一次穿的的确良衬衫。我脱去了外衣，但不能把棉背心脱了，因为背心和衬衫中间系着阿爸专门为我做的钱包，里面有三百块钱，这是家里和亲戚们给的钱。阿爸为这笔巨款特地做了一个布袋钱包，长方形，上面有个吊带可以吊在脖子上，两边各有一带子，可以环腰系在后面。阿爸嘱咐我，不到学校千万不要解下来，也不要给任何人看见。我当然要听从了。

　　接机的老师还没到。在贡嘎机场当教体委的老师把那位大姐姐介绍给我们的时候并没觉得什么，可到了成都，我对她有一种特殊的亲切感。大姐姐带着我们取完行李，把我们集中在一个巨大的广告牌底下，叫我们千万不要随便走动，等着她回来。围坐在行李的旁边，大家都很安静。成都的天是阴的，见不到太阳，可是为什么这么热呢？我身上已经冒出好多汗来，想脱衣服，但还是忍着，生怕有人抢我的钱包。

　　大姐姐回来了，说没有人来接咱们，先进城找个地方住下来再说。大姐姐找到了去市区的班车，把我们送到了西藏的成都办事处。我们在招待所的台阶上待了好久，终于急匆匆地来了一男一女，说是在成都负责接送学生的，见到我们他俩长长地舒了一口气，我们也总算有人来接管了。我们被安排在招待所最顶层的一个大房间里。住下来以后，大姐姐就走了，再没见到过她。

　　来自同一个地区，但从来没有离开过地区，甚至连县城都没有走出过的我们，互相还是有太多的陌生。赤列我们三人中，我自觉见的世面广，好像自己来过成都似的。我招呼他们上楼下楼，东看看西走走。成都的天真的很阴，丝毫见不到太阳的影子，却热得出奇。这里的水有一股浓浓的说不上来的味道，这里的开水真的很烫，冒着一股股热腾腾的蒸气，伴随着的还是另外一种说不上来的味道。

　　两天后，一辆封闭式货车把我们送到某个空军招待所，在这里我们要等其他地区的学生，也等从北京来接我们的老师。

一天，赤列我们三个人正在招待所的大澡堂洗澡，在家里还没有洗过这样的淋浴澡。站在喷头下面，打上香皂，用毛巾搓洗，犹如自己正在脱胎换骨一般，这感觉离我心中的内地西藏班的生活越来越近了。眯着眼睛，陶醉在其中，突然从楼下的大院内传来嘈杂声。赤列走近窗户，还没看仔细便惊叫起来："都在提着行李排队，要走了！"这下完了，万一把我们落下那怎么办？我当时都要哭出来了，抓起衣服，穿上内裤我们就往外冲。当我们急匆匆地几乎是滚落到楼下时，才发觉有些不对劲。原来这些学生并不是我们山南地区的，这才放了心。提着衣服和洗漱用具，湿漉漉的身体紧贴着内衣，站在院子里，我们就这样在新同学诧异的眼神中，等来了这年考上北京西藏中学的其他地区的学生们。

北京来的老师对我们很友好。有一位男老师，他一见我们就微笑着说："我姓王，你们可以叫我王老师！"他说话时把"王"字叫得很高很亮，所以我们马上就记住了他。在成都待了将近一个星期，进行了全面的身体检查。体检结果没出来之前，我们都住在宾馆里，到了饭点有老师集合点名，一起排队去吃饭。成都的饭真的很可口，我们尤其爱上了西红柿鸡蛋汤，泡着米饭真好吃。天天吃米饭，极其合我胃口。吃完饭，同学们都三三两两去逛街。招待所门口的小卖部几乎被我们洗劫一空了。有一种叫"雪人"的像人脸模样的雪糕，吸引了我们。夏天吃这么冰的东西本来就很有诱惑，何况天气实在太热了。微笑的"雪人"几乎成了我们进出招待所大门时的通行证了。

体检结果出来了，听说有一位林芝地区的女孩体检不合格，要被送回西藏。已经来到了成都，因为第二次体检没通过而回家，实在是很痛苦的事，很多人都替她难过和惋惜。

离开家的时候阿爸一再嘱咐不要上当，不要被人偷了钱包等等，却没有嘱咐我不要自作聪明。一天，我带着赤列他们两个找了一个照相馆，照了一张合影，第二天去取照片，顺便买些在火车上喝的吃的东西。因为我的汉语比他们好一点，与汉族人打交道一般由我出头。可那天取照片，却被人骗了。本来这张合影只要付给那个老板三块钱的照相费和扩印两张的一块钱就行了，可是我听他说照一张相片是三块钱，还没等他说总共要多少钱，我就自认为很聪明，计算着一张相片三块钱，那么三张合影就是九块钱，我们每人出了三块钱给他。那老板也不客气地配合了我的"小聪明"，当时我还没有意识到自己上当了，只是后来到了北京才知道的。自己上当不说，害得他俩也一起受骗。

3

　　我们坐的是那种绿皮的硬座车，一路到处是闷热潮湿的空气和雾蒙蒙的山丘。见到好多农民在辛勤地劳作，原来汉族人也种地。后来看见有人在放羊放牛，看得很熟悉，却更惊奇了，汉族人也放牛羊？每次进站前后铁轨旁的墙上刷了好多标语，读不懂什么意思。当火车到一个站时，窗户底下迅速聚来卖食品和水果的小贩，看着的确很诱惑人，但不敢买。我们三人从成都买了些饼干和饮料，不敢多吃多喝，基本没怎么动，怕上厕所。

低矮的砖房、一些装有大吊车的工地，然后开始出现高楼、整齐的柏油路、一辆辆各式各样的车，停停走走，第三天上午，火车终于进站了。在月台上有好多接站的人，其中，我们一下子认出有十来个藏族学生，向我们灿烂地微笑着。我们到达了首都北京。

下了火车，老师给每个新生发了三张布条，上面写着号码。我的号码是 62。刚及格，我嘀咕着跟自己说。

跟着队伍出了火车站，迅速地，好像被扔进了人堆中，周围全是人，甚至无法细看一个人，唯一醒目的就是前方的高楼和广场两端高高矗立的广告牌。坐上车，老师给我们发了雪糕，冰凉而甜甜的，让我发呆的表情立马从四周集中在了"威力"牌雪糕上了。

"学生都齐了。"在我们专注于自己手中雪糕的工夫，王老师已经点完了人数，此刻他微笑地看着我们。从成都终于把我们接到北京了，一种释然和满足的表情挂在他的脸上，不知道为什么此时我脑子里突然掠过王老师把自己的"王"姓说得很高很亮的样子。

同学们舔着雪糕，伸着脖子惊奇地看着车窗外。楼房很多，高高的。可是天安门在哪里啊？在下江，阿爸并不宽敞的屋子里有张天安门的大图，时常让我看得发呆。在我的脑瓜里，天安门就是北京，北京就是天安门。可是，我现在已经到北京了，车子走了一条又一条的街道，怎么看不到天安门呢？

"你们看，那就是咱们的学校，我们叫它小布达拉宫。"站在前面的王老师指着车外说。

远处有栋白墙红檐的楼房，跟布达拉宫墙上刷的是差不多的颜色。从这座楼房的前面看，它还真有点像个小布达拉宫，一共六层楼，最顶层就是一小间小房子跟塔楼似的，底下五层向两边按阶梯式加宽。楼上传来老师上课的声音，靠窗户的学生，时不时往下看着我们。

我们被带到了教学楼底下的一幢两层楼房的二层，有大哥大姐介绍说："这是咱们的阶梯教室。"

从大门口上了楼梯便进入这间大屋。地面是一层层的阶梯，每层阶梯上摆放着整齐的套椅，黑板上用藏汉两种文字写着："热烈欢迎新来的弟弟妹妹们！"有位戴眼镜的女老师讲了话。她说话的嗓门好大，可是不能完全听懂她在说什么。"不要再想家，这就是你们的家。"这句话我听懂了，听得很温暖却又有些伤心。

从阶梯教室出来，老生们刚下课去吃饭。他们穿着不同颜色的运动服，胸前抱着书，从阶梯教室门前走过，微笑地看着我们。他们的笑容很灿烂，跟阳光一样照射了我。内地西藏班，这就是内地西藏班啊，我这么想着。

有位大哥哥把我们带到了食堂入口，那里有老师在给新生发餐具。墨绿色的瓷碗外面用红色的漆写着醒目的号码。我找到了自己的桌子，有两位老生正在给我们分饭。吃完饭，那两位老生把我们带到水池边洗碗。餐厅靠墙处有好多柜子，他们要我们把自己的碗按照自己的号码放进去，说以后一人一个碗格，不要弄错了。

在食堂门口，碰见了次旦。一种强烈的感觉油然而生，同乡的老生对我们的到来那么的热情和高兴，而我们犹如在遥远的北京找到了家的温暖。次旦穿着一套合身的运动服，很精神。一路上有很多人跟他打招呼，看来他认识的同学真多。一路上碰到的学生，都开玩笑说："次旦，你终于有了个小弟弟！"言外之意显然在说他有了一位个子比他矮的老乡了。从小在班里处在个子最小的行列，我对自己的个头很敏感。

宿舍里铺好了崭新的被褥，床下摆放着装满洗漱用具的脸盆，牙刷、牙膏、香皂、毛巾等一应俱全，宿舍中央的桌子上放着六只暖瓶。所有的东西上都标有号码，非常容易找到自己的东西。

次旦问今年我们县考得怎么样，其实自从考完试，大家都回家了。小学同学之间也没有什么联系，只是偶尔跟见到的老师和同学聊起，听说我们县这年考的还是整个山南地区的第一名，北京考上了我们三个，辽阳和常州考上二十多名。我们三个几乎抢着跟次旦说，在北京碰到会自己家乡方言却带着一点点其他味道的人，觉得很高兴。

宿舍里新生和老生们各自操着自己家乡味十足的方言，聊得很是热闹。这时，有位老生过来叫我们去洗澡。

澡堂门前坐着穿白大褂的医生，面前桌上放着很多装有类似洗衣粉的塑料包,不知道要干吗。进了澡堂,有两位老生帮我们脱衣服,然后还跟着我们进热气腾腾的澡堂,说先自己过去洗,然后到门口来找他们,他们会帮我们搓背。坐了四十多个小时的火车,身上的确很脏,澡堂内味儿很大。

匆匆洗完澡出来,那两位老生把我们带到澡堂门前的医生那里,原来是给我们新生撒灭虱子的药。阿妈虽然没给我撒过这样的药,但我知道这种药的味道,在农村这种药太多了。医生在我们头上撒了药粉后给戴上了一个塑料帽,告诉我们过一个小时再去洗头。

学校给新生提前安排了晚饭。吃过饭,我们三人在我的寝室里闲待着,次旦过来了,他带我们到学校的小卖部买信纸信封,让我们写家信。第一封信,当然写自己一路平安到达了北京,写路上的所见所闻,然后写到了学校的情况。等信写完了,次旦帮我们写地址,贴邮票。我担心信寄不到家人手里,为了保险起见,还在背面用藏文把地址重写了一遍。

紧张而新奇的一天之后,我躺在床上,新的床褥散发出一股淡淡的类似消毒水的味道。宿舍里很安静,偶尔听到有人翻身。终于,我考到了内地西藏班。终于,我平安到了北京。马上就是9月底了,阿妈她们要开始每年最忙碌的秋收了,额吉一个人在家会有人照顾吧,哥哥现在在山上放羊呢,还是已经下山回家了呢?我郑重地合起双掌,祈祷家乡的各路神仙保佑我的全家人平平安安,也请保佑我在北京一切都好。我轻轻地默念着六字真言,渐渐进入了梦乡。

4

开学已经一周多了,但是我们这年的新生并没有到齐。原来,阿里地区的学生,没安排和其他地区学生一起到成都集合,而是从阿里坐车到新疆,然后从新疆坐火车来北京。阿里的四位同学，经历了他们这一生头一回的漫漫路程，历时近半个月的长途颠簸，终于在国庆节前夕到达了学校。

次旦给我们三人借了一个小皮球，说没事儿了到操场上去练球。他说："男生不会踢球，那完了。"我也不知道"那完了"是什么意思。小学时，学校也上体育课，但我们只会打篮球，不会踢足球，有足球也是当篮球打。这里的学生爱踢球，的确令我惊奇。下午一下课，几乎操场上全是来运动的学生，除了两三个玩篮球的，都是踢足球的。

一天下午，老生们还在上课，新生还没有开课，很闲在。我们三个拿着皮球来到了操场，操场很大，我们在操场一角随便玩儿了起来。我们就这样玩儿着，这时有个学生来叫我们，是我们的宿舍长，他是从日喀则来的。他说："东老师让学生赶紧回宿舍，要发皮鞋，统计号码。"当然了，他是用藏语跟我们说的，只是"东老师"三个字用汉语而已。到了学校没几天，我们也开始学着老生们汉语和藏语夹杂着说话。是有些不汉不藏的，但是来自西藏各地区的同学，因方言有差异，所以这样子说话反而容易沟通。听他说要发皮鞋，我们很高兴，甚至有些不相信。路上我紧跟着他："真的是给每人发皮鞋？""是啊！赶紧回去吧！"他的回答斩钉截铁。我们高兴坏了，一路狂奔。我在想，会不会发那种黑亮的尖头皮鞋？我还大胆想象着每人发一双长靴也说不定呢。

那曲，位于我们所说的"羌杂堂"，从字面来讲，是指北部的草原。我对西藏，除了自己的老家，其他哪里都不熟悉，对藏北牧区的印象，那还是来自小学汉语文课本里面的插图。牧民们穿着厚厚的皮袄，温暖而笨拙。我们老家也有牧民，他们却穿着牦牛的毛织成的氆氇，方便而实用。来自那曲的建曾，睡在我的下铺。没有分班之前，我们按照生活号码安排在一个宿舍。各个地区的学生都有，建曾虽然没有穿着皮袄来北京，但是他的老乡才旺热旦却是穿着我在插图上看过的皮袄来的。

建曾红红的脸，和我们一样稚嫩。才旺热旦，却身高体壮，比他整整高出一头，乍一看我们还以为是来送孩子的家长呢。更让我诧异的是，他居然在那么热的成都还溜溜达达地穿着厚厚的皮袄，当时我想真是一位很固执的牧民。到了北京，两人常在寝室里，靠着墙半躺在床上，用我们听不懂的那曲方言谈话，声音很小，跟我们其他学生保持着一种距离。不知为何，从心底我对他俩却有一种偏袒，我会表示非常的友好，以及发自真心的尊重。因为更多的时候他们安静地坐在那里，好像若有所失，迷茫地沉默。看到他们这样，触动了我的心，使我觉得应该帮他们做点什么，似乎在欠着他们什么似的，这是我无法表述清楚的一种感觉。

已经分了班，建曾分到了二班，而我和才旺热旦分到了一班。分完班，宿舍也随之调整了。搬完床铺，回来取我的包和其他用具，发现还有两包未开封的饼干。当时建曾也在整理床，很自然地，我拿出一包饼干送给他："给你吧，我那里还有一包。"他的表情有些惊讶，还没有来得及拒绝，饼干已经塞到他手里了。

新学期开始了，一堂堂课，一个个新老师陆续跟我们见面了。田老师，我们的班主任，教我们汉语文。她的压力是最大的，我们当中百分之九十来自农牧区，汉语文基础普遍很差，也许因此，我们上了内地班还要比同龄的汉族学生多上一年预科班，补习和加强汉语文水平。可见田老师的这门语文课上得肯定不轻松。到成都来接我们的那位王老师，教我们的数学课，汉语文课都那样，真不知用汉语的课本用汉族的老师教数学会怎样，我们都有些怕。和这两门不同，师生都感觉比较轻松的倒是我们本民族的语文了。一位刚从拉萨调过来的德吉老师负责教我们预科两班的藏语文课。德吉老师很年轻，人很好，更像我们的大姐姐。除了这三门文化课，还有体育课和音乐课。体育课当然是男生最喜欢的课了，教我们体育的张老师身材中等，但看着很强壮，人也挺幽默的，对于像我这样的小个儿学生特别关心。

每门课的第一堂，老师们也新奇，我们也兴奋。一般，第一次上课，老师都会用一节课要求进行自我介绍。有些同学，汉语出奇的流利，而大部分同学站起来后，要么吐着舌头傻傻笑着，要么低着头摸着后脑勺半天挤不出来一句汉话。看到这样的情景，同学们互相看着哈哈大笑起来，老师也耐心地微笑着。在这种轻松氛围中，大家之间，包括老师和学生之间的距离迅速近了起来。小学时，非常羡慕县机关的孩子有汉族老师，现在再也不用羡慕他们了。看着台上的汉族老师，我感觉自己现在置身在一个全新的学习环境中了，遥远的曲松的拉加里王宫底下的完小此刻却成为"远方的教室"了。

学校里的楼房紧凑而有序地错落在"小布达拉宫"周围。出了教学楼西门，有一片竹林，青绿的竹子直直地长着。竹林后面有一个形似中国版图形状的水池，几棵硕大的柳树，垂着长长的枝条环绕在水池附近。水池旁边是一片绿油油的草坪，课间课外，学生们喜欢坐在那里，有那么一丝的味道，似乎到了家乡的草原上。在水池的西边，是一座精致的多边角的建筑，那里是我们的音乐教室。从教学楼有一条走廊纵穿水池南北通向音乐教室，还有一条方块石接起来的小道斜穿草坪，把音乐教室和食堂中间的通向操场的水泥路和音乐教室连接起来。

音乐老师，叫张老师。像我们藏族人有好多重名的，汉族人也有很多同姓的，学校里面姓张和姓王的老师好像格外多，学校校长也姓张，还有二班的班主任也姓张，目前我知道的就已经有三个了。我们只好以体育张老师，或者音乐张老师这样来区别。音乐张老师是一个富有魅力的人，从教室里面的摆设和环境就能窥见一斑。小小的音乐教室的窗台上养着很多花，那些五颜六色的花，那些稀奇古怪的花，在两边窗台上足足垒起了三层架子；在门口处，两个特大玻璃水缸里，游动着我从未见过也叫不上来名字的各种漂亮的小鱼；教室中央整齐摆放着六七排凳子，那是我们上课时的座位。在我们的背后有一个特大的镜子盖住了整面墙；在我们前面有一个黑板，一架钢琴，以及二胡、手风琴、唢呐等等很多种乐器，每种乐器，张老师演奏得都很精彩。

第一堂音乐课，张老师要求我们每人唱一首歌，而且要录音。来自七个不同的地区，来自不同的地方的我们，起初还有些害羞，不过在张老师风趣幽默的引导下，我们不顾一切地唱了。很多人唱的是自己家乡的民歌，也有些人唱了当时西藏很流行的通俗歌，其中有几个女生还真的完完整整地唱了几首汉语歌，很是触动了我。听见她们汉语歌唱得那么流利，我坚定了要好好学习汉语，学几首像样的汉语歌的想法。

学校真的给我们发了崭新的鞋子，但遗憾的是，不是皮鞋，而是球鞋。那天宿舍长统计号码，明明说的是要发皮鞋的，可是为什么变卦了呢？最后才明白，问题不是出在学校这儿，也不是宿舍长说错了，没有谁骗我们，是我们三个曲松的小孩听错了。宿舍长的老家是日喀则，而在他的老家"鞋子"用当地方言说出来就跟我们山南话里的"皮鞋"一字不差。空欢喜，美美地期盼了这么多天。

像这种因各地区方言的差别弄成的笑话在我们这个刚刚形成的集体里以极高的频率发生着。比如日喀则话里"坐汽车"，以拉萨话直译成汉语就是"骑汽车"；再比如拉萨本地话里的"白糖"，对于我们山南地区的同学听起来却像"尿"。阿里地区和林芝地区的好多话，听起来有一种异样的感觉，而昌都和那曲的话，我们其他地区的同学就很难听懂了。渐渐地，地区方言夹杂着汉语，成了我们平时沟通交流的主要语言。

国庆节，学校带我们参加了劳动人民文化宫举行的一个少数民族的活动，然后带我们去天安门广场。那天北京笼罩在浓浓的雾气里，广场上那个人多，真正让我体会了什么叫人山人海。我们排着两列队，政教处的老师在前面带路，班主任老师和任课老师在两边领着我们。今天是节日，我们都穿上了从家里带的藏装。五颜六色的各式藏袍，的确好看，一路吸引了很多人惊奇的目光。天热，一路也是不断要擦拭着头上冒出的汗水。终于，我看到了广场上高高飘扬的鲜艳的五星红旗，在国旗的背后，远远地看见了天安门，看到了城楼上挂着的毛主席的画像，我的确是站在祖国心脏天安门广场上了。

5

我因为个子小，座位安排在第一排，我的同桌叫拉珍。学校给我们统一发了文具，但是她有自己的文具，鲜亮的颜色，很多可爱的橡皮擦和铅笔。她那个橡皮擦还有一股很香的味道。上课时，她不怎么认真听讲，总是陶醉在一种小女孩般的幼稚当中，却叫我"小不点"，虽然我比她小一岁，我的个子也比她矮，但我有些不服气。

文艺委员小白央站在教室中间，穿着一身金闪闪的藏袍，两条黑黑的辫子调皮地耷拉在肩膀两边。随着她一字一句地报幕，辫子也随之晃动起来：下面有请山南地区的同学们为大家表演节目，首先请听朗诵——《我的家乡》。

在全班的掌声中，我走到了教室中央。我身穿阿爸做的藏袍，脚底却穿着学校发的那双球鞋，平底的球鞋配着藏装，加上自己矮小的个子，感觉非常怪异，好像随时会向后倒下去的感觉。我慢慢地背诵起田老师给我修改了好几次的这篇稿子，眼睛盯着前方的黑板：

泽当，藏族文明发祥地，位于雅砻谷地当中的一座美丽的城镇，是我们山南地区的镇政府。泽当，在藏语里叫"玩场"，是猴子游玩嬉戏的坝子的意思。传说，我们藏族人是猕猴和罗刹女结亲繁衍的后代，他们生下来的猴子在这里玩耍成长，经过了漫长的年代，才有了今天的我们。

在泽当镇中心建有一个人造猴山，山上有姿势各样的猴子在嬉戏玩耍，有喷泉流着洁净的水，它就在泽当最著名的百货大楼的前面。在百货大楼后面的贡布山的山顶，有一个山洞，相传那就是我们的祖先猕猴和罗刹女居住的地方。山谷间流淌着四季不断的潺潺溪水，山下生活着勤劳智慧的藏族人民。每当清晨，可以看见袅袅炊烟，从雄伟的贡布山的脚下升起，有一位年轻的姑娘正背着水桶在去背水的途中，沿着弯曲的山路……

雅拉香波的冰雪不化，雅鲁藏布的江水不断，那里就是美丽的山南，那里就是我可爱的家乡。

当我朗诵完时，山南的其他学生便互相牵着手走进了"舞台"中央，我们的第二个节目，锅庄舞，开始跳起来了。

阵阵掌声中，我们几乎是你抢我争似的跑出了教室。大家在教室外面互相看着笑了起来。学校要求我们预科年级举行一次主题班会，田老师让我们按地区各自准备节目。为了这次的主题班会，我们山南地区学生做了认真的准备。今天总算顺利，大家松了一口气，非常的高兴。尤其我更是激动，头一回朗诵，还是用汉语。

这时，二班的班主任从隔壁带着建曾来到了我们班。两位班主任低声商量了以后，临时增加了一个节目，那曲的建曾和昌都的洛松为大家唱一首牧歌。建曾唱歌的时候一直是低着头，眼睛盯着离自己不远的地面。洛松一只手弯曲着指尖轻轻地贴在耳朵后面，声音非常高亢。他们的搭档表演很成功，老师们特别兴奋，高高地举起手，鼓掌叫好。各个地区的学生都表演了各自的代表节目，班主任老师和所有任课老师，还有政教处的老师们也一起看了我们的表演，从头到尾笑声不断。新集体里的孩子们，通过这次班会，互相更加了解了。

和我们同一个楼层上课的，是高二年级的大哥哥大姐姐们。和我们比起来，他们简直就是大人。他们身材高大，男生几乎都长着胡子。对于我们这些班里个头最小的孩子，他们尤其喜欢。在高二年级里，拉珍有好多哥哥。在他们面前，拉珍似乎又一次找到了童年的感觉。小学刚刚毕业，年纪还小，像我们这样，离开自己的父母亲戚，有大哥哥大姐姐关心，当然有一种亲人爱护般的感觉了。不过，拉珍也太可爱了吧，在班长哥巴桑面前她也是一副可爱撒娇的样子。时间久了，有些同学把她当成小女孩对她很好，有些同学就觉得她是不可爱装可爱。昌都来的土登和洛松，就经常开她的玩笑。他们三人经常在教室里和楼道里追着，闹着，成了好长一段时间课间必演的节目。

　　学校位于高原街一号，在北京朝阳区的西北角，离亚运村很近。"小布达拉宫"高高地屹立在刚刚修建的北四环路边。听老师们讲，以前的校址不在这里，1989 年才搬过来，听说现在这个位置还是我们敬爱的十世班禅大师亲自选的。学校面积不大，周围都有围墙，学校的管理很严，平时没有生活老师签字的出门条是不能私自出校的。学校里大概有六百多名学生，全都来自西藏的一市六地。

　　我发现，在北京西藏中学，同学之间有一种特殊的打招呼方式。互相认识的学生见面时，首先相互一笑，然后一般是年纪小的先称呼对方"哥某某"或"姐某某"，另外一名学生也会回称他或她的名字。然后互相错开的时候，两人都会伸出靠近对方那侧的手掌，双方轻轻一拍。这一套打招呼的方式两人都是一气呵成，而且是非常自然地完成。这种招呼方式一般在男生与男生之间，女生与女生之间发生，至于男女生之间那就少去了最后拍手掌的环节，代之的是相互说声："走啊！"或者"慢走！"

　　我想这可能是内地西藏班学生特有的打招呼方式吧，也许这仅仅是北京西藏中学的"专利"。

我的小学同学阿库其米从辽阳给我寄来了信，给我介绍他们学校的情况，还问我们在北京过得怎么样，随信附一张我们六年级一班考上辽阳西藏班的全体学生的合影，代他们向我们三人问好。我们班这年一共有五名男同学考到了辽阳，我们班考上的女生就分到常州去了。山南的考生一般就是到辽阳和常州，而拉萨的考生到上海和重庆，林芝的则到岳阳和沙市等等，各地区的考生都有对口的内地西藏班。各省市的经济条件、教育水平、教学方式不一样，因此我想教出来的西藏班的学生也各有特点，而且这种特征往往会非常的明显。

离家在北京快半年了，常有人问我："小家伙，想不想家？"其实我也很想问自己："想家吗？"我的答案是："不知道。"

一天，北京傍晚时分，电话那端传来阿爸扎西熟悉的声音。

"你们吃饭了吗？"我有些不知所措地问道。

"现在太阳还没落山呢！"我明明听到了他微笑着说了这句话，可是校园里早已亮起了灯光，天已经完全黑了呀，让我纳闷了一会儿。

电话从阿爸扎西手里传给了阿妈。我的心突然扑通通跳了起来，太久没有听到阿妈的声音了。

"是罗布吗？"是阿妈的声音，声音很小却很急。

"嗯，阿妈，是我。"我答应着，脸变得热辣辣的。

阿妈拿着话筒，却不说话。

"哭什么呢？真是。"我依稀听见阿爸在旁边说，久违了的阿爸夸张而曾经让我害怕的表情迅速出现在脑子里，此刻却让我感到那么的亲切。阿妈在阿爸扎西他们面前流眼泪，阿爸肯定觉得丢人。

一阵嘈杂声之后，电话里的声音变成阿爸的了："罗布，是阿爸啊！"

"嗯，阿爸！"我答应着。但是电话那头，同样一阵沉默。

刚才还说阿妈的阿爸，却和阿妈一样哽咽在电话那头了。

这是我人生中第一次接听电话，都不知道该怎么办了。我拿着电话手柄，紧紧贴在耳朵上，耳又红又热，感觉阿妈温热的泪水，也湿润在我的耳根。

最后，电话被阿爸扎西拿过去了。电话是从阿爸扎西的办公室里打来的，而我是被校长办公室的值班老师从教室喊到这里的。接电话时，耳朵里听见的是从遥远的西藏传来的久违而熟悉的亲人的声音，但眼睛看见的是在陌生的校长办公室里陌生的老师。激动的心情已经在从教学楼飞奔到校长办公室前就被紧张和害羞打压下去了。家里短暂的电话，几乎不成对话的第一次通话，让我第一次感觉到自己离家真的很遥远。回到了教室，阿妈刚才的哭泣声回荡在耳边，想家的感觉久久无法释怀。同学们都吃过饭，已经回到了教室，打闹着，嬉戏着，教室和往常一样热闹非凡。我静静地坐着，轻轻地翻弄课桌里面的书，心里莫名的空荡荡。

6

天气冷了，学校给每人发了一件军大衣，我穿着最小号的，却依然显得笨重，袖口要挽起来才能露出我的手，走路时必须用双手提着大衣，不然我就成了校园里一把流动人体拖把了。

班里筹备元旦晚会，每个小组要出节目。吃完晚饭，我们第四小组同学在教师预科办公楼楼道里排练节目。排练中间，也不知道谁挑的话题，几个同学讨论起前几天二班到语音教室拍录像的事儿。大家你一嘴，我一嘴，最后说到德吉老师偏心。平时有代表团来学校，政教处会安排预科两个班一起去，可是那次政教处找到德吉老师，她只让二班去，而让我们自习。在楼道里，几个人越说越激动，是我的提议还是别人的，总之当我们排练完后回教室时，一个错误的计划已经酝酿好了。几个同学合谋写了一张对德吉老师表示不满的纸条，并偷偷塞到藏文教研室的门缝里。当时还觉得，自己特别的聪明，特别的勇敢，为自己班出了一口气，谁让她偏袒二班呢？

第二天，藏文课，德吉老师与往常不同。她的表情非常严肃，她慢慢地上了讲台。上课前，我们几个还得意地想看看德吉老师会怎么解释，不过一看见她这样子，我本来高昂着的头开始慢慢低下去了。过了好半天，德吉老师仍没有说话，不知情的同学肯定在想这是怎么回事儿。德吉老师的嘴唇在微微颤抖，张口想说什么，可没等说出话，她就哭了。德吉老师在低声哭泣，我的头彻底地埋到桌子底下了。

"你们为什么那样对待我？"德吉老师突然冒出了这么一句话，又一次哭了起来。

"安排哪个班拍录像，不是我来决定，再说……"教室里传来轻轻的哭声，有些女生跟着哭起来。

"再说，去拍录像会耽误你们的课，我们的藏文课本来就少。"不想看似恶作剧的小聪明，结果却是这样，我极度后悔起来。

"你们别哭了，我不怪你们。咱们都是离开家的孩子，和你们一样我也是离开父母的孩子。"德吉老师的话语平静了一些，哭泣声咽到了身体里。我想站起来，承认是我干的，却没有勇气。

"这事就到此结束，我希望你们不要把它放在心上，我也不会。"说完了，德吉老师开始讲课，我坐在那里，在窗外光的反射下还可以看见她眼角没有拭干的泪痕。

期末考试结束后，学校安排了补课。白天照常上课，晚上则自由活动。晚上教室里看录像，是从六层的那间塔楼里统一放的，那里是我们的"小小电视台"。我们把教室里所有的课桌都撤到了后面，凳子都集中摆在电视机前面。同学们都穿着厚厚的大衣，互相紧挨着，飞快地嗑着瓜子，瓜子的香味和温热的气息弥漫在教室里。经过一个学期的学习，我的汉语水平有了很大的提高，电视节目的很多对白都能很清楚地听懂了。

再过两天要过年了，很兴奋，因为我们可以过两个年。以前在曲松县好像没听说过春节。而到了内地，春节成了我们生活当中的一部分。春节和藏历新年，很少在相同的月份里，所以意味着我们可以有两次假日。假日里，有会餐，有联欢会，我们当然很喜欢。这次罗萨，即藏历新年，是我第一次在外面没有和家人团聚的罗萨。

学校给每人发了一大袋新年礼物，每个班集体发了一个"五谷斗"，用来班级之间拜年。初一早上，哥巴桑、多吉和小白央到学生寝室和老师家里拜年。舍友们起得不早倒也不晚，有很多大哥哥大姐姐都来给我们拜年，他们穿着藏装，捧着"五谷斗"，拿着点心和饮料。我们屋里没怎么布置，只是在门上贴着寝室长买来的红纸福字。天还没有亮，也没有地方可以去，我静静地坐在床边……现在家里人不知在干什么，北京和西藏时差两个小时，估计还没有开始拜年，可能姐姐在去背"头水"的路上，如果她去得早些也许在回来的路上吧，哥哥和额吉一定是刚刚起床，阿爸和阿妈肯定在厨房和客厅之间忙着。这可是没有我的一次罗萨，对我则是没有他们的一次藏历新年。舍友们也都安静地坐在床边，估计大家都在想家吧。

"羌桂"那是我们小孩最喜欢的，全校将近七百多名学生，没有那么多的青稞酒用来"羌桂"，藏文老师们就建议学校用香槟代替青稞酒。藏历初一一大早藏文老师们在食堂里当起了厨师，为我们营造了罗萨的气氛。学校安排了团拜会聚餐。没想到，整个食堂里，那么多的桌子，每个桌上居然满满地摆放着大大小小的碟子，学校怎么会有这么多的碟子？这么多平时没有的菜食堂师傅们是怎么做的？在干净漂亮的碟子里盛着各种凉热菜，有各种肉类和各种蔬菜，每人还有一瓶北冰洋汽水。

下午时分，我在操场踢球，校园里突然响起鞭炮声。原来高三年级的大哥哥大姐姐们办的甜茶馆开张了。他们的甜茶馆，也是西藏中学独有的甜茶馆。这里价格极其公道，气氛极其地令人舒畅，他们做的甜茶可以和任何饮料相媲美，他们做的凉皮味道好极了，他们还提供照相服务。

茶馆成了我和次旦罗萨期间经常光顾的地方，在那里我和他第一次合影，家里看到我们的照片，说："这次新年家里非常地想念你，初一早晨，家人互相拜年，少了一个你，大家都觉得有种空荡荡的感觉。……整个新年，阿妈把你的茶碗，擦得干干净净，盛满酥油茶，摆在客厅的茶几上……不过，看见你们两个亲戚在北京过年的照片，我们都放心了，也很高兴！"

7

绛红色的屋檐，洁白色的墙体，"小布达拉宫"突出的藏民族高尚的色彩诠释了北京西藏中学的特点；绿的草，青的竹，种植在中国版图形状的水池周围，表达各族人民团结在一起。而在我们的日常生活学习中，颜色将我们按不同年级区分开来。

北京的冬天与西藏的不同，不至于冻得让人的脚都失去知觉，这估计是北京的地下有发达的暖气管道的原因，但却是那种没有灰尘看不见它从哪里吹来的风会把你骨髓都吹疼。吹了一冬天的风，到了3月份了，它还在意犹未尽地吹着。天渐渐转暖，可是北京有刮不完的风。就在这样的一天，我的表叔小文来北京办事，顺便到我们学校来看望我了。表叔带我去参观亚运村，参观北京奥体中心，都是我没有去过的地方。我还第一次知道了一个非常亲切的地方——和平里西藏招待所，表叔就住在那里。招待所旁边，有一个珠峰酒家，上面有藏文题名，这比招待所楼房上的"西藏招待所"五个字，更让人激动。表叔在北京待了三天，和自己的亲人一起走在北京的街上，尤其走在自己曾经和同学一起上街时所经过的地方，我想这一切都是非常珍贵的时刻。表叔可能再也不会到北京来了，我们再次见面时也肯定是时过境迁之后。等表叔回西藏了，我再次经过这些地方，我会想起他，我会想起很多事情的。

表叔来了，实现了我一个愿望，表叔带我买了一部相机，说是阿爸扎西托他办的事情。这部相机，成了我的柜中最值钱的东西。

北京的夏天来得特别的快，犹如我刚才还在说北京那吹不完的冬风，就写到了夏天。1992年的夏天给我们这些来自高原的雏鹰带来了奇特的体验。我们是去年9月份到的北京，那时北京的夏天已经远去；而现在，如同一切内地新鲜的东西与我们初次见面一般，我们和北京的夏天见面了。在我的脑海里春天就是小树发芽了草地绿了，秋天就是叶子落了大山黄了，冬天就是棉袄穿上了雪花飘了。那么夏天呢？在我的家乡夏天是田野一片青绿，小孩子们可以到河边游泳钓鱼，正午热得让你流出少有的汗水……北京的夏天会是怎样呢？我要穿短裤，还要穿短袖衫，我要吃雪糕，我要用凉水洗澡……一个生来就在海拔四千五百米以上的高原上生活的我对此充满了无数的遐想和企盼。

土登那天下午穿着短裤和短袖衫来上课，一双双眼睛好奇地注视着土登。我们眼里的北京的夏天就这样开始了。

舍友们都说我从家里穿来的那个叫裤衩不叫短裤。"那怎么办？"一个很棘手的问题摆在我的面前。人们说，和你情况最相似的人最能理解你的心。真是没错，次旦来到了我们宿舍，看见我把穿了出去怕被同学们笑话的裤衩很不情愿地塞进柜子时，他说："我送给你一条短裤。"

男生们穿着自己平生最新的装束，得意地在校园里走来走去。女生们的装束却未见有什么变化。以前都是穿着笨重的长袍，而到了内地改穿便服，这对她们来讲已经是个很大的转变了，所以估计一步到位还是有些困难吧。

男生们穿的短裤 T 恤的来源：其一，和我一样是自己的老乡好友那里得来的，不是显得有些旧就是有点大；其二，从慧新里街摊上买来的。慧新里，离我们学校不远，是我们最近的也是最常去的购物地方。普普通通的北京四环内的一条街，在我们藏族小孩的心目中和北京的天安门一样具有很高的认知度。那里有的是大妈大爷大叔大姐们卖各种各样的小东西，那里的六块钱短裤四块钱 T 恤就把我们班里一大半男生难忘的 1992 年的夏天装扮起来。

边多，是和我一起处在班里"最低层"的学生之一，即只要有排队的地方，就排在班里最后面的学生，因为我们个头矮。边多来自日喀则地区白朗县，他是我们班里非常腼腆又好玩儿的学生。他穿着"慧新里"夏装，在我眼里更显得好玩儿了。每次课外我们俩经常互相打闹。

预科年级，是从藏语教育到汉语教育的过渡，或者是小学到初中的过渡。预科这年，学校还是把我们划在小学这边，要不我们怎么还可以过六一儿童节呢？这一天学校给我们预科年级放了一天的假。

田老师把我们带到亚运村的立交桥底下，然后就让我们自由活动了。这可真不是一个完美的六一节，但这是一个难忘的儿童节。我们到了桥底下，没有可玩儿的，也没事可做。大家都在抱怨这算是什么六一儿童节？随便走走吧，毕竟有一天的假，逛逛亚运村，在街上买点西瓜，买个大红果吃，当做自己的节日礼物。同学们早早地回到了集合地点，要求老师这就返校。回到了学校，其他班已经开始上下午的课了。显然，我们在 6 月 1 日这天，怎么也找不到节日的气氛。在街上是忙碌的人们，在学校里是与平时一样照常上课的学生。这次学校给我们安排这样的活动，的确达到了预期的效果，从亚运村的立交桥往学校返回的路上，我们就知道不会再有什么儿童节了，我们不再是儿童了。

奇怪的是，北京真正的夏天在我们急着穿短裤 T 恤时，它还没有到来。6月之后，我们才发现了它的真面目。热得天天冲凉水澡，穿短裤T恤，连脚也要换新的装束——凉鞋。在穿凉鞋的问题上，我们和老师发生了分歧。很多男生穿着学校发的拖鞋，拖鞋够凉，真不错！可是老师看见有穿着拖鞋来上课的，一律不让进教室。说："在《中学生文明守则》上不是写着吗？"我们闹不懂，为什么拖鞋就不能算是凉鞋？不过，最终还得听老师的话，一切还得按《中学生文明守则》办。

　　7月份到了，北京的夏天还有使不完的热量继续散发着，连吹过来的风也带着辣辣的火气。很多男生的T恤，散发着呛人的汗臭味儿。老大身上的汗味儿就更浓了，来自那曲的才旺热旦，我们男生管他叫老大。真是难为我们的老大，当初在成都还能穿着厚厚的袍子，来去那么潇洒，可现在他穿着薄薄的一件T恤，汗水还是不停地从身体各部位往外冒。自7月份起，老大手上的毛巾如同老人身旁的拐杖一刻都没有离过手。看着他湿透了的胖胖的身子，红扑扑的圆圆的脸，让人更觉得这个夏天热得不一般。下课后，老大会出现在卫生间的阳台上，那里还能吹点凉风。虽然那浓浓的汗味儿叫人有些受不了，但我还是常常愿意和他靠在阳台的石墩上。老大用手擦擦脸上的汗，挤出一个无奈的笑，然后摇一摇头，我猜他肯定很纳闷："夏天怎么会这么热呢？在我们的草原上夏天还可以穿着袍子呢！"

8

　　次旦说，暑假期间学校要带我们去黄金海岸旅游。每年夏天，学校会组织预科和高一年级去海边旅游，毕业班离校之前会安排吃"北京烤鸭"。新生进校去"黄金海岸"，毕业生离校吃"北京烤鸭"，这是北京西藏中学的惯例。

从前，有位贫穷的老人，家里没有亲人，院子里没有牲畜，生活过得非常艰难，老人靠捡牛粪换得一点点糌粑来过活。一天，老人拖着蹒跚的步伐，口诵着经文，去"箭错湖"朝拜。朝拜完老人背着一天捡的一竹筐的牛粪，趁天没黑之前，准备回家了。突然，一匹闪着金光的骏马从湖中走出来。老人知道这是菩萨赐给他的。老人悉心照料着神马，待它如同自己的孩子。这天，老人和往常一样到马厩去喂马，当他推开马厩的木门时，原本昏暗的马厩内金光四射。原来骏马排泄的马粪都是闪闪发光的金子。老人跪倒在马厩门前，感谢菩萨可怜他一个孤独的穷老人，赐他以财宝。从此，老人更加细心地照料着神马，神马几乎天天有金子排出。可是，日子久了，骏马日渐消瘦下去，老人不知该怎么办。老人把骏马从马厩里放了出来。骏马围着老人依然破旧的院落绕了三圈之后，向老人回头一望，就朝着箭错的方向飞驰而去。这神马，从此再也没有回来。

　　从仲萨翻过一座高山可以到达这座神秘的湖——箭错，在我的家乡那是一个圣湖。有关箭错湖的传说还有很多。

　　曾经有一位狠心的母亲，对她的孩子很不好，经常不给他食物吃，还把厨房的门钥匙藏起来。一天她横穿冰封了的箭错湖去对面的山头砍柴时，冰面突然裂开，狠心的母亲马上就要遭到菩萨的报应而溺入湖中，就在惨遭厄运的关头，这狠心的母亲想起了自己的孩子——她在这世上唯一可念想的亲人——便大声喊叫："我的孩子，钥匙在妈妈的氆氇被里!"她喊出了这一生中最有母性的一句话。就在这时，在她脚下裂开的冰，突然拼合，使她免于灾难。从此，母子俩过着和睦幸福的生活。

　　如此的，关于箭错的传说太多了，也太美丽了。我应该怎么写呢?脑海里，各种"箭错湖"的传说蹦出来，而考试结束的时间也快到了。面对这次期末考试的作文题目，《说出你的一个秘密》，我差点迷失在箭错湖的传说中。

　　慢慢地，我理出了一点思路。箭错湖，是圣湖，村民们常说圣湖显灵，说在箭错湖底下有一座宏伟的佛殿，只要是心地善良的人都能看见它，而且的确有人走很远的路来朝圣。小时候阿妈带着我们姐弟三人去湖边砍过年炸卡赛烧的野石榴树。我是应该去过几次的，但是一次也没看到过湖底的佛殿。不过看着远处山峰映在湖面，还真有点像宫殿呢。实际上，箭错湖的一面是陡峭高大的悬崖，在一定光照条件下，悬崖在湖面上映出的样子肯定像人们所传的宫殿。我就以此为一个心中的小秘密写出来，在写作过程中，我还自创了一个成语"秘而不宣"，很得意自己怎么突然冒出这么个成语，不过后来才知道在成语字典里本来就有。看来有一些东西埋在大脑深处，被忘却了。

刚刚进校，"北京烤鸭"是吃不到了，也一直很好奇到底是怎样好吃的东西呢，不过临近期末，我们就要奔向常挂在嘴边的"黄金海岸"、"大海"了，光想着就让我们兴奋不已。

在去海边的校车上，政教处的阎老师给我们讲了个笑话。阎老师的嗓门大，每次组织我们外出，她喊一嗓子，几乎一呼百应。这天，她说，我们上届的一个学生到了海边，见了海就说了一句："啊！大海，你怎么这么大！"大家听了，哈哈大笑起来。这并不好笑吧，估计只有我们西藏中学的老师和学生才能体会个中微妙的幽默。

学校把我们安排在海边一个军工疗养院里。当天吃完中午饭，老师带我们去海边。从疗养院的餐厅出来，穿过一个浓密的树林。经过一段向上的斜坡路时，老师指着上方说："看，那就是海！"

"海怎么会在天上呢？"我想。可那怎么会是海呢？明明是一座山呀！很多人都和我一样没明白过来。等我们走到了斜坡顶上，就看见海了，刚才那个天上的"山"的确是海。海真的太大了，太宽了，还没等走出疗养院的栅栏，同学们就开始叫喊着跑向海边去了。

听老师讲，我们的家乡在几千万年前也是一片汪洋大海，最后经过漫长的地质运动才形成了世界上最年轻的青藏高原。难怪，当我第一次站在海边，那种震撼好比站在雅拉香波雪山脚下，亲切如故。大自然，真的很奇妙。

老师带我们去海边游泳，滑沙。我们到了山海关，参观了老龙头。老师还给我们吃海鲜，螃蟹很少有同学吃，大家都不敢。我吃了几个蛤蜊，没什么味道。每次到了一个景点，老师给我们每个人照相，这成了我们每次出游的一件很重要的项目。大家越来越喜欢照相了。我把自己的相机带来了，但是发现胶卷没上好，后来在洗手间里重新取出来又上了一遍，不知道会不会曝光。

短短的五天一晃就过去了。当坐上车离开疗养院时，天还没亮，还是一片黑暗，已经跟我们熟悉了的宾馆服务员也都早早起来到大门口送我们，隐约可以听到海浪的声音。同学们在唱小虎队的《再见》，是个离别的歌曲，但不适合离别时候演唱，因为真的太伤感了。

回到学校，都说我们变黑了。进了宿舍楼，整理一下自己的床铺，然后到水房去洗个脸，"哗哗"的水流声，让人联想起海浪的声音。刚刚回到了学校，人还有点不适应。

暑期校园建设劳动开始了。每个年级的任务分配不一样，我们预科年级的学生只能是拿着水盆和抹布擦洗楼道的墙壁，而次旦他们初一年级学生被安排到实验室里搞卫生。年级越高工作难度也越高，像即将升入毕业班的学生，任务就是拆洗上届毕业班学生的被褥。

劳动周过了以后，就是科技兴趣小组活动。在期末总结的时候，每人可以选择很多兴趣小组，像足球、篮球等各类球类小组，像缝纫、编织等专门给女生开设的小组，还有围棋、象棋等棋类小组，美术、书法等纸墨小组，甚至还有修自行车、修鞋等维修小组。小组多种多样，由平时教课的老师牺牲自己的暑假时间给我们这些无法回家度假的学生开设。

不知为何，我进入了舞蹈小组。这个小组成员都是预科年级的学生，由政教处的安老师给我们带队，有时高一的阿旺玉珍给我们排练节目。每天我们花的时间最多的是基本动作训练，录音机放着贝多芬的《致爱丽丝》，阿旺玉珍在前面领训。我们几个男生一般很不愿卖力气，只有在跳跃练习时，我们才肯使劲，因为听说多跳有助于长个子。

暑假每一天，在凉快的清晨起来，穿着拖鞋，走过满是石灰浆的楼道（装修楼道）；午饭前在校园的草坪栏杆前悠闲坐着；晚上，小小电视台播放电视剧，但很少去看。冲个凉澡，静静地坐在屋里，看看书，享受一下身上还没有消失的余凉，惬意至极。

练了两周的舞蹈，却也不见收到了什么效果。整个下来，我们编排了两个舞蹈，一个藏族舞蹈——《高原之光》，一个汉族舞蹈——《采蘑菇》。在后面几天时间里，我们重复重复再重复地练习这两个舞蹈，连安老师自己也烦了，最后准备带我们出去走走。那天阿旺玉珍姐带我们舞蹈队的十来个孩子，去参观中央民族学院舞蹈系的藏族班。

她带我们走的线路我从来没有走过，坐车左拐右拐，终于进入一个大门；下了车又左拐右拐，进入一个练舞教室。那些学生的腿显得格外的长，虽然我们好像年纪相仿，但就因为长长的腿，他们比我们高出一大头。

那些女生走路都高高地昂着头，迈着八字步，这是专业要求的吧。那些男孩子，嘻嘻哈哈的，在我们面前表演时，很得意的样子。虽然都是来自西藏的，全是藏族孩子，但感觉彼此很陌生，这有点让我想不到。我们在一旁观看他们的练习，之后参观他们的寝室，然后就回学校了。

一路上，男生比较不服从阿旺玉珍姐的领导，在街上不跟队伍一块儿走。等我们走出民院，她把我们召集在一个车站旁，说："我给每人买一根冰棍。"这招的确奏效，男生们吃着冰棍，也就不好意思了，只好乖乖地跟着队伍走。一根冰棍就顺利地把我们领回了学校。当我们在学校附近的车站下车时，我已经分不清方向了。走过一片爬满青藤的墙，他们说这就是咱们学校的墙，第一次看见墙上面有"北京西藏中学"大大的六个白字。

暑假活动安排得满满当当，和在西藏不一样。在西藏放暑假可以用这个公式表达：暑假＝家庭作业＋疯玩。可在这里过暑假，犹如在学校里过另外一种生活，从黄金海岸回来，就开始校园建设劳动，之后便是科技兴趣活动，那么然后呢？军训！

9

来到了北京，我有个最迫切的愿望——长个子。班里数我和边多个头最小。边多是个腼腆的人，高高的额头，两只手经常不知所措，很别扭地放在两腿边。在隔壁二班我也找到了伙伴，次仁群培，他们班的人都叫他"小不点"。就这样，我们三人因为个儿小，操练排队都肯定在全班的队尾，而每次排在队尾都相互一望，一种奇怪的关系清晰显现。

军训，对我们是相当的陌生，但大多数男生做过无数次的军人梦，熟练得都可以上战场了。听次旦说给我们军训的都是从军队过来的真正的军人，我就想象着自己能扛着枪过一把军人的瘾。

军训开始了，教官都是身材高大的军人，在他们的指挥下哪怕是整天齐步走也是件非常痛快的事情。事实上也就是这样，我们都很喜欢踏着同样的步伐，喊着同样的口号。在队伍中，有一种神奇的力量左右着你，一个班集体的凝聚力也能在这样的活动中真正体现出来。

但过了两天，发现军训也和所有的事情一样，等那一阵新鲜劲儿过去后，我们就开始对它另有看法了。最受不了的是，8月份的北京天气是那样的热，令人想要躲进一个冰窟里。我们的黄土高坡①开始给我们展现它毒辣的一面。每天午觉还没有睡够，就被哨声惊醒，匆匆洗个脸，跑到校园里，那里有换了短袖衫的教官等着你。快速地排完队，大声地喊几嗓子，朝黄土高坡去大集合，从睡眼蒙眬的状态中拉到这个烫人的午后的操场上，有些受不了。

我们的教官长得很帅，而相比之下二班的教官就像个农民，班里的同学都这么议论。至少这一点，多少让我们感到欣慰。但是军训进行到大半了，还没有拿到枪。别说枪了，现在连根木棍都摸不到，叫什么军训呢？但是，我已死心了，因为排长又安排了新的训练科目——擒敌拳。我们刚进校时，次旦他们高年级的学生负责教我们队列时，就教过我们擒敌拳，我们也按照他们教的在每天的课间操打了一年了。但看教官的演示，显然我们学的是把原来的擒敌拳的各招式偷工减料，简化了又简化。看来，还得花很大的工夫，从头学起。

"在我的眼中你们都是军人，而不是学生……"这是营长在开营式上的第一句话，他是说话算数的。十四天的军训，我们体会到了很多东西，这恐怕平时是没有机会学到的。

当十四天的军训结束时，教官站在讲台上，向我们行了一个军礼，就像第一次和我们在同样的教室里见面时一样。我们发现原来仅仅十四天的相处却能结下如此深深的感情，就在他的右手举起来时，我们的眼泪都流了下来。就在半个小时前，在这间教室里，我们还在跟一个普普通通的联欢会一样又唱又跳，而这时候，我们感到我们没有珍惜这十四天的时间，这十四天的时间多么宝贵，如果让我们重新军训一次我们绝对不会说："军训太苦了，军训太累了。"我们也绝对不会抱怨："天太热了，教官太严了。"当我们共同经历一段考验，而现在我们将和它告别，

---

① 黄土高坡，学生们给学校土操场取的别名。

盼来自己渴望的生活时，我们却对它是那样的不舍。

教官在我们的簇拥下，离开了学校。他披着洁白的哈达，那是我们对他最深的祝福。他说自己是一名老兵，明年这时候已经不在北京当兵了。我们祝福他，光荣退伍时，找到一个好工作。

秋风起的时候，食堂里又酸又黄的馒头，教室里温热的空气和校园里干涩枯黄的柳树枝以及操场上的风沙，这些烦躁充斥了我的大脑。尤其周末，洗个澡，洗点衣服，时间就这么消磨掉了。周日下午，那是众多球迷的节日，意大利足球甲级联赛节目转播时间。渐渐地每当这个时间我会很自然地走进阶梯教室，里面黑压压的一大片男生，夹杂着一小撮铁杆女球迷，前方投影屏幕成了大家的目光焦点。我看意甲联赛，多半是这狂躁的秋风和无所事事的周末逼迫的吧。足球，向来对我没有太大的吸引力。在我小学五年级的暑假去阿爸扎西的家，每天的电视足球节目的出现频率特别的高。每晚 7 点的《新闻联播》阿爸扎西是必看的，除此外，其他节目的取舍大权掌握在我的手里。每当有足球比赛出现，我总嫌屏幕上的人太多，却看不清他们的脸。再说了，足球是见过，但没见过别人踢球，也没人教我们踢球。所以对足球知之甚少。来到内地后才知道那年夏天正值 1990 年世界杯，是马拉多纳的时代。每当一些同学谈起自己在西藏时就知道马拉多纳，我很是后悔，但也只能慨叹：无缘啊！即便到了北京，学校的足球气氛这么浓，班里成立了足球队，自己也多少喜欢上了足球，但像我，海拔 137.5 厘米，只能靠边站了。

学校的生活是单调的，没有什么特别的事情用来打发课余时间，足球成了男生的唯一乐趣。在我们学校，学生都是穿着校服的。学校没有规定都要这样，穿校服是一件很自愿的事儿，可是谁经常不穿校服，那就显得很扎眼，毕竟这样的同学太少了。男生们，穿校服，配着球鞋。每次上完体育课回来或是天气炎热的时候，教室里充满全班男生的臭脚味儿。老师微笑着提醒男生们注意卫生，不要用臭脚丫子折磨女生们，不过大家只是哄堂一笑，很少当回事儿的。学校里，常有大大小小的足球比赛举行。每次比赛，男生们冲锋陷阵，女生们则担当拉拉队或是后勤服务员。

周日下午在阶梯教室看意甲联赛，坐在最前面的肯定是89级初中班的男生们。他们这届男生的踢球水平，可以在北京西藏中学的历史上画上精彩一笔的。能看到他们比赛，那是一种享受，也是一种学习。我们班的土登就经常和他们走在一块儿，估计就是这种对足球的痴狂所感染的吧。

足球占据了男生除了上课之外的所有时间，老师说我们拥有四百米跑道的操场，在北京市的中学学校里是少见的。我真替那些同龄人连个这样舒展的空间都没有难过，可是我们的这个四百米"黄土高坡"还是不能满足踢球的男生们，因此只要操场上能摆两个球门的地方全被我们给利用了。篮球场成了一个很好的踢球的地方，篮球架子正好形成了一个天然的四方门框，两边各一个，很适合十来个人踢比赛。

我不敢说西藏的小孩对足球有一种天生的悟性，但像我们内地西藏班的学生，一是因为学校环境比较封闭，常常跟足球泡在一起；二是从高原上来的体力比较充沛，能跑能跳，踢足球也合适。我知道不仅我们北京西藏中学，还有其他内地西藏班或西藏中学的足球气氛都非常浓，虽然各校水平各有千秋，但整体上还是可以的。中国队的球，那真是一件让我们非常恼火的事儿。可是，每次有中国队的球赛，我们是想方设法去看的，有时和上课冲突，有时却跟不能开电视的时间发生冲突。学校对中国队的球赛根本不当回事儿，是他们根本看不到中国足球的希望了还是压根儿就没当它存在，反正就是不让我们看。当然学生的天职是学习，学校不想影响我们的学习。但我们常常能钻些空子去看，比如找一些"这也是接受爱国主义教育的机会"等等的借口，有时候学校也会允许我们利用自习或者周末的时间看上那么一两场。

全校近七百名学生，吃饭都在一个大食堂里。一种思想根深蒂固，那就是家的思想，不管怎样，这里便是我们初中四年或是高中三年时间生活学习的地方，这里就是我们的家。

当然，自家的事情由自己来办。

每次轮到值日班的同学吃完饭在食堂外面等着，准备开始清扫食堂，最先进来的是擦桌子的同学。如果你吃饭去晚了，就会被来擦桌子的值日生打扰。初一时，那时还是吃大锅饭，每班都有固定的区域，然后以宿舍为单位都有自己固定的饭桌。我们班要求自己的饭桌自己来擦，而且由本班的值班同学来检查。记得有一次，周围的同学差不多已经吃完走人了，做食堂值日的初一二班的学生已经开始进食堂做卫生。我匆匆吃完饭，去洗碗，回来准备去擦桌子时，二班的一个女生正在擦我们宿舍的那个桌子。我走过去，跟她说："你把抹布给我吧，我自己来就行了。"她没把手中的抹布递给我，"你去吧，我来擦。"她略带微笑地看了我一下，然后就开始低头擦桌子了。她低着头，头上戴着一个粉红色大发夹。那次，我的心里很温暖，一种无法说出的暖流第一次涌进我的心里。

10

多吉，在班里第一次举起了早恋的旗帜。到底什么是早恋，提早的恋爱？那么应该什么时候恋爱才对呢？有没有一个规定的时间呢？总之，拿着初中语文第一册课本，才开始学习代数，老师是绝对不允许你有什么恋爱举动的。多吉，被班主任老师多次带到办公室谈话，我们都在看着班里的第一场"恋爱风波"如何结束。几次谈话下来，多吉的这段早恋篇章画上了句号。

每年都有新的学生报到，也有老生毕业离校。但总有一些学生，因为身体和纪律等原因，在学业未完成时就离开了学校，伴随着的是老师们的惋惜和同学们无尽的恋恋不舍。

　　在预科时，我的班里已经有一名女生因为身体原因回西藏了。而刚上初一不久的一天，一阵惊叫声从楼梯口传来，等同学们从教室跑过去时，发现我们班的卓嘎同学晕倒在楼梯口。一阵急促的声音从下面的楼梯传来，是有人去叫医务室大夫的脚步声。哥巴桑正在摁她的人中穴位，本来和她一块儿要回寝室的她最好的朋友次仁琼达在旁边吓得不知所措。大夫到来时卓嘎慢慢醒过来了，眼睛无神地望着前方，脸色惨白，毫无血色，嘴角还不断冒着白泡沫。

　　我们班里又少了一名学生，卓嘎在学校里休养了几天就被送回西藏了。我不知道她们患的是什么病，都是同样的昏厥，或大声地叫唤，或口吐白沫。在西藏我见过那样的情景。仲萨有一名中年男子，说是中年男子，其实从长相来看倒像个五六十岁的人。他住在他姐姐的家里，平时他总是低着头一刻不停地干活，从没有见过他的一丝微笑。从来不微笑的人，内心是怎样的呢？就是这位从不微笑的中年男子，他患有严重的可怕的病。发作时口吐白沫，全身痉挛，自己无法控制自己。《现代汉语词典》上说：癔症，精神病，多由精神受重大刺激引起。发作时大叫大闹，哭笑无常，言语错乱，或有痉挛、麻痹、失明、失语等现象。也叫歇斯底里或狂躁症。而她们患的就是这种病吧？

　　无论是癔症，还是歇斯底里症，那是把病例档案归入哪个科目下的问题。不管怎样，这种病使我的同学无法继续在北京完成她们的学业。

　　为什么她们会患这样的病呢？像我们这样的学生，在十一二岁就离开了父母家人，生活在封闭的环境当中，学习和生活中难免遇到很多烦恼和疑惑。周围都是和自己年龄相仿的小孩，而跟老师又因为语言障碍或性格原因无法进行有效的沟通，造成心理压力，久而久之导致了这种病。不管怎样，事情发生了，这也是另一部分的真实。

多吉，最后对老师作了再也不在早恋上浪费时间、专心学习的承诺。我们再也没看到他和那位姑娘走在一起嬉笑和相互帮助的情景。作为旁观者，同学们从这件事情里，却突然获得了一个奇怪的暗示或是发现了心底的一种隐约作痛的需要。远离了父母亲人，来到了内地，渐渐地，我们的情感世界出现了一个自己还没有完全意识到的断层。十几岁的孩子在开始青春萌动、快速成长的时期，他或她最亲的父母和家人却悄悄地退出了。虽然可以写信打电话，可是那能起到什么作用呢？我的信里从来不写自己在这边得了病，或最近心里有什么不高兴或烦恼的事情影响学习等诸如此类的情况。而家里那边也无非是：家里一切很好，你不要担心，要听老师的话，团结同学，好好学习等等。这仅有的交流，因为相隔太远，双方谁都不希望对方为自己担心。

当多吉的早恋事件成为班里一段时间的焦点，从事情的出现到结束这段时间里，那种奇怪的暗示和心底隐约作痛的需要却试图给我们弥补那一断层。毕竟，心底缺失了某种情感因素，犹如天平上少了一个砝码，不平衡出现了。当我们心底的那种违背自然的不平衡突然被察觉到时，我们发现需要用什么东西来保持平衡。失衡的结果，那会是什么？两位已经回西藏的女孩是否是一种答案呢？学生心中不同程度的失衡以及它所引起的这种情感激荡，犹如一支回旋曲，在我们的生活中始终持续不断，我听到它们，我的同学们也听到它们，老师们也听到它们。虽然我们还在笑着，还在学习着，还在长高着……

比起在西藏的同龄人，内地西藏班的我们可能早一些多一点接触到新的东西。当北京小街上开始贩卖港台明星的贴画，当港台流行歌曲唱响北京的大街小巷，来自港台的强劲的一股追星风潮登陆内地，处在年少的我们自然地加入了这追星族的行列。小虎队、草蜢、Beyond；刘德华、张学友、黎明、郭富城四大天王；成龙、周润发、林青霞等等这些星哥星姐成了很多人的心中偶像。学校的"小小电视台"周末播放港台枪战武打片,片子由学生会的同学负责从外面租来,正符合学生们的口味,因此很多学生对这届的学生会评价特别高。平时上街买东西,回校时手头上总少不了几张明星粘贴画;课桌上、笔记本封面上,甚至作业本的背面多贴满了自己心中的偶像;"歌词本"悄悄流行起来,街上最畅销的那些什么《最新流行金曲》、《叱咤华语歌曲精粹》好是好,但那些是别人做的东西,不如自己设计制作的"歌词本"。把喜欢的歌曲歌词抄下来,然后贴上歌手的粘贴画,用最好的笔记本,最厚的笔记本,这样的歌词本班里几乎人手一册。

这就叫流行吧,上预科时就开始流行起来了。但那时很多同学纯粹是一种盲目的跟风行为。只要是港台流行歌曲就学就抄,只要是港台的粘贴画,就买就贴。大部分最喜欢的是小虎队。可是到了初一,同学们的品位变了,每个人都有自己喜欢的偶像。小米玛次仁,只喜欢郭富城,尤其崇拜他那飘逸的发型。而土登就只喜欢刘德华。女生,比如我们班的文艺委员小白央她们寝室好像挺喜欢伊能静。每次班里搞什么晚会,她们寝室的节目肯定是伊能静的歌曲编的集体舞,她们的保留节目是《流浪的女孩》。只要听到这首歌,就自然而然地联想到她们,联想到隔壁班带粉红色发夹的那位女生,因为我知道她们在一个寝室。

11

"北京西藏中学,小小电视台。"随着画外音一结束,一曲轻快的西藏音乐热情洋溢地出来了。学校有个名副其实的"小小电视台",它的受众是西藏中学的师生,"台长"是电教老师王晶。每次周末时间小小电视台播放很多香港的录像,看过好几部导演都是王晶,在很长的时间里我以为就是我们的王晶老师呢。

小小电视台每周制作一期节目，在周一的新闻时间（每天晚上 7 点至 7 点半是学校规定看《新闻联播》的时间，故名曰：新闻时间）向全校播出。《校园新闻》、《校园广角镜》、《校园小辣椒》都是我们爱看的栏目，每次看着电视最大的乐趣就是谁上了电视，或者在电视里面找有没有自己。

初一下半年，我进入学校的小小电视台，成为了一名小小节目主持人。校园新闻的主持人还是两位高年级的学生，我们平时跟王晶老师做些搬搬桌子扫扫地的活儿，然后王老师给我们上课。第一次接触电视节目的制作，的确让我好奇，甚至好奇得连个问题也问不出来。节目制作的很多事儿王老师自己包办了。最让我觉得我是一名小小电视主持人的事儿，就是有一部关于《中学生文明守则》的专题片。王老师让我根据这个专题片开设一个小栏目。这么一个光荣的任务交给我，我很兴奋，不管三七二十一，就爽快地答应了。之后却觉得这事儿挺冒险的。我在小小电视台有一段时间了，无论说话，还是做事，都觉得自己像个乡巴佬儿，这是在楼下的班级里没有过的感受。跟王老师要了专题片的介绍资料，然后再加了一些自己的小感受算是完成了。王老师居然说写得不错，还要让我上镜主持这期节目。我就是个十足的"乡巴佬儿"，居然马上点头答应了。到了录制节目的时间了，我匆匆吃过晚饭，回到了宿舍，穿好了锁在柜子里很久的藏装，就直奔教学楼。一路上，碰到的同学看着我很好奇，让我有一些不好意思起来，一路小跑地来到六层演播室。说来也奇怪，当我坐在摄像机面前，却一点也不紧张了，也许说一点感觉都没有才合适吧。节目录制完毕，王老师不说好也不说坏，只是冲我微笑。

迎来了一个很普通的周一，不过我的心情很不一般。这一天很漫长，只是我一个人的漫长的周一。好不容易到了晚上的新闻时间，我坐在那里，带着一丝笑意——紧张却不知所措时我总是这样的表情，等待着全班同学的注目，想象着隔壁班里那位戴着粉红色发夹姑娘的扑哧一笑。熟悉的开场音乐结束后，我出现在了电视里。全班同学一阵笑，他们都看着我，好像都在问我：罗布，你什么时候上去了？等我那片头介绍结束后，我已经没感觉了。我一丝微笑地，盯着电视，脑子里却一片空白。将近二十分钟的专题片结束，我再次出场了。看着自己出现在电视里，的确是一件奇妙的事情，我知道那就是我，却有些陌生。一切还算顺利，但在节目的最后，我要说"再见"时，话还没说完，"见"字刚说出一半，画面就静止了。屏幕上留下来的是我一个很夸张的表情。画面持续了有一秒多，班里同学都大笑了起来，我甚至听到整个教学楼的学生都被这个画面逗乐了，我的一丝笑意，变成了火辣辣的脸，有些无地自容了。因为我知道有一个人肯定也在盯着这个画面，这让我感到很不好意思。她怎么想？不知道她是不是也在笑？和别的学生一样笑呢，还是比他们更关切一点呢？她不会也仅仅是看到王老师这个无心的杰作而笑的吧？

学校就像个大家庭，来自西藏各个地区的学生是这个家里面的兄弟姐妹，老师们就是我们的家长，而经常来看望我们的北京市领导是我们的亲戚。在这个大家庭里，同乡的关系在我看来很重要，大家都从一个地方考到内地来，不管以前认不认识，能够在离家这么远的地方再次相逢，实在不容易！我已经是一名初一的学生了，索朗曲旦大哥已经毕业了。他是第一批内地西藏班毕业生，也是作为曲松县历史上的第一批内地西藏班学生。在预科班里有三名学生跟我当年一样，红扑扑的脸庞，睁着大大的眼睛，系着亲朋送行的哈达，带着曲松县特有的那股纯纯的味道，加入到了我们中间。高三年级的"老头儿"、高一年级的索次仁的姐姐，她初中毕业后又考到北京继续念高中，还有从辽阳西藏班考进来的强久、正在上初二的次旦共十名学生。都是从拉加里王宫脚下的完小考到北京的学生，我们因曲松县有这么多学生在首都北京学习而感到骄傲。

十个人的这套阵容就是来自我曲松家乡幸运的学子们，这套阵容也是今天出现在县长面前的他的小孩们。来北京出差的县长，特意来学校看望了我们。他在校园里左打听右询问之后找到了高三的"老头儿"。"老头儿"通知低年级的老乡，这样大家分头去找人。

我飞奔在楼道里，飞奔在校园里，在那边有个人，他是我们县的父母官，是管我们父母的父母官，他从我们日夜思念的地方来到我们生活的这个大城市，他现在邀请我们到饭馆吃饭，我急于把这个消息告诉给我正要去找的老乡。平日里熟悉的校园此刻却变得和我不相干，只因为县长在等我们，校园反而变得陌生了起来。

县长把我们带到校门口原来的小卖部，这里最近刚刚装修成了一个饭馆。我们被带到一个大包间里。县长让我们轮流介绍自己的姓名、班级、乡、父母的名字。县长说，今天虽然是用首都北京的饭菜招待你们，但你们好好地吃吧。看着眼前从未吃过的菜，从未喝过的饮料，我仿佛忘了自己刚才还在学校里，在校的学生是吃不上这样的饭的。我们的动作有些拘谨，县长看到了，说，你们不要客气啊。其实我们不是客气，只是我们有点感动了。因为，我们知道今天这顿饭的确来之不易。

县长来了，我们感动，平日里我们很少有机会聚在一起，这种聚会使我们认真地想起自己的家乡，想起自己现在学习是为了什么。让我们体会到了家乡领导对我们的重视和关心，一种责任和使命感仅仅因为这次聚会深埋在我们心里。

坐在包间里，看着眼前皮肤黝黑、头发卷卷的县长，我仿佛看见了在老家的阿爸扎西、次仁舅舅、央金姑妈……

边多病了。他说自己得的是肺结核。这是什么病？他也说不清楚，我们也不清楚。期末体检之后，校医务室的大夫带他去安贞医院检查，结果说需要住院。他不是好好的吗，依然那么腼腆，也没见怎么样啊，怎么就住院了呢？他很高兴地去了，我们也替他高兴。

我偶尔也会这样想，而且几乎是热切盼望住一次院。只要不是什么特严重的病，我们都愿意住他个两三个月。因为住院有好多好处。第一，轻松的生活。离开学校的这段日子，真是多么轻松的生活啊。住院期间，老师安排班里学习好的同学给你补习功课，没有任何学习压力，没有作业，也没有考试，这样轻松快乐的日子谁不想？第二，营养的生活。住院了，是病人，你会得到很多好吃好喝的东西，从医院伙食处，从看望你的老师同学那里，都是有营养的东西。学校的伙食的确是经不住品评的，那绝对能让你多看几眼多想一会儿就会没有食欲的又黄又酸的馒头，那用凉水洗碗也不用担心洗不掉油渍的水煮菜，虽然经常安慰自己，这饭菜不可口但绝对有营养，但是实在让人没有胃口。天天盼望自己可以快快长个子的我更想去医院里大补一番了。

住院，太妙了，我渴望住院。住院对很多人来讲，意味着疾病的折磨，大量治疗费用，事业的终结，甚至是生命的危机。但我们却当是神仙般的日子，因为住院就不用上课，又能吃到大补的食品，到了周末还有老师带着学生成群结队地来探望。

每周二下午上完课，是课外兴趣小组活动。有些暑期小组，开学后还在继续活动，像科技兴趣小组、足球小组、打字小组等，可是有些已经不活动了。我在校舞蹈队的确没有找到任何的兴趣，也没发现自己有什么舞蹈方面的天赋，自然也就没继续参加校舞蹈队的活动了。我倒有幸和班里的十几位同学参加娄老师创办的图书小组。娄老师，是学校教师阅览室的负责人，他的来头可是不小，因为娄老师的父亲曾是一名五四爱国青年，在我们高一的语文课本里赫然写着他令尊的大名，这我是上了高中才知道的。

我们每周去娄老师的阅览室一次。先是做卫生，扫洗地板、擦拭书架、浇花浇草；然后整理书籍，给新书编目。娄老师给我们开图书管理知识讲座。我们在小仓库里上课，屋子很小，两边书架堆满了新书旧书，中间摆放着一个长桌子，桌子前面有个小黑板，那就是娄老师写讲义的地方。娄老师教我们图书目录编写技巧，查找书籍的方法，使我们受益匪浅。

刚参加图书小组时，正流行抄歌词本。在阅览室的最里层有装订的旧杂志，什么《海外星云》、《中国电视》、《世界博览》等的封面封底或是中间都有很多明星照片插页。当时这些杂志遭受了被追星热弄昏了脑袋的我们的无情的灭顶之灾。每次活动快结束时，我们有几个惯犯就跑到里面开始撕有明星照片的插页，然后藏在衣服里或什么地方带出阅览室，这些杂志插页就成了点缀我们歌词本的牺牲品。

学生阅览室在阶梯教室下面，可是那里的书大多是学习参考书和一些类似《十万个为什么》这样的读物。阅览室也有很多藏文书籍，但是一部分是我们的藏文水平无法看懂的，而另一部分是在小学时就看过的《阿库顿巴的故事》、《尸语》等藏族民间故事书。因此还不到两年的时间里，我对学生阅览室几乎没什么兴趣了。偶尔去那里写作业或者看看报纸。

但娄老师的阅览室不同。这里有很多新书，也有很多学生根本看不到的书籍，虽然那些书也很厚，对我们的汉语水平提出了挑战，但却有让人想阅读的愿望。每次借书，娄老师规定每人仅可以借三本，但这不要紧，刚开始也只能借出一两本，借多了也看不了。借书时他都要检查你借的是什么书，平时，可以借一些知识性的参考书，快到假期时，他允许我们借点别的书。

《福尔摩斯探案全集》是我看过的第二本侦探类小说，第一次从娄老师那里借过一本《偷宝石的猫》，是著名侦探小说作家克里斯蒂的作品。很多学生喜欢看武侠小说，但我却对国外的侦探小说产生了浓厚的兴趣。《福尔摩斯探案全集》里面有很多精彩独立的故事，让我联想到那朦胧鬼魅的满是雾气的伦敦的大街深巷里，有个四轮马车疾驰而过，穿梭在乡间与城市中间，从这马车里进进出出的是我们这本书的主人公——华生的亲密朋友——著名的私人侦探福尔摩斯先生，穿着考究的燕尾服，戴着高高的礼帽，嘴里叼着一只烟斗，以他那超人的智慧，锐利的目光把凶案杀手逼到无路可逃的境地。当《福尔摩斯探案全集》全部书看完以后，我就转战法国浪漫小说了。我对自己汉语阅读水平越发地自信起来。我开始看《歌剧院魅影》、《大鼻子情圣》，这两本书的内容是我平生看过的最美也最浪漫的了，无论书籍的外观，还是里面的内容，让我非常地爱不释手。我发现，或者说，我有点自我暗示，我是个崇洋媚外的家伙了，因为外国的书籍为什么那么合我的胃口呢？

边多从安贞医院回来了，令我刮目相看。他胖了，也变白了，更惊人的是，短短一个半月的时间，他的个头居然长了足有三四厘米。这让我在见到他的那一整天，始终想着我怎样能住进医院。

期末考试，我考了全班第一名，这对于我其实没有更多的意义。考了好成绩，只是学校寄出家长信时，心里由衷坦然，至少自己不会让家人为自己担心了而已。顶多，在暑假过后新学期开学典礼上，可以在全校师生面前上台领奖，仅此而已。不知道为何，我现在对学习开始变得有些漫不经心，很多方面我开始变得有些无所谓了。同学们都吃在一起，住在一起，总之真是能在一起的几乎都在一起了。平时，同学之间的了解和交道，不光在学习方面，而是全方位的，能比较真实地还原一个人。班里面很多同学都是两两三三地变成了要好的朋友，而在我的生活的坐标系里，和我站在一个坐标点的，只有我自己。

学校放暑假了，有三天的休息时间，娄老师安排我们去参观朝阳区图书馆。我们被带到了北京城的某个角落，到了那里，我已然分不清自己身在何处，很自然地，我们几个学生开始争论学校到底在哪个方向，答案东南西北都有。娄老师和一个中年男人碰头，他带领我们参观了各个阅览室，没有什么特别的收获，倒是地下一层的录像馆和二层的借阅室里面堆满的武侠书让我稍稍心动。近来，学校里开始流行武侠书，而这里的武侠书之多，而且那些武侠书被翻得已经发黄且起皱了，想必很多人在看，看来我们的学校跟北京市朝阳区人民的步调还是比较一致的。

参观完了，我们坐 115 路公交车返校，车里人很多，又挤又颠，可我的手还是够不到车顶扶手栏杆。每次坐公交车时，这车顶的扶手栏杆都让我心情很差，因为让我想到自己几乎长不起来的个子。长身高，把我想得真的太辛苦了。

还没到学校，前面的同学示意下站下车，我们几个人莫名其妙，不过叫下就下吧，肯定是娄老师的意思。我们在车站旁集合，集合成了一种习惯反应，只要有三人以上外出，大家都要时刻盯着伙伴，以防谁走丢了，这是我们来到内地后的一种习惯，一个刚学过的词汇蹦进我的脑袋：习惯成自然。

娄老师说："今天咱不回校吃饭了，我请你们吃美国加州牛肉面！"话音刚落，乐坏了我们这帮人。最近常从广播里听到美国加州牛肉面，当时还真费了我一点脑筋，这面跟那些街上卖得很凶的兰州拉面有什么不同？莫非真是从美国……不过想想，也觉得不可能，只是对它挺好奇的。听娄老师说去吃美国加州牛肉面，真是一种很奢侈的享受。面馆里人太多了，很多人找不到座位，有的人干脆在门口站着吃，或蹲着吃，柜台那里还有很多人排着队。我们一帮人就这样进去，按理讲肯定会招来很多异样的目光，我们每次上街，这种情况见多了，也就习惯了，还是习惯成自然。可今天我们十几个人同时进来，却没几个人把脸从碗上抬起来，看来还是美国的牛肉面条更有吸引力啊。

人多势众，我们看着有空座位就赶紧坐下，这样渐渐每人都找到了座位，上来的美国加州牛肉面，是挺好吃的，这是真话，大半天了还没吃什么东西，饿的吧。好吃归好吃，还是没有想象中那么神奇，不过真应该感谢娄老师，这次我们图书小组出来活动，是娄老师自己的主意，全部花销也是他自己出的。

13

有很多人在操场上踢球，有三三两两的人在校园安静的角落背书，还有刚刚起来正准备去食堂吃饭的。这时候拿着一本书坐在水池旁，靠在水池过道的水泥柱上，坐着的大理石石板给你全身送上一股凉意，正好抵消由于起床不久、饿着肚子看书而使头稍有涨痛的感觉。北京的夏天最好的时段是清晨6点多钟太阳刚刚升起的时候，周围有一丝的凉意。

暑假开始了，校园建设劳动，科技兴趣小组活动然后军训，这是我们学校程序化的暑假生活，但对于每个人来讲却总有不同的内容。一周左右的校园建设劳动后，开始科技兴趣小组活动，我参加了摄影小组。阿爸扎西给我买的那深埋于衣物堆里的相机终于有了它用武之地。十四天的摄影小组活动，我们十几名学生在车老师的带领下完成了摄影的基础知识学习、实践操作练习、作品创作、后期暗房冲洗。真是学生当惯了，凡上课，凡老师在黑板上写什么东西，肯定会拿纸和笔记录下来，可后来发现这些笔记在教授的摄影课上，根本没有用处，倒是自己跟自己开了个小玩笑。

车老师，中等身材，壮实的骨架，一副大腹便便的样子，讲课特别认真。不像有些人，一开始就给你一种几乎吃一惊的感觉，但日后的感觉却越来越淡了。车老师刚开始倒是跟最普通的人民教师一样，没什么特别的东西，后来他却给我留下了非常深刻的印象。在他的培养下，我跟摄影结下了不解之缘，我想甚至可能的话，将来我就指望着靠这个糊口了。

摄影小组成员来自各个年级，是临时组成的，虽然在同一个校园里，而且差不多都知道对方的班级，甚至姓名，但还算是彼此不太了解。我们太应该有这样的机会，打破平时什么事情都是以自己班为单位的做法，只要打破这个做法就行了。像我们这样的暑期科技兴趣小组活动，和彼此不曾熟悉的人在同一间教室里上课，这种感觉太好了。犹如平淡无味的日子里突然有远客到来。

尼玛次仁大哥，是我们小组里我最羡慕的，也使我有一种亲切感。高高的个儿，首先这一点就足以让我羡慕至极了。在这里，再次报告我的身高，一直以来心情没怎么持续地好过一两个星期，我真觉得应该归咎于自己的身高。在北京已经待了快两年了，我的身高才一百四十三厘米，比刚来时才长了七厘米。长高，长高，真是我的噩梦，因此对于尼玛次仁大哥高高的身材非常羡慕。另外，他手里的相机是"珠江"牌的高档相机，这一点也足以让我羡慕了。我的相机又小又轻，车老师在上课时，说到调光圈、速度、焦距时，那些按钮调环在我的相机上压根儿就没有，几乎是个全自动相机，俗称傻瓜相机，令我感到难堪。不过，这倒很省事儿，只要举起来构图，摁快门就行了。

尼玛次仁大哥是高二年级的，刚才我说他使我感到亲切，主要因为他有点像我的索朗舅舅，所以，一开始我就称他为"祥古"，藏语意舅舅。祥古学摄影，好像没那么激情，几次集体创作，我看见祥古很少变换位置，只是原来在哪儿就从哪里胡乱地照几张。

我们当中很多人来学摄影时还没有相机，是车老师帮他们联系厂家直接从厂里批发买过来的。没过两天，他们都拿到了崭新的相机，"凤凰"牌205-D，凡车老师讲到的功能基本齐全，当时看着他们，实在是打击了我，差点把我的仅有的创作欲给打消了。不过，我找到了安慰方法，我想"重要的不在机器，而在于人"。这个道理，人人明白，但初学摄影的我能懂得这一点，并以此安慰自己实属不易。我想通这一点却是一种苦涩的自我安慰。既然想通了，那每次创作我也能保持较好的心态，车老师给我们每人发了两卷黑白胶卷，那是老师自己缠的。几次采风后，我已经早早地把两卷都照没了。

学到暗房技术的时候，车老师给我们千叮咛万嘱咐：不要把定影和显影液弄混了，不然全"歇菜"了。谁能想到，这事果然发生了。那天我们十来个人挤在屋子里，这里是教学处办公室，办公室里面有一间小房子，被改造成了简易暗房。我们轮流到暗房里把照好的胶卷缠在显影罐里，然后在外面的屋子冲洗。车老师盯着我们操作，可人太多，他没顾过来，我们也太不经心了。尼玛次仁大哥，还有一个高一的学生，加上我，我们三个还非常激动地等待着自己的处女作出来，可是当胶片放入冲洗槽时整卷都是灰的，连个人头都没有显出来，三人的胶片都一样。当时我们三人互相看着，本想拿到车老师面前去汇报一番，不想却是这样子。车老师生气了："全歇菜了！"他的脸都红了起来，第一次在我们面前发脾气。其他同学看着都笑了，我们也无奈地笑了，车老师还是一脸严肃。

用车老师的话说，这年暑假我又歇菜了一回。

哨声急促响起，赶紧起床，不知为何今天头特别地疼。在阶梯教室门口匆匆集合，我们在教官的口令下到了操场。天啊，炎炎烈日把"黄土高坡"烤得阵阵热浪扑面。完了，营长宣布下午训练课程是拔军姿。

"抬头、挺胸、收腹！"黄教官命令着。他一边说着，一边以标准的起步动作穿梭于队伍之间纠正我们的动作。拔军姿，是训练所有课程中最艰难的一项课程。不过，如果教官的眼睛不太尖，或是自己对自己的要求不太严，那么拔军姿绝对可以让它是最轻松的训练。

"目视前方，脖颈向后拉，两腿夹紧，两手食指扣在裤缝线上！"黄教官向我这边走来，一边给其他同学纠正着动作。

队伍里出奇的安静，似乎都能听到热浪从脚下的黄土地上翻滚而来的声音。在我正前方不远处是足球小门，再往前是操场的墙，再往前是什么也没有，唯有很蓝的天空，不挂一丝云，正夹在家属楼和斜后方的女生宿舍楼之间。我紧绷着身体，等待着黄教官走过我面前时露出满意的微笑。

头很疼，热汗直往外冒，我感到有些支持不住，前脑门快爆了，我想稍微动一下身体，不行了，完全没力量，身体已经僵住了，眼睛还能动，足球门、墙、天空、墙、足球门，我在调节着眼睛的焦距，我想起了车老师的那个变焦相机。突然，黄教官的下巴挡住了足球门，我看不见足球门了。

"不——错。"在说我吗？黄教官在夸我吗？

"继续坚持，还有十分钟。"天啊，还有十分钟，足球门、墙、天空、墙、足球门……

"收紧下巴、挺胸……"我开始听不见任何声音了，太安静了，足球门、墙、天空、墙、足球门、足球门、墙，突然，天空一片黑暗……

当我醒来时，我已经在达瓦的背上，他白色的 T 恤全红了，我知道我流血了，但不知道从哪里流的。他在一路小跑，要送我去医务室，校园里显然没有操场那么热，一个人都没有。

"达瓦，我怎么了？"

"你刚才晕倒了。"达瓦喘着气。

"我流血了？"

"呃！流血？"

"下巴磕破了。"

我的下巴磕破了？我是往前倒下去的？幸亏我不戴眼镜，万一镜片碎了？下巴破了，牙齿没事儿吧？我用舌头顶了顶牙床，没事儿，牙齿没事儿，只是口里感觉特别凉，涩涩的，动舌头时舌根直疼。

在医务室门口，碰见了靳老师，政教处的老师，认识我，我真的感到很不好意思。达瓦把我送到医务室里，大夫检查我的伤口，问达瓦发生了什么事儿。

"伤口太大了，必须缝针。"大夫皱着眉头说，我知道自己的下巴肯定破得很惨，但不知道惨到什么程度。

达瓦送完我就回操场继续训练去了，大夫让我躺到行医床上，开始给我打麻醉药，人生第一次给我的皮肉缝针，真是有些怕。

"这是怎么回事儿？"靳老师在我左侧站着，他问我。

"中暑了。"我想肯定是中暑，天太热了。

"不是中暑，你这是血糖太低了，晕倒的。"我真不喜欢靳老师这么说，在我看来，说中暑比说血糖低好听一点，我感觉说血糖低似乎就意味着我身体差，而中暑却很自然，在这样热的天气里。

"嗯，可能是血糖太低了。"大夫也这么认为，他边说着已经开始给我伤口缝针了。第一针下去，我显然听到了针尖穿破皮的声音，大夫的麻醉药作用不大还是缝针都是这么疼，刚才晕倒还没有感到一点疼痛这会儿却非常的疼。一针，两针，三针……渐渐不疼了，麻醉作用来得有点慢但已经开始奏效了。

我躺着，靳老师和大夫在轻声说话，我回想刚才自己倒下时的情景。我在想我以后怎么在校园里走，居然在那么多人面前晕倒了，我太没用了，她知道了怎么办？她肯定知道的，这下惨了。

14

相册，内地西藏班的学生几乎人手一本。听长辈说过："照一张相片，你的寿命就减少一岁。"但内地对于我们来讲可能是自己暂时的栖息地，而这是祖辈们不曾到过的地方。应了一句在那些景点被游客写滥了的一句话："某某到此一游!"仅仅两年时间，我们真去过不少的地方：秦皇岛、山海关、老龙头、北戴河，动物园、劳动人民文化宫、八达岭长城、慕田峪长城、植物园，还有"著名"的樱花公园。每到一个地方，就会留下几张纪念照。每次朋友之间串宿舍，用自己的相册招待，成了当时一个令人难忘的特色。

那天下午训练结束，营长和黄教官跟我们班男生们一起来到宿舍看望我。营长手里提着塑料袋，里面有水果罐头和奶粉。他说："小同学，你身体不好却依然坚持训练，值得表扬，全体军训营的同学都应该向你学习。"黄教官叫我好好养伤，以后几天的训练就不用来了。营长和教官他们都是当兵的，能得到他们的关心我真是受宠若惊。军人的关怀，是一种令人肃然起敬的感激。

等他们走了，大家见我没什么大事儿，只是下巴上多了一个可笑的包扎。然后，他们的"关心"开始了，真有一种援军刚刚撤退，敌人开始狂轰滥炸的感觉。说我蛮像个坦克兵嘛，这是扎西次仁，外号"猴哥"，是土登起的。说当时还以为我在表演"卧倒"，这是洛松，外号"美国"，是欧珠起的，不知道是因为洛松有一头金色的卷发还是因为别的，居然起了个外号，叫"美国"？居然心怀叵测地说我没必要用这么大的牺牲来换取几天的免训吧？这无耻的家伙是达穷，他当然也有外号了，我们亲切地称他为"穷穷"，这外号不是别人起的，是他自己父母起的。达穷是达瓦穷穷的缩称，"达瓦"是月亮的意思，"穷"是小的意思，"穷穷"就相当于汉语里的"小小"，那又为什么"穷穷"算是外号呢？因为我们每次称呼他是以汉语的发音来称呼，而且故意把"穷穷"这两个字的发音往上扬，达到一个很有戏剧性的效果，所以大家都把这个当做他的外号了。

同学们几乎每人都有外号，有些人还不止一个。一般谁给谁起外号无所谓，只要上口好记，大家就默认了。欧珠是个天生有给别人起外号的癖好的家伙，很荣幸，我的两个外号是由这家伙所赐："罗郭拉"、"马赛罗"。马赛罗是个法国球星的名字，他说我长得跟他像，尤其是剪平头时，这个名是这么得来的。而"罗郭拉"是把我的名字略加修饰后，用汉语写出来就是这样了，"罗"是我名字第一个字的音译，"郭"这是藏语里比较不好的词，在骂人或其他地方高频率出现，"拉"是敬称的后缀词。我们起这些外号不是什么故意嘲弄别人和攻击别人，即便起的名字不太好听，但我们叫得很欢。显得很亲切。我们平时很少叫名字，直呼其外号。

那次暑假，学校里突然开始流行红眼病。差不多每个班有那么两三个学生不幸被染上。军训期间，这些同学就获得了彻底的休假，他们就担当起后勤服务的任务，给军训的学生熬绿豆汤。下巴包扎的我也成了他们中的一员。

开学初，年级会上老师说初二是个两极分化严重时期，如果这一年不好好努力，那么成绩就会下降，然后一直就会落在别人的后面。当然这里指的是分数的落后。分数成了衡量一切的标准，在一个四十几个同学的教室里，有这么一个衡量标准左右着很多事情，有些悲惨。

同学们相处已经两年了，两年的共同生活经历写在每个人的脸上，写在我们的教室里，也写在我们的宿舍里。刚刚来到这个新的环境当中时，每个人的家庭背景，生活经历都不尽相同，而现在，经过了这两年，在我们自己还不知不觉当中，发现我们之间被某种共性的东西紧紧缠绕着，我们的生活在某些方面被无限地压缩，而在某些方面又被无限地扩大。

每年都有毕业生走出校园，也有新生继续补充着相对空寂的校园、相对空寂的我们的生活。在新生的脸上写着思念遥远的家乡。

这天凌晨5点左右就隐隐听见学校客车的声音，等我们去做早操时发现阶梯教室敞开着，食堂里亮着灯，原来预科新生凌晨时分到达。下完早自习，去食堂吃饭，看见一群脸色黑嫩、目光惊奇的学生排着队伍在澡堂门口。我凑近去，碰见了次旦也在这里。

"今年有咱们县的学生吗？"我问。

"好像顿旦舅舅的孩子索朗次仁考上了。"他答道并在努力地寻找中。

有很多老生也在找自己的老乡。我在次旦的背后，两手搭在他的肩上，微笑着找索朗次仁。次旦也在微笑着，老学生，新学生也都在微笑着。在这笑容背后，是我们的惊喜，来到北京学习，有自己的小弟弟小妹妹可以共度他乡的求学生活，是一种惊喜；在这笑容背后，是我们的羞涩，初来乍到，大家依然很腼腆，是一种羞涩；在这笑容背后，是我们的感激，从相对落后的环境来到首都学习，我们藏族人的后代能在内地接受较高水平的教育，是一种感激；在这笑容背后，是我们，每人不同的幸福，在这样的时候，用微笑表达是我们很自然的表达。藏族人最爱笑，如果你不是藏族人但你跟藏族人有过一点接触哪怕仅仅一次短暂的对话，你回想一下，我们是不是微笑着跟你说话？如果你就是个藏族人那不用我多说了，你想我说的你同意吗？

我们就这么笑着，终于也在这样的笑容中找到了一个比我还小，比次旦更小的顿旦舅舅的索朗次仁，让我想到了为什么阿爸在家信中背着阿妈透露，那天我坐着飞机离开家乡，阿妈伤心地抽泣，等我们的飞机消失在远远的雪山之后，阿妈再也不能克制自己便当场晕了过去，连续三天三夜精神恍惚，不吃不喝。我看到这儿，内心一阵涌动，想念我远在西藏的阿妈了。今天看到索朗次仁，如果他没有的的确确出现在新生的队伍当中，你无法承认就这样一个孩子，离开了自己的阿爸阿妈，离开了自己的亲人故土，千里迢迢来到他乡求学。像他这样，在家里吃喝住行全有家人照料，除了学习，家人的一些生活琐事他全不用承担。现在却就这样只身一人来到他乡，为人父母的能不惦念感伤吗？父母是下了多大的决心才把孩子送到内地？在这里我想起了多年以后我听过的一个笑话，一个真实的笑话：说有一次送学生上内地西藏班，在贡嘎机场，当看到学生坐的飞机飞上了天空，其中有位老阿妈号啕大哭，不断地哭喊着："我的小孩，他被那个大怪物，秃鹫叼走小兔般带走了……"

　　经常有好心的汉族人说，像我们这样的学生，在这样的年龄，离开了父母家乡，来到这么远的地方，多么可怜，多么不容易。当我们听到这样的话，觉得这有什么呀，但有时候觉得那些好心的汉族人说得没有错，我们似乎挺可怜，在十一二岁，一个人的成长真正开始的年龄，我们的生活中似乎少了点什么，而这一少就是至少七年，或者是十一年，甚至更长的时间……

15

　　班里又要发展一批团员，这种"组织"事情我是很少有过体验和参与的。记得在完小的一次六一儿童节，学校给好多低年级的同学举行了一个隆重的入队仪式，系红领巾，唱《少先队队歌》，觉得他们特风光，当时我已经是一名六年级的毕业生了。来到北京，第一批团员是在初一的时候发展的，现在要发展第二批了。我没有那种要入什么组织的想法愿望，也没有老师找上门来要我写申请书的。

家里来信说一切都好，不用我担心，还说最近美国人在家乡建了一个自来水管渠道，说现在不愁没地儿去打水了。我真替村里人高兴，因为到了夏天一下雨就暴发山洪，几乎整个夏天河水都成了黄色的泥汤，村民都要跑很远的路去打泉水。现在可好了，居然有美国人在我们那个穷乡僻壤为民做好事儿，我觉得有些奇怪。家信还说，最近我的信写得越来越草，藏文书法也比以前差了，信封上的地址写得是龙飞凤舞，问我怎么回事儿。其实我也不知道，但我喜欢潦草，有人说我的字体难认，反而有种被夸赞的感觉。"字如其人"，这又是一个汉语成语。在我眼里，成语是汉语里最精华的部分，犹如炒菜里的那些肉片，所以我对成语有一种特别的喜好。"字如其人"，我的字体那么潦草，估计也反映了我自己的性格吧。

自那次在食堂戴粉红色发夹的她帮我擦桌子，我这个"小不点"对她产生了一种特殊的感觉。是什么样的一个感觉，解释这种感觉，都叫它喜欢，就是我喜欢上了她，我也知道如果能够进一步发展，这叫做谈恋爱，老师们管这叫"早恋"。但是，这种事情，其中包裹着一个人的多少情感因素，尤其一个十几岁的孩子的内心的情感，纯真的、单纯的、萌动的、懵懂的、羞怯的、奇异的、新鲜的、无知的、可爱的、可怜的、精彩的、原始的……总之，我宁愿不给它一个明确的定语。我能见到她的时候，是在课间吵吵闹闹的楼道里。远远地偷偷地时不时地望她一眼，像每天看新闻前我们最爱看的动画片《猫和老鼠》里，眼珠子夸张地伸长出去到达她面前然后又迅速地弹缩回来。现实中眼珠不会这样，可大脑收到的信号就和这种动画所表达的一样，我惊叹迪斯尼的那些动画大师有如此丰富的想象力和精湛的表现能力。

做课间操时初二两个班挨着，我也不由自主地向她望上几眼。她很少注意到我，这无所谓。她微笑了，我也会微笑，虽然她不是冲着我微笑；她沉默，我也沉默，虽然她不是因为我而沉默。

人多的时候，我这个"小不点"胆子够大，但有时在校园里两人不期而遇，只有两人面对面，我就胆小得不知所措了。就这么大的校园，就这么大的地方，两人面对面的情况还真多。第一次也许在想看她又不敢看她，想打个招呼又不敢打招呼的慌乱中就过了，正因为这样她才开始注意我了。等时间长了，两人见面的时候我会向她笑笑，她也会报以灿烂的一笑，这会让我兴奋好久好久。

　　初二时，我跟猴哥做同桌。猴哥，土登给他起的名字真是名副其实，他上课没有一分钟是能够安静地坐着听老师讲课，手中的小动作之多真是太像个猴子，不过跟他做同桌是件快乐的事情。跟猴哥同桌时，我也和他一样在课堂上小动作总是没个完，有时两人在桌下一手捂着嘴一手捂着肚子偷偷窃笑。我们刚上初二年级还没有那么多的书，书都放在桌子里面了，桌面上基本上没什么东西可以用来遮挡老师的视线，因而两人的很多游戏在桌子底下进行。猴哥是第一个知道我喜欢她的人，这可把他高兴坏了，因为她是猴哥的干妹妹。在我们学校干妹妹，干哥哥，干姐姐，干弟弟的关系太多了。听到我喜欢他的干妹妹，自然他有一种很光荣的自豪感，这也是我亲口告诉他的原因，我要他帮我的忙。他很乐意，这样他也有更多的机会和借口去二班，借机可以多看一眼他的梦中情人。

　　经过猴哥与我多次课堂上的窃窃私语，终于讨论出他帮我的第一个忙：从她那里索取一张照片。事情进行得出奇的顺利，猴哥真是太卖力气了，在当天还没上晚自习之前就拿到了照片。当我拿着照片，看着照片上的她，我真想笑出来，是那种见了心爱的什么东西会情不自禁的高兴的笑，也是那种自己突然得到了期待好久的东西又生怕外人知道的偷偷的笑。她穿着一身浅黑色的西服套装，里面穿着系领带的粉红色衬衫，站在一个整齐排列的红色砖墙前面，墙上有藤条枝叶。她微微笑着，左手轻轻地抓着一根小枝条。虽然头上没有戴发夹，可我很喜欢，照片照得有点虚，不过，这种朦胧的感觉正符合了我当时的心情。

上了初二，课程难度普遍提高，作业量也增加了。班里开始出现所谓的两极分化。不知从哪天起，能明显感觉到教室里的气氛沉闷了好多，同学们每天在教室里待的时间也比往常增多了。

课堂上我经常走神，开始想退学回家，不知道自己怎么会这样。此时一个计划日益在我的脑子里清晰起来，没有想过怎么跟老师说退学，也没有想过怎么跟家里交代，也没有想过我退学那就意味着和戴粉红色发夹的她再也见不了面。不过，退学这只是一种幻想，我肯定没有勇气提出要退学，也根本不可能想象从西藏好不容易考到首都北京学习还没有完成初中学业就要求退学的，可是退学的念头好比上了烟瘾一样，经常占满了我的脑子，尤其上课发呆的时候。

我的老家仲萨，是一个有三十几户人家的普普通通的高原山村，我家在整个村庄的最前面。在村子的一侧有一条公路，虽然就这么一个偏僻的地方，却经常有很多车子从这条公路经过。有部队在我们这边修路架铁桥，村里临时组成民兵支援前线，还组织其他村囤积大量的柴火。那时在我们这么一片小小的地方驻扎了两个兵营的军队，每天一批又一批的车辆不分昼夜地从这里经过，有时还有直升机沿着河谷从村庄上头飞过，当时吓坏了从没见过飞机的村民。那时真是人心惶惶，村里的老人们整天在烧香拜佛，感觉一场灭顶之灾就要来临。那是八几年的事儿吧，我还在村里上学，对于我们小孩来讲，骤然感觉生活变得有趣多了。每天放学回家，就到兵营里去玩，给他们送柴火，就可以得到压缩饼干、奶糖、罐头等等好吃的。我还结识了几个军人朋友，他们都是汉族人，我把他们带到家里，请他们喝酥油茶。有时他们会自动找上门来，顺便带一些兵营锅里剩下的米饭或者别的什么东西。阿妈看着我带着皮肤又白又说着我们都听不懂的话的军人总是微笑着也不说什么，对于他们的招待就由我全权代表，真是风光。

当然，整个边境前前后后折腾紧张了半年，仗还是没打起来。支援前线的民兵都回来了，当初是哭着喊着离开家，以为这一去就是生死离别将一去不复返，而后来却唱着歌喝着酒高高兴兴地回来了。兵营拆了，军队也都撤了，给我们留下了一条平整的公路，还有两座铁桥。从那时起，我发现从我们村子的这条公路上经过的各种各样的车辆增多了，有外国人的旅游大客车，有其他地方的卖苹果卖桃子之类的车辆，也有很多不知什么人也不知什么车的都从这里经过。

有点扯远了，不过想起这些往事，退学后的计划就有了灵感了。我不想跟哥哥一样当一个牧羊人，也不想跟姐姐一样当一个农民。我想当老板。如果在村头建个小饭馆，给过往的旅客路人提供服务该赚多少钱啊！念了这几年书，自己也能说点汉语，我当老板，姐姐过来帮我做饭，哥哥负责到县里采购东西，当然阿妈还是要待在家里打点家里的事，阿爸还得在县里负责他的商店。我越想越来劲，觉得在学校这么待着也不知什么时候能熬到头，还不如回家去当个老板呢！这就是我的宏伟计划，也是我初二时候想到的最有出息的活法。

只要无事可做，好长一段时间我基本就是无事可做。课我已经听不进去了，翻来覆去地论证着自己的幻想，好久以来觉着被学习和单调的学校生活逼得难受的我，突然在这时获得新生一般找到了曾经自己很熟悉的一种充实自信的生活。我变得活泼了，说话的嗓门也大了，在班里我找到一种自己的生活方式，一个自己的位置。

16

最近心里算是很烦吧，总感觉教室里的气氛越来越沉闷，学习越来越没意思，课堂上老走神，不是想退学做生意，就是想隔壁班的她。次旦上初三，学习更紧张了，平时我们很少碰见。很多时候，我更愿意一个人待着，下了晚自习一个人到操场上运动，回来就钻进被窝，蒙着头，哼歌。最近流行刘德华的《来生缘》。在这时候，我会轻声地哼着这首歌，脑子里想着她，想着那些沧海桑田海枯石烂的事儿，还尽最大的力气去积蓄满心的忧愁，觉得自己就应该是这样的状态。

一天午睡时间，摄影小组的祥古来找我，他说咱们去照几张相去，他现在在高三毕业班，再过几个月就要离校了。就这样我的相册里又多了一张照片——在那个午后安静的校园里，我坐在小花园旁。当时就我们两人，其他同学还在睡午觉，没有照上两人的合影，后来祥古毕业，再也没有见到他，至今对于他除了深深的亲切感之外，很难具体描述他的长相了。还有一点让我遗憾的是，我以前没有用过祥古的那种机械相机，给他照的几张相我全然没有把握，真是惭愧在摄影小组和他认识，而居然没能好好地去拍照。

最近车老师忙着带测向小组搞活动，而我也忙着参加北京市绿色环保知识竞赛。学校虽然远在朝阳区的北边，学校的管理也是半封闭式的，但北京市的教委领导和北京市的人民一直没有忘记"小布达拉宫"。经常有什么演出团、参观团光临我们的学校，也经常有中小学生种种活动邀请我们参加。眼下，市里将举行一次中学生测向活动比赛，车老师临时组成了一支测向小组，我们班里的好多同学参加了，整天戴着一个耳机，手里拿着定位器跑来跑去，俨然很是投入，不过我是无缘了。白老师，我们的生物老师，应市里邀请也组织了由初一初二学生组成的生物兴趣小组参加北京市绿色环保知识竞赛。这些天我们整日泡在生物实验室里，进行赛前培训。经过一个多月的笔试内容的准备和试验样本的制作，一个周六的下午，我们一行十人在白老师的带领下，坐着学校的小面包车来到位于红庙的朝阳区少年宫，参加笔试。

这次知识竞赛，我的成绩应该算是不太理想。我们十人中，有两名获得二等奖，两名获得三等奖，我得的是三等奖。这成绩我不太满意，因为我梦想过拿一等奖。不过，能有机会参加这样的活动算是很幸运的，我从来就这么想着，而且如果有机会参加这样的远离教室，远离校园，不是同班里同学，不是同校的校友，只要与自己平时的生活的区别越大，我越想参加。

那天我们是坐着车去笔试坐着车回学校，不必担心迷路，但却在我心里造成一个巨大的盲区。我又一次，在北京高楼林立中变成了一个空间迷失者。当初铁定以为北京就是天安门，后来发现自己错了，北京可比我想象的大得多。学校组织我们，天安门也去了，动物园也去了，长城也去了，可是我的脑海里对北京还是一片空白，一片密密麻麻的高楼却找不着方位。

北京到底有多大？学校到底位于北京市的哪个方位？西藏应该在哪个方向？我把这个当做一次自己的攻克项目。叫它一个攻克项目，一点也没夸张，我们有些人在北京待了四年，也许去过好多地方，但这些都是学校组织去的。如果把他一人留在市区的某个地方，然后让他回答上面三个问题中的任何一个，他肯定是回答不上来的。

学校出于学生安全考虑，不让我们私自出校门。而我的脑海里另外一种想法越发强烈，尤其在周末，我想要独自穿梭北京市区，去攻克这座城市给我的疑问。

背包是初一校庆时发的，那次是北京西藏中学五周年的校庆，来了好多领导，庆祝会开了一上午就结束了。下午则是学校运动会，运动会开了一天半，这样整个校庆活动算是搞了两天。学校给每个同学定做了一套西服，还发了衬衫、领带、背包之类的东西。背包上印着校名，一出去人家就知道我是西藏中学的学生了，其实一看我这黑黑的脸蛋，也可以猜得八九不离十了。

一个人出去，刚从校门出来，有点压抑的感觉，不知为什么，是因为身旁是学校高高的楼和爬满藤枝的铁栅栏，还是看着街上疾驰而过的车辆和不知今天自己该往哪里去？学校位于北四环，旁边的公路再往东就和高速公路接上了，因此这条路上的车辆开得比市区里的快好多。我尽量不选择以前走过的路和坐过的车，但其实向来没有开辟多少新的道路也没有到过多少新的地方。兜里虽然没有多少钱，只要有十块八块就足够我在外面痛快地逛一整天。

如此，我转遍了亚运村，走遍了和平里附近。我有时毫无目的地坐上一辆公共汽车，有时是钻进居民小区或是胡同里，一个人边走边唱，更多的时候是边走边想，想什么？想起了什么就想什么，经常走着走着就走错了地方或是干些特别愚蠢的事儿。

这样独自出来，变得特别有勇气，自己也会让自己感到吃惊。有一次想要解手，憋得难受，找不到公厕。我进了一家街边的酒店，谎称自己是来吃饭的，骗他们说后面还有几个人待会儿就过来。服务员很热情，让我坐下来，给我倒茶，茶从壶里倒出来，条件反射地让我想起了正事。服务员问我要不先点菜？我说待会儿再说，我先去一下洗手间。一个男服务员，把我带到了楼上的洗手间。等我终于松了口气出来时，那位服务员在门口等着我。我知道自己有麻烦了，这酒家起码也是个星级的，待会儿可怎么出去？我迅速地转动着脑子，在到达楼下时想出了办法。我说我要给其他人打个电话，让他们赶紧过来。走到柜台一端，拿起电话，随便摁了几个键然后装作电话正在接通。幸亏没人注意我，我转过身算是在通话，然后挂上电话，走到给我倒茶的那位服务员面前，告诉他说很抱歉，他们改在另外一个餐馆，让我赶紧过去。服务员依然微笑着说没事儿，还欢迎我下次再光临。我赶紧从凳子上拿起包溜之大吉。

我的独自穿梭北京市区的计划算是比较顺利地进行着，我看到了好多以前没有看到的事物，也到达了很多从未去过的地方，碰见很多各式各样的人。独自一人的时候，可以静静地思考，想起很多的事儿，也想起很多的人，我变得多愁善感起来，也变得特别自我，只是自己没有发觉罢了。

摄影小组活动又开始了，我的课外生活又多彩了起来。现在学习忙了，很多同学在学习上很用功，即便是课余时间教室里还是会留有大部分同学。而我可以去活动，这让我感到自己和别人不同，我喜欢这种感觉。车老师说以后我们要多搞创作，参加市里的比赛。这让我感到有些难过，因为我那个傻瓜相机实在照不出好照片来，照出来的照片会严重变形，在光线复杂一点的地方无法调节光圈。我想买一个相机了，像车老师给其他人买的那种。

北京的秋风乍起，校园里的花草开始变黄凋落的时候，我等来了家里寄来的三百块钱。就在拿到汇款的周末，我一个人坐着104路公交车来到了王府井，找到了车老师跟我讲的红光照相器材商店。我买的同步"凤凰205－D"比不上柜台里配备有硕大镜头的尼康、佳能，但是我拿着它心中有种莫名的激动。在车上我把它紧紧贴在自己的胸腹前，生怕会有人挤坏它。到了和平里西街，我要在这里下车然后再倒62路公交车回学校，在两个车站的中间还要走大概十分钟的路吧。我背着包，包里装着相机，心里非常的激动。秋末的北京昼短夜长，不到6点天已渐黑。本应赶紧回学校才是，但还是忍不住内心的诱惑，我在路旁找了一个石凳坐下来，拿着刚买的相机看看有没有碰损。包装盒完好，我放心了，然后打开纸盒看看相机，然后合上盖子。心想着以后的活动我有自己的家伙了，一定要把摄影学好。

快到期末了，都说初二是两极分化的大筛子，我也不知道情况会是怎样，不知道自己还能不能名列前茅，也不知道班里到底会有怎样的变化，我急切等待着考试的开始。

期末考试结束，情况真是有改变了。我考了班里第三名，第一名是平桑，第二名是巴桑卓嘎，我从上次的第一名下降到了第三名。虽然老师不说什么，同学们也没感到意外，毕竟这半年我自己也觉得自己变了许多。班里，成绩高的高，低的低，已经有那种分化的端倪了。有几名同学学习上开始感到吃力了，来自那曲的老大的总分比第一名的平桑竟差了一百多分。本来也就是一场期末测评而已，考好的也没有什么可骄傲的，考得不好也没有必要担忧难过，大家似乎也都是一副看得很开的样子。但我能体会到在班级某个角落有一种很无奈的沉默，一种很茫然的沉默在低声地喘息。

17

　　一场大雪，让整个校园沐浴在银色里。雪花依然在飘着，在男女生寝室的窗户底下闪闪发光。今天是藏历新年初一。脚下踩着厚厚的雪。我想起了阿爸阿妈，我想念家乡仲萨，额吉曾跟我说过藏历初一这天下雪是大吉大利，昭示新的一年风调雨顺，万事如意。额吉，不知道额吉现在身体健康与否，额吉她还好吗？

1994 年到来，又一个藏历新年也如期而至。清晨醒来，我整理好床铺，拿出我的"凤凰205 – D"，舍友们微笑着互道：罗萨啦①扎西德勒！我们宿舍派的代表小米玛次仁和欧珠已经准备好去拜年了，一个拿着我们用纸盒制作的小五谷斗，一个端着饮料，以饮料代青稞酒。我检查好相机和闪光灯，到隔壁去叫多布杰，他和巴桑卓嘎是我们班的代表去拜年的。

　　教学楼里静悄悄，只有各班的拜年的同学在忙碌着。楼道里也好安静，白花花的日光灯照着安静的教室，前后黑板上是前日已经画好的新年祝词和漂亮的吉祥画。桌子和凳子，还有书本被冷落在教室的一角。我和多布杰，等来了巴桑卓嘎，他们俩都穿着藏袍，过年就应该是这

---

① 罗萨啦，意即藏历新年。

样子。

我跟着他俩拍照，先来到了家属院，给班主任杨老师拜年。杨老师早已起来了，在她家的门上挂着一条哈达，客厅中央的茶几上摆放着点心和水果。"扎西德勒！""扎西德勒！"我们给杨老师拜年，她也给我们回拜。

在她家待了一小会儿，我们来到了藏文老师的宿舍。藏文老师的宿舍在女生寝室楼的一层，德吉老师已经回西藏了，新来了两位老师，卓嘎老师和江措老师。一股很浓的藏香味扑面而来，录音机正播放着"喜话"，江措老师正在打酥油茶，桌子上摆放着简易的叠卡，墙上贴着用藏文写的："藏历新年吉祥如意！"对面的窗户上贴着从街上买来的"福"条。我们互相拜年，其他班级的拜年同学也都陆续来到，楼道里传来学生互相拜年的声音："扎西德勒！""扎西德勒！扎西德勒！"

我们三个从家属院来到了女生寝室，然后拜到了男生寝室，之后又来到了校大门的传达室，给那里的师傅拜年。这一路拜下来，我们三人身上都是同学拜年时抹上的糌粑和酥油。天渐渐亮了，雪中踏出一条深深的小路。各班、各寝室拜年的同学，三三两两在校园里走动着，"扎西德勒"不时传来。我刚装进的胶卷已经照了一半，待会儿吃完早饭，学校里要开团拜会，那时还可以照，所以我先回宿舍，多布杰说他们还要去给食堂的师傅拜年。

藏历年初一，北京下了入冬以来的第二场大雪。我相信额吉说的话，新的一年有了好的开头。照片洗出来了，当时我高兴坏了，也把车老师惊呆了。仅仅照了一卷，大都是好片子，其中还有几张可以算是佳作了，这是车老师跟我说的。藏历年过完了，新学期开始了，车老师说："罗布，明年咱们组织整个摄影小组去拍，我敢肯定绝对能出好片儿。"

春天来了，学校组织初二年级春游，去植物园。植物园就位于北京西北角一片难得的山谷中。这里拥有北京最大卧佛像的卧佛寺，这里还有风景秀美的樱桃沟。自从加入了摄影小组，班里外出活动的照相任务就落在我们摄影小组成员的身上，我们班的班长巴桑、团支部书记多布杰、历史课代表次仁琼达和我四人。给同学们照相成了我们义不容辞的责任，这对我们自己来讲也是一件好事，一方面可以锻炼自己，另一方面对班里也做点事儿。

那天从进植物园大门开始，就有人要拍照，一般只要有一个同学照了，就会有其他同学也照，在同一个地方，也不用来回调节相机，我只要蹲在那里，七八张或者大半卷就照出去了。幸亏，老师还没让我们自由活动，不然我就不乐意了，因为我一直在盯着粉红色的发夹，我觉得如果能跟她走在一起那太好了。我就这样跟着大队伍，但始终没让她的背影从我的视线消失。

参观完卧佛寺，我却找不到她了。我完全忘了给同学们照相的事儿，就只顾着去找她。很多同学都往樱桃沟的方向走，我和几个同学也跟着多数人前行。在樱桃沟立有"水源头"石碑那里，我看见了她，很多同学在泉水旁玩水，她也在其中，高兴地笑着，玩得很开心。我却突然紧张起来，本来我完全可以和其他同学一样跟她玩，可是心底有股莫名的力量让我想接近她又不敢接近她，刚才还急切地想见到她，可是一旦见到了却又想躲避她。我坐在一旁的石头上，看着同学们在玩水，其实我始终在看她，在我没有看着她时心底也在想着她。美国和三Q过来，说咱们三个留张影。三Q是边多的外号，是美国自己起的，他不管我叫罗布，也不叫我马赛罗或罗郭拉，他自己给我起了名字叫四Q。初一下半学期，学校取消了大锅饭，改成了饭票制。听说这是一个高年级的学生在学代会上提的建议，第一是有助于食堂改善伙食质量，第二也有助于减少学生们浪费粮食。自从改成饭票制，原来以宿舍为单位吃饭的伙伴解散了，代之的是种种自愿组成的饭伙。我曾经跟我们的三个老乡组成了一个饭伙，两个初一的，一个预科的加上我共四人，后来不知何原因解散了。现在美国、三Q和我三人一块吃饭。我们三人中美国算是老大，每次发饭票三 Q 我俩必须如数交给他，由他来预算管理。美国把三 Q 找来，我的注意力暂时从她转移到照相上了。

在郁郁葱葱的山谷中，有潺潺小溪流过，心中充满惊奇兴奋的感觉。这里的山和家乡的山是完全不同的，没有让我联想到家乡某个黑油油山顶上是皑皑白雪的大山，倒是想起陶渊明的《桃花源记》。许久困在熟悉而陌生的城市里，能有这样的机会在深山峡谷中游玩真是一种奢望。在水源头，前前后后来了好多像我们这样的春游人，看得出，都很高兴，都有享受大自然恩赐般的感觉。时间不早了，校车两点半就要开了，我们该下去了。她此时正坐在那边的石头上擦拭着被水浸湿的头发，而美国已经催着我回去。有点失望，但心中那个怯懦的声音却在催促着我离开。我不急不慢地走在他们的后边，想着还在后头的她。

是巧合吗？是缘分吗？我落在后头，慢悠悠地走着，一边享受着山谷中的鸟叫声，一边却感受着心底的失落感和着幽静的山谷给我的莫名的平静和压抑。依稀听见后面有脚步声，我回头，不想不经意间这一次回头，留给我今生永远忘不了的刹那画面。粉红色的发夹，灿烂的笑容，长长的辫子上还带着依然未擦拭的水珠，她，一个人，从半山腰处走来，旁边是白里带红的樱桃花，阳光从两边的山腰茂密的树林中折射下来，山谷静悄悄，只有小鸟在歌唱，只有小溪在歌唱。她走近，我向她打招呼，两人并肩走着，路上人很少，时不时碰见休息的游客，也有我们的同学赶超过来。他们看着我俩，什么也不说只是微笑着又匆匆赶到前面去了。忘了我们两人都说了些什么，极度的兴奋和极度的紧张伴着我陪她走到山下。出了一扇拱门，到了一片桃树丛中，同学们已经在那里开始吃午饭了。我找到了美国和三 Q，她也去找自己的同伴了。吃饭时美国和三 Q 一个劲地在笑我，我装作若无其事地心里美着。

回到了学校，我终于鼓足了勇气给她写了一封信，情书。其实我早就想跟她表白的，我们不是一个班，平时很少能在一起，实际上是没有机会在一起。如果我一直这样而不让她知道，只是徒增我的烦恼而已，可我又不知怎么写，总觉得该有个理由吧。第一次写这样的东西，也第一次发现无师自通地学会了抒情。

课间不敢轻易地出教室，生怕看见她，也不知道她收到信会怎样回复。信是猴哥帮我送的，真是感谢他。

收到她的回信，她的字写得真棒，很深的印象。信的内容却让我感到很失望，她说很意外我会给她写这样的信，另外，现在都是学生，我们还小，不希望过早地谈感情，末尾她向我表示道歉，并祝我学习进步天天开心。

天啊，我怎么会天天开心。我不甘如此，第二封信寄出，在一种那样真挚那样悲壮的心情下，我写道："……如果……我将从你的世界消失。……"回信很快收到，情书没必要投到信箱，总会有同学帮忙充当信使。我的真诚总算打动了她，也许是我那悲壮的语言"惊吓"了她。回信中她坦言希望和我成为朋友，不希望我说什么"从你的世界消失"。

容光焕发，我感到了一种从未有过的热血注入体内，一切变得那么美好。

娄老师说现在我们学习紧张了，不用再参加图书小组的活动了，会有新的成员加进来。那天，最后一次活动，娄老师带着相机，在图书馆，在小教室，在校园里，我们留了好多影。我们退出了图书小组，但"在这里我给你们留有一个位置，随时欢迎来'打扰'"，这是那天娄老师的话。

次旦要走了，照例我们曲松的全体老乡都去送他，我们帮他把行李送到车上，然后在楼下的车棚底下坐着聊天。他们先坐火车到成都，然后转乘飞机回西藏，总算初中毕业，第一次回家。

次旦中考的时候我们已经放暑假了。那天他们中考最后一天，考化学。最后一门考完了，有初三的同学陆陆续续从考场出来。我从宿舍里看见一位初三一班的女生站在教室的窗户旁，定定地往校园里望着。作为明年就要参加中考的我们来讲，看到他们总算考完了是多么的羡慕，也觉得这时候他们应该非常高兴才对啊，但没有，看不到任何激动的场面。那个女生，就那么呆呆地望了校园好久，好像是还在想着刚刚考完的化学试卷。她在想什么呢？想想这四年来的生活，想想这就要告别的熟悉的校园，想想把自己从一个无知懵懂的小孩培养成如今就要初中毕业的大孩子的恩师，想想朝夕相处的而现在就要分别的兄弟姐妹们。她就这么待着，足足有十分钟，我也在另一端的宿舍窗户旁一直望了十分钟。次旦就要走了，不过他要考回来继续念高中，这只是短暂的离别，所以大家不是很伤心，说些俏皮的话，打发这马上就要结束却又没结束的离别时刻。

整个校园里黑压压的全是来送行的同学，教学楼里有人把音箱对着校园内大声地放着小虎队的《再见》，毕业生们戴着洁白的哈达，有小弟弟小妹妹在抱着自己的大哥大姐哭泣，师生间、老乡间、朋友间，互相诉说着离别的祝词和再会的祝愿。

车子开动了，次旦给我说的最后一句话竟是："这一暑假好好地锻炼身体，等我回来时让我看到一个长得高高的罗布。"

天黑了，灯陆续亮了起来，在告别声中，在哈达的簇拥下，在深情忧伤的《再见》歌声中，北京西藏中学又送走了一届毕业生。

18

本来车老师和我们说好，这次暑假要组织一次郊外采风活动，但最后由于资金等种种原因没能如愿。最后我去了计算机小组。在计算机小组我度过了一段愉快的时光，认识了后来给我们教数学课的陈老师，在结业测评考试中我夺得了编程第一名，总算消去了因为摄影小组没能活动而耿耿于怀的怨气。

最后一个初中的暑假生活，平淡却很真实。暑假结束后，班里进行了一次大扫除，包括卫生，包括思想。就要升入毕业班了，还没有正式开学，来自各方面的因素已经在班里制造出一种紧张的气氛。同学们开始打点整理自己的课桌和书柜，看着教室俨然一副整装待发的样子。政教处的靳老师给我们新的初三年级开了一次动员大会。毕业班，真有一种兵临城下的感觉。

上了初三，我依然如故，在有些方面。我不是班委，只是一名小小的小组长，班里大事不需要我；我也不是一个捣蛋鬼，至少现在还不是，所以呢，我还是依旧。自己学着，自己过着，很自在，虽然有时被一些事情搅得莫名孤独和烦恼。杨老师自从初二开始接任我们班的班主任。这些天她时不时地找我谈话，不说学习，也不说纪律，说我为什么不长个儿？她说："你的智力跟个子成反比！"想一想自己的"遭遇"，我想起了一句话：历史惊人的相似。小学时，我的班主任达瓦多杰说我："石头虽小，却能砸碎核桃！"在初一时，班主任任老师也跟我说过："别看你人小，鬼点子还是很多的！"我很郁闷地发现三位老师说的都是一个意思：在肯定了我的脑瓜后，直接切入了我固执地不长起来的个子。杨老师的话让我很难堪，都上初三了，我的个子还是一米四几，当初我的邻友，隔壁班的"小不点"，他现在比我高多了，还有我的伙伴边多也比我高出半个头，而自己个子却长得很慢，不知道为什么。我的阿爸阿妈的个子并不算矮，跟遗传没关系，那又是为什么呢？

杨老师说："平时多买点好东西吃，这阶段正是长身体的时候，父母不在身边，自己要学会照顾自己。"那天她给我带来了一双皮质的运动鞋，说她的儿子穿了不合适，就给我吧。那双鞋子，成了我踢球时的好伙伴。

早恋，成了初三年级一道令人瞩目的风景。多吉这家伙，在预科的时候就在班里第一个捅了早恋的娄子，而在最后一年，明目张胆地在班里谈起恋爱。比起二班的学生，多吉还只是一个小插曲。在我们班还在静悄悄的时候，隔壁班很明显地却犹如雨后春笋般一对对恋人晃荡在我们眼里。这些情侣，不知是奇异速配，还是日久见真情，在初中时代即将结束的最后关头，勇敢地浮出水面。看看隔壁班里，几乎大半以上的学生都互有对象，看着孤单一人的她，我心里很不好受。两人相遇的时候，只是互相一笑，然后匆匆离去。在这笑容中含有两人间的一个秘密，除了那次在樱桃沟的短暂谈话，一次超过三句的对话都没有过，我们谁也没有想着继续把秘密公开。我每时每刻都在惦记着她，在我大脑稍有不快，情绪稍有低落，第一个想着的就是她，只要记着戴着粉红色发夹的她，心中无限温暖，我不知道她是否也和我一样。我一直在这种感觉中沉醉着，如痴如醉，看到周围的同学一对对，可是我只喜欢现在的状况。曾经，我也试图跟她约会，可是当我站在她的面前，除了紧张和不知所措我根本感觉不到恋爱的幸福。也许，早恋的魅力也就在远远地欣赏，不要试图再进一步陷入，因为太多的，早恋者承受不起。

翻看自己的日记本，密密麻麻地写着很多东西，我看到了一个多么孤独的我，也看到了一个多么充实的我。思绪飘忽不定，思想起落矛盾，我无法确定那段时间自己的一分一秒是怎样连接起来的。我的心思全不在学习上，我在怀疑这样继续学习下去的理由，初二时想过要回家开个小面馆，现在发现那是多么可笑愚蠢的打算，可是我也不知道继续这样学习下去要干吗。颓废，也许就是这样吧。上完初中，继续考高中，这是肯定的。我不会考中专，初中毕业就去工作那我也没把握。次旦初中毕业后重新考到这里，继续上高中。他从西藏回来时带来一个消息，家里人都希望孩子考那个"细"的，而不希望考那个"粗"的。次旦笑着解释，中专是"细"的，高中是"粗"的。我们也笑起来了。我家里人倒是挺民主的，考"细"考"粗"自己拿主意，其实我知道一定是听了阿爸扎西的意思。阿爸扎西肯定也希望知道我不会考"粗"的。

在中学里，抽烟喝酒当它公开在领导面前绝对是个大事儿，这于当事的学生、老师还是所在班集体来讲是同样的。有一种多么陌生却又好像是应该如此，是和我们这个民族贴近的信号，从不知是以什么渠道传来，又被我们捕到的信息：是藏族人就会喝酒。而我们从中也找到了自我释怀的借口。当我们第一次在校园里拿着酒杯正对准嘴边准备来一次不醉不休，我们连犹豫的眼睛都没眨一下，难道我们藏族人真是与生俱来有一种对酒的情结？不管怎样，《中学生文明守则》上不允许，老师知道了结果不知如何？抽烟，点燃一根用纸卷的草，吸进自己的肺里，然后从小小的鼻孔和温热的口腔冒出一团灰色的烟，天知道有谁愿意这样折磨自己，但太多的人愿意。为什么？我想起了，一次入团仪式上一位同学的一句话：我入团不是单单为了入团。也许这句话能启迪一点答案：抽烟不是单单为了抽烟！

我知道在我之前班里已经有同学在偷偷喝酒，在我之前也有同学在偷偷抽烟。我第一次在北京喝酒，那是美国、三Q我们三人终于省下了三十块钱饭票，把它换成现金，在离学校不远的一个小饭馆里，高高兴兴地撮了一顿。完后，我们三人互相扶着，摇摇晃晃地走在漆黑的马路上，唱着家乡的小调。后来远远地看见那熟悉的"小布达拉宫"，三人犹如触电一般，把自己的手从对方的肩上拿下来，脑袋也抬起来了，规规矩矩地往校门走去，似乎刚才的一切没发生过。我第一次在北京抽烟，那是在初三期末考试期间，考完试我来到宿舍，发现507寝室门紧锁，奇怪。我弯腰从锁孔往里探，当时一阵惊喜，又惊又喜：猴哥、达穷、土登、老爷四人在屋里抽烟。我急促地敲了几下门，然后就跑开了，不知为什么要这样做。但我没跑远，两分钟后，我的手上也拿着一根烟了。

还有一次，"老爸"要请我和小米玛次仁吃饭。"老爸"，是我们学校的一名后勤工，平时能看见他和他的兄弟们在校园里忙碌。"老爸"吊儿郎当的，不修边幅，胡子也很少刮。我是通过我们班的小米玛次仁认识的"老爸"。"老爸"家里有一台相机，借来的相机，不会用。小米玛次仁来找我帮忙，就这样我认识了"老爸"，校园里很多同学认识他，都愉快地称呼他——"老爸"。"老爸"是个相对于文人的粗人，是个心地非常善良的人。跟他在一起，觉得很实在。

"老爸"的独生子，小风，小时患了关节炎，为此花去了家里所有的积蓄，还欠下了几万块钱的债。"老爸"的妻子，我至今也不知道她的姓名，是一个善良的北京妇女，我们称她为阿姨。阿姨在62路公交车上当一名售票员。他们两口子的工资无力承担昂贵的医疗费，因此，在我们学校的小东门外摆个小摊，"老爸"和阿姨两人轮流"上岗"，东西都必须从铁栅栏中间递过来。他俩就这样隔着铁栅栏，日日不断地辛苦着。他们的东西一般比外面商店的便宜，学生还可以在那里赊账。"老爸"和阿姨经常说，你们不容易。可是没有几个人知道他们才是不容易呢。

那天晚上在"老爸"家里喝了很多酒，还破天荒地允许我们抽烟。跟"老爸"没必要客客气气，也不用说太多的话，小米玛次仁和我就像北京大老爷们儿似的。"老爸"觉得我们藏族小孩应该是这样，我们喜欢他这么说。

19

班里接连不断发生了些事情。

老大，学习越来越吃力，不幸又得了肺结核病，无奈退学回西藏。

班里四名同学从食堂偷饭票，情节恶劣，整个学校震惊。

索朗，因为旷课、抽烟、喝酒，被迫转学。

初三一班，已经有几个学生背了留校察看和记过处分了。

事情远没有结束，我们班的507寝室着火……

杨老师和我们真正打成了一片，用平时经常说的一句话来讲：同呼吸，共命运。并不是每个班主任都能做到这一点，这离不开杨老师自己的努力，但从另一方面来讲也离不开这帮很少让她省心的学生的努力。如果我们班里不存在这样那样很令老师们头疼的学生，杨老师在我们的心目中不会有那么高的地位，我们的班集体也不会成为一个在外人面前出众在内部人人以它为光荣的集体。一个优秀班集体的形成，少不了那些自始至终优秀的学生，少不了一心为学生着想的班主任，更是少不了那些所谓的差劲分子。当这些差劲分子在班主任的教育和同学的督促下渐渐被"感化"时，也正是一个优秀的班集体形成之日。

　　可是，一系列事件，使我们初三一班"名声"在学校"大震"。班主任杨老师承受巨大压力，终于在一次课间操时间，我们触及了她的底线。因为队排得太乱遭到体育老师点名批评，而后杨老师被体育老师找去，传来杨老师当众哭泣，要求辞退班主任职位的消息。全班同学几乎不知如何是好，火山终于爆发，初三一班到了极其危难的关头。

　　其实，无风不起三尺浪。我们班一直不能算是个令老师省心的班，在课堂上把老师气哭了，在全校面前遭到政教处老师的点名批评，班里的个别学生经常被带到校领导的办公室个别训话，而所有这一切只有一个原因——纪律。这样，一件件事情发生了，我无法详细描述这些事情之间的关联性，但作为曾经的确发生在我们班里，发生在我的同学身上，曾经他们很不幸地离开了我们，曾经同学们笑过哭过，曾经我们的班主任杨老师、政教处的靳老师对我们又爱又恨操心之至，这些我永远不会忘记，这些都永远铭刻在真的爱过真的痛过真的付出过的每一个人的心中。初三一班每年都有一个，但在我们心中只有一个初三一班。

　　杨老师，哭了。哭着说再也不想见我们这个班的学生，再也不做这个初三一班的班主任。我们肯定做了很多令老师失望伤心的事，使一个那么好的老师说出这样的话。自从上了初三，前后有两个同学离校，有同学居然在校食堂偷窃，还因为抽烟把一个宿舍烧成一片狼藉，这些都发生在一个班里。这个班该是一个怎样的臭名昭著的班集体。可是，所谓物极必反，还是验证了一个我的模糊想法：事物唯有平衡才能存在。一个事物的形成犹如一个圆，而这个圆中有两个互为相反或对立的元素相互依托着，在平衡的前提下，圆中的其中一个元素其量（泛单位）越大，相对应的另外一个元素的量也越大。我们班里发生了这么多让老师们头疼的事情，但在这所学校里，我们却从未被作为反面典型的例子来对待过。相反不管怎样，当我们发现初中时代快要结束，初三一班这个集体也将完成它的使命之时，我们发现我们是多么的爱着这个集体，我们爱着这个集体的每一个成员，包括学生包括老师。我一直以自己是初三一班的一名成员而骄傲。

杨老师，没有辞职，重新回到了我们中间。

靳老师，成了我们班的"名誉班主任"，经常来我们班。他笑起来，胖胖的脸上表情极其丰富，两个小眼睛眯着，笑得比我们还开心，我很乐意时常回忆他的笑容，很亲切，很幸福。

同呼吸，共命运。应该是怎样？我们同学变得特别"自私"，特别爱集体，经常给自己班起些"光荣称号"：火箭班——劳动速度快；霹雳班——经常一鸣惊人。

"初三一班"，这个名字成了我们日后打开记忆匣门的一把钥匙。

20

面带着微笑，在一种匆忙和亢奋的状态下生活着。临近毕业，周围的空间也被匆忙的气氛包围，同学们更多的时候是在埋头读书。我不知道要干什么，在学校里，除了拿个好成绩，为着一个高分活着，才是在做一件有意义的事儿的话，其他，我不知道要干什么！

中考志愿表已经到了，就那么两张表，要考中专的同学抢着看，我拿定了主意不考那"细"的，也就不掺和了。考"粗"的，还考原校，我想以我的水平考上绝对没有问题。

考前的学生，是脆弱的。明天就要中考了，互相之间很腼腆地笑着，也有同学强装着说一段俏皮话，大家也会皮笑肉不笑地应和几声。此时，连走路也变得特别的小心，好像年迈的老人一样，都把所有的能量积存起来准备一股劲地奉献给明天的试卷了。吃饭吃不进几口，觉也睡不好，好像也是为了不消耗能量，毕竟辛辛苦苦小心翼翼地准备了四年，全是为了明日一搏。

在我校设了一个考点，因此不必往外面跑。我的考场在物理实验室里，这间教室平时更多的是我们闹哄哄地做实验的地方，因此当我一进考场就是一种很浮躁的感觉，真是没运气。

总有一些东西，它可能对你的一生造成很深远的影响，但你却和它只能有一面之缘，从此永不再会。毕业考试的卷子，我们和它只是一面之缘，却承载了巨多的东西，不知是谁给予它以那么高的权力，可以如此霸道地跳到我的桌子上，在我的脑袋底下还很不耐烦地待了两个小时后急匆匆地离去，却是左右我人生的掌权者。

最后一门化学考完了，中考结束！而我，没有感觉！想起了去年这个时候，那个站在窗户旁发呆的女孩，她也是考完最后一门和现在的我一样。

教室里会沸腾起来，书本会被撕烂飞扬在整个楼道里，学生们会围着课桌唱歌跳舞，黑板上会写满对初中时代的告别，痛斥、惜别、愤怒、宣泄、回忆，浪漫的、哀愁的，成长的、若有所失的……种种的寄语，但这一切没有发生，唯相互轻声地说一声："终于结束了！"教室里虽然也是堆满了废纸，但没有想象中的那么乱，黑板很干净，只有一句工整的话："别了，初三一班！"不知是谁写的。教室里很安静！

进校的黄金海岸、离校的北京烤鸭。毕业生多，我们终于坐在了北京烤鸭的面前。不过，餐桌上，食堂里早早地摆上了很多的凉菜和热菜，先吃这些菜，最后才上烤鸭。每年的这顿聚餐，对于我们来讲是很有诱惑力的，对于全校学生来讲也是如此。我们也曾经在宿舍里流着口水迫不及待地盼着毕业班的学生聚餐结束回来，就是为了他们打包带回来的那几片烤鸭，脆脆的皮，裹着肥得流油的肉，就着薄饼和作料，非常好吃。但是当自己真的坐在这顿告别的餐桌上，倒是一点胃口都没有了。

学校给了我们一天半的时间，整理行李，办理离校手续。宿舍里，所有的被褥都在一张床上摞起来，天气格外的热。美国要我去吃饭，他请客。我俩来到学校东北角的一个餐馆，点了水饺，美国说今天得喝点酒，要了两瓶燕京啤酒。这小子不明着跟我说，显然我们是吃的告别餐。他是从昌都来的，是个地地道道的康巴人，江湖义气，兄弟情义，他比我懂。四年前，他考上北京中学，可是他的哥哥却因跟村里人发生冲突，卷入一桩人命案中，而被监禁七年。他不想继续念高中，想去考完中专就找工作，我想他是有自己的道理的。要了两斤饺子，两人吃不下，但这是他的意思，饺子没吃多少，相对无言地喝完自己杯中的酒，就在灿灿晃眼的阳光下，回到这个即将告别的校园。

回来后，头很疼，我在高高摞起的床褥上躺了一会儿。

快五点钟了，离出发还有一个多小时。

巴桑，是她的干哥哥，给我送来了一袋东西。他微笑着说："是送给你的，说里面有封信。"袋里有罐头、水果、饼干，还有果汁和一封信。感到很高兴，她在想着我，关心着我，信中说她的家已经搬到拉萨，欢迎我到拉萨玩儿，我想我肯定会去的。

时间到，毕业班学生准备乘车。有老乡，有朋友，有很多的老师，给我们送行，校园里依然是那样子，每年都重复着同样的节目，只是这次的主角中有我自己。天凉了，天渐渐黑了，这个学校我还要回来，对于我来讲，一切不过是短暂的告别。有女生在哭泣，可能再也不会回来了，我沉默地望着。站在车的过道中间，两边的车窗就留给那些不会再回母校的学生吧，他们有的考中专，有的考外地的高中，也许这辈子再也不会到北京。

哈达飘动。

车外，细雨蒙蒙。

第三章　四年后的重逢▐

1

出发当天，我身着单裤单褂，肚子不舒服。坐飞机的机会难得，总不愿一上飞机就乖乖地坐在那里。不过这趟，我连去了三次卫生间，肚子疼得实在是难受。想自己居然在不到两个小时的时间里，三次造访卫生间，觉得很可笑。

今天就要回家了。昨天在双流机场，碰见地区教委负责接转毕业生的老师。大家很高兴，老师请我们在就近的一家餐馆吃饭，饭吃得很仓促。晚上在宾馆睡得很晚，凌晨就起来到候机厅等飞机，一路上是告别，一路上归心似箭。

飞机从成都双流机场起飞时一直在云雾当中。飞行了十来分钟后，才可以透过舷窗，欣赏一下外面的景色。厚厚的云雾把大地跟天空隔开，往下望去只有个别雪山顶尖尖的从雾层中依稀地冒出来，其余的都是平静如深海的无边无际的云。

想想再过几十分钟我们就能行走在自己家乡的土地上，刚才我还拿着相机照前方的太阳，照脚下的云海，照旁边的回家的同学，而现在安静地坐在那里……

"雅鲁藏布江!"

"雅鲁藏布江!"同学们激动地喊起来。

我看到了，雅鲁藏布江! 飞机在下降，沿着江水飞向前方。江水，黄黄的，正值雨季。我昨天还想象着绿绿的江水。

"亲爱的旅客朋友们，飞机将在 10 点 45 分降落在贡嘎机场。请您系好安全带。Ladies and gentlemen……"

急速下降，再急速下降，飞机几乎齐着雅鲁藏布江两岸的山的高度飞行着，江边的田地，还有零星的村庄，远处的山，真正的山，黑油油的，还可以看见沿着山脚的公路，我心里告诉自己："回家了，回家了!"因为我知道每一个远方归来的人在这样的时候都会非常激动，我在心里这样说着，体会着一种情绪，一种久别归来的情绪。

"亲爱的旅客朋友们：现在贡嘎机场地面气温十六摄氏度，机舱内温度二十二摄氏度。全体机务人员感谢您乘坐本次航班，祝您旅途愉快，我们期待着与您在下次旅行中见面。谢谢!"

走出机舱，我使劲地吸了一大口气，这是我早就想要做的，我知道这是我四年前离开西藏之后再次呼吸到家乡清新亲切的空气。背着包，挎着相机，走出机舱，机场大楼的栅栏门外有很多摇动着哈达的人，中间有我的阿爸阿妈吗? 我能第一眼就认出他们吗? 同学们急切地往外走，前面有一位中年妇女跑过来，与此同时从我后面传来一声："阿妈——"原来那位中年妇女是米玛的母亲。她们两人迅速地拥抱了一下，她母亲帮她拎行李，她们俩肩并肩地跟我们一块往外走。母女重逢，这激动的场面，发生得太快了，也迅速地平静下去了。

随着人群进入一个大门，在这里取了行李，到了新修的候机大楼。墙上挂着特大的挂毯，织有吉祥图的，织有五谷斗的，织有牦牛像的。藏汉英三种语言的"美丽开放的西藏欢迎您"的标语醒目地挂在墙上。

设施现代的大厅内，有很多外国旅客，想来西藏肯定变化了，四年的时间。

同学们开始握手，互相敬哈达，外面的人群中没有看到我的阿爸和阿妈。此时我却远远地看见她了，戴着最熟悉的粉红色发夹。我想过去跟她道别，可是看到叔叔和阿姨把她接走了。她似乎根本就忘记了我。也许就在我兴奋地忙着东看西看时她也像现在的我一样在附近盯着我吧？在学校的最后那天，她给我送来了车上吃的东西，在火车上还托人给我送来了饮料。可是，她就这样走了，我有些怅然。

有些同学有家长来接，有些同学则坐地区教体委的专车走了。和四年前在成都的遭遇一样，我们山南地区的学生，好像没人来接。想起四年前在成都的往事，多少让我们山南的学生们觉得伤心。我们把行李放在一起，等了好久，告别了一拨又一拨的同学，他们高兴地唱着歌挥动着哈达走了。

有位藏族司机走过来问我们去哪里，从口音马上能听出他也是山南人。知道了情况他说终于找到我们了。原来接我们的车在半道坏了，教体委的人托他接我们。我们将信将疑，不会是骗我们做他的生意吧？司机看我们不信，长长地叹了一口气，"我送你们到教体委，然后找他们结账，都说好了的。"我们这才答应了。在内地我们学会了处处小心谨慎，面对这位脸颊黑黝黝的大哥我们感到有些惭愧了。

贡嘎，据书载在新中国成立之前是山南的一个大县。这里的领主们拥有相当多的农奴和广袤的土地，是西藏噶厦政府最重要的一片势力地盘。时间走过了几十个春秋，一切在人们不可抗拒的洪流面前发生了巨大的变化。很多人也许仍然记得，它在蒙昧的社会里的种种尊重和骄傲，可是在年轻一代的眼里，它和山南其他地方一样，随着时间的飞逝，时代变迁了。犹如一夜间，也许忘却的是历史，也许变化了的是历史。

在山谷之间，靠着江水，坐落着贡嘎。要不是考上了内地的学校，也许这辈子我都很少能到达这个地方，我也不太可能知道有这么个地方，除非从那些经常到我们家乡来卖氆氇和邦典的商人的口里。考上了内地学校后，贡嘎成了我伤心的别离、梦想的起飞、激动的重逢等等——所有的归点。当飞机从贡嘎起飞，当飞机降落在贡嘎。

四年后的重逢，所有的感官异常敏感地注视着眼前的一切。这一切，足以还原一个精彩的高原风景线：在一边，高科技的波音747，平坦宽阔的跑道，功能齐全的现代化候机楼；而另外一边，依然冒着青烟插着五色角旗的藏式民宅，村民们偶尔抬头望望蹿天或降落的飞机便立即忙于手中的农活。在这条街道上，来回行驶着接送高官要人的最豪华的越野车，也有穿梭于路中当地百姓的牲畜。开着音响大作热闹非凡的商店，开着透着酥油的味道挂着藏汉英三种文字招牌的餐馆。有最匆忙的旅客，有最悠闲的浪人；奇异的眼神，兴奋的目光；牲畜的粪便，轿车的车辙；飞机发动机的轰鸣，民族音乐的美妙；氧气袋，康珠藏香，红景天，哈达，酥油茶，青稞酒；离别，重逢，欢送，接待。"女士们先生们：飞机就要起飞，请您系好安全带……""Ladies and gentlemen，Welcome to Tibet！……"这里是贡嘎机场。这里是世界上海拔最高的机场。

1995 年。

刚才人在天空，我是那么的在乎自己，好像西藏所有的人们在等待着我们的回来。而现在，贴着离别四年的家乡的土地，激动的人是我自己，要哭要喊的人也是我自己。周围的人们依然在他们早已习惯的生活中生活着，脸上挂着藏族人永远都驱不走赶不掉的灿烂的笑容。司机师傅，在专心地开着他的车，对于我们保持着一种很绅士的距离。车子里放着如今北京正在流行的歌曲，只是音响质量稍差了一些，也许因为是个盗版磁带。两边的青稞麦田，长势良好，看来今年老乡们有的忙了。车子开得真是快，都是年轻人，我们喜欢司机师傅这样，而且我们也等待着尽早能和家人相见。我蜷坐在座位上，感受着速度和温度带来的快乐。

车子突然停了下来，刘德华依然很卖力地唱着《来生缘》。望见前面有一辆翻斗车滑入了公路底下的水沟里，有警察在那里处理事故。来往的车子只能稍作停留了。

此时，一个熟悉的人影正往我们这边走来，我的阿爸扎西，穿着检察官的制服，身体比四年前发福了许多。他说阿妈和阿爸都在泽当等着我，听说教体委的车在半道坏了，他就搭多青的叔叔的车来接我了。

"辽阳的孩子都穿着整齐的服装。"

"江苏的孩子都养得白白胖胖的。"

"北京的小孩们怎么又黑又瘦？"

这是车子里，司机、多青的叔叔和我的阿爸扎西之间的谈话。显然我们这个模样并不是他们期待中的，他们也似乎想得到一些答案。可是我俩怎么回答？当初考上内地学校，成绩最好的去北京，其次才去辽阳和江苏，再说了，其实我们在北京过得挺好的。又黑又瘦，这能怪我们？多青和我是永远胖不了的人，这是先天因素，至于说到黑，西藏人大部分皮肤就比较黑，希望我们从内地回来长得跟汉族人似的白嫩？

阿爸扎西坐在司机旁的座位上，不时地回头望望我，一种难以掩饰的幸福在他脸上。三个大人还是在谈他们的话，说最近雅鲁藏布江的水又涨了，雨后的路面变得特别滑，如今这些年轻司机开车特别快，尤其开出租车的，这条路上经常有翻车的事儿，等等。

阿爸扎西，变胖了。

2

汉族人在西藏，有抱着崇高的理想到这里奉献了自己的青春如今已扎根于西藏的上一代人，有响应国家的号召服从组织的安排来支援边疆的人，也有很多为了生计克服千辛万苦来到高原打工的民工，在内地叫民工，在西藏管他们叫"包工队"。

泽当，正在修路修桥。很多的"包工队"，有藏族的，也有汉族的，在工地上忙碌着。藏族民工和汉族民工很容易就能分辨出来。首先从皮肤上就能分辨出来，在工地上一般站在脚手架上和泥垒砖的都是汉族的，而送泥运砖的都是藏族的。另外汉族民工干活从来是安安静静的，顶多是远远的两人大声地发几句牢骚而已。而藏族民工就不同了，必定是边干活边唱歌，一边干活一边打闹。劳动，促进了人们之间的交流，孕育了人类的文明。看看藏族人在劳动，就能够真正体会到劳动的乐趣。

我最初了解汉民族就是从"包工队"开始的。我们那边的"包工队"，最多的是四川人，操着浓重的四川话，在我们眼里汉族人就这么说话。这些"包工队"，平时穿着很俭朴干净的衣服，拖着磨得快露出脚底的布鞋，我们以为汉族人都是这样穿着。他们只吃馒头米饭，就着清汤青菜，很少见吃肉，即便吃了那也是到田间山上去打野兔山鸟，或到河里抓鱼，因此所有这些野味都奉献了"包工队"，在我们眼里汉族人就是这么吃饭。我们受不了他们身上散发出来的一股不知名的味道。好像是纸箱的味道，好像是白糖的味道。我们真是讨厌他们又白又嫩的脸上却毫无油光，为什么不抹点油，只是露出两片干裂的嘴唇。因为我没到过远地儿，没看到其他的汉族人，而在身边的"包工队"就是汉族人，所以我就这样告诉自己的大脑，看见了吗？这就是汉族人！

这就是汉族人吗？从北京回来，我的答案：当然不是。在内地整整待了四年的时间，虽然整日在校园内，但感到汉族的朋友也不甚了解藏族人，还有西藏。

雨季，道路都是泥泞。

丰田车停在泽当饭店的院内。没有找到阿爸阿妈，我的心直跳，脸却微笑着。旁边等学生的家长说曲松的几个家长去吃饭了，估计等了很长时间了。阿爸扎西帮我把行李放在饭店餐厅的门口。泽当饭店还是和四年前看到的一样，这个硕大的餐厅四年前一直是关着门的，现在也一样。门口放着一个大篮子，旁边放着一暖瓶，里面肯定装着酥油茶。篮子用一条方围巾盖着，不用阿爸扎西说，我猜到这肯定是阿妈他们的东西。看着眼前的东西，脑子里突然闪过好多的记忆，往事片断一股脑儿过了一遍。

春回高原，雪域融冻，那是怎样的感觉？这天是我们仲萨村第四队春耕的最后一块地，这一天这一地，具有特殊的意义。凡具有特殊的意义肯定弄得又庄重又喜庆，这是大人们的迷信，也是民族的习俗，对于我们小孩来讲那是节日。今天，牦牛都戴上了新的脖带，系着洁白的哈达，犁手们穿上了新的藏袍，各家各户带着卡赛带着青稞酒。第一犁下地之前，在田头摆上一块特大的乳白色的石头，石头上点上三个酥油块，前面烧着桑叶，所有的人围在这块石头周围，祭祀开始，大人们播撒糌粑、青稞酒，口里喃喃祈祷。桑烟滚滚，祭祀的咒语齐声嗡鸣，大人要庆祝今年春耕顺利结束，祈祷今年风调雨顺，大获丰收。

在深邃的天空底下，在远远可以望见的雅拉香波神山脚下，在黑油油的田间，大人们如此虔诚地履行着一种非常神秘的仪式，它使我肃然，心完全沉浸于这田地雪山之间，这种感觉并不陌生，但从未能解释。除了这种祖祖辈辈相传的祭祀活动，我还对各家各户带来的好吃的东西印象很深，方方的竹盒里那些可口的卡赛，圆圆的木碗里那橙黄的青稞酒，我记着它们的形状，它们的颜色，它们的味道。当我看见阿妈的篮子、暖瓶、酒壶，我自然想到了春耕第一天的祭祀。我还想到了一次望果节大雨滂沱的下午，还想到了四年前在贡嘎机场旧的候机厅里的事，一个稍纵即逝的时间内，触动的也许仅仅是大脑中一个神经细胞，却叩开了我多少个记忆的往事，划过了无穷的空间，突破了时间的屏障。自始至终卡赛金黄的颜色，青稞酒直抵后脑的强劲酒力，这一切感官的记忆再次出现。

我记得次旦再次考到北京后跟我说的一句话，当时我问他："到了曲松你还能说咱们曲松的方音吗？"他说："刚下飞机，跟父母说话还不行，但是当车子快到曲松境内时所有的感觉都找到了。"心到了家乡，如果身子没到，心无法真正回到家乡，我想自己的这句话肯定说对了。

回家，是亲人重逢，是心的回归。

记忆往事，回到眼前。利用这个工夫我开始镇定自己，告诉自己待会儿不能哭，因为我怕我见到了阿妈就哭出来。阿爸扎西在一旁一手插着裤兜，一手握着拳紧贴同侧的腿，这是他习惯动作。我靠着旁边的窗户，这时载着其他同学的小客车开进了院子，等了好久的家长们迅速簇拥了过去。在小客车的后面我看见了，阿妈和阿爸跑着过来，旁边的阿爸扎西微笑着说："他们来了！"我呆呆地望着正在兴奋地跑过来的阿妈和阿爸，我呆呆地望着他们，我觉得这是我一生中第一次真正注视自己的父母。他们比起我记忆里的样子，似乎要老很多，我心里一阵酸楚。阿妈在前面，阿爸在后面，在车旁找寻着我。我慢慢地走过去，望着阿妈和阿爸，脚步缓慢而犹豫，犹如在跨越这过去的四年，甚至更长的时间。阿爸先看见我了，推了一下阿妈，阿妈往我这边看，"我的阿库——"阿妈几乎是哭着冲向我，紧紧地抱住了我。

阿妈哭了，奇怪的是我异常的镇定。

我安慰阿妈："阿妈，不要哭了。"抱着我的阿妈，感觉足足比我矮一头，感觉她是那么的脆弱。

阿妈不哭了，面带着微笑，擦拭着眼泪。阿爸站在阿妈身后，不知道什么时候，手里已经展开了一条特长的"卡达阿喜"，阿爸笑着给我戴上了。人在激动的时候真是不知怎样会闹出点笑话的，阿爸给我戴上了哈达，没有上来拥抱我，却跟我握手，我也自然地伸出手去。当我们父子俩手握在一块儿时，阿爸显然发现有点不对头，我也感觉怪怪的，只有给客人和领导才会献哈达后握手的。阿爸手还是很大，依然是青筋突出。

梦里想的，天天盼望的，四年后的重逢。

阿妈说："我的罗布，长这么高了！"

索次仁的父亲说："罗布，没长多高啊。"

"噢滋滋，去内地时那么小，包一背，身子就被自己的包完全遮住了。现在你看！"阿妈一边在地上解开竹盒，一边高兴地抬头望着我。

阿爸在一旁忙着掰碎卡赛，阿爸扎西微笑着坐在一旁。还有索次仁的父亲，赤来的哥哥，和四年前一样。四年前他们来送我们去北京，四年后他们来接我们回来。

今天，阿妈哭了，阿妈笑了。

3

在人民医院工作的舅舅索朗，搬家了。新家是拥有两个平房套间，中间打通，不过依然是那样拥挤。舅舅家永远不断的是客人，是所有老家亲戚在泽当的家。舅舅在门前围起一个小菜地，种有土豆、白菜、大蒜，在菜地一角盖了一小温室，缠绕着藤架的枝条上结了嫩嫩的小辣椒。

大家围坐在饭桌前，气氛温馨而喜庆。我刚从北京回来，因此大家的话题从我开始。关于我的事也不外乎在北京没得什么病吧？在那里生活好吗？回来的路上是否顺利之类的。像我这样都快十六岁的人了，在大人的话题里除了嘱咐教育就是担忧牵挂。没有多久，焦点从我身上转移，他们聊起家乡的事，聊起亲戚们的生活，我早已准备好的终究要面对的伤心此时渐渐翻腾出来。我想起了我的额吉，已经去世了的额吉。

当初考上内地学校，家人都同意把我送出去读书，而额吉一直沉默着。其实，也都知道额吉是多么的不愿意。额吉那时已六十七岁高龄，但她始终没有试图说服阿妈，也没阻止当时兴奋过头的我。在准备去内地的那些欢天喜地的日子里，额吉始终沉默着。离开家的那一天，想起这事，我恨我自己，我怪我自己，我骂自己是个无知无心的无情人，当时我真的被兴奋冲昏了脑袋。车子就在村头等着我，在家里进行了简短的出门仪式，额吉腿脚不便只能坐在屋里，仪式完毕，我就匆匆地走了。记得在我经过客厅的窗户时，我看见在黑黑的客厅里额吉低着头，念珠在她手中一珠珠转过，我能感觉到额吉心中的悲伤。我放慢了脚步，可还是连声告别的话都没说就走了。不想，这一别我就再也见不到我的额吉了。

初三下半学期刚开始，我收到了家信，里面有一些亲人们过年时的照片。看到照片，有一种不祥的感觉闪过，虽然在信中阿爸说家里一切都很好，可是我知道不好。照片里，每个亲人的脸上，虽然挂着微笑，但那笑容不是一种喜悦的微笑，每个人在强装着笑容，似乎彼此间在告诉对方，这是不可抗拒的命运，不要再伤心难过，以后的日子还要继续。我知道他们那是在骗我，人去不复返，这是自然常理，我懂，但是他们得告诉我实情。回信中，我问为什么合影中没有额吉？为什么阿妈脸上的表情那么痛苦？一年一度的藏历新年，为什么大家都没穿新衣服？

可，回信迟迟不来。

在我记忆里，额吉曾背着我在村里转悠，那时她身体还好。等我六七岁时，她的双腿患病，而且越发严重。只记得，雅耆祥古，他是一位活佛，又一次给额吉治疗，他不断地念着咒语，一边往患病处吐唾沫。等这一切完毕，他竟用自己的舌头舔洗额吉的脚，从脚指头舔，一直舔到膝盖处，这样反复几遍。当时在场的人看到此景都被惊呆了，空气间似乎传来淡淡的檀香味。那次治疗后，额吉有段时间完全可以不用拐杖就能走动了。但是好景不长，双腿还是那样，其间作为医生的索朗舅舅几次带额吉去泽当治疗，并在那里休养好长一段时间。可是额吉的腿再也没有好起来。额吉的腿不好，还经常头疼，我不知道她得了什么病。

平时，她坐在靠椅上，手中捻佛珠，口里不停地嚼着奶渣还不影响念六字真经。旁边会摆着一个火炉，上面放着一茶壶，茶壶上盖着一片布。在太阳斜照的庭院里，额吉眯着眼，她就那么安静地坐着……

家信终于来了，阿爸说阿妈那天是牙疼，所以那样。家里一切都好，不用我担心，关键是要好好学习，争取毕业考试取得好成绩。我不信。

索朗舅舅来信了，他说他现在在河南南阳进修。信中告诉我，额吉去世了。

亲人的离去，是我有生以来最难过的经历，对于我的同学们来说也是。当初年纪还小，懵懂当中，一心向往着内地高高兴兴地来了，而在外生活的年月里，家人亲戚遭了变故，那是何等的残酷，亲身经历的人最清楚。如果在内地时，知道了家中的变故，是一回事儿，而有些同学，根本不知道，当他满怀喜悦回到自己的家中，发现其中少了自己的哪位亲人，而那位亲人早已不在人世间，这其中的痛苦谁能体会？

额吉的去世，我知道自己的痛苦只有靠自己消解，谁也帮不了我。我知道，额吉的去世对我意味着什么。我谁也没告诉，只是一个人在远离家乡的北京默默怀念。伤心之余，我写信安慰舅舅。以前在我眼里舅舅就是舅舅，一个大人，现在我也体会到其实舅舅也是一个儿子，他是我额吉的儿子。额吉去世肯定是年前的事，而到现在才由舅舅跟我说，我知道这是他们安排好了的。当我想到舅舅，他失去了他的母亲，如今也在异乡学习，为了他的工作，为了他现在的家庭，也为了我们所有的亲戚。我想起平时他忙于医院的工作，连个好好休息的时间都没有，他对病人太好，对自己太不好，他的脸有时又白又胖，有时又黑又瘦，知道他的人都说他是好人。高高瘦瘦的身材，浓眉大眼，经常迈着速度极快的八字步，外出时戴着一副特大的茶色眼镜。言不尽意，我最喜欢我的舅舅，我尊敬他的为人。

想到这些，从中感到一种力量，一种亲情的力量，一种不可言说的力量。从初二到初三，我在学习上有些松懈，是我找不到奋斗的理由，找不到在学习上下工夫的动力，而额吉的去世，使我想到从此失去了额吉，想到失去了母亲的舅舅。就在我初中即将毕业的前夕，这一切让我的心静了下来，这多少有些悲痛成分在内，但我挺过来了，而且我想通了。

额吉的一生中有两个男人，一位是我的额米次仁，额米次仁和我的舅舅格桑住在一起，他们在离我家很远的牧区；还有一位，据阿妈说在一个很远的地方，我从来没有听过这个地名，也从没有到过。额吉和他生下了一个儿子，舅舅格桑听说在额米次仁的牧区。额吉和她的两个男人，其中的故事，我至今还是没有搞得很清楚。了解自己家族的历史，应算是很必要的，可是大人很少特意跟我们小孩讲。小时对于这些不太关心，而长大后在外求学根本没有机会了解，我欠自己一个债，也欠祖辈们一个债。

额吉和额米次仁，生下了九个孩子，其中两位不幸夭折。我有五位舅舅、一位婶婶，这次回家，光探亲，就会占去我大部分的暑假时间，我这么想着。大家围坐在饭桌前，天南地北的，熟悉的地名，久违的家乡父老，掺和在他们的话语中。我的大脑中曾经静止隐没的一角，迅速地激荡着，太多的信息和牵扯的情感，叫人有些难以适应。

4

一位内地西藏班的学生毕业回家。他想吃土豆，可忘了土豆在藏语里怎么说，就跟老阿妈说："阿妈，我要吃那个长在地里的，样子是圆圆的，颜色是黄黄的，煮了以后酥酥的，炒了以后甜甜的东西。"孩子这么一说，可把老阿妈急坏了，不知道自己的孩子说的到底是什么东西。阿妈拿出了长在地里的萝卜、样子是圆圆的鸡蛋、颜色是黄黄的酥油、煮了以后酥酥的卡赛、炒了以后甜甜的奶渣。可怜的老阿妈，摆出了个这么大的阵容，却没有想到孩子想吃的是土豆。

"土豆"的故事，讲的是笑话，道的是真实。四年前，我去内地时，村民们说以后见了毛主席别忘了爹娘，吃了大米别忘了糌粑。我笑了，我知道自己不会是那种人。可是，真实的"土豆"的笑话在我们家里发生了，演绎者是我自己。那天，在舅舅家里，一伙人用过午餐，在餐桌旁聊天。当中谈起赤来舅舅的小儿子旦增，我也加入进来，说着说着，全桌人笑了起来。笑得最早也最凶的是我的阿爸，随后其他人也跟着笑了起来。一开始我没反应过来，等我知道他们在笑我，在笑我对着一个刚刚长齐牙的来自牧区的小孩用汉语问他的年龄时，我真是无地自容。但这未免太冤枉，我刚到西藏才两天，说话习惯还没完全改过来。不过也没什么，倒有一种喜悦充溢在他们笑声中，终于在家族中也有了这么个闹了笑话的内地西藏班的学生。

在泽当待了两天后，阿妈我们回县里了。客车上我见到了一个人，让我倍感意外，已经完全不像内地西藏班毕业的学生。想想我们曾经坐在电视机前，看着他生活在我们渴望考上的内地班。他在《远方的教室》里扮演了一个初到内地、生活上不能完全自理、学习上又遇到困难的藏族学生，后来经过老师同学们的帮助，还结识了好朋友，一切开始顺利学习和生活。戏终归是戏，可现实中，他初中毕业后没能考上高中，如今在社会上游荡着。我们两人都在第一眼就认出了对方，当然很是高兴。可是没有说几句话，他就不愿再跟我聊了。当初戴着哈达风风光光地去了内地，然而如今却落得如此下场，多少旁人在说些闲言碎语，亲人们难堪，他自己又是怎样的难受，这一切我能感受到。车子还没有到县里，他在中途下车了，在对岸山腰上远远可以望见一个偏僻的小山村，他说他的家就在那里。

近来到处都在下雨。河水猛涨，咆哮着从山谷间、从泥泞湿滑的公路旁流过。车子继续颠簸着，我想起在北京上高一的次旦，他说："车子进了曲松的境内，家乡所有的感觉都找到了。"

四年的时间，县里变化并不大，只是修了一条几百米长的水泥路，以前的很多小商店现在不见了，不过开商店的依然是那些人。阿爸现在在县里工作，但还是下江乡商店的售货员。白天阿爸去商店，有时阿妈也去帮忙，家里就剩下我一个人，很安静。到外面去走走，总是觉得很显眼，可以碰到很多熟人，都说："回来了？还走吗？"我说还要继续去上三年高中，很多人惊叫："阿莫啰，还要去啊！"

那天碰见我的小学老师达瓦多杰，师生重见，我很高兴，老师更是激动，紧抓着我的手不放。老师鬓发已经白了，仅仅四年，学生长大了，老师却老了。老师说他今天是到县医院来看病的，我没问是什么病。我歉意地微笑着。

好多下江乡阿爸的老熟人和附近的远亲，都来给我送茶，跟我聊在北京的情况。姐次仁，家已经搬到泽当去了。姐索朗卓嘎，要我有空到她家去坐坐，她的两个女儿经常来找我玩，尤其小女儿次仁卓嘎，左一个舅舅罗布，右一个罗布舅舅，甚是喜欢我。

以前的朋友，在县中学学习，也来找我玩。他们的穿着打扮比我时髦多了，而且很有档次。在北京四年一直穿校服，来时也没什么新衣服，在他们面前还真有些怯。他们对县里的情况了如指掌，抽烟喝酒很是平常，讲在学校里是怎样地不守规矩，怎样地闹，我没有什么想法。

那天，去看了母校，不过现在已经改称下江乡小学了。以前的教室依旧，宿舍依旧，老师宿舍门前的院子里菜地也依旧。想起了以前的事，感慨了一番。回来的路上，远远看见两个女孩子，索朗卓嘎和洛桑，两人都穿着常州西藏中学的校服。三个人在河边待了一会儿，然后去了县里的一间甜茶馆。聊了很多以前的事，聊聊同学，聊聊一些类似报哪个学校了之类的事。一块儿待着倒不是多么的高兴，只是有一种圈子的归属感。

　　太阳快落山了，她俩要回去了，我们三人一起出了甜茶馆，路上碰见以前学校的总务处老师，以前听说我跟他还有点亲戚关系的。他见了我非常高兴，一番寒暄过后，让我过两天到他家去玩。也许有些飘飘然了，或者真不会说话，跟他告别时，我竟很不敬地说："走啊！"我没用敬辞，这是对大人很不敬的，也就刚刚转身，我大声地跟她俩解释刚才我是怎样地说错了话，而且更严重的是，我直呼第三人称，声音太大了。我马上意识到自己错上加错了，所以随即转身看了他一下，发现他也在转身看我，真是丢尽了人。

　　近来家乡连续降雨，去往仲萨的公路多处出现塌方，大人们都在谈什么什么路段被山洪冲走了，谁谁的车子昨晚在哪里耽搁了一晚上。这边的路都是土路，又都沿着山腰穿过山谷，雨一下，就惨了。还没有找到车子，只好在县里多待些日子。四年了，连县里都没有什么大变化，何况我那偏僻的仲萨呢！不过心里特别想念，哥哥姐姐也在老家仲萨，虽然回到西藏已经好多天了，但我还是没有回到真正的家乡。这种感觉，真是奇妙。

　　安静，太寂静。一个人待在屋里，翻看自己四年里寄给家里的信和照片，这些都被阿爸好好地收藏着，很多遗忘的事，多年以后的今天，在这个地方，想起来，不免也有种走过日子的感觉。

　　家里购置了一台彩电，这无疑是我们家一个零的突破，看见自己家的橱柜上摆着属于自己家的彩电，我的心情不光是激动。电视是在两年前买的，该激动的家里人已经经历了激动，在内地四年，一台彩电对我没有什么特别的意义。可是万一我没去内地上学呢？这台彩电搬进家里来的那一天，我会多么的高兴。不仅仅是一台彩电，家里也多了好多别的东西，对于他们来讲已经习以为常了，而我则不同，迟到了的快乐，时空错了位的一种回味。

寂寞，比较寂寞。我几乎已经见到了县里所有的人，走遍了县里所有想去的地方，翻遍了家里的所有的橱柜和箱子，现在没有什么东西对我来讲是新的了。阿爸照样天天准时去商店，阿妈心疼地跟我说："罗布，你想吃什么就跟阿妈说，阿妈给你做。"阿妈好像要弥补四年来我没在家吃过的所有好吃的东西。

开始思念。不思念北京，过了两个月我还会去那儿，考上高中在北京继续读高中我有十足的把握；也不思念别的，仅仅两个月的假期是我离别家乡四年的补偿，我身已在西藏我还思念什么？不应该是思念，应该是一种享受，好好享受这来之不易的假期。可我也不知道，思念这东西却在这样的时刻占据了我的大脑。也许因为县里太安静，也许因为我真是动了情，总之她的影子时时出现在脑海，戴着一个粉红色的发夹，笑容很灿烂。离开北京时从次旦那里带来了一盘王杰的磁带，在成都还买了一盘迈克·杰克逊的最新专辑，发现我更喜欢听王杰的歌。自从家里买了电视机，那台老式的双卡座"燕舞"就失宠了，可是我的到来却是它的幸运。墙上的插座只能接一个线，我每天把电视机的线拔了换录音机的，然后拿着歌词，跟着唱起来。

阿妈不解，阿爸也感到奇怪。

"放着电视机不看，听录音机？罗布，我们现在都不听那东西了。"

"罗布，你唱的是什么歌啊，那么投入，那么用情？"

5

手扶拖拉机在西藏太有地位了。不会标有限载多少名乘客，但我肯定今天绝对是超载，一小小车厢装着满满的东西，上面坐着满满的人。有我认识的，不认识的，似曾见过的，每个人在一路上的想法定是不一样，但我却要在乎一下自己的感觉。

车轮转到的地方，都是我四年以后的重逢，一路上的所见都是四年以后的景象。心情很激动。拖拉机转过一个弯，远远看见阔别四年的仲萨，现实和记忆刹那重叠，这是回家第一眼的诠释。

终于，我们进村了。新盖的几所房子简陋但很显眼，路旁有很懒散的狗，也有吃着草悠闲地摇着尾巴的牛，我看着它们甚至回忆哪条狗四年前就在村里哪头牛是后来生出来的。好多小孩，见了拖拉机，高兴地跟着跑，我听见有人在喊："阿库拉麻！阿库拉麻！"小孩真是好记性、好眼力，认出了我，还记得我真正的名字。

我不敢说我的回来给村里带来了什么，但是村里的小孩子因为我的回来显得特别的高兴。四年后我仍然是一个小孩，在大人们的眼里；四年后我仍然是以前的"阿库拉麻"，在小孩们的眼里。不同的是，我是去过内地的人，是在北京读了四年书的人。每天都有村民给我送茶。阿妈特地在客厅正中央铺了一条崭新的卡垫，还放了一块背垫。只要有村民来送茶，我都会很恭敬地坐在新的卡垫上，而他们则会很拘束地坐在客厅最靠门的角落。在我的记忆里只有活佛和喇嘛，只有那些高官客人，才可以享受如此的待遇。他们这样看待我，我是由衷地承受不起，由衷地感激。

一个人在屋里的时候，我想起在家里永远地少了我的额吉。在小庙堂的墙上供奉着一幅唐卡，阿妈说那是我已故额吉的护身佛。在家的这些天，每天给庙堂献圣水的工作由我承担起来。我想如果这能弥补一点我的不孝，希望额吉的在天之灵能接纳孙儿在这里为她祈祷。我多么想知道额吉在世最后一段时间里她是怎样度过的，但伤心往事我不愿再提起，家人已经承受了巨大的痛苦，如今好不容易开始了新的生活，我怎么好意思？迟到的祈祷，时空错位的痛苦。

每天上午，我带着一帮七八岁的小孩，去河边拴牛犊。大的牲畜村里轮流放，而这些刚生下来的就得由自家照顾了。我成了孩子王，每天我还没起床就会有好多小孩牵着自家的牛犊背着拴绳，在我家门口集合。其中有几个小孩下一年就要上六年级。我知道我们村里的教育水平，即便在这里数一数二，在内地西藏班的考试中跟全自治区七个地区的学生一起考试不一定能考上。我替他们担心。在他们眼里我是一个榜样，我高兴。每天我都跟他们讲一些学习的方法，这帮孩子听得很认真。他们还跟我学英语，每天五个字母，他们学得很开心，觉得特别好玩儿。看着仲萨的孩子口里发出英语字母音，我也觉得好玩儿。他们都喜欢我，在我面前玩闹，在我面前表现，在我面前揭其他小孩的短。一个从首都北京回来的哥哥，他们总是特别的好奇，对我有一种迷信，在我身上他们有太多的未知。似乎我去了内地就有了什么与众不同的东西，一种神秘，其实是一种无奈的无知吧。不仅小孩如此，大人们也是如此。我舅舅欧珠的小女儿，有天跟她的一位婶婶约好来给我送茶。但她担心，她们整天跟羊毛跟牛羊打交道，身上会有味道，生怕我闻见了会恶心。哭笑不得，藏族人的一种无知的可爱。

我曾经也是这样，那时在村里来了几个汉族人训练民兵，看着他们白白的皮肤干净的衣服，吃饭也吃白的米面。我问我自己：他们拉的大便是不是和我们的不一样，又白又香？无独有偶，这是一种迷信，是一种无知，但很可爱。四年在内地，很多汉族人心目中的西藏，让我们这些内地西藏学生听起来，也是哭笑不得，那也是一种迷信，一种无知，也很可爱。

身在仲萨，但遥想在那么一个地方，祖先们从来没有去过，曾经也一无所知的一个那么神秘的地方，自己的的确确生活了四年。想想这些天自己重回这深山谷间，小河流过的仲萨，发现内心深处的某个抽屉突然打开了，里面装进了一些东西：经历、成长、责任、理想。回到仲萨，重返家园的一切意想不到的东西，让我感受颇多，有一种自己在迅猛成长的感觉。戴着粉红色发夹，灿烂笑容的她也似乎渐渐地在脑海中变得模糊起来。

我去了北京后，益西表哥在地区二中上了三年学。现在又没能考上高中，中专也没被录取，此时地地道道地成了一个山村青年。不过十年学生生涯的烙印那是抹不去的，所以他还是和别的没有上过学的同龄人不同。这不光从感觉上能明白。每天在我还没起床之前，他就出现在客厅里。他喜欢跟我谈谈自己在学校时的情况，跟我聊聊内地的事情。亲戚们都在为他可怜："看来益西真没有读书的天分，命中注定吧。"除了读书，别的事情他总是比我强，干活也很勤快很出色。看着他炯炯有神的双眼，我也不知道为什么读书就不行呢。舅舅欧珠，他的父亲，说准备让他去当兵。像我们这样上了几年学的，如果不能再上学，不太愿意去种地去放牧的，这是一条出路。他也准备选择这条路。布穷表哥则选择了另外一条出路，当了司机。我刚回来不久，他也是刚从成都买辆新车回来不久。那天他家里为新车接风，乡里的书记，村长，还有几个乡政府的公务员都被邀请到他家里。我也被叫去了，在座的都是四年前还是我敬而远之的人物，能与他们坐在一起，我感到有些受宠若惊，我找了一个边边的位置坐了下来。他们对我这个从北京来的小孩很客气地点点头，夸赞一番。买了新车的布穷表哥热情地张罗着招待大家，很是高兴。

我的哥哥当初放弃了去县完小上学的机会，那时他说："我不上学，上学有什么意思？我要去放羊，以后咱家的羊不用托给别人了。"如今他真的去放羊了，家里的羊虽然是交给阿库旺久来放，但到了春夏得有人轮流去值牧。每次轮到家里值牧，阿妈就不必去找别人，哥哥当起了准牧羊人。家里有一辆自行车，是索朗舅舅买给哥哥的。车子很新，装饰得也很漂亮，哥哥经常在山上，很少有机会骑。那天听说哥哥他们的羊群要下山到村里来，我就骑着车在村头等他。在浩浩荡荡的羊群中间，我找到了牧人打扮、脸庞晒得黝黑的哥哥。他远远地见了我微笑着，手里不断地挥动着"吾多"赶着羊。这是我们四年后的第一次见面。我看见哥哥这样子，心里很难受，不知道当哥哥的见了弟弟在想些什么。

"我这车子好骑吧？"这是他见了我后的第一句话，说完又跑着去赶羊了。

羊下山回村是来剪羊毛的。剪羊毛，哥哥也可以待在家里休息了。白天，家里总有忙不完的事，时间也过得特别快。阿妈忙着家里的琐碎事，还是和以前一样总是忙不完。那天在泽当饭店的院子里，我觉得阿妈老了。但是从泽当到县里，从县里到家里，阿妈似乎又越来越年轻。阿妈还是以前那样又健康又能干。姐姐这些天去乡里忙"无酬劳动"①。

到了晚上一家人就能聚在一块儿了，家里多了一个可爱的生命，我的外甥女，我姐姐的孩子。那天我刚到家，在一群脏兮兮的来看热闹的孩子堆里，有一个眼睛特别大的小女孩羞怯怯地走到我面前，抓住我的手撒娇地喊："舅舅！"在旁边阿妈笑了，周围的小孩子们也笑了。这就是我的外甥女，小曲宗。可爱聪明的小曲宗，才不到两岁，就会认出我，还喊叫舅舅。原来，这可爱的小家伙，看了我从学校寄给家里的照片就知道我长什么样了。听阿妈说，每次抱着她看挂在家中的相框，问她："舅舅在哪里？"她就指着我的相片说："舅舅，舅舅。"那天听她喊舅舅，我一时没反应过来，自己才十六岁，就已经当了舅舅，还真有点不好意思。不过，有这么一个外甥女，让我很开心。有小曲宗，有我，晚上的一家人，变得特别的温馨快乐。

在家待了一段时间。阿妈说去看看你的舅舅吧，舅舅他很早就捎来口信："罗布回来后，一定要让他来一趟察臧。"几天后，哥哥和我动身了，赶着家里的两头毛驴。一头驮着我们的行李，一头垫着毛毯，阿妈的意思是去察臧的路太远，我走累了就可以骑着它。我说用不着，我能

---

① 无酬劳动：即没有报酬的义务劳动，村民们直呼"无酬劳动"。

走的，绝对不会落在哥哥后面的。哥哥笑了，似乎在问我真的吗？我补充道："学校里每天都要跑步锻炼，我的身体好着呢！"不过阿妈还是坚持要我们赶着两头毛驴。就这样，我和哥哥出发了。

6

察臧酥油在西藏很有名，在旧西藏作为一种差役专供噶厦政府。我的两位舅舅就在察臧，是地地道道的牧民。亲戚们生活在各方，彼此和睦往来，各自生活着。亲情是什么？种地放牧的他们可绝对不会坐在一起讨论这个问题，也只有我这个上了几年学的学生才会文绉绉地写上几段。家族的概念第一次在这深山野路中让我思索。那次索朗舅舅从南阳寄给我的信中写道："你要努力学习，将来争取考上大学，成为咱们家族的第一名大学生。"由于当时刚刚知道额吉去世的噩耗，没有太多地考虑这句话。而今天我才想起——家族。

察臧的草原并不辽阔，其实这里根本就没有草原。连绵不断的层层高山、青青的山，青青的草场。察臧是纯牧区，虽然有盖着石房落户的村庄，大部分人都在村子里，过着定居的生活，每个家庭只有一两个人长期在山上。但生活的来源，生活的一切围绕着山上的那顶帐篷转。跟仲萨村里分有第一组第二组一样，牧区也分小组从事生产。一顶帐篷，一支牧组，一个牧场，一群牧民过的生活。

青烟袅袅。整整一天，帐篷里的篝火几乎不灭，烧水煮茶，热奶做曲拉。帐篷外，青山间，青烟袅袅上升，直接化作天上的云。篝火不灭，青烟不断，天空和草场借着这烟柱连在一起。

牛群，早晨挤完奶被赶到了远处，傍晚再被赶回来。远远地望见只有悠闲吃草的牦牛，没有放声高唱的牧民，倒是有经声嗡鸣，鼓声螺声阵阵。这些天，舅舅他们请来了喇嘛念经，在一顶小帐篷里有喇嘛正在做法事。

牧区的晚上是惬意的。整整忙了一天的牧人们坐在火灶旁，年轻的年长的，都那么的朴实憨厚。"朴实"和"憨厚"这些词，在内地，汉族人把它送给了我们藏族的学生，在牧区，我把它送给了这些常年在山上，乐此不疲地忙碌的牧民。帐篷外，十里方圆没有人烟，只有静静的摇着尾巴休息的牦牛、时刻处在警备状态的藏獒，以及远处山上开始出洞觅食的野兽。从开启一块遮帘的帐篷顶上，可以望见天上的星星。星星很耀眼，应该还有皎洁的一轮月亮在上面吧，因为可以望见繁星点缀的天空是深蓝色的，甚至不时可以望见一片青云悠悠飘过。

我安静地坐在那里，舅舅格桑给我铺了一个极舒适的坐垫。"在北京没得什么病吧？"格桑舅舅问。我的答案当然是没有。舅舅的这句话很简单，但当我听到的刹那间，一种爱、一种感动让我全身暖和了起来。我真的想扑进舅舅的怀里，可就我吸一口气的工夫，这种感觉从心中划过。

跟舅舅格桑和舅舅赤来在一起的，还有六个牧民，其中最年长的算是洛桑舅舅吧。如今他已老了，仍然在高山牧区辛苦劳作，默默地。我想到了已去的亲人，想起了已故的额吉，我想起了额米，想到我至今不知名也未曾见到的如今也可能离开人世的额米。一颗心，体会到了一种悲凉。

8月初的牧区的夏夜，一伙人围着忽明忽暗的炭火，在微风中摇动的酥油灯下谈话，微笑着谈话。

"毛主席的遗体听说还在。"说话的牧人似乎故弄玄虚。

"放在水晶做的棺材里。"接话的牧人很是得意。

"叫科技的这东西真是不可思议，是吧？"另外一位年轻的牧民颇为感慨地参与到这个话题里。

我点头表示同意。

"阿库你见过吧?"

"呃!学校带我们参观过。参观的人特别多,在毛主席纪念堂门前排着长长的队,每人都要接受安全检查,才能进去呢。"

"肯定是要检查的,多珍贵的。"舅舅赤来插了这么一句话。

我分明看到一种羡慕在他们的眼睛里,这是一种距离。他们没有到过北京也几乎永远到不了,现在我坐在这里,坐在帐篷里和他们在一起,看着他们,看着他们的生活,我为此感动。我体会到了一种极其珍贵的东西,他们意识不到,因为这就是他们的生活本身。我有什么好被羡慕的,走出去,再回来,我还要走,其中不是一种悲凉吗?回到了家,看到了这实实在在的生活,我才明白,谁知道,有多少东西,最珍贵的,最原本的,我又失去了多少?连我自己也不知道。

将近午时,我和哥哥打点行李,准备下山了。舅舅格桑和赤来,还有其他牧民,每人都给我送了好多东西。

"阿库,这里有一点酥油做点茶喝。"

"阿库,没什么好东西,这点奶渣带上吧。"

"到了内地可能吃不着奶酪吧,来,把这些装进包。"

我婉言推辞,发自内心的。但却难以拒绝他们的"朴实"和"憨厚",只好连声道谢。

行李打点好了,其他人又开始一天忙碌的劳作了。每天都要挤奶,每天要捣奶,每天都要打酥油,做奶渣,日复一日地生活。舅舅格桑和舅舅赤来,为哥哥和我摆了丰盛的午餐,这餐一吃过又将告别三年甚至更长的时间。

吃过饭,我和哥哥出发了。远远看见舅舅依然在帐篷门前站着,身后是矮矮的帐篷,青烟从帐篷顶上升起。突然注意到从帐篷中央立起的那根柱子上挂着一面旗子,白色的布,周围用五色的彩缎扎边,旗杆最顶上是日月同辉的铁铸……

我的当牧民的舅舅们。

两头驴子驮着重重的包，走得却飞快。哥哥迈着大步，我只好小跑着。

"真是来这儿搜刮东西似的，不好意思。"我笑着跟哥哥说。

"这有什么好笑的?"哥哥急促地蹦出这句话。我没说话，在想我说错了些什么。

下了山，在察臧村住了一宿，哥哥和我又出发了。路上，赶上了一场暴雨。我们只带了一件雨衣，互相推让了好几次后，最后哥哥还是把雨衣套在了我身上。当时我俩正从山谷的谷底往上爬，雨说来就来，暴雨一条线一条线地斜着向我们吹来，真是疾风劲雨。可怜家里的这两头毛驴，驮着重重的东西，两侧身子全部湿透了，雨水从细细的毛发中渗下来，在走过的泥路上溅起水花。哥哥穿着一条直筒裤，灰色的裤子，已经湿成黑色了。他低着头，眼睛盯着地面，不说话，顶着风和雨，脚步飞快而有力。看着哥哥的背影，我心里难过。哥哥上山下山，风里雨里雪里，四年的时间，他经历了多少艰辛？当我坐在明亮舒适的教室里，当我坐在有暖气的寝室里，只是拿笔看书，就这样我却盯着窗外雨：多么爽心的雨！就这样我却在欣赏室外的雪：银装素裹，待会儿去打雪仗！而不知道，就在我无比幸福地欣赏着这雨这雪，哥哥，还有阿妈、姐姐他们却在顶着风雨冒着寒雪，奔波辛苦在家乡的山谷间泥泞中，为了一家人的生活，也为了一个在他乡的我。突然，我的脸颊似乎暖暖的，嘴里分明尝到了咸咸的味道，眼泪和着雨水流淌下来。

翻过了山，此时艳阳高照了。哥哥和我走过一间牧人小屋，就看见了仲萨，快要到家了。路上人见了我俩，开玩笑地说："当学生的弟弟还是赶不上你哥哥吧!"我笑笑，只是笑笑。走了一天的路，又遭大雨，真是感到有些累了，双腿惯性使然，一左一右迈着，可是似乎已失去了知觉，麻麻的，冰凉冰凉的。

阿妈跑出来帮我们卸行李。问我："累坏了吧?"又说，"阿妈晚上给你做好吃的，先进屋好好休息吧。"

姐姐干活去了，小外甥女曲宗不知道跑到哪里玩去了。客厅里，阿妈已经给我的碗里倒满了酥油茶，也已经为我铺了新的卡垫，还有背垫。平时我不让阿妈给我弄这些，但她非弄不可而且一定让我坐在上面，说不然会着凉不然会弄脏衣服。在牧区待了这几天，那里的天空是深邃宽广的，可那里住的地方却是低矮拥挤的。回到了家，山谷中的仲萨，目之所及视野是有限的，但家里客厅显得那么的宽敞。阿妈和哥哥在屋外忙着，我就这么半仰着身子坐着，回到了家，客厅空荡荡的，心里也是空荡荡的。

7

在家的时候，每天都睡得特别死，特别香。当我醒来时，小曲宗靠在我的枕头旁，用她的小手敲打我的头，撒娇地喊："舅舅，舅舅。"我抬眼看看她，不好意思地笑笑。小家伙两个大眼睛直直地盯着，当舅舅的我能不起床吗?有时我干脆冲她笑一下转身又睡觉了，身后听见小家伙迈着小脚乖乖地出去了。我以为这下可以美美地睡上一会儿。没想到，她一边哭一边拉着我阿妈的手又进屋来了，原来这小鬼见自己叫不动我，就去找她的额吉帮忙了。

这天，我被阿妈叫醒，说有客人来了。赶紧起床，洗漱完毕，来到客厅。来人是次仁达瓦的父亲。次仁达瓦比我低一年级，在北京上初二，明年就能回家了。

他父亲说："最近孩子很少来信，以前刚去时几乎每个月都能来一封信，而现在一年来两封信就算不错了。"

我阿妈笑着插话："我的罗布，也是这样。您不要担心，小孩在那边待得舒服了，家里可就全忘了。"我看着阿妈笑了。

的确，刚到内地时，写家信一是觉得新鲜二是也真想家，所以写得比较多。后来，等适应了学校的生活，就很少给家里写信了。

"他不来信吧，做父母的非常担心。咱也没去过内地，不知道孩子在那边生活得到底怎么样。每个月来那么一封信，看到自己孩子的字，心里能踏实点。真的。"

一辈子在山里，而孩子去了遥远的连这遥远有多远都不知道的内地，父母能不为孩子担忧吗？那天，在村里碰见拉姆婶婶，见了我第一句话就是："阿库回来了，这下你阿妈总算可以松一口气了。"当时还真没太听懂这句话，今天听了次仁达瓦父亲的话，我明白了当初父母们怎样地忍着心送孩子去了内地，而这一送，父母们却整整地牵挂、担忧、难过了四年。四年后骨肉再次重逢，作为母亲真的是大大地松了一口气。

见了我，就像见到他的孩子一样高兴。这是次仁达瓦的父亲说的。送给我一大筐鸡蛋，他是从他们村子里骑着马过来的，带这么多鸡蛋也真是太不容易了。我跟他聊了好多学校的情况，告诉他次仁达瓦在学校学习生活各方面都很好。临走前，他再次嘱咐我，到了北京多照顾次仁达瓦，要我们互相帮助好好团结。我请他放心。人马远去了，我回到屋里，喝过的茶碗还冒着一丝热气，刚才的那些话还在耳边萦绕。想想在北京正在过暑假的次仁达瓦，他知道自己家人是多么为他担心吗？

阿妈把热奶端上来了，说："放了好久，都快凉了，赶紧喝了它吧。"

一个阳光明媚的下午，我骑着哥哥的自行车，来到了江村。分别四年了，四年以后我推着一辆车子，突然出现在我曲珍奶奶的面前。

奶奶看了我半天，才说："是阿库罗布吗？"

我笑着说："奶奶，是我。"

这下可把奶奶忙坏了，"噢滋滋，听说你回来了，却一直不来看奶奶。"

奶奶帮我把包从车座上拿下来，又急忙进了旁边的屋，抱着一个新卡垫出来了，脚步比四年前慢多了，甚至有点踉跄。

"昨晚做梦，梦见房顶的角旗。今天还跟你姑姑说今天可能会有什么人要来咱家。"奶奶高兴地说着。

我跟着奶奶进屋。屋里很暗，眼睛还没适应过来，当我看清楚时，奶奶已经铺好了卡垫。

"来，坐到这上面。"奶奶又开始忙着找碗倒茶，"先喝一碗茶，奶奶马上给你坐壶新的，这茶好像有些凉了。"

奶奶给我摆了一只有八瑞相的瓷碗，给我倒了一碗茶，顺便把自己碗里已经凉了的茶喝干，然后盛满，之后把壶里剩余的一点茶底倒出去了。就这工夫，屋里来了好几个小孩。他们靠在门口屏风边上，惊奇地望着我。他们中间，肯定很多是我的小表弟小表妹，可我认不出来了。

天色渐黑，姑姑格桑、叔父索朗也回来了。他们都不知道我来了，一进屋，发现我坐在那里，"噢滋滋，阿库来了"，都是这么说的。晚上，奶奶煮了一大锅牛肉粥，还烙了几张大饼。奶奶知道这是我最爱吃的饭，真惊奇这么多年了奶奶还记得我喜欢吃什么。

这里有一段往事。在我还没上学的时候，老家在修发电站的水库，姑姑格桑也来干活。水库离我们家很近，因此姑姑格桑白天在我们家吃饭，晚上回江村。有一天，姑姑格桑带着我到奶奶家里。当晚奶奶家里正好做的是牛肉粥和大饼，不知是太饿了还是太好吃了，那晚我喝了足足两大碗的粥吃了一大饼子。在奶奶家里那几天，天天晚上我要奶奶给我做粥和饼。那时奶奶家也不算富裕，哪里有那么多的米和面，但是奶奶会尽量满足我的要求。我小时候是出了名地喜欢吃米饭，这一点我的亲戚都知道。奶奶见我那么爱喝她的粥，后来跟别的亲戚说："不要给他煮米饭吃，你就给他煮点粥，再给他吃个饼子就可以了。要不天天吃米饭，总会把你家的米给这孩子吃光的。"听阿爸说，奶奶以前是大家族的千金，当时我爷爷却是个农奴家的孩子，因为爷爷裁缝手艺好，而且人也很好，就被奶奶看上了。想想奶奶以前居然是位千金小姐，嫁给一个农奴的孩子，而爷爷在我出生那年就去世了，如今奶奶也年过半百，日渐衰老。

第二天一大早，我的姑姑德吉，急匆匆地来了，见了我就哭。"这阿妈，阿库来了都不跟我说一声。"姑姑抱怨奶奶。

"叫德吉的，有什么哭的。阿库又不是马上回去，他要待两天的。"奶奶却在责骂姑姑了。

我坐在那里，不好意思了。

下午，我跟姑姑德吉去了她家。姑姑问我这问我那，一个劲地说："阿库，真是的，别人的地方待得多好，也不如自己家好啊。"

听我说还要继续去北京念三年书，姑姑惊叹："阿莫啰，还要去三年，再回来时，都不知道变成什么样了。"

晚饭在姑姑家里吃的，姑姑做了酥油面疙瘩，这在藏族食谱里是很有名的。煮熟的面疙瘩捞出来，用酥油搅拌，然后放进干奶渣、红糖等配料。平时家里很少吃的，一般给喇嘛、贵客才会做的。

去了姑姑德吉的家，又去了姑姑群宗的家。在江村的这几天，见了亲人们。我该回去了，临走时又给我送东西，又送钱，和从察藏回来时一样，真是有种专程来要东西的感觉。我只是在内地上了几年学，回趟家来探亲，他们却对我如此好。我能表示什么，我能怎样感谢？好好学习，不辜负家人亲戚的期望，将来学成归来，再报答他们的恩情。

父母亲戚嘱咐，老师学校教育，我未见得听进去。但看到这些，一股真的要学有所成，报答亲人的决心和动力，深深扎入了心底。

回到仲萨，阿爸捎来口信要我过些天就去县里，说北京西藏中学的录取通知书已经来了。短短两个月的假期就快过完了，我又要走了。实际上，也真是有些想念在学校的日子，也想尽快跟同学们见面。亲戚都探望过了，也休息得差不多了，现在该做的，就是赶紧回北京，高中三年努力学习。虽然没有定什么明确的目标，但我告诉自己一定好好珍惜，不许再像初二时那样马虎混日子了。

短短两个月，我感到自己突然长大了。

8

第二次去北京，我就知道该带什么，不必带什么。箱子里，只有自己的衣物，以及十几卷照好了的胶卷，从北京出发到现在要回北京，一路照过来，到了北京就可以洗了。行李就这么多，阿妈让我带干肉、曲拉、白糖，还问我带不带糌粑、酥油，我说："不用了，现在天气暖和，带去了会坏的。您只要给我这个就行了。"我笑着用手做了一下数钱的动作。其实不用带什么了，要带的我全装在脑子里了。

凌晨3点多钟，我和阿妈阿爸在阿爸扎西的陪同下来到了泽当饭店。天空还在下着毛毛细雨，凌晨的泽当镇很安静，只有昏黄的路灯，送孩子的家长和亲人们聚在院内等着教体委的车。索朗舅舅骑着自行车来送我了，下了一夜的雨，舅舅都不必来的。

车来了，分别了两个月的同学再见面，车里有我的初中同学，我们都是去北京念高中的。当然也有我不认识的从江苏和辽阳毕业考过来的。天太早，又是马上就跟亲人离别，彼此没多说话。车里已经没座位了，阿妈和阿爸就在过道和其他家长挤着坐下来了。车子发动了，我看见阿爸扎西和舅舅在雨中，微笑着向我挥手。车子开动了，很慢，我理一理脖子上的哈达，重新在座位上坐好。路灯下，车灯前，细雨飘忽不定。

车速慢慢加快，路旁的商店和单位都紧闭着门，等早上太阳出来时，泽当又要开始新的一天。我们走了。

机场仍然绵绵细雨。四年前离开西藏那天，也是这样的天；四年后再次离开西藏，还是这样的天。细雨绵绵，惜别依依，到底是雨让离别更加伤感，还是离别使细雨更加缠绵，为何离别的日子里天空如此多情？还记得，两个月前，当我们踏上这块土地，它也是如此动容，雨中送别，雨中重逢。家乡的雨，故乡的雨。

阿妈和阿爸，穿上节日的衣服，远远地从仲萨出来，看着儿子坐着他们两口子从未坐过的叫飞机的这东西穿过云霄，消失在雪山之中。儿子今天要走了，如果四年前，阿妈是哭着闹着喊再也见不到自己的儿子，而今天她看到了儿子健健康康地毕业回来并且再度去学习，心中是怎样的一种期盼和自豪。儿子走了，挥挥手中的哈达，祈祷他健康成长，学成归来，全家团聚。阿妈和阿爸，一对年过四十的夫妻，送走了我——他们的最小的儿子，又坐着车，一路颠簸，一路默默地回家乡。热闹的人群中，我的脑子里竟安安静静地想着这些事儿。

就要通过安检了，阿妈和四年前一样给我一杯青稞酒，我用无名指点了三下，然后一口喝干了。浓浓的陈酒，用家里最好的青稞酿制的酒。把杯子递给阿妈，看着阿妈，我的眼睛一眨，泪水夺眶而出。

阿妈哽咽着说："阿妈的，要保重身体。"

我已说不出话了，双唇紧闭，用牙咬住上唇，只有使劲地点头。

阿爸从阿妈的一侧上来，给我戴上哈达，伸出手，我两手紧攥着阿爸的手。阿爸用右手拍拍我的肩："阿爸的，路上小心。"

我点头，我只有点头。四年前，我高高兴兴地从安检门进了候机厅，四年后，长大了，我却舍不得离开，在安检门前泪如雨下。等我走了，这偌大一个机场，来来往往的人群中，就剩下我的阿妈和阿爸了。

去北京上高中的学生都在这里了，我的老同学，我的新同学。两个月不见，发现大家都有点变化了。有的变胖了，有的长高了，有的晒黑了。三年之久的一场大型聚会就要开始，这里是聚会的前奏。

人群中，我看见了她。粉红色的发夹不见了，也许她也和我一样决定了些什么，决定告别了些什么。我看了一眼她，仅仅一眼，个中多少滋味也许仅是我一个少年知道，也许将是生命中短促而永远挥之不去的一笔。就仅仅一眼后，我告诉自己："就这一眼，结束吧。想想在家乡的亲人吧，想想自己的决定吧！"

两个钟头后，从双流机场去西藏成都办事处三所的路上，几十个人在客车里挤得满满的。

"阿库拉麻？"旁边的一个女生看着我问道。奇怪，我又不认识她。在她后面的索朗卓嘎狡黠地一笑。知道了，这位女生是她的初中同学，而我的小名是索朗卓嘎告诉她的。我跟那个女生点点头，笑了一下，笑中多少表示了一点你这样称呼让我有点难为情的意思。

下车后，我找到了索朗卓嘎。

"跟你商量一件事儿，到了北京不要再叫我阿库拉麻。拜托！"我不好意思地说。

"嘻嘻！害羞吗？"她表情夸张地看着我。

"有什么害羞的。我只是担心人家真把我当成喇嘛。"我们两个都笑了，不过算是达成了协议。

9月份的成都，是老同学再次相聚，也再次离别的地方。考上高中的都上北京，但考上中专的就祖国各地到处飞了。9月份是各校报到的时间，大部分同学都是先坐飞机到成都然后再从这里走的。我碰见了我们班的土登。当时大家差不多都这么认为：上中专了，等于解放了，轻松学习几年后就可以分配到工作。而上高中，则还得像初中那样苦读三年，三年后还不知会怎样。上中专的，上高中的，自然地在心中有那么点儿距离了，毕竟走的路有点儿不一样。殊途同归，说得轻巧，但谁都不知道要归什么路了。

在成都体检和休息，待了大概一周时间。在成都，每屋四个人，江村、加迪和我分在一个屋里，另外一名从辽阳毕业的，叫曲扎。每天，我们三人差不多是一起行动，一块儿吃饭，一块儿上街。经常能在附近的游戏厅里看到土登，我们一起也待一会儿。他跟他的新朋友玩得挺开心，和我们一起却玩不起来，更多的话也说不出来。又不是生离死别，没那么夸张吓人，各走各的路，祝老同学一切都好吧。

成都对我们内地西藏班学生有种亲切感。这里有很多藏族人，有常年住在成都的，在成都做生意的，在成都旅游的。成都人爱吃辣，藏族人最爱吃这又辣又麻的川菜，符合藏族人的口味。藏族人在成都挺多的，四川人在西藏的也不少，总之那川菜，那川话，那川人，跟我们就有种亲近感。

江村、加迪和我，初中四年生活在一起，彼此关系很好。那时，美国、三Q和我一伙吃饭，江村和加迪一伙，我们吃饭在一个桌上。江村，刚到北京时胖胖的脸，大家都叫他胖子。人很真诚，也很义气，只是有些牛脾气。他人好，在我来讲，是一种让你感动得频频点头的好。他对自己的错从不文过饰非，谦虚得让不了解他的人低估他。加迪，刚到内地时，班里对他有外号，叫傻牧。就是他一个人来自牧区的，大家都笑称傻牧的学生，初中毕业拿了全年级第一名的成绩。当然从一开始他也不傻，他只是大智若愚而已。另外，他的傻表现在傻乐。这多少和我有相似之处，也正因为此，我俩成为好朋友。在我的毕业纪念册上他写道："你加我就产生快乐，就会发生氧化反应。"有这样好的朋友，周围有那么多新的活蹦乱跳的面孔，高中三年定精彩矣！

在成都买了一盒周华健的新专辑《爱相随》。多么美妙的音乐，这音乐陪伴着我在成都的日子，以及在从成都到北京的列车上。在一个天边的彩霞映红我不知是什么地方的傍晚，列车疾驰，凉风飕飕，我听着歌，看着这美丽的景色，出神之际，手中的歌词被风吹走了……

第四章　"通知一个播送"

1

高中时代来临，又从零开始了。我喜欢。四年后的一次回家，让自己知道在初中时怎样"不务正业"，两个月的家乡的所见所感，胜过一切谆谆教诲和殷切嘱咐，把我"感触"得已准备大干一场了。

一次非正式的会议在教学楼深处的物理实验室里召开了。主持人——我校鼎鼎有名的政教处阎主任，与会者——本校毕业的现高一年级全体学生。会场气氛很轻松，笑声阵阵不断。再次回到母校，我们大家的心情格外舒畅。

"你们这些老油条，可要给我记住！高中三年可是一晃就过去，不要再像初中时那样，整天稀里糊涂，浑浑噩噩，稀里马虎。"

阎主任，无人不承认是个演讲高手，活成语辞典。那嗓音，那气势，无论是表扬，无论是批评，只要是在北京西藏中学过来的人都对她印象深刻。这是全校新高一年级动员大会之后的加餐，为了我们这些"老油条"。

"毕竟是自己的孩子，希望你们百尺竿头，更上一层楼。"

这是上了高中以后的唯一的一次"老油条动员大会"，至于阎主任把我们叫做"老油条"，我想是一种兴致所至随手拈来的一句老北京的亲切称呼吧。其他内地班中早有传言：北京西藏中学是个监狱，那里的学生除了校服别的衣服都不能穿，那里的学生个个是书呆子，个个是四眼精，又老实巴交。话都传成这样了，我们还"老油条"？

大胖子大洛桑、小胖子帕巴、胖子江村，还有吉布尼玛次仁、胡子尼玛扎西和我，大家都管我叫萨罗。在这里写上我603寝室全体仁兄的大名，为了那些难忘的日子。

高中就是高中，繁重的学习压力迫使这届新高一年级的同学们埋头苦干。准备大干一场，但我也没想到这暴风雨来得会这么猛烈。外校考上的同学，也许会在忙于各类作业题海之余，咧咧嘴这样对自己的同桌说：我就听说这个学校是个监狱。

最初的日子里，好多同学可真有点吃不消了。603寝室想出了一个好对策，在每星期六的晚上从教室里回来，搞一个小小的聚会，买几瓶酒，买点花生瓜子之类。沾染烟酒是要被特殊处理的，在寝室楼里还有彻夜不眠的生活老师值班检查。在这种"严峻"的环境下，我们把寝室门关好，用毛毯把门窗玻璃都遮严实了，借一根蜡烛的光亮，六个兄弟，六个脑袋往一块儿一凑，喝着酒，抽着烟，吃着花生瓜子，聊着天，是一种巨大的奢侈享受。大胖子不喝酒不抽烟，胖胖的身子，胖胖的脸，是我们屋的活宝，每次得给他特殊关照一瓶可乐。胖子和小胖子不抽烟，胖子是江村，身子不胖，脸胖，小胖子哪儿都不胖，只是很发达的体格，一百七十二厘米的身高下略显胖。聚会买酒，大家轮番跳墙从外面买来，然后里应外合。酒喝完了，这周的聚会结束了，几个人晃晃悠悠贴着墙，去撒泡尿，回屋，然后是直挺挺地躺下。到了第二天，早早起来，去教室学习。感觉到我们没有什么周末的概念，聚会后猛扎进紧张的学习中，紧张的学习暂告一段落了，就聚会。那些日子就是这么度过的。

开学已经快半个学期，白姆转到了我们学校，并安排在我们高一一班。第一次见到白姆，是在一堂自习课，唐老师把她领进教室，她在前面站着，不害羞，不微笑，很安静。我觉得她很特别。她的座位安排在最后面，靠近后门。

一位新生的到来，尤其是一位女孩子，大家的反应却很冷淡。我的感觉完全没错，她的确很静。很少跟谁说话，大家也似乎完全不理会她的存在。她在这个新的班集体里，那样的默默无闻。但，我对她却似乎格外地在乎，不为什么，也不知道为什么。原先我的座位在前排，后来竟要求跟江村换座位，我跟她成了同桌。

班里每周都要换座位的，我和江村换座位后，一开始还不是跟白姆做同桌，她靠着墙，我在她左边，中间隔着过道。记得跟她说的第一句话，只是找了个借口。自习课上，我在纸上写好了钠和铝在高温下反应的公式，问她这样写对了吗？她看了一下，"对"，点点头，感觉很冷。

再过一周，她跑到教室的那头窗户边，而我在教室的这头窗户边。

再过一周，我的座位移到她原先坐的座位上，她在我的右侧，中间还是隔着过道。

再过一周，我们做了同桌。我才发现其实她并不是那么喜欢安静的女生，也不是对人冷冰冰的，只是把自己包裹起来。她有个座右铭：人不犯我，我不犯人。

余下的几周，虽然只是隔周做同桌，但还是经常说话，关系比较融洽。北京的秋风吹了，教室里总是一股暖暖的空气。中午吃过饭，同学们都早早来到教室，上午四节课下来，已经留了满满的作业。白姆吃过午饭，肯定要回一趟宿舍，然后匆匆赶到教室。她走路特别快，跟躲着什么似的，总是这样。听说女生宿舍楼下面，新开了一家小卖部，女生买东西方便了，可是"老爸"却失去好多爱吃零食的顾客了。新开的小卖部卖一些形状古怪的小软糖，散着卖。总之，白姆加入这一批买软糖的行列中，而且对软糖的喜好保持了好久。只要她买了，就会跟我分享。有时，写一会儿作业，把一包软糖放在我桌上，急匆匆地走了。中午大家都在安静地写作业，她急匆匆地来了，又急匆匆地走了，一声不吭地把软糖放在我面前。请我吃她的软糖，连说声谢谢的机会都不给。

周末下课后，她不在学校待着，回到在北京的亲戚家。周六这天下午，数学老师说课后要过来留作业。第三节课下了，老师还没出现。她有些耐不住了。要回家，天晚了不方便。我说你把你家的电话给我，晚上我打电话告诉你。"好吧！"她就收拾东西，拿着作业本和书，一句"走了"便起身溜之大吉。走时还把门重重地带上，很多同学惊奇地望着狠狠被关闭的门，我无语。

晚上，教室里放电视，我没心思看了。卓玛坐在后面，朝我笑。卓玛的座位就在我的后排，她看得很清楚，另外白姆和她又是一个宿舍的，平时吃饭也在一起。我也笑回了她。来到四楼电教室，车老师在。

"小罗布来了。"几年摄影小组活动下来，我和车老师交情不浅了。不过我都上了高中，他还叫我小罗布，总有些不快。

"什么事儿？"他手里折腾着一台电视机，抬起头说。

"老师，打个电话。"我轻声地说。

"用吧。"他爽快地答应了。

"喂，你好！"电话那头是位大人的声音。

"您好，我找白姆。"我急忙答道。

"你是谁？"那头的声音把我吓一跳。

"我是北京西藏中学的。"我恭敬地报上。

"什么？北京新疆中学？"显然他有些生气了，当然，北京哪里有什么新疆中学。我的普通话本来不好，一紧张嘴就不利索了。

"叔叔，我是北京西藏中学的，我是她的同学，找她有事。"我一字字慢慢地说道，虽然有点别扭，不过还好，把事儿说清楚了。

"你等着。"电话放下了，听见开门又关门的声音。车老师用一种奇怪的眼神看着我。

等了好久，终于传来了白姆的声音。"啊，罗布次仁？什么事儿？"这家伙，在家待得舒服了，连作业的事儿都忘了。

"作业啊!"

"噢! 噢!"两声噢，显然才想起来了，"你等会儿，我拿支笔。"

"听着啊，现在给你布置作业。"

电话打完了，松了一口气，看见车老师又在盯着我，我有些不好意思。

"给谁打呢?"笑着问。

"我一个同学。"我马上答道。

"噢! 噢!"他也两声噢。

"噢，对了，你在老家拍的那些片子我看了，有些挺不错的。"他转移话题了，谢天谢地。

"少年宫的高老师来电话说市里要搞一次中学生摄影作品比赛，优秀作品还可以参加全国比赛。咱们挑几张你的相片送上去吧。"

"好!"我高兴地答道。

"好不好?"车老师笑眯眯地看着我。他已经听我说好了，还问我好不好。

学校要组织一次"革命歌曲大家唱"合唱比赛。每人发了复印好的歌词。《保卫黄河》、《大刀进行曲》、《小儿郎》、《黄河船夫曲》、《卖报歌》、《解放区的天》、《松花江上》、《希望的田野》等等，一首首耳熟能详的老歌，把全学校的课外时间唱得震响。全校一共十五个班，近七百名学生，绝对卖力地吼，各班我不服你你不服我，吼声一班比一班凶。

刚练的时候，好多歌也不熟悉，没必要摆着合唱的阵势练了，大家都坐在座位上跟着文艺委员一块儿练。白姆在旁边，而我们俩共用一个歌词本,我知道自己嗓音不好,不好意思大声唱。这下可为难了我,若是唱流行歌曲,咱还可以舒缓柔情地来几下,而革命歌曲没有气势就唱不来,必须要高声吼唱。大声唱吧,怕把她吓着,轻声唱吧,感觉无力无气,着实有些不自在。

比赛那天,各班同学穿着整齐,轮流上台表演。初中班的学生,扯着脖子,撕心裂肺般吼着,好玩儿又可爱。

终于我们班站在台上了,看看平时不修边幅的大胖子今天穿得西装笔挺,再看看平时班里的几个捣蛋鬼今天也格外认真,我顿感紧张的时刻到来了。

"第一曲目,《保卫黄河》。"

全班同学拿着十足拼命的架势,紧张地面对台下全校的师生,我们好像一批生产线上的机器人。

"第二曲目,《松花江上》。"

大家拼命地吼着,全然不知道自己在干什么!

下台后,大家兴奋地叽里呱啦地开始说起刚才怎么怎么了,就在高一二班上台的工夫。二班的班主任艾老师亲自出马担任指挥,他们唱的是《黄河船夫曲》和《保卫黄河》。他们表演结束,我傻了。我们班至少输给二班了。

2

心情不愉快。不知道什么原因,白姆和我变得疏远起来。两人疏远了,就是疏远了,谁也不理谁了。不知不觉中天气已转冷,这么快,北京最美丽的秋天走了,寒风刺骨的冬天来了。

学校给每人发了一件冬衣。问题来了,小胖子和我的衣服不合身。

找生活老师，老师说没办法。我俩直接去找总务处主任。告诉他，我们是高一一班的学生：小胖子和萨罗。我们的冬衣不合身穿不了，这个冬天我们怎么过？

主任是个满脸通红的大汉，听了我们的话，说："现在库房没有可换的衣服了，你俩等几天再过来吧。"话已说到这儿，没办法，等呗。

可说出下面的话绝对不是那个意思，怪只能怪自己的汉语水平不佳。我跟主任说："那我们什么时候能得到答复。"话一说出，主任马上就急了："你说什么？答复？"我愣住了，小胖子也愣住了。仔细想想自己用"答复"这个词，的确太不妥。知道理亏了，两人赶紧撤了出来。

第二天，我和小胖子，课间操时间请假再次来到总务处，直奔主任办公室。主任不在，等了两分钟这位满脸通红的大汉进来了。今天我们变得有礼貌了，不像昨天。

"老师好！"我俩异口同声。

"噢，高一一班的，棉衣的事？"他坐到办公桌前。

"是的。"

"先别急，我待会儿就让老师给你们找两件合身的。你俩叫什么，哪个地区的？"

"帕巴，昌都的。"小胖子抬起他的头说道。

"你呢？"主任转向我。

"我是山南地区的，"还没说完，主任插话了，"噢，你是山南的。哪个县的？"

"曲松县。"

"噢！曲松县。"

奇怪了，我们曲松县，他居然知道，更奇怪的是，他是按非常准确的藏语的发音说出来。我坐在沙发上的身子往前一凑。

"那咱们可算是半个老乡了，我在那里待过七年时间。"主任说。

我在这所学校待了四年，也不知道在总务处里还有我半个老乡。主任跟我谈了起来，我更是为自己昨天的话感到不好意思了。原来，他是1981年进藏来到了我们县。在县机关里工作两年后，在我们邱多江乡待了近三年的时间，和已故的扎西书记关系非常好。扎西书记是一位和蔼可亲的老人家，在我记忆里他有几次来到我的家找我的额吉聊天，乡里最大的官和额吉聊天，我的印象很深。可惜这次我回家，扎西书记已去世了。

主任惋惜地说："可惜啊，一个很好的藏族干部。"

继续聊着。从我们乡回去后，他在县小学还教过一段时间的书，1987年底，他就调到了北京，正好在刚刚建起的北京西藏中学工作。至今，已快九年时间了。要不是我和小胖子还要去上课，我想可以和他聊得更多一些。当然了，小胖子和我从总务处回来时，拿到了合身的棉衣。

期末考试结束，成绩在班里名列前茅，努力了，证实了，我知道自己应该这样。

寒假是个愉快的假期。元旦，新的一年到了；春节，新的一年到了；藏历新年，新的一年到了。过内地传统的春节，观看中央电视台的春节联欢晚会，参加学校的联欢会，各班也搞班内的联欢会。有假日，有热闹，玩得也开心了。不过要说真正的过年，还是过藏历新年，即便在内地，藏历年还是我们最隆重最快乐的节日。

寝室每人凑五十块钱，大家一起上街买年货，布置宿舍。一切妥当，就分分秒秒等着新的一年的到来。高中过年和初中时过年有些不同了。仔细想来，预科时，过年最冷清，最想家的时候。之后，一年比一年好了。上了高中，过年的档次整整提高了一档。由各校的学生在一起，大家把自己在原校过年的精髓一组合，一个热热闹闹的年就开始了。

藏历初一，一大早生活处值班室找我说有电话，我匆匆跑去。

"喂？"我不知道里面会传来哪个熟悉的声音。

"扎西德勒！我说得对吗？"传来好久不见的姐姐的声音。我的拜姐。

"对对，姐您也扎西德勒!"我高兴地说道。

"我听说今天是你们的新年，这就给你打个电话，姐给你拜年了。"

"谢谢姐。"

"怎么样? 想家吧?"她放低声音。

"还可以吧，不过现在都高中生了。"我告诉自己已经长大了。

"长大了啊?! 你们开学了，我过来看你啊。"姐姐关切地说。

拜姐高鸿燕，是我在北京的"亲戚"。一年前藏历年期间学校组织我们去雍和宫，在那里我认识正在北京青年政治学院上学的她。平时互通信件，她很关心我，很喜欢西藏。高一开学后的一天，她和她的男朋友来学校看望我，给我带来了很多学习用书，让我感到很开心。今天，我们民族重大节日藏历初一的一大早接到她的电话，心情好上加好了。

初中时候，过年更多的是在教室，在操场，在健身房里。在教室里，可以看上整天的电视，这在平时是不允许的。在操场上，可以玩半天球，过年去踢球，也别有滋味。在健身房，有台球，有克朗棋，有乒乓球，可以随便玩。初中时的年假，就在这些玩意儿中间度过。那么上高中了，玩的空间范围缩小了，内容却大大增加了，而且是质的飞跃。每天的饭，不用像平时那样跑到闹哄哄的食堂里吃了，同寝室的同学轮流值班，把饭端到宿舍里。然后，做酥油茶。我们603寝室一般做茶的角色比较固定地由吉布来担当，他是我们宿舍里年龄最大的，摇头晃脑地晃荡着可乐瓶子，比较像个当家的。不过真正当家的是寝室长——我，真是抱歉，不好意思。饭买来了，酥油茶做好了，端出从外面买来的一瓶香辣酱，大家又是往前一凑，开饭了。

白天，过的是温馨的年。晚上，过的是热闹的年。到了晚上，酒就端到桌上来了。有酒就热闹了，当然了，酒和热闹的关系不成正比，但一旦这酒喝多了，那就热闹到了极点，物极必反了。

第二天，起床时已近吃午饭时间。去洗漱，一地的玻璃碴儿，门上的玻璃被打碎了，楼道里还没打扫，不知哪个寝室该值日了。清晰可见几处呕吐的东西。盥洗间里，大家都在讨论昨晚的事。

　　昨晚，五楼楼道里发生了一件非常混乱的事情，非常混乱，很多事情我可能没看见，现在以我自己的角度来讲述：本故事主角，我们宿舍的胡子和二班的顿。事情开始的时候，我已经斜躺在床上，这晚酒喝得太多了，第一次体会到天旋地转是怎样的感觉。寝室里的酒已经喝光了。问题也正出在这里。刚开始，几个寝室在慢慢地喝，边唱歌边玩，后来年级的各寝室大串联，你敬我，我敬你，越玩越起劲，这个屋的酒喝完了，把那个屋的酒调来。喝完了，再从别的屋找来，最后两个班的酒都喝完了。"别喝了吧，行了，睡吧！""不行，还要喝！"后者得民心了，这样，胡子哥和顿背着一个大空包，去买酒了。其余人，有的在那里胡吹海吹，有的在那里高歌乱唱，有的在那里天旋地转。胡子和顿回来了，非常激动，说是跟校外的人发生争执了，具体怎么回事他俩也说不清楚。

　　中午大家吃饭时胡子讲，他们出去买酒，附近的小卖部都关了门，后来在一个小卖部前敲门，那老板先是不卖。他俩估计已经喝得差不多了，那老板也害怕惹麻烦了吧，最后，在再三要求下酒是卖了，可竟是三块钱一瓶卖的。这不要紧，回来路上，碰见了几个耍流氓的，一看两个人背着包跌跌撞撞的，那几个流氓就凑了上来找麻烦。学生哪儿碰见过这事儿，胡子和顿被人揍了一顿。幸亏打得不重，没什么大事儿，可心里憋得慌啊。

　　就这样，回来了，气冲冲地回校来叫同学，嚷着要去找那些人。我听见楼道里吵吵闹闹，事情不对头，天旋地转的我马上起来，跑出来，可这一急，在宿舍门口摔了一跤，而且呕吐了。我爬起来，吐完了，酒已经醒了。

　　"他们在欺负我们。我们绝不受这个气！"胡子在大叫。

　　"今天晚上，就今天晚上，这个仇一定要报！"顿被几个同学抓着。

　　当时谁也不知道发生了什么事儿。他俩也说不清楚。很多同学都在说，别去了，算了。

"浑蛋！有种的，就跟我们去。"胡子也被几个同学抓着。

"求求你们了，你们不去，把我放了，我自个儿去。"顿几乎哭着在说。

当时楼道里挤满了人，很多其他年级的同学也来了。

"走，咱们去找他们去！"大拉巴，他是高三的学生。的确也有一帮人说，"走走，把那些浑蛋干了。"不行，绝对不行，这是我当时的想法。他俩没受伤，也没流血，只是心里不舒服。万一去了，整个男生楼的人都会出动，事情会闹大的。

"你干吗呢？"我记得很清楚，我把准备要去的大拉巴往墙边推了一下，高一的学生这样对高三的大哥，够不妥，但是我知道大拉巴有时很冲动，做事不理智。万一他这么一鼓动，就不好了。高一年级的男生都不主张去，极力阻止胡子和顿。胡子和顿闹得越来越凶了，没办法，生活处老师一来告到学校肯定不好。几个人硬把他俩拉到我们宿舍，然后把门锁上。可这不管用，胡子从屋内把门上的玻璃打碎，竟然钻了出来。这可太突然了，人已出了一半身子，往里塞是不行了，只好把他抱下来。

"这气我真的忍不了，我求你们了，让我自己去，行吗？行吗？"他大声地叫着，嗓子都已经沙哑了。

"胡子，我也求你了，别去了。"我把他的左手搭在我肩上，然后用力地把他撑起来。他已经直不起身子，我们把他带到602寝室，然后让他躺下来，其实是把他给压在床上了！我抓着他的双手，然后压着上身，另外一个同学摁着他的双腿。他们说顿已经睡了，这一折腾下来，怎么也该累了吧。

"胡子，睡吧。"我求他。

"罗布，真的，求你了，让我去吧。"其实他这会儿开始清醒了，他知道我是谁。他不再挣扎了，但我还不能放开他的手，手一放，他就开始抓自己的头发。我就这样，抓着他的手，足足有一个多钟头，后来他睡着了。

这是新年发生的"特大新闻",以后的几天,年还是继续过,胡子再也没喝酒了,我们603寝室的人一起过了一个温馨的年。好像后来听说,那晚去买酒的除了胡子和顿外还有江村,那晚我是喝多了,不知道,后来是太乱了,也不知道。不过,事情已经发生了,也不是光彩的事儿,学校那里不知道,也没有学生告诉老师,我们也没有人愿意提起。年过完了,新的学期要开始了。

3

1994年美国世界杯给我的印象不是很深,除了它那"soccer soccer soccer"的主题曲和1994年北京夏天的炎热,再没有别的东西可回忆了。那时,感觉世界杯离我们好遥远,喊了足足一代"冲出亚洲,走向世界"的中国男足还是无法让世界杯和国人的生活拉近距离,伤了好多我们这些球迷的心。我不能算是个铁杆儿球迷,性格原因吧。但为了世界杯,我特地早早地从慧新里小市场买了一台便携式收音机,本以为可以从收音机里听到世界杯的转播,无奈电台也跟世界杯"不来电"。遗憾,不过也没什么了。

人家说,足球像个恋人,对于我,足球像个老朋友。淡如水也细水长流,慢慢地,我跟它结交了。初中时,身体不行,四年时间身高从1.37米缓慢长到1.45米,跟班队无缘,我们小个儿的同学只能自己组成了一个乙队,和低年级学生约赛,我是守门员。当守门员,实属无奈,因为身体差,球技不灵。都喜欢冲锋陷阵的,没人愿意站在门框里当只能被人灌而自己没机会进球的守门员,这样我就成了那个不幸者。可是,在乙队那些半真半假的比赛里倒是锻炼了自己一点门将素质。

上了高中，偶然的机会，我成了班队的正选门将。这归功于在乙队的锻炼，而且也归功于暑假回家身高神奇般地往上蹿到了一百六十八厘米。人一高兴，吃得好了，睡得好了，在阿爸阿妈身边我的身高就猛蹿上去了。在班级里，本人也进入了中高个阶层，这让我的初三一班的同学们也吃了一惊。

一次偶然机会。那天我上街回学校，听说我们班正跟二班踢比赛，我就去看了。正好，没人当守门的，场上几个人轮流守门。我当时没换衣服，穿着皮鞋，就上去守门了。结果，守得相当不赖，队里默认了我的位置，从此我就成了班队的守门员。

几乎每周，班队都会约赛。不过这些仅仅是玩和训练而已，而且玩的成分更多一些。真正的比赛，是第一学期末学生会搞的校内"雄鹰杯"联赛，奖杯的杯身是我们校园里的那座"雏鹰"雕塑的小模型。这比赛一年一度，在每年的第一学期末，也算是学校高级别的比赛了，仅次于校运动会。

开赛了，小组单循环淘汰制，出线的球队再按抽签的组比赛，设冠军、亚军、季军等等。作为守门员，别管你的技术怎样，那一套行头就很重要吧，没有专门的服装，起码也得有双守门员手套吧？我全没有。队友们帮我找来了护肘护膝套，然后戴上冬天才戴的人造革手套，我就这样出场了。

小组赛，踢得很精彩，很顺利，轻松拿下。下一轮，可是碰见高手了。首先跟高一二班比赛，从某种意义来讲，不管能不能拿名次，只要赢了高一二班，就算胜利了。那场比赛，我们先进球。不过，他们班的拉罗一脚很突然的低平球射门，我站位太靠前，球从我左侧溜过，直进大门。扳平了。上半场，平局。中场休息，球队的同学们很激动，但谁也不说话。女生们端着已经晾好了的水给我们，"不错，好好踢吧。肯定能赢他们班！"女生都在这么说。

下半场开始，我不敢有丝毫松懈，很多球其实根本没必要扑，他们射偏了。但这操场坑坑洼洼的，一倒霉，进了怎么办？所以我是来者必扑必挡，有些球扑出了底线，白白送给人家一角球。作为后卫，也是队长的江村急了："这球扑它干吗？"

我有我的道理。比赛仍然僵持着。双方都感觉很吃力，我心里直愧疚，要不是站位错了，不至于那么早就扳平比分。场外，两班的拉拉队在大叫。看着我们班的那些淑女，都激动成那样了，更是让我感到紧张。

球进了！球进了！江村，一个从中场附近二十多米开外的大脚射门，非常漂亮地从二班守门员腋下穿过，球进了！我们班前场的队员向后跑来，后场的队员跑上去迎接，场外的淑女们已经大失风范，嘶叫着。我当时"噢——"地大声叫了出来，跪倒在地上。真是感谢江村，他首先拯救了我，让我从自责的状态下摆脱了出来。我来劲了，状态上来了，"死也不让你再进球"。

二班开始在我门前狂轰滥炸，他们已经豁出去了，全线压上来了，我们则被动地变成了退守局面，戴罪立功的机会来了。人一旦急了，全然不顾其他，真的能超常发挥。好多次的射门，化险为夷，平生最让我难忘的一次经典，就在这场比赛中产生了。当时，二班的队员已经攻过来了，我们的人在大禁区周围迅速形成了类似篮球比赛的联防阵势，他们的球也突不到禁区里。球在二班队长顿的脚下，在他前面江村和小胖子快要上去堵他了，就在刹那间，我感觉球就要射过来了。双脚往地面一使劲，身子稍微往左侧倾斜，脚步迅速向左移，球已经射过来了，而且是一个高球。顿的脚法在学校里很有名气，这脚正是对着球门左上角飞来，我顺势从地面凌空起跳，在空中以一条弧线飞去，就在空中最高点，右拳直击飞来的球，球以一种非常舒服的冲力和我的右拳相撞越过门柱而飞去。我的身体惯性地在地面上打了几个滚，双手撑地一跃而起。这一套动作一气呵成，当时连自己都惊住了。我看到场外观球的同学大声叫好，场上的队员们惊奇地看着我。二班的攻势弱了下来，他们泄气了。

终场哨音响了，我们胜利了。

4

　　春回大地，精神格外爽。好消息传来，我的一幅作品在全国中小学生摄影比赛中获铜奖。这次获奖，我同时得到了参加北京市青少年摄影现场抓拍比赛的资格。

　　这天我和多布杰到朝阳区少年宫去领奖牌和证书。作为老同学，又是摄影小组的老成员，我们俩算是有缘分。初三毕业回家，我的想法是假期里一定要在西藏好好地拍一些片子。欲善其事先利其器，我向他举债换了一架新的照相机，他则打算回来以后再买一架更高档的，假期期间凑合着用老相机。毕竟为了拍照，我又是省吃俭用又是借钱，所以假期里拍片不敢有丝毫的懈怠，而他则并没有花多大的工夫，没拍回来多少片子。

　　那天我和车老师跟学校舞蹈队的同学一起坐车去少年宫听赛前辅导，等我上完了课，天已经很晚，舞蹈队的车已经返校了。没办法，我们俩只能自己坐公共汽车回学校。老师说："别急着回去，到了学校你也吃不上饭，咱们在这儿吃完再回吧，今天我请客。"车老师说，"那就吃锅贴饺子吧！""咱们吃羊肉的，老师吃不了猪肉。""您是回族？""是啊，才知道？"原来车老师是土生土长的北京回民。他说追溯起自己的老祖宗那可远了。至于祖宗的故事他没给我多讲。看过他好多以前的摄影作品，其中有很多是他们家的生活照，我还一直把他当老北京，原来，我们都是少数民族。

少年宫的高老师对这次全北京的比赛非常重视，培训班结束，准备搞一次模拟比赛。这天，我们被带到天安门广场。车老师把我送到天安门，跟高老师打完招呼就走了。每个参赛者统一发两卷胶卷，在规定的时间内照完，交胶卷走人就可以了。看着这些同学，端的都是"长枪""大炮"。再看看他们左边有老师辅导，右边有家长帮忙，自己孤零零一个人，还真有点可怜自己，有点想刚刚离开的车老师了。

比赛终于来临。我从多布杰那里借来他新买的"海鸥 DF－3000"，车老师给我配了一个 28－70 的变焦镜头。一大早，按昨晚和车老师的约定，和他会合。要不是有老师，我要自己找到比赛的地点，可有些难度。我们先是坐 62 路公交车，然后再换乘 13 路公交车，在某个站下车经过左拐右拐，终于到达比赛地点。

公园门口的马路本来就窄，今天又来了全北京市的参赛学生，陪同学生的家长老师，开着车，推着车，显得很拥挤，倒也热闹。找到报到地点，有带队的负责人。为了这次比赛，专门雇了北京一家职高学校的学生来负责带队。

比赛规定，参赛学生必须在领队的检查下装卸胶卷。当然这难不倒我。

"你的胶卷装好了吗？"负责我们这小组的一位女生问。

"好嘞！"故意把语调夸张地拉高了一下，表现赛前的镇定和轻松的心情。和这么多汉族同学在一起，总不能示弱吧！

"好嘞？"在我旁边的两个少年看着我，学我的话，还很默契地互相一点头朝我一笑。我知道他们是什么意思，皮肤比他们黑，头发也带卷，本就觉得奇怪，再一听我这带有口音的汉语，他们自然好奇。

培训班上高老师给我们讲过，像这种比赛，规定的时间，规定的场所，谁能拍出新意，拍出与众不同，谁就能获胜。他还给我们举了个例子，说去年有一位参赛者从一开始就跟踪一位画画的残疾学生，拍出一组照，夺得了当年的大奖。

一开始，我也是尽量不乱来，只要觉得没什么新意的，不够有创意的不拍。我看见车老师背着我的包远远在盯着我，可是，这么丰富的素材里我找不到，看不到真正的好东西。后来，我乱了心，什么组照，什么与众不同的概念根本就没了，见什么拍什么。我发现，有些学生也跟我差不多，有些甚至比我还次，根本不考虑光线等因素，连光圈、速度都不调一下就照了，可有些学生一看就是个熟手，不知道拍出来的怎样，至少那感觉就很像那么回事儿。

几个小时后，我出来了。

"你刚才在那个小孩前花那么长时间干吗？我看了那也没什么特别的东西。"车老师有点责怪的意思。他帮我背起摄影包，补充道，"不管怎样，拍完了，就看你拍得怎样了。"

我一路沉默。

过了一周，车老师、多布杰和我来到北新桥附近的一个地方。今天要发放统一洗完的照片，然后自选其中的五幅作为最终参赛作品。只允许参赛者进去，车老师和多布杰只好在院外等我了。

在一间大房子里，挤满了参赛学生，我找到了朝阳区的学生，看到他们感觉特亲切。开始发我们的片子了。

"罗布次仁。"老师在叫我的名字。

很多学生都在看我，他们肯定好奇："怎么，这人的姓名有四个字？"我急忙上去领片子。

"西藏的？"当我拿片子时，老师微笑着问我。

"是的，老师。"我回答。

"不错，不错。"我欠了欠身子，返回时，惊奇地看我的人更多了。

他们肯定在这么琢磨："哇，这人脸黑黑的，头发卷卷的，哪儿的人？"我得意地回到座位上，今天城里的学生大开眼界了。

挑好了五张片子。朝阳区的我们几个人互相传看，"不错，你拍得挺好。"他们在夸奖我。

说实在的，我拍得没他们好，他们拍的和我拍的不一样，至于不一样在哪里，我也说不上。选片子的时候，有电台的记者来采访。

"你好，可以采访一下你吗？"一位女记者走到我面前。

"可以。"我的脸有点红了。第一次接受记者采访，有点紧张。

"你觉得你的片子拍得怎样？"

"还可以吧。"

"你是北京西藏中学的？"

"是的。"

"今天就你一个人来的吗？"

"不是，我的老师陪我过来的。"

"哦。你什么时候开始学摄影的？"

"初一开始的吧。"

"为什么喜欢上了摄影？"

"在家的时候，就接触过一点，到了内地，学校有摄影小组活动，就跟着学。自己挺感兴趣的。"

"哦，这样。谢谢你。祝你得上名次！"

"谢谢。"我感觉自己说话，嗓音又重发音也不准确。

五幅作品交上去以后，就出来了。车老师看了我其他的片子，再看看底片："总的还可以，不错。"

"色彩还原挺好的。"多布杰说。

"夜长梦多。"我一边擦着脸上的汗，一边微笑着说。刚上完体育课，身上的汗还在冒。

"什么？你再说一遍，一年当中太阳离地球最远的这点，地球上白天黑夜的情况？"尚老师好像很严肃地问。

"夜长梦多，老师。"我还是故意这样回答，同学们都笑了起来。

"什么?"尚老师声音放高了。

"昼短夜长。"我不好意思再瞎说了,尚老师的脾气虽然好,也不能太过分了。

"对,坐下。"他示意我坐下。我坐下,周围的同学还在笑。

"当地球和太阳处在最大距离,也是冬至这一天。"

尚老师从北京师范大学刚毕业就分到了我们学校,教地理课。我们是他的第二届学生了。高高的身材,尖尖的嗓音,别看他课上挺严肃的,课下则失去为人师表的风度。跟我们男生在一起,什么话都说,青春期的骚动更是我们的中心话题。

"您在讲台上都想些什么?"我问。

"怎么了?"他做惊讶不解状。

"您对我们班的女生,如数家珍?"吉布笑问。

"别胡说八道。我只是看到了表面现象而已,哪儿像你老人家那么有魅力,博得那么多女生的芳心。"他笑答。

"回答正确。坐下。"吉布向尚老师做了一个示意坐下的手势,引得大家一阵哄笑。

我们和他,就这样,很少正经。不过,现在没时间不正经了,地理会考在即。

准备考试,准备考试。

参加考试那天记忆深刻。记得很清楚,早操,差点迟到,我以全速向操场跑去,真是倒霉透顶,大大地丢了一次人。全校七百多名学生已经排好了队,正等着出操的哨响,而我却在他们面前重重地摔了一跤,摔了不要紧,整个人滑倒在泥浆里,可以想象当时有多狼狈。迅速爬起来,跑到班里队伍的最后面。衣服裤子上全是泥浆,左胳膊划了一个大口子,流着血。早操出不成了,跟着大部队跑到学校的小门口,就拐到寝室去了。

上午,我换了一套皱巴巴的衣服,左胳膊的伤口厚厚地包扎着,就这样上了考场。那天，带伤上战场的除了我还有我的兄弟——加迪。前些天，他在踢球时摔伤。这小子，真有种。摔伤了以后，一个人从操场去三楼的教室，然后从三楼下去就回了五楼的宿舍里。他还说没事儿。可是第二天，疼痛实在难忍，去医务室。医务室说伤得太严重了，送到市里的医院，一看，骨折！就这样，拖着一个打了石膏的大肥腿，他也进了考场。两人互相一看，会心一笑，开始考试。

5

　　暑假里，没有摄影小组的活动，我成了自由人。各个兴趣小组都蜻蜓点水般走了一遭。在围棋小组，听了娄老师的几天课，在一次练习赛中，我两战两败，其中居然有一场是被一位初二的女生打得落花流水。性格使然，不适合棋类运动。知道了天性禀赋，人各有所长，我不勉强了。第二天，我就离开了围棋小组。这是我的暑假一次意料中的失败，也是一次意外收获。从此，对于棋类，不敢轻易上阵，玩不来。

　　暑假热得一塌糊涂的一天，学校组织我们高一年级到石景山水上公园。我不会游泳，祖先生活在高原河谷中，这里虽然曾经也是汪洋一片，但当祖先生活于这片土地时，它就早已是四面不见大水，因此不擅长于水。而我今天只能去玩玩别的项目了。

　　滑梯，有四十五度的、六十度的、七十五度的，角度越大高度越高。一开始玩的人也多，纯粹是玩，到后来角度大了，高度高了，人越来越少了，就成了表演赛。小胖子帕巴上去了，然后"哇"地叫着，从七十五度的滑梯上滑了下来。下面聚集了看热闹的同学和老师，几个男生逞能一样上去表演一番，唐老师也穿着泳裤在其中。滑下来的同学得意扬扬。旁边的同学在做着激烈的思想斗争，去滑吧，有点害怕，不去吧，又想表现一下勇敢。一个男孩子应该天不怕地不怕。我就这样想着上去了，站在滑梯的最顶端，根本看不见滑道，真是怕不是滑下去，而是从这高度直接掉下去。不过，既然上来了，就不能倒着回去，滑呗。斜躺在滑梯入口，工作人员轻轻地从你背后一推，人就下去了，急速滑下，还没等你觉出什么，人就到了底下。不过如此啊，捋捋头发，走出水道。我看见站在旁边的唐老师，盯着我，微笑着，我理解成对我一个男孩子的应有的勇气的肯定和赞赏。

　　新的学期开始了，班风出奇的涣散。青春来了，长大了，问题也来了。班主任唐老师，这下忙坏了。眼下，班风如此令学校头疼，从一种不公平的角度和很歪的观点来讲，我想说这跟唐老师自己关系密切。虽然，每次学校综合评比落在全校的最后，经常有懒人不上操，集体活动稀里哗啦，当然，这更多的是学生的问题，但如家里没有一位严父，班里若没有一位严师，孩子是很难符合这个社会的要求，长大后最终会吃尽苦头。唐老师他怎么就这么"不争气"。他身材不高，一副几乎能听到"嘻嘻"笑声的亲切的脸，太和蔼可亲，太慈眉善目，学生们甚至都快跟他称兄道弟了。怎么办？犹如列宁同志说的《怎么办？》，唐老师，也面临了要思考如何收拾眼下的局面，如何迎接以后的"斗争"。
　　改选班委会，调动在野的积极分子，动员全班学生，合成集体凝聚力——唐老师准备这么干了。
　　曲扎担任新班长。曲扎被选中，真是众望所归。在过去一年里，曲扎任一名物理课代表。他的能力、智力，更重要的是他的人品，就像是冲着我们这个班的班长而来。曲扎的定位，是高二一班开始"当当"的第一招好棋。
　　接下来，唐老师把自己语文课的作业，改成了挽救班集体的工具。把每周一次的札记作业，变成了集思广益、进言的渠道。

班里开始吹起了一股朝气蓬勃的春风。春风化雨，高二一班获得了新的生命。同学们都在说：我们高二一班！我想到了初中时我们那个令校领导头疼、差点使班主任杨老师辞职的初三一班。那时，我们也叫出了："我们初三一班！"现在，我们高二一班，这里注入了全班四十名学生的年轻的心和青春的激情。

一天课间操时间，唐老师把我截住，说："罗布次仁，学校要开学代会，改选学生会委员。政教处让咱们班里推荐一名学生，我把你推荐上去了，怎么样，没问题吧？"

阎主任找我谈话，征求我的意见，要我当学生会副主席。

班里选学代会代表，我的票数不够，没能当选。我知道这也许不说明什么，但这是同学们亲自投票的结果。我感到有些伤心。唐老师说："班里选的学代会代表，这和学生会的委员是两码事儿，我相信你，你要在学生会好好锻炼。"

学代会结束了，我被安排在副主席的职位上。曾经初三一班最不求上进的非团员的我，上了高中后全班最后发展的四名团员之一，如今却要当校学生会的副主席。要么班委会的选举始终有问题，如今才把我端出来，以前我被屈才了；要么学生会是个形同虚设的组织，我只是被放在那里，跟我有才无才无关。

自己就这样进了学生会，很坦然，没什么特别激动的。知道学生会在学校里的作用并不是很大，副主席的工作也不是很多，全局工作由主席负责。真正辛苦，真正可以大干一场的倒是新当选的部长们。不过，无论怎样，既然在其位，就得谋其职，好好干吧。

班上四十名学生，所谓天生我材必有用，各有所长，不是每个人都在卷面上拿到高分数的，分数并不是全部。如果每个人的特长能够得以发挥发展，那定是件多么棒的事情。学习上并不是很好，甚至还有些吃力，但能跳一出精彩的舞蹈，并能排出叫绝的好节目，这就是我们班的杜丛义。我们班的舞蹈能够选为校庆典礼上的表演节目，离不开他的天赋，同时也离不开我们文艺委员仁增卓嘎的付出和大家的辛勤努力。

建立于1987年的北京西藏中学，迎来了她十周岁的生日。十周年校庆比五周年的更精彩。校庆日来了中央的领导、自治区的领导以及北京市的领导。校史展里的内容更丰富了，学校的环境更漂亮了，学生拿到的礼物更多了。我们的演出很成功，很精彩。

校庆不仅仅是这些内容，值此庆典，上级单位和社会各界对学校更加关注关心。学校是一个系统，一个工程，它的发展是一步步而来的，但没有一些关键的时刻，就不会有关键的投入，也就不会有质的飞跃。国家五年一个大计划，学校借五年一次校庆来大发展。学校的主人翁是学生，学生需要的期待的，是更好地受教育，是成长的一个好环境。学生一批批地走了，留下来的是什么，留下来的是这个学校。母校的概念，甚至有些将来关乎母校的想法在脑海中积淀了起来。这次校庆搞得非常好，我亲身经历的北京西藏中学十周年的校庆。

让我很痛苦，有时真觉得学生会就是一个形同虚设的组织。学生中这么说学校的学生会：它是学校的傀儡。

我们这一届学生会的主席，单增达瓦，他已经是一名高三年级的毕业班学生，学生会的更多的工作开始由我来主持。当一名学生会的干部，对我是一种挑战和锻炼。对于老师来讲，也仅仅是希望你在能力上得到锻炼，并不是要你轰轰烈烈有什么大的成就。假如当初我懂得了这个道理，也不至于有那么多的遗憾。

人最怕认真，好像有这么一句话。以我自己的理解，这句话很是在理。认真，认定了真。"认定了"本身就出了问题，什么事情一旦认定了，那就不太好，然而这又往往是人的一种惰性，人的最大的敌人为什么是自己，因为人有一种惰性，由于智力，由于阅历，由于环境，对已知的事物形成了"经验"，潜意识里不愿去怀疑，怀疑了也不愿去改。真，什么真？真理？一切是万变的，所谓万变不离其宗的"宗"何尝不也是在"变"吗？没有"真"，又何必认定了真？这样一来，认真变成了一种"惰性的无知"。

就那样糊里糊涂地进了学生会，我却认真了，既然当了学生的领导，我就要做些什么。认定了自己似乎被赋予了多么光荣而且好像被期待着做出多么大的惊天动地的事。

半年前，不知为何断了和白姆的友谊，如今却要去"爱"另外一位女生，我认真了——男孩子说一不二！

刚刚上了高二的我，不知天高地厚地想要在学生会干一番事业了。年仅十八岁的我，又懂什么叫爱情？懂什么叫生活？却如此可怜地放弃了纯真的友谊，要去恋"爱"了。太认真了，注定了至少这高中几年要受苦了。

6

多吉是个帅小子，他也意识到在很长一段时间有女孩子偷偷地看他意味着什么。可惜，这小子并没有好好利用上天给予他的资本，初中两次具有爆炸性的早恋，高中又开始了一个让人看着眼花缭乱的恋爱。如果在潇洒的外表下面能修炼一个真正男子汉的智慧，那他将是所向无敌的；可惜他还没修成正果，就直接草率出场。这样在大家眼里多少把他看成一个花小子，好不可惜。

从学校东门走出去，然后沿着北四环路往东走，会到达一座桥。桥下过的是疾驰的汽车，桥上跑的是轰隆隆的火车。站在桥上，远眺红漆白墙的是"小布达拉宫"，周围是低矮的居民区，脚下是东西方向四环路上的各种车辆，身旁是南北贯穿的长长铁轨，一派繁忙的城市景观。

　　每次来到这里，感觉特别的爽。有空时或烦闷时我会来桥头，呼吸着北京城北的空气，觉得自己是个处在城市边缘的文化人。看着夕阳底下闪闪发光的铁轨，唱着黑豹的《无地自容》，很是惬意。

　　我和多吉，四年初中的同学，又是三年高中的同窗。我和多吉到这桥头来过好几次。以前和同学没少来这里，如今，那些初中同学好多不在北京了。我和多吉倚在桥栏上谈，更多的是他在说，他跟我讲他的家，家人，他尤其喜欢跟我讲他的姐姐。他姐姐和我们一样在内地西藏班学习，现在已经毕业，在拉萨一家银行工作。因为同是内地西藏班的学生，他和姐姐非常谈得来，而他姐姐在那边的情况，又和将从内地西藏班毕业的我们有着某种必然的联系。那时我们俩在桥头，谈论着眼前的学校，现在的西藏，将来的工作，未来的打算。

　　多吉在学习上很有自己的一套办法，尤其物理、数学理科方面成绩突出。他讲义气，朋友也很多。如果他把色和友再细细权衡一下，如果他能把聪明和智慧两者的差距看得更清楚一些，多吉更有出息！

　　在初三时，多吉和卓玛谈恋爱，那时我们看到他们很甜蜜，两人安静地坐在教室窗台旁。两人的脸庞是红扑扑的。可是毕业前夕，两人变得如同陌路，个中滋味唯两人明白。就这样上了高中，是缘未尽，还是"冤家路窄"？两人还在同一个班里。原初三一班的同学们，一切看得很清楚。多吉洒脱依然，高一上半学期末就和班里另外一个女生关系很好；而卓玛就没那么潇洒了，本来在初中时就是个沉默的女生，上了高中变得更加沉默。

　　也许如那位康区的喇嘛给我赐的名字一样，我真是一个喇嘛，恻隐之心太重。曾经为了阻止小伙伴把一条瘸腿的狗打入冰水而大哭，也经常看着安静谦逊的人的脸我就有种想哭的感觉。要么我是太有爱心，要么我就根本不懂得什么是爱。我看到卓玛变得沉默寡言，就想应该跟她多说些话，帮她做点什么。在我跟白姆同桌时，她就在我后面，我常常回过头去跟她聊天。这看似没什么，而在过程中很多事渐渐地改变了。当初白姆和我关系闹僵，也许因为这原因。还有，班里人看见，我常跟卓玛说话，虽然这是我主动搭茬儿，可是一个信息闪过了他们的脑海。在高二寒假，藏历年期间，证明了一切。

学生们放假，一般学校是不用为此操心的，但内地西藏班的老师却不同。放假了，学生怎么办？这个问题，从内地西藏班建立之初就让领导们开始去想。多少年了，学生在内地度过了一年又一年的快乐假期。很多精心准备的节目，日渐成了我们假期生活里不可缺少的一项传统内容。暑假里，新生到北戴河旅游、校园建设劳动周、暑期科技活动、二十天的军训。寒假内容更精彩，又过春节，又过藏历新年。大大小小的联欢晚会、趣味运动比赛、办茶馆、文艺比赛。曾经有同学在作文里这样赞美他的老师："我们老师天天像'幽灵'一样跟随着我们，用他的爱心无微不至地照顾我们。"这是很多西藏中学学生熟知的一个精彩的作文点评素材。虽然他对"幽灵"的理解有很大的偏差，从中却可以了解为我们这些远离西藏家乡求学在外的学生而言，我们的老师们需要付出很多的心血。

年年假期，年年不同，但学校里的很多传统节目却一直保留着。寒假里的校园茶馆，成了学生们大受欢迎的一项。往年的茶馆，都由高三学生负责，但这年由于学校要求高三学生上补习课，办茶馆这烫手的任务落在了我们高二年级学生的头上。我们很乐意。

期末考试一结束，唐老师带领一干人马开始筹备了。茶馆老板唐老师和班长曲扎，负责统筹安排与财政管理。然后确定各摊儿的负责人。我们开辟了酥油茶、甜茶、凉皮、咖喱土豆、卡赛等一些自制 DIY 特色藏餐，在茶馆里安排卡拉 OK、摄影、放录像等休闲娱乐项目。阶梯教室作为录像馆，底下的阅览室弄成了茶馆。采购东西，准备家伙，布置茶馆，广告宣传，调动了全班的人马，各尽其能，各司其职，一切准备就绪，只等那堆气球噼里啪啦踩响，等着全校的学生冲进我们的茶馆尽情享用了。

开业了，我们忙得团团转，要不是前期准备工作充分，到这会儿只能抓瞎了。来的学生非常多，三三两两，几个朋友，几个兄弟，几个姐妹，把我们忙得不亦乐乎，学习忙的时候可没这么开心过。

唐老师的自行车被贡献出来，成了我们租赁录像带的交通工具。尚老师的电饭锅也被友情赞助，成了厨房里利用率最高的厨具。每天，我骑着自行车，到和平里去租录像带。那么多的录像带，自己都没看过怎么租啊。新片还好一些，同学大都爱看，可是录像带大都比较旧，我们只有录像机，好多新片都是刻成光碟的，没法放。这可把我为难坏了，费了九牛二虎之力精心挑选的片子，所谓众口难调，大家褒贬不一。有一次，我租了迈克·杰克逊的MTV，迈克·杰克逊我是非常喜欢的，学生当中喜欢他的也大有人在，尤其喜欢看他的演唱会，但只有MTV，租不到演唱会的带子。那个MTV时长大约三个小时，其中不乏精彩曲目，但三个小时的节目弄得很多人昏昏欲睡。我坐在最后排，看到这种情景心里很是难受。后来，每次我去租片子，就会有毛遂自荐的一名行家跟着我去。当然，不可能每个片子都精彩得让人目瞪口呆，不过情况好多了。

到了晚上，茶馆打烊了，曲扎留在茶馆里守夜。我当了学生会副主席后，班里大大小小的事儿掺和也多了，所以也留下来。热闹了一整天的茶馆安静了，我俩睡在阅览室硬硬的桌子上，感觉长大了，在尽一种责任和义务。

寒假期间，很多外校的老同学来探望母校和同学，茶馆成了一个很不错的聚会场所。我们的初中同学，以前那么幼稚的拉珍来了，她在一所中专学校学习。两年不见，长大了，多了几分成熟。老同学有的在上中专，有的在上高中，以前的那些愣小子傻小妹，现在都长大了。拉珍待了几天就走了，她和她的新同学还要到别的地方去。

我们班风风火火办了五天的茶馆，就要由二班来接后五天的班了。五天时间虽短，但我们累并快乐着，而且期间在学校新年舞蹈大赛中，从茶馆直奔舞台的我们，以一支《祝福吉祥》群舞夺得第一名。想想再过几天这年的藏历新年就要到来，好事接连不断，同学们高兴。

7

高三年级的退出，让我们得到了办茶馆的机会，然后在藏历年的前五天茶馆的工作圆满结束后，《祝福吉祥》在学校的新年舞蹈大赛中夺魁，这一切为这年的藏历年累积了十足快乐起来的理由。

我们向来就喜欢热闹，无论怎样值得庆祝的时刻，都想聚成一团，伴着大家的笑声，大家的歌声。

过年。一个人的新年是没有乐趣的，那是刚到内地时自己一个人穿着新衣服，在校园里走来走去的孤零零的新年。几个人的新年也不够热闹，那是后来几个好朋友或一个寝室的同学，在一个小空间小乐小闹的新年。一个班的新年或是一个年级的新年，那是最快乐的新年，也是我在北京西藏中学度过的最快乐的新年，我认为这是把藏历年的快乐因素挖掘得最充分的新年。

这年，603寝室照例集资买年货布置年房。初一拜新年，周围宿舍大热闹，初二以后开始男女生互串宿舍，之后高二年级男生大聚会。快乐，怎样快乐？那时笑着唱着，至今想起也不禁摇摇头咧嘴一笑，心里在说："那时候……"还意犹未尽的感觉，我觉得这就是快乐了。

倒是有些特别的事可以一二三地写出来，跟快不快乐没有多大关系了。这年藏历年，糊里糊涂的大家确立了卓玛和我的"恋爱"关系，不知道她怎么想，至少我是这么认为了。全班男生到女生寝室楼做客，因为那么多人不可能都挤进一个寝室，就分开进行。多吉肯定先到他女朋友宿舍去了，而其他同学也可以找自己想进的宿舍，然后轮流串门。我则在卓玛的门口被她们屋的舍友拉了进来，而且让我坐到她的旁边。很明显，在她的寝室里，已经把我和她对号入座了。

一个人的事永远不是一个人的事，在集体里。同样两个人的那点事也远远不是两个人的事，尤其是一个女生和一个男生之间。不知是因为我们脑海中的词汇太少，还是我们懂得的东西太少，总之在班里一个男生和一个女生如果经常在一起，大家的反应是：谈恋爱。如果自己也认为彼此是为了叫"恋爱"的这个东西而交往，势必就在其他同学的怂恿下继续发展了。但是两人仅仅是一起说话，一起学习，根本没有涉及恋爱，而因为周围同学的肤浅结论，却使男女生的友谊遭遇危机。要么依然不管别人怎么说继续做普通朋友，而我看到的更多的是从此两人再也不说话了。为了向别人证明他们不是在恋爱，纯真可贵的友谊就在别人的无意的却是很无知的压力下永远葬送了。

青春为什么那样令人怀念，夭折了的友谊成为对青春感怀的理由。这样的事情在还未成熟的我们当中发生得太多了。

人与人之间的关系比较复杂，没有人能用什么度量仪器来判定，纯真有几度纯，爱有几米深。真正的，自然的，两个人一起说话了，然后发现了彼此很谈得来，若没有风雹雨雪，谁也不会去为两人的关系下一个定义的。然而，一旦，周围环境在说"你们在恋爱"，真正不懂得什么叫爱的少男少女，就真以为自己坠入爱河了，以为自己在爱情中了。

当我被拉进卓玛她们的寝室，并且要我坐到她的身旁，都在暗示说：你们恋爱了。而我自己也真有点以为我恋爱了。当我把真正的初恋，从西藏再次来北京之前已"结果"掉了，并告诫自己高中三年不再谈，纷红色的发夹从此深埋在我不很深沉的记忆中。这样上高中了，没有谈恋爱，我是在一点一滴地履行着自己对自己的承诺。虽然和曾经的粉红色发夹的她也在一个楼道里，但没有再想过些什么，平时也很少见到她，我想不是自己躲着她，就是她在躲着我。曾经还以为和自己喜欢的人有缘分，经常能无意间在某个时间某个地方相见。现在看来，有缘人常相见，是双方拼命努力的结果，并不是什么缘分，与缘分无关。

如今，我又天真了，我以为"真爱"来了，这些天还无名地激动和喜悦：不想真爱来得这么突然。

这年藏历年过得可是快乐，我找到"真爱"了。

新的学期开始，对于单增达瓦来说，是高中时代最后的一个学期，将要面临紧张的复习和最后的高考洗礼。学生会工作基本上都交给我来主持，我则要面临6月底的五门课的会考。学生会的工作，五门会考的准备，加上要为"真爱"付出，我可有的忙了。

学校有线路发达的广播设备，从政教处可以向教学楼的每个房间进行广播。学生会委员们要开会，会面向全校广播。以前坐在教室里，听别人广播，是别人的声音穿墙入室，现在自己的声音也是被延长加扩地传出去，这可以说是当了学生会委员的荣耀了。成了副主席，可以说我是雄心勃勃的，想干出点名堂的。和单增达瓦商量，经过政教处的同意，我们设立了一个"主人翁"信箱。我起草了一份倡议书，希望全校学生建立起一种主人翁意识，把学校当成自己的家，把自己当成这个家的主人。为了家，大家集思广益，群策群力，对学校、对学生中存在的问题向学生会反映；学生会则做学校领导和学生之间的一个桥梁，为学生服务，为学校服务。这份倡议书，经过政教处老师修改通过后，我到外面的电脑打印店，把它敲进电脑并打印十几份，分别贴到各班教室里。1997年的北京西藏中学的学校办公室里没有什么电脑设备，打印东西都是手写并用复印机复印出来。当时我把倡议书用电脑打印出来的举措可以说是比较新鲜的东西了，我自己也觉得挺有点子。

自从在学生会工作，我能明显感觉到自己的身旁身后总有注视的目光。离我最近的朋友和一个教室里的同学，在他们眼里我只是一名从班里最后入团，然后身无政绩地当了学生会干部的那么一点点惊奇，就没有什么了。可是走在校园里，认识我的人都客气地喊我哥，藏族人历来对官是敬而远之，不想我一个学生官也要承受这点难为情的客气。我的干弟弟干妹妹们对我格外喜欢了。在初中时我是弟弟，我有高年级的哥哥姐姐，没过几年自己却也成了大哥哥，有了自己的干弟弟干妹妹。

"邓小平去世了。"江村说。

"不可能！"我斩钉截铁。

"这么久了，一点消息都没有。我想肯定是去世了，把消息封锁起来。"

"要不然美国等西方国家会趁危作乱。"加迪不等江村说完，就接道。

三个女生保持着沉默。

"怎么可能？泱泱一个大国，不可能这么隐瞒事实。小平肯定还健在。"

这是 1995 年 11 月份的某天，我们六个伙伴在餐桌上的一次谈话。一直以来他老人家的健康状况，受到全国人民的牵挂。我们藏族学生对邓小平怀有一种很朴素的感情，那段时间里这样的谈话在学生当中很普遍。我们六个伙伴经过几次争论，都认为他老人家肯定健在。不想，一年多以后，就在还有几个月的时间，香港就要回到祖国母亲的怀抱，他老人家还没有实现到香港的土地上走一走的夙愿，就传来噩耗。

同样是一次六个伙伴的餐桌旁，几个人把饭菜买回来，安静地把饭吃完。谁也没有多说话。

学校笼罩在一股沉寂悲痛的空气中，早上从家里赶来上班的老师们个个表情沉重，行色匆忙。

教室里学生们在轻声谈论，太多的表达我们做不来，但大家感到很伤心，与往日热闹的气氛大不相同。

几天后，中央电视台现场直播在人民大会堂举行的追悼会。整整三个多小时，我们站着看完了现场直播。整个教学楼非常静，转头望着阴凉的天，能感受到在这片天空底下，全国人民以及所有海外华人志士都沉浸在无比的悲恸中。

一个阳光明媚的星期天早上，我走路来到和平里西藏招待所附近的一家新华书店。不知道为什么从学校到书店这么长的距离我没有坐公交车而是走路过去的，也许是为了体验一种这悲痛的时刻首都北京的气氛吧。离小平同志的逝世已经过了十多天，这天，阳光格外的好，内心里充满了力量。英魂逝去，给活着的人们留下的是巨大的动力和能量。我走在街上，看着路旁摆放的花圈，看着树上系挂着的小白花，我一名藏族孩子和祖国人民一道经历了这场悲恸时刻，亲睹了将永载史册的重大历史事件，我真真正正体会了一个中国人失去自己伟大领袖的大悲，同时我也真真正正体会了身在祖国大家庭的一名少数民族学生的幸福和使命。走在首都北京的街上，脑子里一种从未有过的豁然开朗，心里充满从未有过的力量，脚步也变得从未有过的坚定。这天，在首都北京的街上，我看到了一个伟大坚强的国家，我看到了一种化悲痛为力量的中华儿女的精神。

8

"主人翁"信箱要挂在食堂门口的水泥柱上。为了在水泥柱上凿个洞以便把箱子钉上去，我找到了学校后勤部。师傅们不是很乐意出这个力，他们说："学生会的？我们可从来没有接过学生会的什么事儿，也没有这个先例，你先找学校领导再说吧。"幸亏"老爸"在那里，帮了忙，不然就为钉个箱子还得找领导。

"主人翁"信箱终于挂出去了，每周日的晚上 7 点前，我去打开箱子。每次都会有那么五六张纸条，大都是低年级学生写来的，高年级的学生对我们学生会显然没有寄予多大希望。低年级的学生很积极，有些意见和建议都提得很不错。有反映值日生当中存在不负责任乱扣分的，有反映学校的某个地方有水管长期漏水没人修理的，有窗户玻璃被打碎了至今还没人管的，还有反映学生食堂伙食差要求改进的。

　　有一位预科班署名小妹妹的不愿透露真名的女生，反映我们学校的学生不珍惜粮食，随意浪费。她写道："我在家里如果浪费一点点粮食，阿妈就会批评我，所以我从小养成了珍惜粮食的好习惯。可是到了这所学校，周围的同学，甚至大哥哥大姐姐们随便把吃剩的饭菜倒到垃圾桶里。"的确，在这方面我们学校老师们老生常谈的，学生们最不能改正的大毛病就是浪费粮食了。

　　我想起一位已经毕业了的学生。在我念初一时，他是一名高三的学生，是学生会委员。差不多一年的时间里，不管是怎样的天气，不管是节假日，每日三餐他都打完了饭就站在食堂门口，检查同学浪费饭菜的情况。大家都管他叫"哥阿里"，因为他的家乡在阿里。在我眼里，阿里地区的学生是最能吃苦，最有骨气的人，他真不愧于自己的地区。我们都看着他每天站在那里，没有任何的怨言和为大家服务而希望被关注的意思。用无言的身教影响着我们，学生浪费粮食的情况渐渐好转。可是，多少年了，浪费依然是同学们最熟视无睹、最屡教不改的行为，为什么？可能的答案是，因为我们都是从小离开家的孩子，即使书本上学过"锄禾日当午，汗滴禾下土；谁知盘中餐，粒粒皆辛苦"，但我们真的不懂得其中的艰辛。

　　起码为了减少浪费，学生会配合政教处，在全校学生中开展了一次"珍惜粮食，尊重劳动"的主题教育活动，在食堂里贴宣传单和海报，并安排毕业班以外的各班指定两名学生，各年级中互相检查。由学生会值周部负责，把每周检查的情况汇总到各班综合评比当中。这样一来，浪费粮食的情况总算有些好转。

这段时间，政教处的广播器利用率大大提高了。不仅我们学生会要开会通知或周一早晨的值周班的总结要用到广播器，而且校广播台每周一晚上的广播也是要用这台小小的广播器。星期天的晚上，政教处里可就热闹了。一边是学生会在开会，一边是校广播台在制作节目。

后来我们把政教处隔壁的屋子收拾出来，布置成一个小型的会议室。那间房子原先是政教处的库房，里面有两张床，是给学生会的单增达瓦和扎西的。他们俩晚上睡在这里，要负责跟值班的老师一起，学生下晚自习后，关闭教学楼的门窗和灯，另外也是学校关心学生会的同学，给他们一个安静的地方可以多看书。就这样，我们在这间屋里开会，广播台的学生在政教处做节目，两边都是黑黑的一帮学生，忙得不亦乐乎。说起我们校广播台，还真有点东西值得交代。我曾经战斗过的《小小电视台》，当时的贡布顿珠大哥等精英走了以后，就不再做节目了，每周一的晚上 7 点到 7 点半，学生们只能看《新闻联播》，这样已经有三年时间。在我高一时，高二的几名同学向学校申请办广播台，学校同意了。经过他们的努力，一台广播器，一台收录机，一支麦克风，北京西藏中学历史上的第一家学生自己创办的广播台诞生了。就像老生们记忆非常深刻的《小小电视台》的节目片头一样，广播台的片头音乐也做得很棒。从开播当初到现在，已有《校园新闻》、《精彩荟萃》、《点歌台》、《音乐沙龙》、《足球大看台》等栏目。

设备是简陋的，可节目办得有声有色，很受同学们的欢迎，甚至大名远扬到了其他省市的内地西藏班，经常能听到其他内地西藏班的学生寄来的作品，《点歌台》栏目也常有外校的学生给自己的朋友老乡点歌送祝福。广播台的同学们好不高兴，全校的同学们也越发喜欢属于自己的传媒。

高一时，我在《校园新闻》栏目中当小记者，跟跟跄跄地干到进学生会为止，也曾采访发表过几篇烂稿。现在，我有时还参与他们节目的制作，"指导"他们的工作，以学生会副主席的角度来讲，是有越权的倾向，可能由于有些天真，又太想干出点名堂来，自以为是了吧。

　　自寒假以来，卓玛稳稳地占据了我的心。一个女孩子的"威力"有多大，我是领教了。我在班里的工作多么的积极，学习上是多么的刻苦，在学生会里又是多么的努力，所有这么地拼命去干多少有卓玛的原因。她的存在，叫我冲动得要成为一名"优秀学生"。她很少主动跟我说话，跟她在一块儿时，我是那个红着脸轻轻说话的人，而她是拘束地坐着不自然地盯着我的另一个人。我在她面前表现得越发胆怯，越发令自己不满意，我就更让自己去接近她，而她在我面前表现得越发的拘束和不自然，越发令我伤心，我就更加努力地去讨她好。恋爱哪里有这么辛苦，这点我是清楚的，可是当那天我想我得到了"真爱"，我就认定了。爱情这种东西勉强不来，也果敢不来，可是层层累积的情绪，让我冲昏了脑袋。我把它玩得太沉重，难怪她在我面前经常会重重地叹气。我能感觉她的不自在，她每次叹一口气，我自己的心里也是一次莫名的下沉。

　　我曾送给卓玛一幅自己的摄影作品，并在背面写上：两情若是长久时，又岂在朝朝暮暮。我注意到当她看到照片背后的古诗词很不安的样子。可是，我这个永动机，可怜的永动机停不了了。

　　有一段时间，我看见她和她的女友两人关系似乎出了问题。平时她们俩一块儿吃饭，一块儿出出进进，但这些天不在一块儿了。我这个无知虚妄的家伙，为这个事儿又自己犯难了。女生之间的事怎能是一个我能知道、调理好的事？可我偏不。星期六的晚上，我来到生活老师的值班室，给女生宿舍值班室打电话叫她。用值班室电话找女生也只有我这人才想得出来。电话里问她们两个怎么回事？那头的她说没事啊。然后我就说不出话了，那头的她说：还有事吗？我不知道该说什么了，感觉此刻那头的她太陌生，很遥远。她说：明天到教室里说吧。

星期天的教室，三三两两的同学在自习。坐在向阳的窗户旁，上午的阳光灼热，让人头疼。她来了，坐在我左侧，那里有她的课桌。好一会儿了，我却什么话也说不出来。她也不说话，好像在等我说昨晚在电话里支支吾吾没有讲出来的事。可是，我还是不知道要怎么说。一个多小时过去了，她在那里写写画画。我呢，拿着一篇化学卷子，一个多小时连第一道题也没做成。真是恨透了自己，脑子不是一片混乱，根本是空荡荡的。

"没事的话，我先走了。"她淡淡地说着，转头看她时，已起身了。

"啊，再见！"天哪，这就是我说出来的话。

非常的恼怒自己，非常的不高兴，学不下去了，回到宿舍午饭也没去吃，直接躺床上了。下午醒来，觉得好笑，又感到烦闷。靠在窗台望着校园，今天的校园好凄凉，红墙白檐的"小布达拉宫"立在灰灰的水泥方砖和阴暗的园地之上，在这阴冷的空气中显得静静的孤零零。

突然，两个身影出现在校园里，她们肩并肩地朝校门口走去，那个穿蓝黄相间衣服的女孩脚步缓慢，心事重重，她就是卓玛，另外那个女孩看着卓玛似乎在轻声说些什么，她就是卓玛的那位女友。跟前些天一百八十度的大转弯，两人这会儿却好好的了。我无语，不知道自己做了些什么，不知道自己在干什么。

下一周，我把座位从后面掉换到第一排，想一个人静一静。我变得心神不定，感觉要大病一场，眼角很不自主地每隔几小时抽搐几下，还似乎眼冒金星般地无法看清眼前的景象。此时，期末临近了，会考也要来临，我没有太多的时间茫然苦闷。我想我还算是比较坚强的，比较踏实的，课上课下能顺利地完成自己的学习计划，只是课间不再像往常一样跑到楼道里和同学们玩闹。下课了只想趴在课桌上小睡一会儿。上课铃响了，卓玛从我桌旁经过，笑着说："别老是睡觉了。"我抿抿嘴，还个微笑给她。时间可以冲淡伤痛，用一点儿一点儿的快乐来弥补。我想。

9

　　是一次离别的夏天，1997 年的高考结束，又一批毕业生要回家了。在毕业典礼上，我作为老生代表发言，为他们送行，为他们祝福。毕业班的同学，学校最高年级的学生，坐在最前排，因为今天的大会是为了他们而举行。三年时间太短暂了，恰如所有毕业班发言稿永远套俗的"日月如梭，光阴似箭"，眨眼间，北京西藏中学又要送走一批高中毕业生了。

　　次旦要走了，他说，我是他的一个跟屁虫，从曲松县跟到了首都北京，从初中跟到了高中。他说，他考上了哪所大学，我也报哪所大学吧，这样一来我就可以成为彻头彻尾的跟屁虫了。当年在曲松完小校门前的草坪旁，羡慕地看着就要去北京念书的他，不想几年过后，我却跟他跟到这里。依然是哈达飘飘，离别切切。从我们教室里传来《一路顺风》的歌曲，音箱对着校园内，背后站着我们的班长大人曲扎。

　　"波儿朵①，好好地过个假期吧。我会告诉你阿爸你在这里牛得很，都要当主席了。"次旦说。

　　"千万别说当主席了，他们会以为我做了多大的官呢！"我笑着。

　　"有什么要嘱咐的，主席？"他还在涮我。

　　"没什么。跟我阿妈说给我寄一袋糌粑，一箱酥油，再寄几头牦牛来，说学校的草地长得很好，我会把牦牛养得肥肥的。"他不正经，我又何必呢？

　　"行了，别说了。到了新学校，我先给你写信，你再给我回啊！"他

---

　　① 波儿朵，藏语本意"老家伙"，兄弟之间的亲切称呼。

说着就慌忙上车了。这家伙，肯定不好意思在我面前丢脸流泪。

走了，他们都走了，好一个空荡荡，他们一走就把我们拽到了学校最高年级，这意味着什么？

次旦，走之前唧唧歪歪跟我说了好多疯话，然后把他带不走的书籍，穿旧的衣物扔给我。做了他整整七年的跟屁虫，看来他还要继续把他的影子留在我身上，多么险恶的兄长！

祥古尼玛次仁，第二位我称呼舅舅的校友，人家都说我们俩长得很像。走之前把他整整齐齐订装成册的各科的一模二模的卷子留给我，他说："好好看看这些卷子，会有用的。"

顿珠走之前，送给我一大堆空白的作业本和笔记本。他是次旦的好友，是我的好哥哥。从来就喜欢穿短裤，即使穿着短裤，上身则披件西装，有个性。

单增达瓦要走了，政教处让我接他的班。走之前，他把我带到他曾经住过一年的政教处隔壁那间屋，说以后我就要住这里了。他给我交代了好多意想不到的东西，还把他自己的一些东西从一个方柜里腾出来，要我赶紧把东西装进去，不然只有这么一个柜子，我不装，跟我一块儿住的同学会抢走的。老主席说出这样的话，看着小气了些，不过我知道他不是那种人，在这很有失风度的话语背后，却是他作为一个老大哥对我小兄弟的情谊。平时话不多，工作上也不是嚷着叫着的他，在最后的时候，留下这么一句话，让我回味颇多。

政教处老师说："罗布次仁，他们走了，你搬到那间屋。另外你找一个学生会的同学一块儿住。"其实我找谁都一样，考虑到住在这里更多的是教学楼熄灯关门等值周方面的事情，我找了值周部的部长达吉。达吉工作非常认真，不偏不倚，甚至有时认真得过头，让一些学生在背后说是"那波"——"厉害的人"之意。我找到他，他很乐意。后来我有些后悔了，当时应该起码和几个部长一起商量谁住在那间屋，因为后来发现住在这里确实享有一些特殊待遇，但当时我并不知道这些。

把被褥、一些日用品和换洗的衣物搬过来，要告别热热闹闹待了两年的603寝室，多少有些舍不得。自己现在有了单独的房子，舍"老家"而去了，对兄弟们也有些不好意思。可这有什么呢？高二结束，就要分文理科班了，要来一次不小的动荡，东搬西调，免不了。一起待一个暑假，然后分班，之后便是要忙得不亦乐乎的高三，大家管不了那么多了，准备忙吧。

新搬的屋子里，有两个人，不过另外的人不是达吉，而是上届的南木加。南木加，他的家在日喀则一个偏远农村，父母全是地地道道的农民，家里孩子多，养育他们甚为辛苦。为了减轻家中的负担，他决定毕业后不回家，省下对于他家里来讲一笔数目可观的一千七百多元的路费。暑假期间在北京待着，等拿到了大学录取通知书直接从北京上学。学校安排他住在这里，这样我就和他成了一个暑假的室友了。

暑假科技活动，车老师已经不准备再搞摄影小组了。我参加了足球队的训练，做一名守门员。每天上午下午，面对着左飞右射的足球，在土里摔来滚去。那么热的天气里，是有点累，不过在空空的操场上，有二十多名学生和十多个崭新的足球，在张老师的带领下，感觉很爽。

训练后，我一身汗一身泥巴地回到屋里，见不到南木加，他这些天忙着去给家里寄包裹，忙着给同学寄信，有时又被哪位老师请到家里做客。到了晚上，在我席地而坐看书的时候，他黑黑的脸庞，挂着灿烂的笑，会出现在门口。他是一个憨厚善良的人，这些天来老师们这样关心他，临走时还有好多的他的老同学给他留下很多的衣物和一些钱，他也是个知恩的人，因此笑起来就更加灿烂了。

一天早晨，这位老兄病了。他说，四肢酸疼，骨头针刺般的痛。我想他不仅仅是着凉生的病，虽然他那样乐呵呵的，但我能感觉到，同学都走了，他感到很孤独，想他的同学，是害了心病。我从学校外面的早点铺给他买来豆腐脑儿和油条。最近很多学生早上不吃学校的饭而是到那里去买豆腐脑儿和油条，我虽然在北京待了快六年了，这些东西还是从来没有吃过，这些天自己又没什么钱，看着有学生吃，我想肯定很好吃。平时，南木加的饭是我从食堂买回来的，他不愿意到食堂去，说害羞。在这食堂吃了三年的饭，如今同学都走了，只有他一个。其实他是触景生情，伤心吧。我把早点端给他，他说待会儿再吃，又躺下去了。收拾完屋子，给政教处阎老师留了一张条子，我就去训练了。

南木加的病好了后，白天我去参加训练，他早已忙完了要忙的事儿闲待着。晚上一起看书聊天，过得很愉快。天还是很热，但一天天过得依然很快，他开始想着高考成绩想着录取的情况，开始有点厌倦闲着的日子。后来从教务处老师那里问到了考试成绩，考得不错，他听老师说考上自己的第一志愿南京林业大学应该不成问题。他终于松了一口气，说要离开北京，去武汉看一位老校友，然后准备从那里去南京。军训前夕，南木加高兴地走了。

高中时代最后一次军训是让人难忘的事，我时常细细咀嚼其中的滋味，体会记忆深处那些珍贵的往事。

黄教官，说是神人实不夸张。

一个军人，最是让少女喜欢的了，我是见识了。班里那些女生一见黄教官高大强壮，又潇洒又有风度，她们真的有那么些相见恨晚的意思，"黄教官，黄教官"地缠着他，叫我们男生看在眼里，都替她们害羞。

训练的时候，黄教官有他的一套原则：只要你们让我满意了，我就让你们玩好。他不会死守排长的命令，也不会把学生们折腾得死去活来。军训时的天是酷暑的北京的天，他会想尽一切办法，会抢到别的教官之前，把我们安排在阴凉的地方训练；军训时的天是暴雨的北京的天，他会躲着营长悄悄地把我们从一地泥浆的操场，带到水泥地板的校园里训练。同学们跟着他训练就像跟敌人夺取某个重要的战略要地似的刺激。

训练中他是个讲求效率的指挥官，每天我们班可能是全校训练时间最短休息时间最长的班。在训练的时间，他却是个无比严厉无比刁难人的教官。拔军姿时会使出很多的"阴招"考验你：会冷不防从你背后踢一下你的脚踝看你用不用力，他会站在你的面前几乎是贴着你的脸死死盯着你然后讲笑话。如果踢了脚踝你动了，如果听笑话你笑了，那就完了，他不满意了，我们就玩不好了。练擒敌拳除了把一共二十套动作一气呵成地做下来，还得要打出每一套动作的分解动作，每个动作既要准确又要有力，光手脚有力不行，还要喊出"打——"的声音。令人感动的是，为了不使教官失望，我们可爱娇嫩的女生们把擒敌拳打得虎虎生威。为了不因为自己一个人而使全班同学受连累，谁也不敢在训练时间稍有松懈。我们班的训练效果非常显著，常常引得别的班羡慕地盯着我们，这时神人黄教官"趾高气扬"地从我们队伍的中间走过，显然他对我们满意极了。

在训外时间，黄教官是我们男生中的一个哥们儿，跟我们侃这个侃那个，在女生中间他则变成了一个红着脸的大孩子，男生们真是感叹：这些女生怎么会这样！

晚上，学校电视台统一给学生放录像，如果营长没有重要事情给安排下来，黄教官会在几个同学的簇拥下，很是得意地来到教室和我们一起看录像。不过他很少坐下来安安静静地看节目。有时在教室里随便晃荡乱翻我们的书，这本看看那本看看，高中毕业就来当兵的他对书本还是很有兴趣。有时则跟几个同学在后面开小灶，这时他最喜欢看我们的相册，聊一些关于西藏的事儿。他说："你们那边给人一种特别神秘的感觉。"他会有好多可笑的问题问我们。说实话，在我北京西藏中学六年的六次军训第一个和我们聊西藏的教官就是他了。

军训的最后一天，军训汇报表演赛到了。我们全班穿着一身迷彩军装，这是从学校借来的。其他班都穿学校发的运动服，就我们班特殊，显得格外引人注目。从检阅台正步走过，黄教官着一身庄重的军装走在队伍最前列，听着整齐有力的踏步声，同学们都在非常卖力地走完自己班这最后一次军训队列。我的鼻子酸了。

下午在教室里给黄教官开欢送会，班里为他买了一本相册，装有我们班的合影和每个同学的个人照。黄教官坐在前面，表情逐渐变得不自然，话也逐渐变得语无伦次了。

"你们要原谅我，训练当中可能得罪了某些同学。"同学们什么也没说。

"本来优秀班没有选我们，昨晚我跟排长谈了一通宵，这样他们今天把优秀班的奖颁给咱们了。"黄教官，真是神人，我们还是静静地坐在那里。歌唱了，舞也跳了，我们就这么听他说话。

"这样吧，班长，咱们到校园里走走。"黄教官跟班长曲扎说。

"最后一句话，咱们在校园里坐一会儿，然后我去收拾我的东西，你们去忙你们的事。不要管我，也不许来送我，这是命令！"黄教官很严肃地说。

我们和他一起来到水池旁，同学们站着坐着靠着，在黄教官的周围。就那么待了一会儿，他说去一下屋子里。都知道他这是在逃了，几个同学也要跟着去。他坚决不让。后来，我和曲扎跟着他过去了。我们帮他拿行李，然后下楼，可没到底层，他就哭了。他抱着曲扎和我："你们俩一定要答应我，咱们班一定要保持军训营里那种团结拼搏的精神，一定不要落在其他班的后面，千万不要给我丢脸。虽然我走了，但我还会知道消息的，如果没弄好，我找你班长和找你学生会的领导算账。"一个军人，就要离别自己代训还不到二十天的班，却把自己和这个班集体紧紧联系在一起……

其他同学早已在车旁等候，他几乎是冲过去跟每个同学握手，同学们抢着给他献哈达。还没好好握手，哈达还没系好，他就钻到车里去了。坐在车里，不愿出来。

我们就这样送走了我们的黄教官。

我的最后一次军训结束了。

10

　　忙碌的日子里时间过得格外的快，不容人太多地装深沉穷思考发酸气。南木加如愿以偿拿到南京林业大学的录取通知书，我真的替他高兴。达吉终于等到搬进新家的这一天。我不在屋的工夫，他已经把我们的这个屋子收拾得干干净净。教室里，已经异常地乱作一团，要分班了。上理科班的同学可以跟历史和政治书说byebye了，上文科班的同学再也不用玩 $f = ma$ 公式了。

　　这些天，同学之间的话题都是报文？报理？我是准备好报理科的，想法很简单，自己的文理其实都说得过去，但相比之下还是理科稍差一些。我想在高三这一年把理科课程学好，争取以后文理双好，全面提高，发展空间可能会更大一些。同学中大部分已经拿定了主意，可是有些人还在犹豫着。对文理的看法也不一样，说上理科班的以后天天要泡在题海卷山当中，将来要从事专业性比较强的工作；而文科班的同学则要比理科生轻松多了，只要背诵就行了，将来毕业后工作选择面也广。但很多同学多少觉得学理科比学文科强，好像感觉只有那些学习不行了，想图个轻松的学生才上文科班。文理的区别，我自己也不知道，就在报名之前，我陷入了艰难选择的境地。

　　如果没有卓玛令我颇感意外的那封信，也许，至少这几年的我的生活是另外一种模样，也许好一些，也许差一些。一袋好吃好喝的东西，还有一封让我莫名其妙的信。这是我们两人认识以来她第一次给我送礼物。信中说："最近班里女生们都在议论着分班的事情，她们也议论你。"我对有幸成为女生们的卧谈议论的对象倒是感觉颇好。"她们都在说你肯定会上文科班，我也这么想的。"为什么？"有一位女生很喜欢你，也许你自己知道。她也上文科班，我祝福你们。"是吗？她的这封信，弄得我晕头转向，我想我必须好好地考虑一些事情。为了能够考虑清楚，我一个人来到了那个曾经我和多吉常去的桥上。

是个细雨霏霏的阴天。我站在桥头思索。不要经常地煞有介事地故作深沉，思考什么问题，很多事情其实简单得不能再简单，你这么一思索，反而把自己深沉进去了。在桥头，一个可怜的少男为他的"真爱"写下了这么两句话：我有两句话要告诉你，第一，我不报文科班；第二，我不知道你指的那位女孩是谁，我也不想知道。

我没有骗她，两句话都是真的。可没过几天，第一句话，错！群众的眼睛是贼亮贼亮的，不仅女生这么认为，很多男生也认为我肯定报文科。我开始再次考虑了。找到了尚老师，他是几年前刚从大学毕业出来的，最有资格给我参谋一下了。

红红的夕阳，从远处的"五洲大酒店"楼顶发出余晖。

"文科是你的强项，报文科啊。"尖尖的嗓音毫不含糊。

"可，我想把理科补上去，全面发展……"

"主席，别傻了，还真天真。"尚老师虽然仍不失时机挖苦我两下，可还是很严肃认真。

"上文科，把自己的强项搞上去，明年这时候拿个文科状元，多好！"尖尖的嗓音有些激动了。

就这么着，我上了文科班，卓玛对了，我的第一句话错了！

刚上文科班，开头真爽。经过一番三下五除二，桌下桌上的东西比高二时少多了。新的班集体里，凑巧十四位女生，十四位男生，经验让很多人定论：这届文科班里要爱情花朵大绽放了。

刚刚从自己的原来班分出来，多少有些不适应，课间，原来一班的同学坐在一边，原来二班的同学坐在另一边。课外，很多同学跑到自己的原班，好像断了奶的孩子去找妈妈。

过些天后，新的班主任余老师大烧第一把火：选新班委会，调座位。进行班委竞选演说，多布杰原来在二班当班长，在新班里继续扮演班长大人的角色。很多同学被封官加爵，好不热闹。我也蹭到了电教委员的职位，职责是每天7点打开电视柜，然后打开电视机，半个小时后关上电视机，然后关上电视柜。

新的集体，很有新鲜感，现在还没有进入紧张的学习当中，老师每天布置的作业也很少。晚自习时间，可以静静地看看课外书，感觉特别棒。文科生嘛，要博览全书。课间操，我们这个新集体在学校面前亮相了。第一次，二十八名男男女女排着稀松的队，因为这是全校人数最少的班，又是最新成立的班，尤其要从自己的原班同学面前经过，感觉自己在接受全校师生检阅一般，多少有点受宠若惊。

新的不再新了，新鲜感渐渐没了，毕竟是要毕业的学生了，各门功课开始慢慢地提速增压，真正的高三学习开始了。

一年一届的学代会，就要召开。这届会议只是增添几名新委员，并不作太大的变动。政教处把会议任务交给学生会。几天来筹备会议，我这个自我感觉良好，其实是蹩脚的学生会主席带着一干人马开始履行这届学生会的职责了。

大会上，我作上届学生会的工作报告，学校各部门领导都来旁听。新校长也来了。看着准备好的稿子念，并没有什么困难，但我还是有些紧张。坐在学生会主席的位置，看着校领导们，看着各班学生代表们，我心怯，唯恐自己不能胜任这个职位，辜负了领导和学生们的期望，更怯的是，我怕他们对我根本就没有寄予什么期望。

下午，学生代表们分组讨论和大会发言。学生代表们的发言，说实话是比较令人失望的。短短一天的会议，只有不到一个小时的讨论时间。虽然代表们是经过各班的提前选举而上来的，但我们并没有收到多少有意义有价值的建议和批评。从高二年级新增选了一位副主席和两名副部长。短暂的会议颇有走过场的味道。

挂在食堂门口的"主人翁"信箱，虽然不像刚挂出时那样，但三三两两信件一直不间断，有些同学还把捡到的饭票和钱也塞进去。大数目的还有人来认领，可是五角一元的就没人领了。在学生会办公桌里有很多这样的饭票和钱，阎主任说把它们先放这里，等凑够了一定的数目，可以给那些家庭贫困的学生。不过除此，在学生会办公桌里还有很多学生丢失了却一直没有人认领的眼镜盒、各种手表、钥匙、钥匙链、文具等，尽早把这些失物归还主人是一项任务了。

再说到"主人翁"信箱，经常收到一些莫名的信件，有的是指名道姓地揭发某某学生干了些什么坏事，有的甚至是针对学校的某个老师的，说哪个老师对学生存有偏见等等。很多事情是很片面的，没有什么根据，这类事情不是我们学生会所管的，而且是不能管的。倒是有一封信，是初中某个学生写来的，说他们的班长对学生管得特别严，有时还动用"武力"。我想起了上完小时的班长，那位晚自习时拿着一个木棍在教室里走来走去，如果谁不守纪律了，就要用这个木棍履行神圣权力的伦珠班长。信里说的那位班长我认识，是一个工作非常负责任，非常积极的班长。若属实，我想我以一名高年级的学生，以大哥和朋友的身份可以跟他聊聊，跟他说说，我们这些学生都是离开家在内地求学的孩子，在平时学习中如果他们有违纪违规的，可以用语言劝说，也可以找老师来解决。班长的工作方式不能用"武力"来解决。我找了他，谈得很好。他说自己因为性子急，有些学生又非常调皮，所以有时的确有动手的情况，今后一定会注意的。可是下来后，他们班有学生向政教处的阎主任告我的状，说我批评他们的班长。阎主任找到我，说有这回事吗？我一五一十地说了一遍。阎主任说："以后要注意工作方式，很多事情不要擅自处理。"后来，我的班主任余老师跟我说："有老师说你有越权行为。"

这件事儿给我上了一堂课，但是并没有对我工作起到触类旁通的作用。不仅仅对工作职责方面我缺乏了解，甚至对学生会这个组织我也缺乏清楚的了解。那时我找到一本关于学生工作方面的书。书上对学生会的定义和学生会组织的叙述，拿到我们学校却是不一样的。说学生会是直接由团组织领导的，可是我们学校的学生会历来由政教处来负责。其中的好多条款，在我们学校根本无法对应下来。我感到只有根据学校的实际情况来逐步摸索，没有谁会来教我们应该怎样不应该怎样，摸着石头过河吧，碰点钉子也是好事，总比稳稳当当地毫无成绩地把这个班子交到下一届好。

高高的大楼，宽敞的大街，在我的眼里是首都北京欣欣向荣的证据，它们不再像初到北京时那样成为我心中一股无法消化的令我瞠目结舌的压力。

记忆里的西红柿出现在脑海里，是小学四年级的暑假我在阿爸扎西家。有位经常来玩儿的一位同事的孩子特别爱吃西红柿，而从农村来的我却对这有点酸有点黏糊糊的东西怎么也不来电，吃几口就想吐。阿爸扎西说我真是一个"乡巴佬儿"。阿爸阿妈别说吃了，就连西红柿是什么东西都不知道，所以生我时就没给我的胃里准备消化西红柿的地方。不过，如今从山村里出来的我不但能消化了，而且特别喜欢吃。次旦曾跟我说过："你看别人个子长那么快，都是因为吃西红柿吃的。"所以，初中时我没有少吃，先是逼着自己吃，后来就慢慢地喜欢上了它。让我很高兴的是，现在已经再也不为自己的个子烦恼了，在班里虽然不属于高个子之列，但也位居中间行列了。

北京城里的这些高楼大厦，这些宽敞大道，犹如我爱上西红柿一样，如今它们在那里，而且还在不断开发建设着，我走在这城市中间，它们不再占据我的视野，不再让我感觉它们的陌生和神秘。

为什么我们对一个城市、一个地区，总是有那么多的偏见，虽然这种偏见不是我们愿意有的，但我们总对生活在那里的人们，那里的历史和那里的文化表现出这样那样的客观的无知和主观的偏见。我想是因为我们没有到过那里，也没有在那里生活过。在内地的这几年里，竟然会有那么多的内地人，对西藏依然是一种神秘遥远的感觉，依然有那样令我们这些藏族学生感到难过的想法。同在一片天空底下，同是一个中华大家族，大家连对自己的兄弟民族都不了解，我真的很想说："请您去一次西藏，去看看西藏，您就知道了。"

来到内地，当初这个城市令我感到陌生，一个离家孩子的心在这些高楼大厦之间显得是那样的缥缈、孤寂。这些年里，学校带着我们去过北京的好多地方，而我自己又是渐渐地喜欢上了背着一个小包揣着十几块钱在北京城里独自游荡的感觉，太多的心情我一个中学生表达不出来，但我的确喜欢上了这个城市。百年古都，京韵京都，我想自己是多少了解了。曾经对内地、对汉族人的那种揣测，那种如今想来无知可笑透顶的偏见，渐渐地消失了。真是庆幸，从来没有跟我的汉族老师说过那些话，不然不把他们气坏，也会把他们笑坏的。

北京城的历史遗迹，北京城的公园，北京城的好地方，北京城的好风景，在学校精心为我们安排的一次又一次的活动中，与我一一相见。我记得它们，它们也一一地拼凑起我心目中的北京城。仅仅去过这些向旅客们敞开的地方，对于了解一个城市是远远不够的。在城市里，有那么多的地方，有那么多的东西不是我们轻易所能够到达的。对于我们这些内地西藏班的学生来讲，那更是如此。一个只是安心于课本，静静地待在校园里的学生，去过的到达的是有限的。我想自己很幸运，不甘于单调的心，能使自己多涉足一些不同的东西，也给自己多创造了机会。其中，真是感谢摄影，就因为自己在学校里与摄影有了关联，让我认识了更多的人，至少认识了良师益友车老师；让我到达更多的地方，至少到过朝阳区少年宫和那个深深藏在北京国子监后面的公园，我敢肯定我的同学当中去过那里的人很少；让我思考更多的事情，我至少在自己的脑子里多了一个关于光和影的世界。

这年年底，喜讯传来，我的作品获得"'97 理光杯'我是中国小记者'摄影竞赛"银光奖。车老师考验了我一次，我愿意这么想。本来和他约好，下午 1 点半在保利大厦门口会面去参加颁奖会，不想我在大厦门口足足等了他一个多小时，而他却没有出现。只好只身走进令我感觉有点富丽堂皇的保利大厦，壮着胆儿，装着很牛的，参加了由日本理光株式会社赞助举行的我平生头一回参加过的场面最豪华的颁奖典礼。回到学校，直奔车老师的办公室。当我推开门，他很诡秘地看着我。师徒二人，高兴死了。

11

一位好朋友曾在给我的信中引用了这么一句外国谚语：人们总是把最好的奉承留给自己。细想起来，就我自己来说，不得不承认很多想法总是离自己这个圆心为近。时常觉得自己是最幸运的，甚至惊疑自己是否注定是个什么人物；时常以自己的感受来诠释周围的一切。时常要提醒自己要反省自我，因为发现自己很容易沉迷在自我的空间。走过的路，记忆最深刻的还是那些和自己关系最密切的人和事。人是自私的，人是自我的。

在生活当中，我很容易忽视了别人的努力，别人的存在。在学生会工作的那些日子，我记得只是自己怎样主持会议，怎样参与策划各种活动，怎样履行和完成了一个中学学生会主席的职责。而我却很少能记起跟我一起的学生会各部的部长们，各委员们也为了这个学校、为了这个学生会"家庭"而付出过的一切。如同我现在说的这些故事，更多的时候出现在字里行间是我。但是曾经与我共同经历内地西藏班的多少兄弟姐妹们，知道如果我真如所愿写出了一点我们挥洒几载春秋的这段历史，那么这一切是我们共同拥有过的，每个读了它的人我想他们能懂得众多和我一样的藏族孩子他们或她们是怎样走过的。

"主人翁"信箱，成了学生会工作中不可缺少的一部分，每周日晚上打开信箱，成了我生活中最难忘的一部分。期末到了，寒假快到了，有学生要求假期中放几部好片子。为此，我找到王晶老师，请他列一个单子，我们通过广播台向学生征求意见，结果是要看《西游记》。《西游记》在我们这代学生心里占据多大的位置可想而知。考试了，放假了。放《西游记》的那天晚上，整个学校好像要过什么节日似的兴奋，同学们早早地进了教室，每个教室的灯全暗着，等待着节目的开始。

在校史展览室里，有一张照片，照片的左下角一个瞪着大眼睛很兴奋的小脸那是预科时的我。对于这张照片记忆如此深刻，不仅因为其中有自己，而是因为照片的内容。这是那年藏历新年晚会上的一张照片，出自车老师之手。照片内容是在表演西藏传统藏戏剧目《曲杰诺桑》，由当时的高二年级的大哥哥大姐姐们表演。藏戏八大剧目，各种大小文艺团体活跃于雪域山谷之间，演绎着古老的传说。藏戏有独特的服装道具、唱腔表演，是一种最贴近藏族生活本身的令人无限遐想的艺术。藏戏，深深扎根于群众中，它深受人们的喜欢。为什么在学校展览室里有这么一幅照片，因为从服装、道具、唱词、表演都是学生们自己弄起来的。离开家乡那么多年，也从来没有接受过这方面的专门训练，却能奉献出一台《曲杰诺桑》藏戏剧目，很是值得欣慰的吧。

在过了整整六年以后，又是一个藏历新年，高三一班和我们文科班合作，也准备了一出藏戏《卓娃桑姆》的选段。魔妃哈江阴谋加害卓娃桑姆，卓娃桑姆应天神引领回了仙界，哈江得寸进尺，喂毒水把国王逼疯的那段。没有戏装，袍子和鞋裤由校舞蹈队演出服代替，戏中所需各式帽子、脸谱和道具由自己制作。我两年的同学、高三一班的美玉担任编剧和导演，美玉其实男生也，其名叫巴桑，只因他有那么点女孩子的细腻温柔，多愁善感的性格大家美其名曰"美玉"。也许有艺术天赋的人多少有些不寻常的地方。美玉能歌善舞那不是一般的能，从古今中外的民歌小曲儿，从西藏传统的藏戏，到现代流行歌谣，到摇滚蓝调，他是样样会给你表演那么几段，而且表演得让你笑破肚皮，怎样了得？我们的舞蹈顾问由杜丛义担任，他如今在我们班里，依然任文艺委员一职。丛义的加盟和指导令这出戏充满了舞蹈方面的欣赏点。藏戏是既要唱，又要跳，既要表演，又要道白的综合艺术。还有两人，一个人打鼓，人称老六。老六算是我们年级的数学天才，可惜他活在我们这些不精于数理的土壤中，不然定能成为一个小小的数学家。另一人，阿库顿珠，负责敲锣镲，他为人忠厚耿直，立场坚定得让你三分敬意七分恐惧。介绍完这几位重要人物，便是我们这些演员了，也有高三一班的，但大部分是我们文科班的同学。文科班叫高三三班，以前文科班都挂名高三一班，而到了我们这届却成了高三三班，起初我有点不快。我自上学，一直在一班。一班，我总觉得好听，也吉利，似乎预示着第一。不过，这点迷信的思想咱还是能克服的，因此也渐渐地淡忘了。

藏戏《卓娃桑姆》选段，在1997年北京西藏中学的藏历新年晚会上表演，把整场晚会推到高潮，学生们甚是高兴。尤其迫不及待想说的是，晚会上请来了就在和我们学校相距不远的藏学研究中心和藏医院的藏族同胞们。当晚会结束，我们在后台整理服装道具，有一位中年藏族妇女急匆匆地跑到后台，抱着我们哭，激动地跟我们说："谢谢你们，真的谢谢你们，没有想到在内地还能看到咱们民族的戏剧，今天晚上我太高兴了！"

天有情，藏历新年初一的这个夜晚，小雪飘落在校园里。这晚，心情难以平静。

我们渐渐地长大，走过的地方越来越多，认识的朋友也越来越多。只要愿意，总能找到理由，也总能找到朋友，可以让你在一个集体里快乐地生活。

"初三一班"，那是曾经在这个班集体里生活过的每一位学生都愿意彼此亲近的理由，而我们也始终精心地呵护着这个集体，小心地经营着它所给予每个人的温馨与快乐。高中三年里，一切源于"初三一班"的话题和活动，成为我们当时的幸福和将来的寄托。这年藏历新年，就读于四川水利学校的欧珠在他临近毕业前夕，忍受着四十多个小时的火车硬座，来到了也是属于他的"初三一班"的母校，与我们共同度过这个新年。再次跳出平时的圈子，以"初三一班"的身份，原来的同学们又聚在一起，一块儿出去下馆子，一块儿到天安门纪念即将告别的生活。在一起，女生变得特别的贤惠温柔，男生变得格外的豪爽兴奋，有一种家庭的感觉。

欧珠要离开北京的前夕，我们去了学校附近的樱花公园，那里是我们在北京过林卡的地方。公园里流着的那条河，依然是墨绿色的有些浑浊，岸边有宽大的树木，阴凉的草坪。白天我们就在那里度过。天黑了，我们三三两两地优哉游哉地往学校走。到学校了，大家不愿意散。我提议到我住的屋去。上届的学生会留下来的锅和炉子，依然能发挥作用，我和达吉备有一些东西，完全可以让我们吃上一顿。

"初三一班"的老同学们在一起的这几天，我的脑袋里某个地方多了一个感觉凸出来的东西，那是因为卓玛。和他们在一起，有时她在我视线里，有时不在，但在心里老想着她。时间一久，脑袋里就感觉某一个地方格外地凸出来，留给她的一块"真爱"。

晚上，这顿饭我们做的是面疙瘩。由于炉子太小，用的锅太大，我们的手艺也差了些，等吃上饭时，已经夜半。这时候，宿舍楼的大门已经锁了，女生肯定回不去了，男生倒有秘密通道可以溜进宿舍。商量以后，准备让六个女生在我和达吉的屋里凑合一晚上。我和达吉把床好好整理一下，换了干净的毯子和枕巾。还在平时开会的会议桌上临时弄了个床。我把我的床收拾得干干净净，当时是想着卓玛肯定会睡在这张床上的。不知道怎样的一种潜意识里的活动，但就这么想着，这么希望着。

第二天，欧珠走了，我们把他送到车站。在返校的路上，我问卓玛："昨晚睡得好吗？"

"在你们男生的屋子里，根本睡不着。"她笑着说。

"你睡在——"我故意拉长了音。

"我睡在那张桌上。"她的回答让我很失望。

唉！我这个多情人……

12

高考在即，同学们进入近乎自虐的学习状态。很多同学变得面黄肌瘦，如同隐士米拉热巴①，也如同马拉松赛跑者，在他最后的冲刺阶段，他是最脆弱的，他已经不仅仅是一种体能的付出，而是一种精神上的惯性支配着他跑完最后的阶段，此时一个小小的石子也可能会绊倒他的。

这是高三的最后一个学期，除了数学和历史，其他科目都已经开始了总复习。很多同学每天吃过早饭，都会多买一个鸡蛋带到教室里，等课间操时间把那个鸡蛋小心翼翼地剥开吃掉，似乎这一鸡蛋能补充很多能量。每次下课，我们都会习惯性地从座位上站起来，到楼道里或在窗台旁活动，"劳逸结合"。那时，我们最喜欢找大洛桑玩儿，因为他是这个教室里唯一的一个胖子。几个面黄肌瘦的男生围着他，摸摸他胖嘟嘟的脸，拍拍他圆乎乎的肚子。大洛桑是个极其没脾气的家伙，即便要点脾气也只是徒增我们对他下一轮更凶猛的"进攻"而已。在那些大家被

---

① 米拉热巴，藏传佛教噶举派第二代祖师、著名高僧密宗隐修大师。

学习弄得头昏的日子里，他真的给了我们无穷的乐趣。

阎主任说过："你要好好地培养下一届学生会主席，到了高三下学期工作就慢慢地转交给他们。"我始终是比较自信的，觉得学习和工作可以两不误。但这最后的学期，我发现是该退出学生会的时候了。一边是紧张的高考总复习，另一边是学生会的工作，年年这时候都有高三的学生要进行紧张的复习，但整个学生会的工作也要正常进行。我不能自己给自己理由来证明什么东西而耽误学生会的工作。

我也真是该退出的时候了。是个很普通的北京西藏中学的晚自习第二节课时间，校园里安安静静，学生们都在认真地学习。大概离下自习还有几分钟时间，我离开教室。今晚我要给学生会的委员们开一个小会。连续两节课学下来，我的脑袋昏沉沉的。我从四楼下到三楼，然后拐弯，走过高三二班、高三一班的教室，然后再拐弯，从三楼下到二楼，来到了政教处。脑袋里还是刚才做的那些数学题目，我习惯性地插上线，打开广播器的电源，试一遍音量大小，然后清清嗓子，按下播出键："通知一个播送，通知一个播送。"突然，感觉不对劲，随即透过开着的门从楼道里传来附近教室里的笑声。我这才明白过来，自己也忍不住笑出来了。几分钟后，各委员们来到会议室，他们见我就笑，他们把自己教室里学生们的大笑场面给我描述，我只能双手抱拳："对不住各位，给你们也丢脸了。"

"通知一个播送"以后，学生会的工作就交给副主席了。天气开始变热了，一个又一个关等着我了。

5月中旬，第一次高考模拟考试。5月份，让我想起"五月花"号船，如同我的大脑的某个抽屉装满 $Y = AX^2 + BX + C$，某个抽屉装满 WHAT ARE YOU DOING? 世界历史上给印第安人将要带来无尽苦难的"五月花"号船也占据了我大脑当中某个抽屉。现在整个的人奉献给了我们无法逃脱的高考了，为了将来的一切，我们走到这份儿上也只好这样了。

一模考试结束，老师、学生、学校领导，关心的是成绩。一模的成绩代表着自己在班级里的位置，代表着这届毕业班的实力，以及我们将为本校在这年三校高考中争得怎样的地位。成绩出来了，各方面对我们寄予了很高的希望。文科和理科都有好几个学生上了四百分，比往届多。我的成绩位居文科班第一名，意味着我的压力和目标基本上已经确定：这年内地西藏班高考文科状元。是荣誉，更是压力。

卢老师年轻时赴过西双版纳支援边疆教育，前后教过十几个少数民族的几千名学生。如今年过六十高龄的他仍工作在这所学校里，继续奉献他一名人民教师的光和热。如果没有高一时那次令人激动的座谈会，我们还对他的历史一无所知。他负责教我们历史课。一模考试结束后的那次周末，卢老师邀请我们文科班的学生到他家做客。果然名不虚传，都说在卢老师家里有一间"藏汉团结屋"，传得神乎其神。我们十几个学生走街串巷地来到了位于北三环附近的一栋教师宿舍楼的他的家。的确有那样的一间屋，从他来到西藏中学开始，所有他教过的班至少有那么一两个学生代表的照片，以及他们送给他的纪念品，还有他和很多西藏知名人士的合影。唐卡、哈达、藏戏面具、藏式背包样样透着藏式气息，犹如来到了一个内地西藏班的小小展览厅，令人赞叹。

和所有来过他家里的同学一样，我们受到了热情的款待，临走前一一与他合影留念。这位深深热爱于民族教育，时刻不忘民族团结的老师，令人感动。

高二时，在班主任唐老师的建议下，我写了入党申请书。一年多以后，在卢老师和我们文科班主任余老师的介绍下，我被发展为中国共产党预备党员。和我一起发展的有多布杰和党黎，三人都是文科班的。对我来讲，当初班里最后一批入团，到现在第一批被发展为预备党员，我的初中同学们都说我让他们吃了一惊。

一切按部就班，有步骤有计划地进行着。高三学生苦吗？当然苦。但已经度过了这种日子好几个月的我们，早已习惯了，如果不让我们这么刻苦努力地学习，我们还不适应了呢。总结一模，准备二模。都说一模是最难的，二模是最容易的，高考的难度处于两者中间，这倒是有它说得通的道理，但管它呢。难一点，容易一点，对于每个学生不尽相同，这种无聊的猜测评说浪费时间没啥意思。

二模考完了，我的成绩是四百六十多分，仍暂居第一名。

二模结束后，总结，查漏补缺，不能有稍微放松，因为真正的考试还没到来。

一个安静的夜晚，看书累了，信步来到操场。是周六的晚上，大多数学生在教室里看电视。知了的声音，还有很多不知名也从未见过的小虫在树间草丛中低鸣。长长地甩着辫子的柳树，摇曳在支离的远处高楼投射过来的灯光中。我一个人走着。

一个人走，这样的记忆对我来说太多了。初中有段时间一个人围着操场转，孤独，就是莫名的孤独，那时好想有个和自己想法一模一样的人与自己做伴。今晚，也是一个人走着，沿着跑道慢悠悠地走着，没有想法，只是来缓解一下累了的心。高考在即，各门课装得脑袋快要爆了，但大脑似乎还是离奇空白。走着走着，不经意间，看见两个熟悉的身影在操场中间，走得很慢，显然是在谈论些什么。是一男一女。我走着，本来也无心去看，但只有操场中间有远处的灯光照进来，是亮的，走在黑暗中的我还是不自主地往亮处望去。两人真的很熟悉，但眼镜丢在课桌上了，两百度近视的眼睛还是看不清。

"不会吧？那女孩怎么那么像卓玛？""那，那个男生？""不可能，绝对不可能。"我走到了健身房的墙根底下，快要走出操场了。

"不可能是她。不可能。"我这样想着。

"可是，万一是她呢？"我当时在脑子里进行了这样的考虑：如果那个女生真的是卓玛，那么她和一个男生在夜晚到操场来散步，肯定关系不一般。我自己一相情愿地把自己和她扯上关系，看来该有个结论了。

　　我还这样想：如果那不是卓玛，最好不过，即使她没有把我放在心上至少也不会有另外的男孩。但是，我要考虑这些问题。我总得知道是不是她，是她的话，我该决定什么了；如果不是她，我却已经怀疑是不是她了，这是对她的不信任，所以最终决定要看个究竟。

　　我来到了健身房的看台上，从上面看下去，也许是没戴眼镜的缘故，也许是心底希望不是她的缘故，总之，觉得那女生不是她。祝福两个在宁静浪漫的夜晚散步的一对有情人吧。我离开了操场。

　　上午学习，中午午睡，下午洗衣服，和往日一样度过了星期天。晚饭后，来到教室开始复习。江央走过来，虽然我没有她大，但她一直称我为哥。她神秘地跟我说："哥，姐卓玛让你到操场上去一趟。""哦，好的，谢了。"她有什么事呢？当时根本没有想到昨晚的事情，我已经忘记了。拿着一本书，来到了约会的地点。约会的学生经常和我一样手里拿着一本书，在学生面前可以装学习，老师面前装背书。

　　她见我，第一句话就是："昨天，你都看见了吧？"她很腼腆地跟我说。

　　我恍然大悟，"原来，昨晚在操场上的是你，那么，那个男生？……"

　　没等我说，她已经说了："其实，我和加迪没什么。"

　　天哪，我的兄弟？

　　"都快毕业了，觉得彼此之间有很多话要说。其实我俩之间真的没有什么。"她很轻松地跟我说着。

　　"你不要多想。"她补充道。

　　也许一直以来被学习弄得麻木了，也许我从来没有真正喜欢过她，等这个惊人的消息仅仅作为"自己昨晚没有戴眼镜的双眼苦苦地费了那么大的劲还若有其事地考虑了那么半天的事情它终究是真的"的一惊之后，我的反应令我自己也觉得要么是个绅士，要么是个懦夫，我说："没有，我怎么会多想呢？现在都快要考试了，大家在一起的日子也不多了，安心地准备考试吧。"然后，我和她聊了些关于学习的事，我走在前面，朝着她倒退着步子。

快到健身房的墙根底下了，她说："加迪在那里，你们两个谈谈吧。"

天哪，怎么回事，早有准备的两人？我看见远远的墙根底下很不自然地站着的加迪。好了，看来该跟加迪谈了，跟卓玛说了再见。我向加迪走去，他一见我，在那里很不好意思地笑着。我也笑了，今天一整天，三顿饭和他一块儿吃的我却什么都没发觉，更何况一直以来我什么都不知道，我也笑了。走到他跟前，他还是笑着，不说话，这下我反而有些不好意思了。

"呵呵，怎么说呢？"

"迭吉①，我说啊，我的意思是这东西谁也不能勉强谁，是吧？"他说着，还是在笑。

"咱们俩是好朋友，咱们仨是老同学，就快毕业了，以后的事谁知道，还是好好珍惜在一块儿的日子吧。"听了我的话，他点头表示同意。

此时，我却笑出声来了。后来有同学跟我说："罗布你知道吗，那天晚上大家都在说你和加迪在操场上谈判。"实际上，没有的事，我们俩在一起，真是一碰就起化学反应，连外人看起来这么尴尬的事儿，两人却笑得嘴都合不拢，天知道为什么。

我和加迪从操场回来，"谈判"结束，各回教室。应该是看《新闻联播》的时间，但这时高三学生一般不看新闻了，学校也不要求。我回到教室，拿着一本书，这次是真的去看书的，不想在三层楼顶上碰见了在那里看书的江村。楼顶的露台很大，学生们平时都喜欢到这里学习。和江村见面，话题还是这个。

---

① 迭吉，朋友间的玩笑的称呼。

"主席，"他平时就这么称呼我，不是那种客气，也不是挖苦，他就是那样憨厚诚恳，"主席"这词由他说出来，让我感到很亲切。

"其实，我们早就知道这个事，本来想早点告诉你，可我也不太清楚中间的事，也怕影响你的学习……"我在他面前又重复了一遍说给卓玛和加迪的话。这天，真是想让我忘记也难。

"真爱"破灭，我反而有种轻松感，毕竟发生了些事情。

志愿表下来了，高考临近了。

13

高考前的一切准备已经就绪，就等着正式考试的这天，叫人好心急。正好填报志愿的事情总算让人不至于闲得没事做，免得把绷紧的心突然塌下来。很多同学还在谈论着今年的志愿怎么好，怎么不好，这些事情我没兴趣，也评不了。文科的志愿，综合学校的介绍以及凭自己的直觉，也就只有广播学院了。广院一共有新闻学、广告学、经济信息管理学三个专业招收内地西藏班的学生。

车老师说："罗布，报新闻系吧，以后当个摄影记者多棒！"

班主任余老师说："新闻广告都不错，你自己拿主意。"

当然这时候少不了找尚老师，他说："都挺好的，经济信息管理是很有前途的专业，但得分什么学校。像清华、北大这个专业绝对牛，不知道广院这个系的师资怎么样。"

曾经教过我们数学的张老师的分析让我思索："你报新闻，好像不太合适，不过，你可以再考虑考虑。"至于为什么不合适，我没有细问他，毕竟张老师才教我三年的书，那还是初中的时候。

填报志愿的一个星期前，我和小罗布来到了北京广播学院。其实主意早定了，不过在正式填报志愿前去看看学校，向在那里上学的老生们打听一下，总是有用的吧。小罗布在广院有认识的老乡，我们按照他老乡给他的地址，坐车，倒车，折腾了两个多小时后，才来到了北京广播学院的北门。一路上，看着离市区越来越远，越来越偏僻，当时有些失望，不过，到了学校附近，感觉好了些。

　　被门卫挡住了："证件！"

　　"我们是西藏班的。"临行前，老生交代过的，只要说是西藏的学生，门卫不会怎么着的。

　　"我知道。"门卫的答案让我俩高兴。可是他还是不让进。

　　"我们是这个学校的。"小罗布很镇定地撒谎。

　　"七号楼在哪里？"门卫不慌不忙地问。

　　"在那个方向。"小罗布随便往西侧指了一下方向。

　　"哪个系的？"看来方向是蒙对了。

　　"新闻系。"

　　"你们的系主任是谁？"

　　傻了，我们答不出来，只好招了。

　　"早点说嘛，我早知道你们在说谎。"门卫倒算是客气。

　　"打电话，叫你们找的人出来接你们。"就这样，两个中学生在大学门前丢尽了脸。小罗布的老乡来接我们，我记得他的这位老乡，是从我们北京西藏中学毕业的。

　　第一次来广院，被眼前的一切看呆了。觉得校园里的路是望不到尽头的，觉得这些学生个个知识渊博魅力四射，想想这就是自己想要进来的大学，不禁窃喜，只是在老生们面前装着乖。

　　在男生公寓前，我们碰到几位藏族学生，有的我认识，有的可能是从成都西藏中学或天津红光中学毕业的吧。虽然同是西藏学生，毕竟是中学生跟大学生，可虽然是中学生跟大学生，毕竟同是西藏学生，这种感觉怎么表达呢？好比农村孩子跟机关单位的孩子在一起，看着他们，既是羡慕，又有那么一点点亲近。想想过几个月后，自己也可以成为大学生，感觉很好。

他们带我们在快餐厅吃过饭，我们返校了。当然我们此行没有白来，真是感谢，经过和他们的谈话，经过他们之间热烈的争论，使我报考新闻系的主意最终敲定。一路高兴得不得了，还没有考试，我已经把自己当做北京广播学院的学生了。为了庆祝这一天的远行，也为了祝愿我们俩能如愿考上心中的大学，我请小罗布在惠新里的一个小餐馆吃饭，冲动之下买了一包烟，破了高中三年没抽烟的戒。

高考前一个礼拜，我们"初三一班"的学生在惠新里的一家大餐厅里吃了一顿大餐。我们初一时的班主任后来去了南方某所学校任教的任老师、初三时被我们气得哭着要辞退班主任职务的杨老师和那段我们班最困难时期非常爱护关心我们如今已退休在京郊一个果园工作的靳老师，三位恩师给即将奔赴考场的他们的"孩子们"安排了一次考前大补。

席上三位老师都不提我们考试的事。我们都聊着以前，聊着今后，吃着美餐，喝着饮料，非常兴奋。餐馆是双层竹楼，我们在二层的包间内。外面是炎热的6月末的天儿，我们在这竹制的包间里，在空调的吹拂下，更觉清凉爽心。

一行人走着回学校，已近黄昏。一路上虽然是嘈杂的车群和忙碌的人们，但心情格外轻松。透过路旁的柳树，红彤彤的夕阳在京城远郊隐约可见的小山之顶。多少天来，被书本考卷包围着，也未曾欣赏一下北京夏天的夕阳美景。

明天就是7月6日了。晚上9点多钟老师来到教室里，让我们早点回宿舍，好好休息。和往常一样，洗漱，再检查一下明天要带的准考证、文具，一切妥当了。试了试闹钟，能准确闹响，也没问题。为了以防万一，达吉让他们班的学生明天早上来叫醒我们。整个楼里，只有我们俩，明天睡过头，那可耽误大事了。睡吧，可还是有那么点紧张，理一理明天第一门作文思路。考前这些日子，各种模拟题做了无数，基本上也形成了大概的作答思路。之后，就告诉自己不要再多想，好好休息吧。

第二天，很多同学都说，昨晚怎么也睡不着。这么热的天，屋里连个风扇都没有，又是高考前的夜，肯定的。吃过早饭，高三年级同学在校园里集合，然后从教学楼下通过，到校门口坐车。其他班级的同学，从楼上看着我们，轻轻挥手，为我们送行，在祝我们考好吧。

人很多，考生，考生的家长。考生陆续进了考场，院外，还密密麻麻一片人，可怜天下父母心。我们不可能有家长陪着了，但我们有老师带队，有同学们互相照应。

经历了几次大考，发现最激动兴奋的不是考后，考试结束了往往是一种怅然，考前所有的书籍，所有的准备，甚至考前的紧张和焦虑，等考试一结束所有都如股票贬值一样，失去了色彩。当然最激动兴奋的更不会是考前，如果考前就开始享受考试带来的乐趣，那么情况就不太妙了。考试带给考生的真正的乐趣，最激动兴奋的是在考试当中。短短三天时间，对于我来讲是经历了人生中第一次令人如此的激动和亢奋，如此的紧张和刺激，在这三天时间里，感觉世界上最把时间当做金子来对待，最把时间当做生命来珍惜的，就是我们这些参加高考的学生们。

三天，短短三天，足矣！

高考，那些累累书本中瞪着近视的双眼不敢丝毫懈怠的日子。

高考，那些题海卷山里为伊消得人憔悴的还每天多买一枚鸡蛋的说这是大补的日子。

高考，那些大脑被满满地占据却时常仰望天空不住发呆的日子。

高考，说是人生中最关键的一次选择，说是一生中最伟大的阶梯，还说是你们必经的独木桥。

高考，一种永远的阴影我想躲开，一种永远的财富我想深藏心底。

高考，走过了，为自己喝彩，虽然付出的永远不够，但永远地告别了。

高考，从此生命里的 7 月的那三天留给陆续而来的考生们，祝福他们！祈祷他们！

1998 年世界杯在北京时间 7 月 13 日凌晨 5 点钟宣告结束。昔日的英雄终于让位给新人，新的历史在蓝白红的法兰西生命之光中掀开。我们 98 届北京西藏中学高中毕业生要起程归家。1998 年 7 月 13 日，依然的哈达飘飘，依然的细雨点点……

14

"亲爱的校友们，我现在是在从北京开往成都的 K7 次列车上向你做报道。98 届北京西藏中学高三毕业生在今天早上 8 点 45 分正式坐上这趟列车离开北京，告别三年难忘的日子，告别他们曾经努力奋斗过的学校，告别这座美丽的城市……"

"干吗呢？"
"啊呀，又被打扰了。"

火车在黑夜里呼啸着疾驰，我再次拿起小麦克风。

"……现在，夜很深了，同学们大都疲惫地进入了梦乡。毕竟一切结束了，他们太累了，也该好好休息一下了。"差点把歌词都快搬出来了。

再次摁下 REC 键，咳嗽两声，算是清嗓子："我呢，现在在火车的过道里给您做节目，听——"我把麦克风伸到洗手间上方的窗口外，车轮碾过铁轨，列车隆隆疾驰而过的声音——交代环境。"是的，火车继续行驶着，我呢将从今天开始全程记录我们回家的路程情况。这是段归家的路，这是段期盼好久的归家的路……"一个人偷偷地跑到列车洗手间里做节目，第一次录音，话都说不利落了。

自己填报的是北京广播学院的新闻专业。高二时娄老师推荐给我一本一位电台记者的自传，读后很有感触。学校的广播台节目办得越来越好，我想为他们做点事，三个原因促成我做一期这届毕业生回家的录音报道的想法。为了能做好这次我们98届高中毕业生回家的全程报道，以便再回北京后送给母校的广播台，我从以前跟我住过一个暑假的南木加的一位老乡那里借了一台有录音功能的随身听。

"旅客同志们，列车四号卧铺车厢还有空位，要订卧铺床的同志，请您赶紧到四号车厢列车员办公室办理补票手续。"列车广播员的声音，21点钟。

"盒饭，吃盒饭了，五块钱一份，十块钱一份。"每到吃饭时间，列车工作人员都会挤过重重障碍，推着装满盒饭的小推车，吆喝着走过来。离开学校前从食堂里领到的方便面和火腿肠差不多吃完了，江村提议吃盒饭。江村、加迪、曲扎、小罗布、边巴和我挤坐在一起。

"你家在成都吗?"我的声音。

"是啊，我把我家的地址给你们，欢迎来做客。"列车员的声音。

"你喜欢哪个歌星?"曲扎的声音。

"当然是刘德华了。"女列车员很爽快地回答。

"为什么?"我的问题很傻，声音又有厚厚的鼻音，浓浓的口音。自己听着都有些不相信，怀疑自己平时是这么说话吗。

"他人帅嘛，女孩子都喜欢啊!"四川辣妹子，说话直率。

"那给我们唱个刘德华的歌。"磁带里能听到大家在使劲鼓掌。当时，其他男生们也围过来了。女生们也转过头来看，似笑非笑的样子，好像男生都围着这位女列车员，有点酸酸的味道。

"我唱不好。"

"没事，随便来一个。"曲扎说道，紧接是他的一阵爽朗的笑声。

"我给你们唱那个，哎呀，歌名忘了，怎么唱来的，哦，这样唱的，别取笑哦！"

唱的是《爱我的人和我爱的人》，我后来才知道歌名的。

"好，好。"列车员唱完了，男生们大声叫好。

"唱得真好，你会唱《我的太阳》吗？"这是我的话，我也不知道当时怎么又突然冒出来这么一个问题，也许录音机一直在开着，脑子里净想着做节目吧。

"是不是那个……"她哼了一下调子。

"对，对。我们藏族歌唱家多吉次仁，他唱这首歌，在国际上拿了一个大奖。"我记得当时很是得意。在学校时听说过这件事儿，虽然没在报纸和电视上见过多吉次仁老师获奖的报道，但自己心里已经确认了，而且为他感到高兴。

"你会唱吗？"我问。

"难度太大了。我刚唱过了，现在该你们来唱了。"

"让巴金来。"曲扎说。

"巴金——巴金——"我们在找巴金，车厢内一浪又一浪的叫声。

"歌王来了。"江村说。笑声。

"他是我们的歌王。"我补充。

"太好了，歌王给我们唱一首。"现在是列车员休息时间，难得路途中碰到这么一位热心开朗的列车员。

"别瞎说。"巴金是过来了，但还是不好意思。

在列车员的要求下，在我们的逼迫下，巴金开唱了。不愧是歌王，当然歌王的称号只是当时随便说的，不过他平时确实很爱唱歌，会唱很多流行歌曲，像我这样也仅仅会一些在校园里唱得比流行感冒还流行的一些歌，而巴金唱的歌我不知道是哪个歌手唱的，一般也是从未听过的。

可惜，他唱到中间，就忘了词，几次反复找词，也没有找到。

磁带里，传来女生们集体合唱《深情的弟弟》。女生唱完了，传来的是男生们的合唱《康巴汉子》。要感谢我们藏族第一男歌手王东。自从他的专辑出来以后，我们的曲目就增加了不少。以前的《闪亮的酒杯》、《昨天的太阳》就真的成了昨日的太阳了。完全可以肯定，藏族人是多么的喜欢唱歌，在学校只要有个集体外出或什么的，来回的路上，绝对是歌声不断，我想我们学校的开大客车的司机最有体会了。一般的司机，不希望开车的时候，车上人大喊大叫，但我们学校的司机师傅已经习惯了，估计练就了很高的本领，受够了我们纵情歌唱的骚扰，什么样的外界声音也不能影响他们驾车。现在，火车上，又来了，男女生互相拉歌。

　　"旅客朋友们，火车再过十分钟，就要到达成都火车站。在这里我代表本车厢全体列车员，感谢您乘坐 K7 次列车，在旅途中我们未能做到的地方请您多多谅解并提出宝贵的意见。最后，祝您旅途愉快，欢迎下次再乘坐我们的列车。谢谢!"列车员口齿伶俐地说完，鞠了一个躬，磁带里再次传来同学们热烈的掌声。这是我在 K7 次列车上录的最后一段声音。火车到站了，告别这位四川辣妹子列车员，我们背着包，融入茫茫的出站的人群。

　　在火车上，倒是录了满满近一面磁带的声音，可是录音效果不好，这样子做节目估计在校广播台播不出去。但，我没有放弃。下一段录音是在成都双流机场的候机厅里。

　　"女士们先生们，请注意，"女广播员有些沙哑的嗓音，在这特殊的地方，听起来也别有风味。"从成都飞往拉萨的 CA4112 航班，现在就要开始登机了，请您从 41 号登机口登机。Ladies and gentlemen, May I have your attention please!"同学们陆续提着小包，往登机口走去。机场上，有淡淡的雾，远处飞机发动机的声音格外响。今天，回家。

　　前天我们住进西藏成都办事处第二招待所，天津红光中学的同学们那天就坐飞机回西藏了。昨天下午，我们等来了昆明陆军学校西藏班的毕业生们，这么热的天，他们整齐地穿着军装，行李都统一装在大麻袋里。他们都留着板寸头，其中一个就是我们的老班长巴桑。初中毕业后，他考到了那里，当年我们志愿里大家都说是最好的学校，他们那里除军事训练外，上的课还是和我们一样的高中课程，只是和我们的要求不一样，毕业后也不跟我们竞争内地西藏班高考的志愿名额，有他们对口的专门军事院校。等来了老班长，"初三一班"的同学们在成办二所对面的一家小餐馆聚会。大家都明白，这是一次为了告别的聚会。没有吃多少东西，酒倒是喝了不少。席间，大家先是笑着，唱着，互相敬酒，纵情放歌。后来，有女生在哭泣，几个女生互相抱着哭泣，哽咽着说："以后就见不着了。""说什么呢？以后怎么见不到，再过十年，咱们在拉萨聚会。"是啊，再过十年，大家都大学毕业了，有工作了，有点出息了，再聚吧。

后来，有的人在哭，有的人在笑，有的人在唱。老同学了，从长青春痘开始，就没有走出过学校这个地方，这些几载同窗的老同学是朋友，是兄弟。餐馆里，人渐渐少了，街上也只有昏黄的街灯和我们做伴。

已是凌晨 2 点多钟，两个小时后就要发车去机场了。女生们扶着喝醉的男生，还能自个儿走的，就歪歪晃晃地回屋了。

"女士们，先生们！飞机就要在贡嘎机场降落了。现在地面温度是二十二摄氏度，贡嘎当地正下着小雨。飞机没有停稳前，请不要松开安全带，请不要提前拿行李，飞机停稳后，请按秩序下飞机，谢谢您的合作。最后代表本次航班所有机组成员感谢您乘坐我们的航班，祝您旅途愉快。"也许是很少有机会坐飞机的缘故，总是对飞机上的广播特别敏感，也为了能够做好节目，我不失时机地录下了这段话。

下一段录音，是我们山南的学生坐着客车，回泽当的路上。汽车马达的声音，车上录音机的声音，中间还不时听到有同学在说：

"看那边。"

“今天直接回家？”

“有家里人接你吗？”等等的话。

磁带里一段静音之后就听到我在说：“下面请听由仲萨女孩曲宗为大家表演的《我的哭声》。”然后由远到近能听到一个小女孩在“呜呜”地哭泣。这时候，我人已经在家里了，时间是1998年8月5日。

真正回到家，我的录音报道流产了，一直记录到我们这届毕业生从贡嘎机场分手，节目就没有了下文。一路上，这样折腾地录了好多东西，听的时候效果却不甚理想，想要献给母校校友们的节目是拿不出来了。但，这些虽然听来含混不清的声音，是我们三年高中同学在最后的一路同行不完全却是真实的记录。真实是有价值的。

三年后，再次回到了西藏，惊喜、感动、新鲜、变化，我已经把录音机遗忘在提包的最底下，到了家过了近半个多月才拿出来，成了哄我五岁外甥女的玩具了。

五岁的外甥女，其实已经不小了。她的妈妈，我的姐姐又生了一个小外甥。这个小小的生命在我到泽当的前两天刚刚生下来，好像急着在他舅舅从内地回家之前出来要迎接我一样。当时，姐姐为了生下他，专门来到泽当的地区医院。想想阿妈以前生下我们姐弟时可没有现在这么好的条件，因为时代变了。有了小弟弟，曲宗多少失去了她母亲和家里大人的宠爱。不过，她对自己这个小弟弟可是喜欢得不得了，有时就喜欢过分了，竟不小心弄哭了他。作为没有经验的舅舅，生气了，说了曲宗，她哭了，也就有了上面那段《我的哭声》。

想来这日子也过得太快，转眼间，姐姐现在已经是两个孩子的母亲，世事变迁，也就是这样在我还没来得及梳理一下就了无声息地改变着一切。仲萨也变了，曾经儿时的伙伴们居然有好几个成了家。成家了，就盖新房子；盖了房子，就过农民和牧民的日子。很多崭新漂亮的小石板屋，傍着自己父母的老房子而建，房子越来越多，村子渐渐地扩大。家里，曾经我熟悉的能叫出名的牲畜已经不在了，问及新添的，阿妈说：

"这是咱们以前那个拖拉生下来的，那是咱们以前的老花牛生下的……"

家，还是那个房子，多了几件新藏式橱柜，几套新卡垫。曾经装我们姐弟三人的新衣服的柜子，现在满满地装的是姐姐一个人的衣服，而且那都是成年女子穿的衣服，尺码变了。家里新买了一个日光能储电器，白天把蓄电板晾在屋顶，晚上就够一家人用的照明，阳光充足的天，还可以给大录音机发电听磁带。

县里的变化比仲萨大多了。别说新铺的那段水泥路，新盖的机关职工的一排排漂亮的住房，新开的各种商店，就光说那两个舞厅。在曲松县的历史上，开舞厅还是第一次。似乎所有开始发展的小城小镇，最明显的标志是这些娱乐场所的兴旺。两间舞厅虽然没有挂牌子，但在这样小的地方，你只要开了门做生意，就不怕没人上门。县里多了好多新面孔的年轻人，也可以算是帅哥靓女吧，虽然他们的时髦有些别样的味道，但也算是赶上时代潮流。不过，到舞厅去喝啤酒，唱卡拉 OK，跳迪斯科的，不仅仅是这些帅哥靓女，一些大叔大婶也绝不含糊，看得让我佩服。我的亲戚们，年轻的，说是要为我洗尘，请我到舞厅去坐一坐。最流行的舞曲，还有亚东的歌，投影到大屏幕上，高亢低重的声音从大音箱出来震得人耳鸣心跳。曲松县的人们，跳着，唱着，我缩在一个角落里，觉得自己是个乡巴佬儿。想不到啊。

哥哥不再去放羊了，估计是他也吃够了风里来雨里去，天天跟在羊屁股后面的苦头了。他现在在县里帮阿爸看商店。大家都在夸哥哥，平时不喝啤酒，也不乱逛舞厅，认认真真开他的商店。人也比以前帅多了，西装革履的很精神，和我三年前回家时看到的那位牧羊少年判若两人。

刚在泽当见到阿妈和阿爸，阿妈还是那样跑着过来抱着我哭，阿爸则很拘谨地在旁边望着我笑。当时，感觉他们两位都老了。但回到了县里，到了仲萨，双亲都还是和三年前那样安康，做事如旧。不过，脸上的皱纹还是出来了。

阿爸说："等过了些日子，把你姐夫接到咱们家来，然后你阿妈到县里住，以后的日子慢慢走着看着。"阿妈虽然依旧能下地上山，毕竟年龄大了，不能太辛苦了。我觉得这样太好了。

"等我大学毕业了，姐姐也不用种田了，咱们都住在县里，或干脆在泽当盖一个新房子。"我兴奋地跟阿爸说。

"你，嗨，什么时候啊！"阿爸把手中的一杯啤酒干了，"喝，你也喝呀！"

这次回家，阿爸允许我和他一同喝酒，让我兴奋不已。

15

人在和北京相隔千山万水的一个偏僻山村里，在学校那紧张的生活，高考那段激烈的日子，在仲萨节奏悠缓宁静的雪山底下变得是那样的遥远。7月里经历的那场高考洗礼，似乎完全地与我远离，淡得让人怀疑是否发生。每天，一个人在村头，我开始心慌：高考的成绩，录取情况，什么时候能传到这里？此刻，家乡却与我又变得陌生起来，似乎我的一切期望在遥远的内地。

已经是8月中旬了，回到家，与家人亲戚重逢的喜悦，家乡西藏变化的惊奇，阔别三年的一切渐渐于我降了温，我开始心事重重了。

梦还是有它可以被分析的可能性。这些天，每天晚上都做梦，梦见自己在考场上大汗如雨。梦见说这次考试只是又一次的模拟，9月份才真正高考。有次，我梦见自己考了班里的第十三名，我极度伤心，竟把脚狠狠地踹过去。一阵剧痛，从梦里醒来，脚是踹在了墙上，脚指头硬硬地撞在了水泥墙，疼得厉害，但我心里却高兴：是在做梦，不是真的。有种死而复生的感觉。

这次回家，我不再准备去探远亲了。时间已经到了 8 月中旬，心里整天想的是高考成绩，没有心情了。只是抽空去了一趟江村，却让我非常伤心。阿妈跟我说："阿库，别在家里闷着了，去一趟江村吧，去看看。"

去看什么？阿妈没有直接说，不想是阿妈故意不说。离开家乡这三年，我毫不知情，三位亲人已经相继离开了人世。

我一个人和三年前一样，推着自行车来到了江村。当我推开奶奶的家门，偷偷地进去，本想给奶奶来一个惊喜，我还猜想奶奶肯定在某个屋子里忙着呢。但我没有见到奶奶。我的叔父索朗一个人在家。我的突然到来，让他非常高兴，但他也让我感到某种让我心寒的预兆。

一个孙子三年不在家里，如今高高兴兴来到奶奶的家，而他的奶奶却早已不在世间，作为他的叔父能不为他感到伤心，而自己又被勾起失去了母亲的痛处，这种心情怎样的复杂，一时间，我们俩都愣住了。

"噢滋滋，进屋里来，阿库！"

叔父索朗以非常迅速的动作把我手中的包拿过去，然后转身把门帘掀起，把我让进了屋。

叔父索朗一边跟我问长问短，一边很快地为我铺了新卡垫，弄来了一个背垫。他说起话来很慢，但走路步子又快又大，动作极迅捷。这会儿，他又在开始做酥油茶了。叔父，以前是一个牧民，基本上常年待在山上，现在就下山开始当起这家的主人了。其实平时在家的也只有他一个大人，照顾已去的姑姑格桑的两个可怜的孩子，已有身孕的媳妇还没有过门娶进来。家里其他兄弟姐妹很早以前就成家立业，从家里分了出去。连兄弟姐妹中最小的小叔父益西，自己买了一辆"东风"车，开始搞运输，平时很少在这个家。他就成了这家唯一的主人，家在另外一个村子的媳妇过两天才来家里，因为一年一度的"望果"节要到了，大姐要过来帮忙打点。

天色晚些时，姑姑群宗和姑姑德吉也来到家里。我的到来，又使大家想起悲伤的事情。

姑姑德吉哭泣着说："姑姑的，咱们家真不知得罪了什么大神仙还是命中注定的劫难。"没说完又开始哭泣了。

"叫德吉的，提过去的事干吗？阿库刚到你又这样。"叔父索朗很不耐烦地说。

姑姑群宗在一旁安慰道："德吉，别哭了。来一个亲戚，你就哭一次，身体当然越来越差了。"

姑姑德吉不哭了，用邦典的一角擦去眼泪，静静地坐在那里。我坐在卡垫的边上，身体向前倾着，两个手掌互相攥着，我能说什么呢？我劝姑姑德吉不要伤心，我自己都不知道该怎么抑制心中的悲痛，我说事情一切都过去了，没有必要再提起了，可对于我来讲，才刚刚知道了亲人的故去。眼泪在眼眶里，头一低，就掉落在眼前的一片黑暗中。在昏暗的房子里，昏暗的灯光底下，压得人喘不过气来。

炉灶上的高压锅盖上减压阀转动的声音，打破了悲痛的气氛。

姑姑群宗站起来："阿库，明天到姑姑家里来坐啊！"

"吃过饭再回去吧。"叔父挽留群宗姑姑。

"不吃了，小孩子们还在家呢，太晚了，我先走了。"

姑姑群宗走后，姑姑德吉也走了。屋里剩下叔父和我，还有两个小孩儿——已去世的姑姑格桑的两个可怜的孩子。才开始会走路的小女孩美朵这一天从我来了一直在断断续续地哭，哭得我心里好难受。

吃过晚饭，天完全黑了，透过窗户，天上有闪闪的星星，我伤心地叹一口气。眼睛里的泪干了，留下干涩的泪痕。嘴唇一动，带动脸上的肌肉，泪痕底下的皮肤撕裂般的疼痛。六岁的小措姆一声不响地铺好自己和妹妹的床，脱去已经入睡的妹妹的衣裳，把她轻轻地抱进氆氇被，然后自己又一声不响地钻进被窝。她侧身向着墙脚的妹妹，用自己的右手搂抱着妹妹。这女孩，现在就开始担起一个母亲的担子，用和年幼的小妹妹最近的血和自己的爱来温暖已故母亲留下来的她的亲妹妹。

两个孩子睡去后，叔父索朗和我待了很晚才睡下。两人没有说多少话，更多的时间都是沉默着。寂静的夜晚，在昏暗的酥油灯底下，我想起很多的往事，再也无法亲近的亲人却未能好好地见最后一次面就永远地走了。若有来世，人去或还有灵魂，今晚他们知道我回家了吗？什么叫做死亡？什么叫做永远？……

再次来到江村是十几天以后了。此时，我已收到北京广播学院的录取通知书，如愿被新闻学专业录取；收到了母校的贺电，说高考成绩达到了重点分数线，而且，是这届内地西藏班的文科状元。这些多少缓解了几天来的悲痛。我和阿爸一起来到江村，正值这年江村"望果"节。家里，只有叔父索朗和他的妻子，又要去送这个东西，又要参加那个聚会，忙得团团转。"望果"节是个热闹的节日，阿爸以前最喜欢和他的朋友们一起到人群中喝酒唱歌，但今年他躲在家里，坚决不出门。节日第二天，在叔父的陪同下阿爸和我来到了村头，拜祭家乡神。我坐在一边，看着阿爸和叔父两人站在神坛前，默默祈祷。阿爸一直在外面，很少有机会亲自来一趟生他的江村来拜祭一次自己家乡神。

这天中午时分，小叔父益西也来了。家里突然来了好多平时不在家的亲人，周围的亲戚们也来到了家里，气氛变得有些热闹起来。几个大人坐得客厅满满的，多少给平时空荡荡的屋子带来了一丝生气。可是，我能感觉出笼罩在家庭里的沉重还未消散，屋里的人都是默默地坐着，或只是轻声地谈话。阿爸一根接一根地抽着烟，有很多次呼吸很急促地仰靠在背垫上。我也坐在他们中间，安静地坐着，心里也是无形的憋闷。

天快黑了，阿爸还是没有在其他亲戚的挽留下住下来，小叔父益西开着车把我们送到了仲萨。

离北京广播学院报到的 9 月 13 日还有十来天的时间。阿爸、阿妈和我坐着小叔父益西的车子离开了仲萨，来到泽当。跟姐姐，跟在仲萨的所有亲戚们，已经是告别了，再见面也许是四年后当我大学毕业归来时。跟哥哥则分别更早，那是我收到了索朗舅舅的信，知道了高考成绩，我和阿妈搭参加这年物交会的车子去了县里。在县城，与哥哥待了不到十天就赶在江村的"望果"节前又回到了仲萨。

在县城的那些日子，正好是这年曲松县的物交会。县里人骤然多了起来，从各乡各村参加物交会的人们，还有从泽当、加查等地来做生意的商人们摩肩接踵，使小小的曲松县呈现出前所未有的繁荣局面。

那些天，我更多的时间和哥哥在一起。跟哥哥聊家里的事，聊我在北京的情况，也聊他的爱情，还聊到了我们的未来。哥哥当时的一句话在我意料之外，却让我非常高兴。

他很严肃地跟我说："我真的后悔，那次没珍惜县完小念书的机会。如果当时我去了，说不定咱们俩现在都是内地学生，甚至有可能你在阿爸的商店里，我则去读大学了呢！"

我点头表示同意，心里真是为哥哥惋惜。

"阿爸好像准备让我在这个商店待一辈子，我现在年轻，可是以后怎么办？"

哥哥的话，让我觉得我必须好好地跟他聊聊，而且希望能对他有所帮助。哥哥在商店里，经常要面对汉族的顾客，可是由于自己的汉语水平太差生意难做，这让他想去上学，学习汉语。像布穷表哥，在我三年前回来时才买了"东风"车搞运输，三年后赚回了本，如今买了一辆客车在曲松和泽当之间跑客运，还有小叔父益西也在开车，很多年轻人上不了学就去学车，这又使他想去学开车。哥哥说："只要阿爸让我到泽当职业学校学车，车也学了，汉语也学到了，即使不给我买车，也算是掌握一点技术，总比一辈子站在柜台后面强多了。"

虽然外人都在夸哥哥生意做得好，不像别的年轻人那样不肯好好地做事，但在家里的情况，已经开始有所改变了。阿爸说："你哥哥刚到县里，人特别的好，店看得也好，每天早晨阿爸还没起床自己就去开门了，现在却跟那些小年轻人一样，人越来越懒了，连自己的衣服都懒得去洗。"

哥哥说："阿爸根本不为我的将来考虑。"这样，平时家里特别有意思，父子俩互相很少说话，有些非说不可的话，就好像很难开口似的又像豆子滚出来似的。他们俩说话，在旁边的阿妈和我成了聋子，不知道说的是什么意思，也只有他们明白；即使对方没有明白，也绝不说第二遍。阿妈在中间，看着他们父子俩到了这样的境地，也是无能为力。毕竟谁也没有想会这样，但这是多年在一起生活的结果，而我常年在外面，虽然和阿爸的关系没有到这种境地，但这表面看来的关系好与坏并不能代表父子之间真正情感上的亲近或隔阂。生活，这是我说不清楚的生活。

在家里的这些日子，我义不容辞地担当起了阿爸和哥哥之间的调解员，不为别的，只想哥哥能有机会走出商店，到外面世界学习闯荡。

在阿爸面前我说："阿爸，哥哥现在还年轻，让他这样一直待在商店里，不是好事情，送他去职业学校或者让他干点能学到一些他想学的东西的地方，对哥哥是有好处的。"

阿爸跟我说："现在让他学车，学了车家里一时还不能给他买车，即使从银行贷款买了，现在开车的人那么多，这边的路又不好，只是增加他自己的压力和家里人的担心而已。送他去学装饰修画吧，他又不肯。阿库，很多事没你想的那么简单。"

在哥哥面前我说："哥哥，其实阿爸的意思也不是把你在商店里困一辈子，他也在为你考虑，只是他没拿定主意而已。咱们姐弟三人中，我在上学，姐姐在家里种地，你呢现在在商店里，不管怎样，咱们都是一个……"我不知道当时用了什么词了，大概意思是我们三人心永远在一起，在各自的事情上努力工作，将来一起把咱们的家撑起来。哥哥一个劲地说："是这样的，是这样的。"

我想，过些日子，哥哥肯定不用再当售货员了，可以去干自己想干的事情了。因为直觉告诉我会那样的。

话扯得真远，再回到前面。告别了亲人和家乡，阿爸、阿妈和我来到了泽当。在泽当待了几天，我们就按计划，来到了拉萨。

16

拉萨，圣地的意思。拉萨，让我想起小时读过的一本叫《格桑花》的书中，一些记忆的残存画面：几个穿着破烂不堪的藏袍的农奴，在大雪大风中赶着一群牦牛，翻过一座座雪山去执行噶厦政府的乌拉差役，抱着就要去心中的圣地的无限虔诚和此生一切的希望。他们的目的地是圣地拉萨。

仲萨历史上几乎是前所未有大规模的一次朝圣，是我们家族的很多亲人一同去拉萨朝圣拜祭，一共二十多号人。阿妈说，那时我刚满四岁。至今能模糊地回忆起四岁的我，怎样地被阿妈背着走过一段又一段的山路，八廓街那时是怎样地被来自各地的朝圣者们弄得臭气熏天，大大小小的商店里摆着连梦里都没有出现过的玩具。脑海里有时突然闪过一只花鹿的嘶鸣声，一个侏儒的恐怖笑脸，一个小皮球上面的花纹。除了这些残存的记忆，还有母亲幸福地回忆当时的情景之外，一切都已尘封过往，倒是留下来一张合影。如今再次看到那张十几年前的照片，犹如相隔了好几十年，不禁叫我疑问：那时的我们都是这样吗？如今早已掉了牙驼了背的次仁舅舅，穿着很考究的中山装，在左胸口袋上还露着一个闪亮的钢笔帽，显得那样的年轻精神；现今在县机关穿着鲜艳的藏袍坐在办公桌前的卓嘎表姐头上胡乱盘着的头发傻傻地笑着；额上已爬满了皱纹、长长的辫子越来越稀松的阿妈那时红光满面，两条又粗又长的辫子从肩上搭下来；现在的我在照片上却歪着小脑袋，嘴唇上还挂着已经干了的鼻涕在相纸上发出亮光。

十几年以后，我再次来到拉萨。不细想，还真没意识到这是我一生中才第二次到拉萨市里。《格桑花》中的牦牛队以及常在电视上看到的旧时拉萨的印象，和眼前的拉萨是不能同日而语了。拉萨是变了，但我无法衡量它变化有多大，在我亲身经历过的拉萨给我的只是一个四岁山村小孩的眼里如梦如幻的记忆，十几年的时间，对于我来讲，对于古老的圣地拉萨来讲似乎很漫长。

变化在哪里，为什么我非要揪着变化不放，我想这是我们所有内地西藏班的小孩一种共有的神经。小小年纪被送出去了，生活在花花大都市里几年，再次回到自己的家乡，想看的是家乡的变化，想说的是家乡的变化。家乡变化了，我们高兴，变得好了，我们更高兴。

眼前的拉萨，作为西藏首府，作为一个城市，我很自然地把它跟我所到过的内地城市作个比较。让我心里多少有些反感的是，在拉萨的街头我看到那么多内地城市的影子，很多表面化的东西从内地被拷贝过来硬生生地粘贴在拉萨，一个场地的建筑格局，一条街上广告主题，甚至一个经营店里的那张"给上帝"的笑脸。但也让我高兴的是，很多我曾经以为在这里绝对会是个低能状态的方方面面，真实经历后，却让我一遍又一遍地笑着跟旁人说："我真的没有想到。"我看见在布达拉宫的一间经屋里，一个中年的喇嘛竟在认真地捧着一本《新概念英语》书念；我看见走了一天的朝圣的人们坐在已成一定规模和具有相当水准的藏餐馆里拿着菜单点东西吃；我还看见在北京只能眼巴巴地看着具有一定象征意义的桑塔纳轿车，在这里是唯一可以跑在街上的出租车，十块钱在城市里随便钻，年迈的藏族大妈一手拿着转经筒，另外一只手那么一挥，叫一声："桑德拉！"① 就去逛街了。还有让我心醉的是，慈祥善良的藏族

---

① 桑德拉，指"桑塔纳"出租车，藏语译音。

大妈，面带灿烂笑容的藏族小孩子，一身时髦打扮的藏族年轻人，一举一动让我看得心中分外的暖洋洋。

拉萨城里，有快速行驶的车流，有慢悠悠走过的朝圣者；我坐的桑塔纳出租车走过一条十字路口眼前突然出现红山之上的布达拉宫；走在八廓街与一群带着银铃般的笑声的藏族姑娘擦肩而过；从色拉寺的顶上遥望尽收眼底的圣地拉萨，可以看见拉萨河犹如一条洁白的哈达轻轻地拂过这片人间仙地；从布达拉宫脚下踩着石阶而上，一边看着广场上的景色，一边听阿妈说着十几年前她是怎样背着我从这里登上布达拉宫顶上。这一切的一切，感觉真好！

我可能在拉萨大街小巷里认错方向，但拉萨再也不是要被阿妈背着要被阿爸看着不然会使我怕得哇哇哭的乱哄哄的大世界了。可是可怜的阿妈却不这么认为，在她眼里我现在在拉萨和四岁时的我在拉萨是没有什么区别，万一我不在她的身边，万一她的视野里看不到我，她就会急，她会担心我被坏人拐走，我被车子撞了，我在八廓街迷路了……总有想不完的坏事情滚滚袭上从偏僻山村来的我阿妈的脑子里。

到了拉萨，我跟家在拉萨的同学们通电话，问他们录取情况，问他们近况如何。一天我们好多同学约好去过林卡①，我跟双亲说好了早些回来，可是老同学一见面，玩得高兴了，就忘了在旅店的双亲。

我们过完林卡，大家提议到布达拉宫脚下的茶吧去坐一会儿。时间很晚了，才想起阿爸和阿妈，跟老同学们告别。家在拉萨的扎达陪着我顺路走一程。我俩坐了一辆脚踏三轮车，在旅店对面的街和扎达分别。我穿过街，往旅店大门走去，突然看见阿妈和阿爸两人在门柱旁席地而坐，与此同时他们也看见了正穿过马路的我。阿妈迅速地站起来，跑过来，口里说着："我的孩子——"并用双手把我的左手紧紧抓住，生怕我突然消失。阿爸也过来了。我不知道发生了什么事，我的回来竟使阿妈

---

① 过林卡，指户外聚会、聚餐活动。

这么激动。进了旅店，阿妈还抓着我的手不放。

"阿库，你不知道，刚才这人又哭又闹，一会儿叫我去找你，一会儿又发疯似的哭。"阿爸在一旁跟我告阿妈的状。

"刚才，人担心嘛!"阿妈近乎撒娇似的跟阿爸说。我这才知道怎么回事儿。

"阿库你真是，把阿妈担心坏了。"阿妈拉着我的手说。

"阿妈，担心什么，我又不是小孩子。"我说。别看阿爸在我面前说阿妈，其实他自己也很担心，只是不表露出来而已。来到了屋里，我看见阿妈的眼角还有没擦干的泪，我责怪自己只顾着和同学玩儿，没有想到双亲会怎样。毕竟拉萨不是曲松县，我一个人这么晚还没回来，他们肯定担心了。从这天起，我乖乖地陪着双亲去朝圣，去逛街，拿着照相机给我的父亲和母亲拍照。

从拉萨回到泽当，已经是8月底了，离开西藏的日子又快要到了。在县里，与和我一起上北京广播学院的曲旦和上中央民族大学的洛桑约好，到时一块儿坐长途客车去内地。先从拉萨坐车走川藏线到成都，或者走青藏线到格尔木或西宁，之后再坐火车上北京。以前都是先坐飞机到成都再倒火车，这次坐着车子几个人搭伴去内地，不失为一个好主意。我赞成。跟他们俩说好一块儿到拉萨去，然后在那里等其他同学一同坐车去内地。我们几个学生之间算是达成了意向，关键是还得跟家长商量一下。阿爸说："现在哪里都下这么大的雨，路肯定很危险。不过，看你阿爸扎西怎么说吧。"

关于我的学习、报志愿等很多事已经超出了双亲的知识范围，因此更多的事情就由阿爸扎西来参谋了。只要他说行了阿爸阿妈也就放心了。后来到了泽当，我跟阿爸扎西说要跟同学一块儿坐车去内地。他马上反对："现在青藏路很不好，走川藏线那就更危险了。省这几百块钱没必要。"阿爸扎西这么一说，本来还犹豫不定的阿爸和阿妈此时就完全站在他那边，而正是飞机票很紧张的时候，他早已托人给我订好了机票，没办法了，只好食言等曲且他们说我是骗子了。

临行前，在我完全不知情的情况下，在泽当的阿爸扎西、索朗舅舅两家为我搞了一次欢送会。当我脖子上戴着厚厚的哈达，站在席中央，接受亲戚们的祝福，一切的话别说了，只想跟舅舅说："现在我终于成了咱们家族中的第一名大学生了，我会好好学习的，不会令亲戚们失望的。"

小叔父益西本来想送我到机场，可是他的车没买保通费，这个想法只好作罢。再次告别在泽当的亲戚们，去贡嘎机场。从县里告别到仲萨，从仲萨告别到泽当，从泽当告别，真正地告别家乡去圆这个大学的梦了。阿爸扎西借了单位的车和阿爸阿妈一起把我送到机场。

最近在电视里狂报道内地洪灾，在西藏也不例外。前些天，好多机关干部和群众去参加在这次救灾中牺牲的一位汉族子弟兵的追悼会，也听说在西藏某些地方洪水淹没了好多村庄，冲坏了很多农田的消息，在老百姓中间传言今年是个洪水显威的大灾年。赶往机场的路上，看见雅鲁藏布江的江水暴涨，泛滥的黄水从原先用来固沙的林子中间穿过，直抵公路脚下，岸边农民的庄稼有些还没有结成麦穗就割了，有些则泡在水中。眼前的情景看得车里人连连替江边的农民惋惜。这洪水连暴雨前在江边的草地上吃草的牛都没有放过，江水猛涨，把牛困在江中的高滩上，真是不知道那些牛身在旋涡泛起急水横流的江中是怎样的感受。路上看见如此泛滥的雅鲁藏布江，才知道这年的洪灾绝对是个大自然要人永远记住的噩梦。

当我们赶到机场时，离我要坐的航班起飞只有几十分钟的时间了。早已开始办理登机手续，不能像往常可以有充足的时间在二楼的休息厅里打开卡赛竹盒，倒上酥油茶，安静地坐一会儿了。这样也好，免得在登机前和家人很拘束地坐上一段时间，好像为登机前的告别蓄积眼泪和悲伤。我熟练地迅速办理行李托运手续，买了机场管理费和保险，来到安检口。

由于来得有些晚了，一切急急忙忙，连跟阿爸阿妈告别都显得匆忙。戴上阿爸手上的"卡达阿喜"，喝过阿妈手中的青稞酒，我一个人进去了。在安检门后面，我从工作人员那里取完自己的东西，看见依然在门外往里张望的阿爸和阿妈。我挥挥手，跟他们告别，转身就进了候机厅。

我的座位号是 A 字打头的，正好在舷窗旁，我总是喜欢待在窗户旁边。无论是汽车，还是飞机，在行驶飞行当中欣赏窗外的风景是件很愉快的事情。坐在我右侧的是一位藏族中年人，彼此介绍过后，两人的关系因为这次旅程突然变得亲密了。他是一位教师，叫达娃次仁，被西藏教体委派到福建内地西藏班当藏文教师。达娃老师第一次去内地，当然也是第一次坐飞机。达娃老师说："正好，咱们俩在成都可以搭个伴了。"能和一位去内地教藏文的老师搭伴，我很高兴。从飞机起飞，我们俩就成为朋友了。这段短暂的友谊，从我给他一团绵纸让他塞在耳朵里开始了，因为老师第一次坐飞机，飞机发动机的轰鸣声让他的双耳难受。

我们住在了成办二所。放完行李，洗了澡，我到楼下给西藏挂电话，给亲人报个平安。我打电话时阿爸和阿妈刚刚从机场回到阿爸扎西的家中，听见几个小时前还在他们面前的声音现在从遥远的成都传来，双亲一个劲地叫："噢滋滋！"

达娃老师从西藏大学毕业后，去了边境口岸樟木工作几年，现在要去福建了。达娃老师彪悍的身体，在双臂上纹着老鹰和剑。他说这是他曾在江湖里闯荡时的痕迹，他跟我讲起他的很多经典"战役"，很多趣闻逸事。他说："这些年，在社会上没有白待着，经历了很多事情。现在能清静些了，好好教那些学生，自己也好好地学习些东西。"我们俩坐在招待所的楼下，喝着啤酒，享受这种很悠闲的在成都的日子。

在成都待了三天时间，离报到的日子没几天了，我们也该起程了。那天，我准备去买火车票，正好在门口碰上一辆面包车，从里面钻出来的是坐了五天五夜长途车，走过川藏公路的曲旦、洛桑还有我的一位小学校友格桑次仁。三个人，黑黑的脸，身上一股经历了长途艰辛跋涉后的浓浓的味道。好了，一起坐火车去北京。让他们赶紧掏出录取通知书和身份证，一起买票。曲旦多少有点不乐意了，我先是没有遵守约定独自坐飞机到了成都，现在自己在成都玩好了，而他们还想在成都待几天好好休息再走。我可能见了他们一时高兴，也可能自己太有些霸道了，冲昏了头，说："没事儿，咱们一块儿走吧，我们买迟几天的票。"

达娃老师找到了一个去福建考察的西藏教育官员做伴过两天走，就这样我们一行人登上了北去的列车。在招待所门口，达娃老师、格桑次仁，还有其他的老同学送我们上车，好像又一次与亲人告别的远行。

第五章　我们这帮　"黑色"　|

1

1998 年 9 月 12 日深夜，我们一行人到达北京西客站。在出站口有好多打着大学校旗的新生接待站。由于 13、14 两天才是广院新生报到时间，在火车站并没有找到我们的学校。当晚找个地儿住下来再说。酒店的小面包车装着满满一车的人，一直向东开。北京灯火通明，离开才不到两个月，这个城市突然给我一种陌生的感觉，自己像初次来北京似的。

我们坐出租车来到了北京广播学院。车子停在校南门，其他人在门口看行李，我到学校里面去找老生。高考前来过广院一次，但那次是从北门进的，所以只能一边打听一边找男生宿舍楼。在七号楼的楼梯口，碰见了小艺。

他的第一句话："是藏族吗？"

我说："是。"

他是从母校北京西藏中学毕业的，曾经我们是熟悉的，不过大概他只认出我一张黑黑的脸。他带着我进了二楼的一间屋子。里面坐着几个藏族学生，有我认识的，也有不认识的。

"有女生吗？"其中有位老生在下楼的时候问我。

"有一个。"我笑着答道。他们是多么地盼望着我们新生的到来，尤其是女生。

第二天，其他藏族新生也陆续来报到了。报到地点设在学校主楼大厅。没进大学之前，老师家长学生都在为学杂费担心议论。在从西藏中学毕业时，老师们让我们从自己的乡政府、县教委和地区教委开减免学杂费的证明。进了学校后，老生们说的谈的也是学杂费的问题，他们都是说如果有困难，那些费用能不交就先别交，能申请减免的赶紧给自己的系领导交申请。

一直在政府的资助下，在国家少数民族教育优惠政策下，我们很幸运地上到中学毕业，现在上大学了，学生们的心里多少还是期待着少数民族教育的优惠政策。我们去了那些不收费就能盖章的地方，而交学费、交公寓管理费等地方就没去。当然，有些同学该交的全交了，老生们听说后，都说："怎么那么傻？"不过，听老生们说，在毕业时，欠的学杂费都必须要交的，若不交就会把毕业证和学位证扣下来。实在困难交不了的，那只能写申请减免，结果就要看情况了。

我们这届六个文科生的宿舍安排在了校西门对面的化工部招待所，老生们简称为化招，98级的大部分文科生都在这里，而工科男生安排在七号楼，女生安排在八号楼，七号楼和八号楼是本科生最集中的楼，十四名工科98级藏族学生也分在那里。文科生跟自己班的其他民族的学生安排在一起。东西南北中的什么鸟儿都聚在一起了，像我的寝室，有广东梅县来的小林、黑龙江牡丹江来的车、江苏无锡来的豪、云南昭通来的田、云南玉溪来的老杨、北京丰台来的梦，加上新疆乌鲁木齐来的平和西藏山南来的我，被这年高考左挑右选地凑在一块儿了，这是我们屋的八个兄弟，加上很不幸被安排在其他屋子的甘肃兰州来的马，一共九人，是我们98级新闻班的全部男生了。全班男女比例几乎是一比三，迎新生会上，满满一屋子的女生中间九个男生零星点缀着，师哥们说：这很符合广院历来阴盛阳衰的特点。

西藏老乡会在西街的福客餐厅举行。95级七名学生，96级七名学生，我们98级二十名学生，一共34名藏族学生在餐厅的一间里屋坐得满满当当。老乡会由95级文艺系的巴拉来主持。他是广院藏族学生的领导，或者说是我们的父亲般的兄长。"巴拉"是他的缩名，听起来像藏语里的"父亲"，大家都在这么叫着。这让我想起，意大利西西里岛的"教父"。巴拉代表老生欢迎我们98级新生，然后从低年级开始做自我介绍。轮到谁了，谁就站起来，介绍自己的姓名、哪个地区的、初中在哪里上的、高中从哪里毕业的，还要夸张到婚姻状况、审美观、将来打算、座右铭等等。一屋子，黑黑的一帮人，开着玩笑，玩玩闹闹的场面开始热闹了。

"纳布措①，安静一下啊。下面欢迎三叔献一首他的保留曲目《对你爱不完》，开始拍卖！"96级广播电视文学专业的桑布站着，手里拿着一根筷子敲打着桌面。

"我一杯！"96级管理系的涛鸿喊道。

"我两杯！"顿笑着，第一个为98级新生带了头。

坐在三叔旁边的95级电视编导专业的仁青在催三叔起来唱歌，三叔表现得像个害羞的孩子在推辞。

就这工夫又有人喊了："我三杯！"

没等桑布说话，鬈毛又为98级争脸了："我五杯！"

"好，五杯，还有人买吗？"桑布兴奋地叫着，手里的筷子高高举在空中，三叔看着桑布傻傻笑着。

---

① 纳布措，藏语，意为"黑的们"，是广院藏族学生对自己的称呼。

坐在鬈毛旁边的晋美满脸微笑地已经开始在鬈毛面前摆杯子倒酒，鬈毛却在阻止晋美说："开玩笑的，我真的是开玩笑的。"

可是已经晚了。"五杯一、五杯二、五杯三，成交！"桑布潇洒地甩了一下他那帅气的长发，筷子重重地敲在桌上。

大家在鼓掌，老生们一边鼓掌一边叫："三叔《对你爱不完》。"

涛鸿在一边唱："对你，爱、爱、爱不完。"一边还在做着动作，看来这是在学三叔了，三叔不好意思地站起来了，在那边鬈毛却在后悔地傻笑。

三叔是站起来了，但还在那里做扭捏姿态，旁边的仁青用手顶着三叔的背，以防他又坐下。坐在那边的巴拉一看这怎么行，开始带着大家催三叔了："三叔，叫你唱，你就唱，扭扭捏捏像什么？""像小妞儿！"

我们新生们，对这场面，又惊奇，又兴奋。在老生们的强迫之下，三叔最终打开金嗓子了："首先啊，我欢迎98级新生，像巴拉刚才说的那样，欢迎你们来到这个家庭。然后，别动！"原来在旁边的仁青去抓在他说话时很不舒服地蜷着垂在身侧的左手，三叔很是严肃地制止仁青，引来大家一阵哄堂大笑。之后，他抬了一下双手，示意安静，动作十足逗人发笑。看着这位师兄憨厚、搞笑的样子，我都快笑得流出眼泪了。

"然后，希望你们在大学四年收获多多，有什么需要帮忙的尽管来找我们。"

三叔刚说完，95级电视编导专业的尼多接着道："三叔住在七号楼214房间，八号床，有意者请电话联系：65795151，三叔本人尤其欢迎女士骚扰，来者不拒。"

大家笑了，三叔在假装要抓起杯子打尼多了。

95级管理系的阿佳卓玛，发话了："三叔你唱你的，有什么可生气的，大家对你的猥琐行径又不是不了解。"

可怜的三叔，看来是人人"攻击取乐"的对象了。鬈毛虽然那里大声喊冤，不过这五杯喝得是挺值的。

几回拍卖之后，大家吃得也差不多了，喝得也飘飘了，开始了下一个节目：年级互相敬酒，从低年级先开始，给高年级学生敬酒，然后高年级回敬。之后，又开始以母校为单位，北京、成都、天津的互相敬酒。这之后，一段时间进入了自由时间，等再次坐下来时，场面有所变化了，座位已经大乱了，几个同校毕业的在一起，几个爱喝酒的在一起，有几个玩游戏的在一起了。

这时，巴拉带着一个中年人进来，给我们做介绍。"这位是咱们福客餐厅的老板，我们经常在这里聚餐活动，他跟我们藏族学生的关系特别好！大家一起唱首歌给大哥敬一杯酒。"

老板笑容可掬地站在那里，手里端着巴拉倒的酒。我们唱毕，他一口喝干。我们"好！好！"地说着坐下来了，老板把杯子放在桌上，双掌合十："谢谢你们啊，今晚好好玩儿！"说完，就出去了，巴拉把他送到门口，他依然微笑着，转身出去的最后一刻那笑容还是很丰富地在脸上荡漾。

等老板走了，大家坐定，巴拉提议玩游戏。玩一种叫"七瞪眼，八拍桌子，十五月亮，十六圆"的集体游戏。大家轮着从一数数，轮到第七个人不能喊数字，而是转头瞪下一个人，然后第八个人也不能喊出数字来，直接用手拍一下桌子，之后再轮着从九数到十四，到了第十五个人喊"月亮"，第十六个人要喊"圆"，数完了一圈，下一个同学可以从任何的数字开始往下传。这样，谁数错了，喊错了，或反应慢了或抢先说了，罚喝一杯酒。男生喝了酒，有点反应慢了，经常莫名其妙地出错，女生按理说一直在喝饮料，即便喝酒了也是一点点，但是可能紧张的缘故也不让须眉。随着速度加快，出错率开始大大提高，而且一般不出三四回合就形成一个"重灾区"，几乎每圈都有人栽跟头。错了要挨罚，罚喝酒，不喝酒就要唱歌。

酒喝得越来越多了，服务员已经打开第四箱了，话也多了，唱歌的声音也越来越大了。后来，大家提议蹦迪。桌上的东西都收拾了，把桌椅靠到墙边，中间腾出跳舞的地方。老生毕竟是老生，随着音乐节奏跳了起来，新生则不好意思地坐在那里看别人跳，不过也不是所有新生都这样，晋美、西洛等几个成都毕业的新生在那里围个小圈子跳起来了，而我们北京西藏中学毕业的学生则很少会跳，只能是被老生拉上去后，扭两下，然后过会儿又坐下了。

时间已经很晚了，巴拉结完了账。有些学生已经找不到了，估计提前回校了。搀扶已经喝醉了的学生，简单整理一下屋子我们就开始往回走。

到了学校门口，鬈毛和阿哥等说去酒吧。决定桑布和尼多把喝醉了的男生和坚持到最后的女生先送回寝室，再过来找我们。几位师姐说太晚了，别去了，但还是没能劝动，她们嘱咐巴拉和涛鸿千万小心，不要出什么事。这样说定后，我们几个人就往学校北面的那条街的深处走去。在餐厅里一共喝了有近四箱啤酒，不过在里面又唱又跳，出来后呼吸了新鲜空气后酒差不多醒了。整条街上，偶尔有一两辆出租车飞驰而过。很安静，街右侧是广院的学生公寓，左侧是老生们叫做煤干的煤炭干部管理学院。街道两边的宿舍都关着灯，学生们都已经睡觉了。

我们一共七个人，前面三个人，旦增、涛鸿和鬈毛，后面巴拉、尼玛、顿和我四人，我们慢悠悠地走着。突然，走在前面的他们三个在广院北门和去往煤干的那条路口的中间和几个人在大声地说些什么。肯定出事了，这样的念头闪过，我们四人赶紧跑上前去。我们几个人在一边，鬈毛站在最前面，另一边是几个汉族学生，其中有人很冲动地要去够鬈毛，被他们的人拽回去了，当中有个高个子站出来道歉："对不起，哥们儿，我的朋友喝多了，真的对不起。"他在一个劲地说，"哥们儿，对不起！"见此景，我们的人也没再答理，本来也没什么事，只是在路上鬈毛跟那人撞了一下，就吵起来的，我们离开了，继续往街深处走去。那些人走了。在路上，好像是顿的声音："他们肯定去叫人，还会来的吧?"但当时谁也没想着，巴拉他们老生也没说什么。

北街后面的三个酒吧都关门了，我们坐在路边的水泥地上，等桑布他们过来再决定去哪里。估计都还没有完全从刚才在餐厅里的气氛中清醒过来，谁都不说话。就在我们低头不语的时候，不知从哪里冒出来的，大约有十二三个人把坐在地上的我们七人团团围住了。有两个人拿着棒球棍，有几个人手里拿着粗细不一的铁棍和木棍，有一个人还拿着铁链，滑稽的是其中有个人居然抓着一个折叠椅。

我马上认出了刚才那几个人，拿着棒球棍站在我们面前的就是刚才像个和事老那样给我们道歉的那个高个子，这浑蛋这时候却表现得异常的勇敢和牛×。"操，别动啊！""刚才，那个人是谁？站出来！"他们的人似乎是在哭嚷着叫嚣，既恐惧又愤怒的样子。

我们七个人，都是空手，连个小木棍都没有。其中那个高个子，开始从右边用棍子指着我们的人。鬈毛就坐在我旁边，我看见他的手在往背后慢慢地伸，在他的身后正好有一块砖。他还没够到砖，那高个子，就到了鬈毛面前，"操，就是他！"那浑蛋叫嚷的同时，棒球棍狠狠地甩在鬈毛的额头上。鬈毛顺势往一侧倒去，这一瞬间我看见我们的人赶紧起来。在我迅速起身的工夫一股冷风从耳边划过，一个棍子重重打在我的背上，我脚步踉跄地往前扑去，扑在鬈毛的旁边，那个砖头此时已经在鬈毛的手上了。之后，一片混乱，当我再次起身时，有个人拿着棍子往我身上扑来，我下意识地躲过去了，但两脚一缠，人又再次摔了出去，眼镜掉在地上。地上是迅速挪动的脚步，叫骂声和一个接着一个重重的击打声，非常混乱，管不了什么眼镜了，在起来时腿上被踢了一脚，背部挨了一棍子。根本感觉不到疼痛，我也顾及不了别的，当时心里想的就是找到什么硬家伙再说。在路拐角有个棚子，我向里面跑去，那里面可能是车棚吧，黑黑的什么也看不清，抓到的除了自行车，还是自行车，地上是松松的尘土，尘土下面是硬硬的水泥地，我心里只骂这个鬼地方。我绝望了，看见几个浑蛋在追我们的谁，根本看不清是谁，往南边的小巷跑去，还有彼此的叫骂声和扭打的声音从街的西边路上传来，没有人在追我，我也不敢再出去了。我又是极度地愤怒，又是极度地恐惧，人生第一次碰上这样无聊残忍的事情，我听见自己在自言自语："浑蛋，操！"心咚咚直跳。

没过半分钟，突然安静了。我这时候才出来，看见地上有个亮东西，是我的眼镜，再往前走几步，看到了那个折叠椅，我赶紧把它抓起来。可是已经结束了，那帮浑蛋，已经跑了。巴拉和涛鸿在看鬈毛，鬈毛的脸上全是血，阿哥和旦增踉跄地从南边小巷走过来了，顿躺在地上，也慢慢起来了，口里大声地骂那帮浑蛋。此时，从路西边跑来四五个人，还以为是那帮浑蛋又来了。是桑布等人，桑布和尼多在路口看见我们这边在大声吵闹，知道出事了，赶紧回学校去叫人。桑布他们带着几个汉族同学，拿着棍子迅速赶来了，但这里已经收场。

就这样，才进大学校园没有几天，我们就经历了一次"打架"。"打架"在大学校园里，听起来有特别的味道，总之与以前在社会上见到的，听说的不一样。我们刚进来这些天，老生们谈起曾经他们经历过的很多"战役"，也许他们只告诉了那些胜利的战役，感觉藏族学生是无往不胜的。可是这次，我们算是遭小人之计，受恶意埋伏，其他人没受大伤，但鬈毛头上开了个口子，血流不止。深夜送到校医院进行消毒包扎。

那次事情，多少在我们心里种下愤怒的种子，这些令藏族学生讨厌的人和事情。曾经对于大学的生活那样憧憬，可没有想到还会有这种事情。

2

盼望好久的所谓的"大课"终于和我见面了。一开始还是很有兴趣，讲台上的专家所讲的我都认真做笔记，可是渐渐地生厌了。尤其当上面的主讲人，讲得一点意思都没有时，本来偌大的礼堂里，这么多人，又是这样热的天，闷得人只想打瞌睡。身边的天之骄子们的鼾声此起彼伏，更是催人入睡。

都说新闻、广告不分家，作为新闻传播学院的两个专业，很多课和活动都是一起的。因此，军训前的军事理论课，我跟广告系的扎达和益西在一块儿。毕竟刚进校门，跟西藏学生在一起舒服一点，而他们工科的就不能和我们坐在一块儿了。有时在排着队进礼堂时或上课时在某一个地方可以看见他们。大家都穿着迷彩服，按理说很难辨认，可是西藏学生，一张黑黑的脸，衬托一排洁白的牙齿很容易找到，大家互相远远地看见了，招招手，笑一笑。好像在说："呀，我看见你了，真黑！"在老乡会那个夜晚不幸挂彩的鬓毛，则格外地突出，头上贴着一块方方正正的白色包扎纱布。我们看着，觉得很可笑。事情已经过去了，没必要怎么着了，可笑就是可笑。在下面，我们也开他头上纱布包的玩笑，他"嘿嘿"地笑两声，又是在黑黑的脸衬托底下一排洁白的牙齿。

牦牛，素有"高原之舟"的美称，在心目中，牦牛，那是我们雪域高原独有的生灵，象征着顽强的生命和朴实憨厚的禀性。没有谁经常把牦牛挂在嘴边称颂，牦牛它不会说话，它只是优哉游哉像个高贵的王子在高原之巅，默默勤恳地为主人奉献它的全部，包括它的生命。也许，源于牦牛的某些特性，源于藏族人对牦牛的一种深深的情结，七年前当举办一年一度在京藏族青年足球联赛这项赛事的主办者们命它为"神牛杯"之名。在中学时，我就曾听说过，每年都有北京各高校的藏族学生自愿组队参加，很明显，"神牛杯"受到高校藏族大学生的积极拥护，而且在京藏族人圈内也小有名气。

上届"神牛杯"冠军被广院夺得，老生们非常有信心这次卫冕成功，因为有我们98级十名男生的加盟。其中守门的位置上算是有了个曾经是校队第一正选门将的我，在中场有曾经母校校队里绝对中场的顿，和顿一样，阿哥、髻毛、扎达等除了我们的阳光男孩晋美还稍显单薄外，个个能上场且担当一定位置上的重要角色，因此我们广院的藏族学生对于"第八届'神牛杯'在京西藏青年足球联赛"的冠军可以说是志在必得。

比赛安排在"十一"各校放假期间，参赛队伍有：中央民族大学的"朝圣者"队和"藏学系"两个队，公安大学的一支队伍，还有北京邮电大学、北京师范大学、北京政法大学、北京轻工学院等各个高校的藏族学生联合组成的两个高校联队。参赛的学生，来加油助威的观众，全是在京的藏族大学生，"神牛杯"比赛成了在京藏族大学生们的一次盛大的聚会，新老校友，新老朋友再次相聚。

广院能来的学生都来了，浩浩荡荡的近三十人，不敢说"最"，但也是比较潇洒的男生们和比较可爱的女生们，至少自我感觉非常良好。场下是，场上更是。由于时间仓促，比赛采取小组抽签淘汰制，进入下一轮的三个队，其中一个按原来的抽签情况轮空，然后和剩下两队中的赢者进行争冠赛。第一天，三场小组比赛完毕，"藏学系"队轮空直接进入第二天下午的争冠赛，我们则在第二天上午跟公大争夺这个唯一进入争冠赛的名额。

北京各大高校大都集中在海淀区，因此比赛就安排在民大了，而位于东郊的我们则要坐着近两个小时的车子才能赶到民大。第一天比赛结束，天也晚了，晚上睡在哪里？仁青等几个学生说睡在别人床上不舒服当天就赶回广院了，他们明早还得坐着车子赶过来。真是服了。顿、阿哥和我跟巴桑回巴桑的学校——轻工学院了。刚到广院的这些天，发现广院并不像我所想的那样大，为此还有些想法了，不过没想到轻工院比广院还小，巴桑和边巴还有我们北京西藏中学高中毕业的两名女生他们是轻工学院的第一批内地西藏班学生，真替他们伤心。由于只有他们两名男生，因此这次比赛他们俩被充数到高校联队里去了，他们自己也只有无奈地叹息。

第二天，有两场比赛。九点半，我们跟公大的半决赛正式开始。我们队员的状态很好，只是我自己在刚上场时，小艺给我一条口香糖，忘了这两天自己的牙连续地作痛，口香糖咬在痛处刺激了它，比赛开始牙也开始疼了，疼得难受。不过还好，牙越疼越让自己专注于比赛以转移疼痛。陆陆续续地，场边的人多了起来，场上的双方队员踢得更卖力了。最终，广院队伍的势力非同小可，公大在民大饮恨败归。

当终场的哨音一响，我们的人很兴奋地去跟公大的同学握手，可是我却突然回到了牙疼的痛苦当中。中午，广院的学生一块儿去吃饭，而我什么也吃不下，在阿库顿珠的床上躺着，以睡觉来驱痛。

根本就没睡着，在床上痛苦了一中午之后，下午的争冠赛开始了。已经没有比赛的其他学校的同学也早已来到了场上，民大的其他民族的学生也来观看这场比赛了。

比赛开始了，我还是在牙疼中苦苦地挣扎着，疼得有些天旋地转。从前天下午一直到下午赛前休息够了的民大"藏学系"的队员们一开赛就开始了猛烈的攻击，我看到昨天踢了一场还没能好好休息、今天上午又踢了一场比赛的队员们，依然在场上非常卖力地跑动着。比赛非常激烈，应该这么说，前场我们队一次又一次漂亮的进攻，对方的进攻也绝不亚于我们，尤其他们中有一位留着板寸头的前锋，异常凶猛，射门还是争球对我熟视无睹，似乎无视我这个门将的存在，着实把我的斗气挑上来了。真是感谢他们的这位前锋，如果他不这么卖力气，也许这场比赛输的不是他们。在我牙疼得不知怎样才好的时候，他却把我气坏了，弄得我非要跟他较上劲不可。这场比赛，我虽然漏了一个球，但我挡住了好几次险球，并且神奇般地扑住了对方的点球，就是那位板寸头前锋主罚的。他们白白地获得了天赐的点球，却没能把握，被我没收了，这场比赛还能赢吗？

比赛结束，广院队卫冕成功。晚上，安排有颁奖晚会，该好好地庆祝一下了，可是我们98级新生，必须在七点以前赶回学校。七点，军训营要进行赴训前的最后一次全营集合，明天一大早就要杀向北京西北郊区的昌平军训营了。我们98级学生们匆匆洗过脸，换了衣服，就开始往学校赶。临走前，桑布，作为本次比赛的组委会主席跟我说："最佳门将的奖项肯定是你的了，我先跟你说一声。"

时间太紧，我们是坐着黄面包车回学校的，我坐在副驾驶的座位上，牙疼得厉害，只能把脸靠在稍带冷意的玻璃上，这样感觉稍好一些。后面的几个人，挤得满满当当，大家非常兴奋地说着刚刚结束的比赛。

3

在北京西藏中学高二暑假的军训，我还以为会是这辈子参加的最后一次军训。没有想到进了大学校门还没到一个月的时间，我们就被一身戎装地拉到了昌平高校军训营地。七八辆大客车把这年的广院新生们从学校送到营地，营地的大门随之关上。背着自己的被褥和生活用具，就跟盟军诺曼底登陆似的冲过几条沟壑，穿过空旷的训练场来到了营地最西端的住宿区。

同在一个城市的天空底下，才阳历10月初，营地里却已经开始显露深秋的景象。营地四周仅有的那些核桃树的树叶已经开始凋落，一阵凉风吹过，整个营地被狂沙严实地包围着。

这次不幸的是，我没被安排跟我们班的同学一块儿住，而是被轻轻地一推，跟隔壁广告班的同学在一起了。我们的番号是三连七班。连长是黑黑的脸庞，瘦瘦的身躯，个子也不高的军人，我们的班长是通红通红的脸庞，稍壮实些的身躯，个子可以说是极不高。我看了，整个营地里没有几个高个儿官兵，不像曾经在中学里给我们训练的军官们。军种不一样的原因，以前的军官他们都是武警战士，而眼前的官兵据说是一支曾在很多战役中功勋卓著的炮兵连队。

刚开始几天的训练，都是些最基本的训练课程，对于已身经五次正规军训的我来讲，都是些无味的拷贝品。更多好玩儿的，印象深刻的事情都在每天训练结束后的住宿区那边发生。

　　广院可以说是个艺术院校，都说广院的女孩是最漂亮的，对于男同胞们，虽然没听说广院的小伙儿是最英俊的，但以一物降一物的相生相克道理，我们的男同胞们也应该算是不赖吧。不过到了营地，统一穿着绿色戎装，乍一看你是看不到什么春色美景了。人人都被打扮得如此一致，可也是在这样的环境里，每个人展现的是自己最原始的本质。新生们圈在封闭的营地里，没有了校园里的花花草草，每天承受的是体力上的最大透支和脑力上的无限轻松，人人变得单纯可爱，幽默动情。

　　我们七班里，一共十二个人，其中益西和我两个西藏学生。益西这家伙一直在害相思病，女朋友考上了浙江广播高等专科学校，而他跑到北京来，两地离别的痛苦他最清楚了。每次从训练场回到屋里，就抽出床底下的小马扎趴在床边给心爱的人写信。幸亏营地还有邮筒，电话可以和外界联系，不然不知我们的益西兄如何耐得住这般相思苦。

　　屋里的其他几个人，也许是广告人特有的艺术怪癖，每个人异常的精彩。我想也许自己对环境的适应力还可以吧，总之跟他们在一起，在很多时候忘记了自己是一个藏族学生，自己第一次和这么多的汉族学生一起生活。我跟他们的对话，完全是不带有任何的隔膜色彩，他们不会抓着我问那些你们西藏你们藏族人的事情，我也不会自己一个人很孤立地只是和他们谈一些生活中非说不可的那些话。

　　也许是广院光荣的传统被迅速地继承，也许是大学生独有的个性使然，这些天幽魂鬼魅的气息充斥着整个营地。不时传来昨晚一个同学在厕所被谁谁的恶作剧吓得半死，哪个连有个女生只要天黑后就不敢走出屋门等等的事情不绝于耳。而这些惨剧的罪魁祸首是鬼故事的风靡。汉族学生，最令我吃惊的是他们那张嘴皮子。那些幽默的笑话，那些令人目瞪口呆的逸事，那些让我暗自发笑的神侃，尤其这几天一到晚上不知从哪里搜集来的鬼故事——奉献出来，我在被窝里静静地听着，叫我吃惊，叫我羡慕，发现自己和他们的差距起码在这张嘴上了。营地里的鬼故事越来越多，什么"红帽子的红军"，"绿牙的故事"，"医学院的实习生"等等各种经典故事，从各个方向汇集，然后又向各个方向散去。听说哪个班的同学已经编写了一部鬼故事集子。到后来，鬼故事越来越多，一到晚上屋里的人没人敢单独上厕所，弄得人心惶惶。

　　训练一直在进行着，从最初的齐步、跑步最简单的训练科目升级到了踢正步。不过可笑的是，每天环顾四周，我看到那么多的不会踢正步的大学生，不是走拐了，就是踢着踢着身子一歪自己倒了不说还把队伍都给搅和乱了，难怪训练进程如此缓慢。

　　在没来营地之前，和老生们聊起来，他们说起自己曾经在军训里是以怎样的理由和借口躲过了训练，当别人在训练时自己如何享受营地里的阳光。我们的鬈毛和老大两位"黑色"，还真深受前辈启发，顺利地得到了免训一周的机会，其实两人根本没什么情况，所谓的低原反应，还有伙食不习惯等只是一个借口而已，其实营地的领导也知道像我们已经在内地生活了七年的藏族学生完全能适应内地的生活了。

　　有时午睡和晚饭后，我们几个"黑色"就会聚在一起，说说自己身边发生的趣事，聊聊一些无关紧要的事情打发枯燥的时间。刚刚尝到了一点点大学校园里的甜头，现在却在营地里军训，我们多少有些想念学校了。有一天，顿他们接到了一个大纸箱，里面装着满满的各种水果，说是有一位政法大学的藏族学生送过来给我们98级"黑色"们的。政法大学就在营地附近，看来那边的"黑色"们惦念着我们，心里甚是激动。我们把水果分开拿回屋里，不敢马上吃掉，待慢慢消纳。营地里不让随便出去，想买些水果那是要冒风险的，发给每人那么几个苹果，还得好好收藏。如果有人耐不住营地的生活，拒绝不了外面世界的诱惑，下场就是，像我们系的车和小林被逐出营地取消军训资格。

　　时常在很晚后，能听见隔壁我们系学生的那间屋里有人悄悄地走动说话，我很是纳闷，不知兄弟们在忙些什么。后来，谜底揭晓，这一揭晓动静太大了。班主任老师专门从学校赶来，随后有关几位同学遭到了营地领导单独聊聊的待遇，之后，在全营大会上宣布了其中表现"出众"的车弟和林弟打背包回学校，去整理我们的寝室，待我们其他仁兄修成正果凯旋的那天。他们的"罪名"是：夜间违反营地纪律，多次私自外出晚归。

二十天的军训已近一半，战术训练开始了。每天在沙地里真的摸爬滚打，"匍匐前进"、"单腿侧卧前进"、"跪姿前进"。当完成了一次行进，趴在地上休息，身体顺时倒下90度和地面平行，别有一番情趣。很少有机会这样趴在地上，心中不禁要感慨：啊，大地母亲！

随着训练的进一步，同学们开始叫苦不迭，营地小卖部的护膝护肘的棉套迅速抢购一空，劣质的迷彩服最终露怯，每次训练趴在地上时，很多同学春光乍泄。这时候，小心收藏在床头的苹果和梨子，发挥了它们的作用。我们那几位男生无奈裤裆大开，自己又缝不来，就用女生奉为美容之佳品的水果来做交易。男生献水果，女生给男生缝裤子，我们屋里做成了好几笔这样的交易。

营地里说要搞联欢会，"黑姐"们提议说咱们排一个藏舞，好像对此还很有信心。不管怎样，几位"黑姐"很诚恳地跟我们"黑哥"商量，当然大家一致通过了。把顿他们在母校跳红了的一支舞蹈《快乐的小伙子》和西藏流传很广的一支锅庄舞结合起来，编了五男五女集体舞蹈。每天利用午休和吃晚饭后的时间练习。

晚会前的一天，我跟连长和营地的领导请假，带着一直在免训没事瞎待着的老大来到了北京西藏中学——我的母校，借服装。这是我高中毕业后，第一次回母校。我和老大直接来到了政教处找阎老师，她痛快地答应了。服装放在曾经我和达吉住的政教处隔壁的那间屋里。再次回到自己的窝，心里很是高兴，但不过现在这里已经不让学生会委员住了。

如果那是因为曾经我在这里住的时候的表现不好而造成今天的结果，我真要替我下届的学生会委员们致歉了。学生正在上课中，几个月前自己跟他们一样是中学生，而现在自己是一名大学生，变化了。校园里碰见了几名老师，都听说了我在广院，很高兴。我和老大借到了服装，就迅速赶回营地了。

练了好几天，还大动作地去借服装，彩排时只因为指导员的一句："你们的舞蹈太生活化，不适合舞台表演，估计很难上。"我们知道不可能了，就放弃了。不过心里想："说不行就不行呗，还什么太生活化！"

节目流产。当时是不服气，不过看了晚会当天的其他节目，我们知道自己排的节目太没有水准了，这会儿开始感谢指导员的婉言封杀，要不然可要丢大脸了。再说，现在我们这帮"黑色"在下面尽情地欣赏节目，舒舒服服地看别人表演，也蛮不错。

当晚早些时候，学校的艺术团的学生之外，校学生会的同学也来到了营地，其中作为和我们感情上关系较密切的民族部的部长吾买尔江和委员"黑色"西洛也来看我们。大家一起聊天，合个影，算是有这么一回事了。

二十天的军训一晃就结束了。很多单调难以打发的时间，当时看起来觉得太难熬，但过后回想起来，它在记忆里那样地迅速划过，只留下很短暂的回忆。战术训练之后，射击训练，第一次摸枪何等的兴奋，但每天抱着空枪实在是无聊，等真格的上子弹实战的时候却在教官的使劲催促下慌忙地把六发子弹打出去，一大排靶子，连自己的是哪一个都没搞清就结束了盼望好久的射击。之后，营地安排一次拉练，在我们看来纯粹是一次秋游，绕着十三陵水库转了一圈，还没怎么欣赏沿途美景就回营地了。汇报表演，我们的表演项目是刺杀操，把五四式步枪的刺刀挑开，"杀——杀——"地"杀"一遍就结束了。

军训结束了，以前军训是我们送教官，这次军训却是教官送我们，看见好多女孩子因离别伤心地哭泣，而我们的连长，我们的班长，等我们上了车就找不见了。

营地大门再次打开，我们坐着车回学校了。

4

在洁净整齐的宿舍里，一面墙上挂着小林的杰作，一幅水彩画。主题很明确，画纸底部并排九个用绿色彩笔勾勒出来的框，以非常优美流畅的笔触直奔顶端的一轮彤红的太阳。在画的另一侧写着："明天又是一片翠绿，前方的路我们一起走。"这一切是可怜的车和林提前从军训营地发配回校以后在这里如何用辛勤的劳动和以多么虔诚的心等待着我们其他七位兄弟凯旋的证明。在那幅水彩画上的九个绿笔框的位置九个兄弟把自己的名字郑重签上，为的是九个新生为了人生未来的一种萌动的东西而相约。

上午还是穿着满是昌平地区的沙土的军装的98级新生们，中午时分差点没把我盲了眼，晕了头。尤其是那些女生，我看着眼前经过的一个又一个漂亮的女孩，虽然我的脚步并没有乱，可是心里却阵阵地激动和兴奋，我为刚进校时橱窗栏的"今天你因广院而骄傲，明天广院因你而自豪"的前半句话又有了新的领悟。感谢女孩子们给像我这样的男生又增添了一份生活在大学校园里的幸福的理由，希望她们也从男孩子的身上获得同样的感受。

经过每个楼道，见过每个学生，脸上都写着：我们回到了真正属于自己的生活！回到了哪里？自有答案，不尽相同。不过开始了新的生活的方式倒是不约而同的相似，先是好好地洗个澡，然后去饭馆大吃一通，老生们有个说法，这叫大补。

班里要大补我没去成，超的父母来了。作为刚刚认识不久的朋友他非要我跟着他和他的父母一块儿去吃饭，说这是自己父母的意思。

我认识超是刚进校没几天，桑布和他的表哥以朋友的身份出现在我的面前，带着超，桑布把我们几个互相介绍完毕，说："超是我朋友的表弟，你们都是98级的，以后他有什么事你得出来帮忙！"刚进校园，师哥师姐整师弟师妹的事情有所听说，但作为一名藏族学生没有遭遇到，再说我看我们新闻系那些老生不像是会把我们怎样的人，可全校这么多不同的系别，不同的学生，并不太太平的因素存在着。老一届的朋友把我跟超结为朋友了。

晚上和超的父母吃饭，一起的还叫来了他班的男生，他的表哥和表哥的女朋友。安排了两桌，我们98级的学生在一个桌上。学生们，对超的父母喊着阿姨喊着叔叔，让我听起来觉得他们真的很可爱，像个小孩子。饭桌上的菜很多，也很丰盛，和营地的伙食比起来完全可以算是大补了。吃过饭，其他学生走了，超的父母叫我留下来，我和超以及他的表哥和其女朋友与他父母一起来到了他父母住的房间。在舒适的套间里，我们几人坐定，聊着超的新学校，聊着超的新朋友。当然包括我在内，他父母喊我叫"次仁"，一般别人很少有人喊我名字后两个字的。两位年长人，都很好，不光对他们千辛万苦送到大学的独生子关心，对他俩孩子的藏族朋友的我也很关心。听我说自己八岁离家上学，十二岁来到内地求学，他们一个劲地感叹，说我这个小孩子太不容易了。临走时，要我跟超寒假时一起到山东过年，我微笑点头表示谢意和如果能够一定会去的意思。

北京广播学院是中国广电系统最高的学府，从中央到各省市电视台和电台都有我们的校友在工作着，广院本身也以电视媒体事业的优势为最突出。但令人遗憾的是，在学生公寓里居然连一台电视都没有，这多少使我们在那些宿舍里有彩电的综合大学的学生面前装傻："不知道，真的不知道。"宿舍几位仁兄商量之下我们决定去买台二手彩电，说起最初的想法实在是觉得我们真是将要玩物丧志，平和梦对于买彩电尤为认真和激动，说买了彩电再买台世嘉。他们俩越说越激动，说什么街霸，说什么侍魂，我虽然没有玩过这些游戏，但可以肯定他们是如何地对它们有感情。除了彩电，好几位仁兄要买自行车。他们在中学时很多是走读生，上学都要骑车来往于家和学校之间，肯定习惯了骑车上学的方式，而我也想买辆自行车。

自行车对我有一种诱惑力。小时在家乡，自行车是一种奢侈品。到了内地，吃喝拉撒全在学校里，根本没有必要用自行车。但记得初三时，有一天我要急着到惠新里取班里的相片，就借老爸的自行车上了街，在我脑海里所有关于自行车的技能都和家乡凹凸不平的土路却也非常空旷的环境挂钩的，在内地拥挤的街道上骑车还是没有半点经验。出了校门我已经后悔了，我慢慢地骑着，看见老远的一辆汽车或者与几个路人相错我都非常紧张。在惠新里，人很多，车也很多，两只手紧紧攥着车把，心里完全慌乱了，后悔为什么不走路过来，非要骑车上街。撞了一个看着绝对很有风度的人，他生气地说："干吗呢？会骑车吗？"他生气完全应该，说的也完全正确，人家走在前面，我却从背后撞了人家。那天本来是为了赶时间，可是撞了人以后再也不敢骑了，一路推着车，反而更浪费了好多时间。推着车，真的有种想哭的感觉，觉得大城市怎么这样？回到了学校，坐在教室里，犹如回到了避难所，心里踏实了些。

当天在教室里同学们依然如旧，他们谁也不知道刚才在我身上发生了什么事。几年过去了，进了大学校园，广院的校园虽不大，但一直对于大学生骑车上课的感觉促使自己也买辆车。这样，一个周末我们班的八位学生一起上街直奔二手车市场准备大购一番。

去买二手车，我知道在雍和宫附近的北新桥街有一个二手车市场，而这个地方连梦这个北京人也不知道，看来在北京待了七年的时间，还是有些东西可以往自己脸上贴一贴。至于哪里有卖二手彩电，我们则听从梦的带领了。

在北新桥我们满意地购了四辆车，然后每车带着一个同学，钻过拥挤的大街，来到东长安街。上了长安街，路宽了，此时才发现自己手心净是汗，一路上我一直在最后，高度紧张地跟着他们，坐在我车后座的季明一开始在催我超过他们，后来他也看出我的车技了，两只手紧紧攥着我的衣服，不再催我了。

从东长安街再往西，就是梦要带我们去的天桥二手市场。在新华门前我们被门前的士兵拦住了，说我们骑车带人违反交规。刚才我们就是这样从天安门城楼前经过也没被拦住，不想在这里却遭到了拦截，而我心里还没有平息骑车经过天安门的激动。士兵让我们把车子推到一边，罚我们到路口值勤。我的同学们在跟士兵求情，我也凑过去，我插嘴说："叔叔，我是西藏的，来北京上学的，请您放过我们这一次吧。"在我的同学们的几乎是围攻般的压力下，士兵总算让我们走了。他叫我们推着车过去，不许再骑车带人。我们乖乖地走了一程，然后又继续重演了。路上，我在想自己跟士兵的那句话。自从到内地上学，一种藏族能得到特殊照顾的想法好像根深蒂固了，以至于连违反交通法规都要把"藏族"两个字搬上来。

在天桥旧货市场我们买到了彩电，我还买了一个摄影包。之前用的摄影包还是车老师给我的，现在总算有了个新包了。太阳开始低过远处的楼房，今天的任务已完成，梦要回丰台的家了。送走他，我们叫了辆黄色面的。放进电视，只能装进一辆自行车了。豪等三人骑车回学校，其余的我们坐面的。坐在车里，感觉很累，豪他们还要骑一路的车，真辛苦他们了。

5

摄影书上说：重复是一种节奏。生活中，我想重复可以是一种原因，一种可能让人动情的原因。其实，重复又何尝不就是生活？

进了广院，我才发现在北京的七年多时间，朝阳区和我关系密切。参加摄影比赛时常要到的少年宫，在朝阳区；初三高三毕业前夕参加体育测评考试，在朝阳区；高考前去体检，在朝阳区。母校北京西藏中学就位于朝阳区。这算是一种重复吧。所有的这些地方，都非常有意思地在一条笔直通向广院的路上——朝阳路。以前多次在这条路上，我是东西南北不分地来过，一句话很适合用在这里：冥冥之中已注定。

曾经多次来来往往在这条通向广院的路上，甚至高考填报志愿也非广院不可。唯心一点，可否说，我要上广院是注定了的。上了广院又注定要在朝阳区生活四年，这样一来，八岁离开老家，十二岁离开西藏，在朝阳区至少要待足十一年。十一年在内地的生活，要徘徊在朝阳区，重复十一年，总觉得朝阳区在与我亲近。朝阳路，一条吉祥的路。

在很深很深的沉默中经过朝阳路，每次都是这样。今天，骑着车，也不例外。这是我上了大学以后，第二次回母校。上次是军训时，因为"黑色"们的一时冲动，匆匆去母校借演出服装，匆匆地去了，匆匆地回来了。今天却是受老师之托，去给这届高三毕业生们做讲座。那天接到高三二班的班主任周老师的电话，要我去给他们班的学生讲讲经验。想想自己是去年内地西藏班文科状元，似乎应该给这年的毕业生们讲点什么，不假思索地欣然答应了周老师的邀请。

可是，终于走过了高三这一年之后，反而有些不愿回忆了。是因为大学新生的生活太轻松还是因为告别了的高三一年实在太辛苦？要我说实话，我会跟他们讲：教科书和参考书堆里埋头苦干是学不到什么东西的，拿了高分上一所大学其实也不是唯一的前途。这些话，是我内心的实话，但我能这么说给几个月后就要去实现和检验多少年来努力的结果的毕业生们吗？说老实话那是要承受不负责任的罪过的。为了不辜负他们的期望，我开始去联系人，我找到了这年成都西藏中学的一位高考成绩在他们学校名列前茅的女生，可是瘦瘦小小的她却怎么也不肯去，一再地拒绝，说自己真的不行，说自己在众人面前开不了口。她太谦虚了，谦虚得使我不得不停止我的劝说。无奈，我在我们98级新闻班里找了两位汉族学生。

母校大门口收发室的大爷还认得我，见我就微笑，那笑容是我熟悉的灿烂的微笑。大爷在西藏中学看了多年的门，如今笑起来像个藏族老人。推车进学校，有种回到家的感觉。我们是下午到的学校，这天是星期六，高三学生下午上了两节补习课就可以休息的，但今天因为这次讲座他们还得在教室里忍受一会儿。周老师带我们三个进高三二班的教室时，学生们都整齐地坐着，他们还特地把教室简单地布置了一番，我心中甚是过意不去。

周老师把我们三个领进后，跟班长说："我走了，这样你们也许会谈得更好一些。"就把我们三个活生生地推到前面了。

面前的学生们，大部分我都认识，再次和他们在一起，本来我就不知道要讲些什么东西能对他们有所帮助，而现在就更是感觉为难了，甚至有些发憷。在上了大学这段时间里，虽然没有消沉于大学里完全可以安逸的生活中，但也是过得很轻松舒适，而眼前的他们，使我想起了自己去年为了高考如何艰辛与拼搏。看着各个黑瘦的面庞，面前所有课桌上堆积如山的书本，望着的却是一双双渴望而坚定的目光。我想，自己是来向他们学习的，而不是来给他们做什么讲座的。

"像周老师所希望的，咱们……"我刚说到"咱们"，同学们都会心地笑了。在学生会的两年多时间里我除了为母校留下了"通知一个播送"的笑资之外，还留下了一个代表性的口头禅——"咱们"。同学们笑了，我也笑了，他们依然记得我的这个老毛病，我觉得很亲切。

我把我的两位同学，林和季明介绍给他们。季明是我认识的我们班里的第一个女孩。有天晚上，屋里的其他兄弟还没回来，就我一个人。当时我在看书，屋门开了，我一抬头，看见一个女生进来，我愣了一下，纳闷儿：这位怎么这样？她先开口说："这里是98级新闻的男生宿舍吧？""是啊。"我回答，声音中还能听到自己的惊诧还未散去。"我也是98级新闻的。"她开始介绍自己，就这样我认识了这位很是健谈的很是大方的天津的女孩。林是个南方人，记忆里南方的学生头脑比较灵活，这次来母校给高三学生讲座我就找他了，林很痛快地答应了。

我提前跟林和季明做了一些母校的情况介绍，并希望他们从学习方法，以及个人的成长经历启迪一下我的弟弟妹妹们。两位汉族同学第一次面对这么多的藏族学生，他们侃侃而谈，讲了学习方法，也讲了他们丰富的高中时代生活，下面的学生们听得很是投入，而我也成了他们的听众。一节课马上就要结束了，我说有什么问题要问的，可以随时问，我们会尽力解答，但是他们除了几乎是从头至尾的微笑外，根本就没有人提问。其实也是，他们能有什么问题需要我们来作答，我们也能给他们解答什么问题呢？他们就微笑着听着我们三个人高兴地说啊说。我想我是了解的，我们藏族小孩就有这么一个非常能沉默的特点。我的两位同学倒是讲得越来越起劲，要不是楼道里那熟悉的下课的铃声响了，大家还有些意犹未尽。

末了，应林和季明的提议，全班同学合唱了电影《红河谷》里的《次仁啦嗦》藏歌。上了大学我发现，冯小宁导演的《红河谷》给我的很多汉族同学留下了深刻的印象，他们以前从历史教科书上了解的西藏是落后遥远的，从《红河谷》上了解的西藏是美丽神秘的。感慨！说一千道一万，不如一部电影的影响力。《次仁啦嗦》唱完了，我们三个人告别了北京西藏中学，骑着单车回广院了。

回到了学校，我调动"黑色"们，向他们的所有在其他高校的学生发起了一个这年内地西藏班志愿表简介情况汇总的事儿。自己当初，要不是来过一次广院，并且跟老生们咨询，很有可能报错志愿。我也很清楚，我的很多同学填报志愿表时，除了参考自己的成绩，几乎没有别的什么信息。对于最终报的学校和专业，根本谈不上了解，凭感觉的成分相当重。

"黑色"们倒是很积极，不过信件发出了已经两个多月了，其他高校反馈的信息寥寥无几。也许，时间不对；也许，他们的确提供不了什么信息。五彩斑斓的大一生活，继续着。本想为弟弟妹妹们做点事儿的，就这么不了了之了。

6

"我们办个报纸。"

"可以登广告。"

"先给在北京的藏族人，然后再扩大到其他省市的内地西藏班。"

"卖到西藏，内地西藏班的学生家长肯定会爱看。"

"然后，咱们发了。"

"每人配个寻呼机。"

"哇噻！配手机！再买辆车，业务需要！"聊得越来越玄乎……

刚进大学，发现大学里可以有很多想法，我们也真的想干出点名堂来。

真正的大学生活对于我们六个文科生来讲依然烂漫，工科的"黑色"

们却发现他们与我们文科生对比是那样的不公平。他们说自己的那些课程是如何的难，作业是如何的多。看了他们的教科书我的第一个感觉是学这些是用来干吗？看到那些冗长复杂的公式和晦涩枯燥的专业术语，我替他们难过。

每次下课或上自习回来，都想到7号楼的"黑色"们那里去待一会儿。我们文科生的宿舍在校外，先到7号楼那里聊会儿天，玩一会儿，或者只是看看那些黑黑的脸庞成了我生活中的一种需要。有时一个人在校园里，感觉很孤独，到了"黑色"们的中间消磨一点时间能给自己带来很多快乐。我们三个文科男生经常悠哉地骚扰他们，到后来，工科的"黑色"们开始轻蔑地说我们："闲文人，少来骚扰我们这些大忙人！"

以前我只知道"爱护"这词用来修饰类似"爱护公共财物"等。上了大学我知道了它也用在学生身上。知道这种说法，如同"老师不仅是尊师，也是朋友"。总之，上了大学，我体会最深之一的就是老师和学生的关系。老师和你都抽烟，那你们就可以一起抽烟；老师和你都爱踢球，那你在球场上大喝："哥们儿，传过来！"平时有事没事我都很喜欢到系里串门，系里的老师对于像我这样的少数民族学生特别好，有时真令我感动。

系里介绍我到学校图书馆去勤工俭学。我的任务是每隔一天晚上到图书馆的音像室做帮工。音像室供学生看片子和使用电脑。工作很轻松，每月还能拿到一百二十块钱报酬。在音像室工作的这些时间里，我接触了很多影片，平时学校也放很多的片子，加上各种课堂上的影视赏析课，越发促使我对电影的喜爱。电影，包含太多的艺术成分，凭着自己对本民族文化的信心和上了大学后各种因素的刺激，我开始萌生自己的未来生活中为电影付出些什么或者让电影使自己成就些什么的打算。

北京的四季特别明显，不早来，也不晚去。经过酷热难耐的夏天和凉爽爽的秋天，风就刺骨地吹起来了。开始起风了，校园里的白杨树开始掉叶了，这一年里的最后的秋雨使劲地下着，在冬天来临前的最后几天。车老师从母校打来好几次电话，催我赶紧去洗照片。暑假时在西藏拍的十几卷胶卷，还没洗呢，再晚了，就得等明年了。一天我带着满满一口袋胶卷来到了车老师的办公室。老师已经给我兑好了药液，很快我进入了黑暗里开始还原不久刚过完的暑假拍照的景像。

现代人没少看到在昏暗的暗室红灯底下显影液中的相纸很神奇地还原影像，但如果能够亲身经历就会有另一番感受了。暗室里皮肤感受的是零下的温度，大脑接受的却是一种历史的瞬间再次显现的震颤。在冷暗的房间里，一个人，看到自己曾经劫掠下来的历史，感觉不一般。飞机上拍到的那片雪域，机场同学挥泪分别的场景，从疾驰的车上拍到的远处孤独的旅行者，亲戚家里的小孩子玩闹的画面，车子拐过一弯阔别三年的仲萨突然与我相见的画面，村子里穿着脏兮兮的衣服唇上挂着晒干的鼻涕非常羞涩地盯着镜头的顽童，家里的一个家具一个角落，来来往往中给认识的不认识的人们留下的纪念照。这一切的一切永远地消逝于我们至今不曾知道的地方，但在我的眼睛底下，在相纸上却安静从容地显现。

回忆，那亲人重逢的回忆，故乡重游的回忆，在路上的回忆，那个由衷感受家乡的抚摸却又急切地等待高考成绩的、匆匆忙忙的、是一直湿漉漉的 1998 年的夏天的回忆。沉于黑白影像里，都忘记了身处何地，时间却踏着永恒的节奏把我落在很远的地方。

有人敲门，把相纸封好，盖上装着药液的槽，拉开门后的大幕，拧开门锁，先是被外面刺眼的亮光击了一下眼睛，随后听见车老师在说："片子出得可以吗？"同时递给我两个大馒头中间加着厚厚的摊鸡蛋。

车老师给我送来了饭就上楼去了。时间已是晚上十点多钟，学校的学生这时都回宿舍了，车老师也该休息了。我大口嚼着馒头，把最后的几张相片烘干上膜，准备结束了。

告别车老师离开西藏中学的时候，已经是十一点多。此时末班公交车都没了，只好打车回学校。

那位的士司机特逗："你是哪个国家的？"

"韩国人。"

"哥们儿你，中国话讲得不错啊！"

"我在北京已经待了七年了。"

"那你跟北京很有感情啊。"

"当然！"

车子驶在宽畅的四环路上，明亮的路灯可以用璀璨来形容吧，记得几年前这边还几乎是蛮荒一片，北京的发展真是叫人惊喜。

和往常一样，下了课，屁股上顶着书包走过拥挤的布告栏前，看见工学院学生会要搞一次摄影比赛。我那些片子本来是很有信心往外投的，之前在学校阅览室里没少摘录报社和杂志社的联系方式，但由于那天药液温度太低，好多片子做得不够好，兴许参加学校内的学生作品赛还能行。

几周后，获奖作品在布告栏旁边的橱窗内展出。我的作品居然单独地展出来，还评给我一个二等奖。有那么点意外惊喜。也许是参赛的作品不多的原因，也许是题材的原因。现在摄影领域"西藏热"膨胀得不行，大家都喜欢新鲜的、遥远的、不熟悉的，这样才有亮点。

隔天照常去图书馆值班，跟那里的几位老师也很熟了。他们放心地把借阅影片、卖饮料的工作交给了我。性格原因，总是能认识很多人，学校的角角落落也不陌生了。一边好好上课，一边勤工俭学，生活很充实。

1998 年 11 月 21 日，北京下了入冬以来的第一场雪。

周末。时间还早，我从睡梦中醒来。宿舍里，南方来的林犹如前段时间遭遇了百年不遇的流星雨那样激动得手舞足蹈，一大早就踏雪去了。

透过雾罩的窗户，我隐约地与这场雪会面。然后继续做梦。

中午，去食堂吃饭的路上。下了雪的广院很迷人，现代文学课上徐志摩和戴望舒给我的那种雾里看花般的稍带忧郁的浪漫感觉赋予这雪天似乎也很真切。

一场大雪过后，冬天的脚步加快了，本学期也行将结束。身边的同学们除开始考前的抱佛脚之外，个个打算起随后的寒假了。汉族的同学们都在急切地盼望着第一次出了远门之后与家人的重逢。他们是那样地急于回家，有些人甚至刚到学校不到一个月的国庆节期间就回了一次家。我们这帮"黑色"却急切地盼望着一件事。半年前当我们高中毕业时，约定上大学后的第一个寒假要在北京度过。考上了祖国各地大学的"黑色"们要再次相聚北京了，光想想这事儿都是件那么爽的事情。

7

记得高二暑假文理分班的晚会上，我们603寝室的六个兄弟奉献了一组校园民谣大联唱。回忆起来依然很清晰，那晚我唱的就是《冬季的校园》，那是八月底的北京，天很热，唱着冬季的校园，遥遥感觉冬天，体会白发苍苍的教授，想象漂亮的女生。而今就在大学校园里了，大学第一学期结束了，同学们真是仓皇逃离了学校，平日热闹的校园真是突然沉寂起来，白发苍苍的先生真的不见了，那些漂亮的女生真的也不知去向何方了，留下来的是黑瘦的白杨树跟"黑色"的我们。走在校园里，几个人会同时喊出：校园好冷清！

冬季的广院，的确冷清。但，心情却逐渐升温，每天一个又一个的老同学如约来到了我们的身边，犹如远飞的雏鹰相继归巢。巢也罢，家也罢，屋里储备了足够的年货，男生女生大家都挤在一个屋里。平时八人住的寝室里，满满地挤坐着十几个人。每次吃饭就是个非常棘手的事情，以至于后来有外校的同学说："到了广院吃不上饱饭。"

几乎天天晚上通宵达旦地玩儿，天蒙蒙亮便倒头睡到下午一两点钟。起来后，做饭，吃饭后再玩，然后又是重复几乎同样的生活，很多时候是在半醉半醒、半睡半梦之间。冬天的寒冷、老同学的重逢、寒假的寂静把我们紧紧地圈在一个这样的生活空间里。

"生活空间——讲述老百姓自己的故事"，真是太有故事可讲了，有时我傻笑着坐在那里，看着眼前的"黑色"们演绎着的精彩片断，在想：多么生动的生活，如果拍摄下来，一定很有意思。

就在这个寒假里，我与一位好姑娘演绎了一曲很失败的故事。一切发生得太自然，自然得我都记忆不起如何开头的，再次想起来更是说不清。

寒假，高中时跟我近近远远的卓玛也来到了北京。自毕业前夕撞见她和加迪的约会，之后我不曾有过任何积极的行动，后来两人在不同的地方上学。不是说：是你的永远是你的，不是你的永远不会是你的吗？随缘吧。大一上学期两人通过几次甚是无关痛痒的信件，仅有的温度已经冷却后再次点燃，很渺茫。

放假之后，卓玛来到广院。第二天，她就去了公大，那里有她高中时的女友。再次见到她时，已经是一周后的事儿了，正是老同学几乎到齐，玩得已经是一塌糊涂的时候。而就在这一周时间里，我跟查果的故事开始了，随之便结束了。

一天晚上，一个屋子里满满当当的"黑色"们围坐着，热闹至极。玩游戏，喝啤酒，唱歌，也跳舞。不知何时我的手搭在查果的肩上，谁都看见了，但谁都没有什么反应，甚至于她也是。天开始蒙蒙亮的时候，女生们都回她们寝室休息去了，男生们也歪歪倒倒地睡觉了。

当天下午，女生照样早早地过来，帮着收拾屋子，准备做饭。寒假里的吃喝拉撒物品都集体采购，每人都交了份儿钱，我当管家。那天，说要吃面疙瘩。分配了任务后开始忙开了，在等着锅里的水开的时候，其他的事情也准备就绪了，有些人已经开始在那里玩牌，而我在盯着锅。不知何时，查果和我似乎心照不宣地坐在一起。她给我她自己剥好皮儿的瓜子吃。屋里依然热闹，晚饭也热热闹闹地吃了。饭饱之后开始喝酒玩游戏，酒足以后，人就进入了另一种境界，那里没有了框架，没有了参照物，行动和语言变得轻飘飘起来。屋里很吵，我和查果来到了楼道里。

之前我一直想着，卓玛来了，但是她的离开使我看不到丝毫可以好起来的希望，而眼下却是和查果的关系日渐亲密起来。广院的"黑色"们不管男生女生，都亲如兄弟姐妹的。万一我和她谈朋友，就会感觉有些怪怪的。一个声音很坚定地从心底发出："这样的事情你是不愿意的！"所以我要把这一切就在今晚结束。

我们来到了楼道里，楼道里很黑，我们走到一个窗户旁，那里有亮光射进来，也许天空有月亮吧，不记得了。窗户前的她，看着很瘦小，真的惹人疼爱。我从后面轻轻地抱了她，但，我却说了伤心的话给她听。从头到尾是我在反反复复地说了很多话，只有一个意思：停止吧，咱们还是做好朋友。她没有说话，静静地在窗前发呆，我在后面抱着她，生怕会发生什么事儿。其实说完这些话，我也在犹豫和矛盾着，但心里还有个声音要我服从自己在没有喝酒前所下定的决心。该不该，对不对，一时说不清。

我终于不再说话了，她也始终没有开口，两人静静地站着，我抱着她，她在我的怀里。此时，我倒涌动一种莫名的感动，我想感谢她，无论她怎么想，我觉得自己犹如爱情片里面的那个男主角，在飞驰西行的列车上与一位女子邂逅，共同度过一段短暂美好的日子，之后两人各奔前程，留下来的是一次刻骨铭心的感情经历。人生何不是一次旅行，我们在这趟列车相遇，可列车总会到达某个终点，你我总是要在某个站台下车，如果不是在同一个站台下车，那么何必在乎这段旅程的长短呢。想到这些自我安慰的借口，我反而心安理得了。

不管怎样的开头，不管怎样的结局，两人最终远离了，经过好长的时间后我们真的还是好朋友好同学，但心中总有一段让我不安的沟壑，时常回忆这段往事。

从那晚开始，虽然一屋子满满当当地热闹一帮"黑色"，我却过得很不舒服。查果很少到屋里来，更多的时候待在女生宿舍里。

加迪，我的好兄弟，也从重庆来到北京和我们一起过年。他从重庆特地为我买了件羊毛衫。我因为种种原因，始终没能跟他好好聊一次天。我能感觉到，因毕业前夕的事情他是担心我会有什么想法。其实我没有任何想法。

当寒假的日子一天天减少时，我却开始酝酿逃离的计划。超在没放假之前就要我跟他去山东过春节，当时我答应他过些日子再去的。我起初想可能去不成了。超先回的家，临走时特地到 7 号楼来找我，要我年前一定要来山东。而这些天，他从山东使劲地打电话催我。眼下，我则完全有理由和有必要逃离了，除了盛情难却。我一天和大家在一起，查果就一天不愿意到大家中间来，我很愧疚。我决定尽快离开广院。

要逃离，有种莫名的快感。在决意走之后，我去了一趟公大，去看看我小学同学扎次。在北京，和他一样的西藏区内考生，还有很多，比如民大就有相当一批。区内学生和内地西藏班的学生之间，似乎彼此都对对方有些看法。他们嫌我们是被汉化了，而我们嫌他们太顽固，当然问题没有这么严重，但差不多是这个意思。平时大家很少能够玩到一起，扎次到了北京那么久，到广院一次都没来，而我几次去他们学校，更多的时候是跟以前的中学同学在一起。他对我很热情，又倒水，又买饭的，但彼此很难聊得深入。分别了这七年，毕竟境况稍有不同。这次去看望他，也没待多久，我就折回广院，准备去山东了。

8

逃离前夜，几位"黑色"聚在一起，算是给我送行。大家围坐在阿哥的宿舍里，还是老样子，没个正经。又一次把天上的月亮送走时，时间已是凌晨五点钟，超跟我说过北京南站有长途客车到山东，而我从来就没去过南站，连在哪里都不知道，不过车到山前必有路，既然决意要走，那么就早点走呗。我说我该走了。但他们不让，说去这么早干吗？

我起身要拿背包了，喝了通宵都有些醉意，他们也跟跟跄跄地起来，说要送我上车。

出了宿舍，天还没亮，风肆虐地吹着。

"别走了，这么冷。"顿说。

"真是，自找罪受！"阿哥不解地说我。

这么冷的天，还喝了那么多的酒，我也难受，也恨自己这又何苦？

在北街，正好赶上了一辆小巴，我上了车，顿他们说："要不要送到车站？"其实谁想去受罪，我说免了。

"那，后悔的话，回来吧，我们等你！"隐约听到这么一句话。车子就猛地往前一蹿，我被重重地甩到了座位上。

当我到达位于永定门的长途客车站时，天已是完全亮了。从椰子井到客车站，我一共换了三辆车。在小巴上，呕吐了一次。然后又上了一辆往西开的公交车，上了公交车，开始天旋地转，实在撑不住，到站就下了车。下了车，我第二次呕吐。之后又上了一辆公交车，我想不管什么车，只要往西开就行。吐了两次，我开始感觉好点了，自己开始振作自己。但发现上错了车，估计上的不是 115 路公交车，可能是别的什么车。下车，之后，打了辆出租车。上了出租车，司机跟我说话，此时酒完全醒了。车上接过司机的一根烟，一直聊到了客车站。

候车厅人真多，春运高峰，多是急着回家过年的。发往滨州的八点半的票已经售完了，只好买下午一点半的车票。从大厅出来，给超家里打电话，接电话的估计是他父亲，一口山东话，我根本听不懂。后来超拿了电话，我告诉他自己坐下午开往滨州的车。然后我给广院的"黑色"们挂了个电话，电话响了很久，才有人接。

那头传来懒洋洋的声音，"喂——"好像是顿。

"我是罗布啊，你们干吗呢？"

"都睡了。"

"路上我受尽了苦！"我说。

"活该，现在后悔了吧？"顿沙哑的嗓音。

我只能呵呵地干笑两声。看得出他在暖和的被窝里，非常的舒服，我也就不打扰他睡觉了。挂完电话，我坐在路边的马路牙子上。周围是忙碌的各种陌生人，我一个人，背包一个，真想哭。这些天整日沉浸在"黑色"们当中，突然听不到他们的笑声，看不到他们的脸庞，人在长途客车站，要去的是从来都没去过的山东，超说他的家在惠民，而要我买的是滨州的票，今天能见到超吗？能顺利到达超的家吗？早晨的阳光开始倾洒在我依然隐隐涨痛的脑袋上，孤单和无助，我像个被抛弃的小孩想哭出声音。叼在嘴上的烟，颤抖了几下，我赶紧用手拿下来。

躺在卧铺客车里时，我已然在客车站遭遇了平生吃得最烂的一次肉丝面，遭遇了在临时休息室里枕着行李抱着钱包的极其难堪的两个小时。

到达滨州时，我已经在那辆轰轰作响的破车里睡了前后近八个小时，八个小时不省人事的沉睡中东南西北不分地在齐鲁大地上。途中，两次解手，一次进路旁餐馆，认识了一位年轻人。黑天里根本不知道如何能够顺利便捷地见到超的情况下，差点儿在一个不知名的小车站另寻他路。

当我在超的一家人的簇拥下举起已经等了我近六个小时的筷子，倍感此趟逃离计划的苦痛时，记忆里是：司机师傅所说的滨州的四面幽暗只见一个十字路口，我与一位女解放军和一位小民工下车；告别他们两人，还是听从了那位小民工的劝告把钱包中的几百块钱藏入袜子里，然后循着远处一个旅店的灯箱准备休息一晚明天再起程；当我通过旅馆的电话知道超跟其叔叔正在我所在的小镇已经等了我一天的消息，立刻退房，告别那位好心的山东老人家从旅店门前的小胡同走向远处的街道时，一辆车子徐徐驶过胡同口又慢慢倒回来停在我的面前，终于，我见到了超。

超的家，并不宽敞，但装修得很漂亮，深深的夜我到达了这里，吃过暖暖的饭，我就睡了。

超的父母与我的阿爸阿妈岁数相当，年岁近五十，但是比我的阿爸和阿妈显得年轻。高处不胜寒，高处也催人老，同是天下父母，高原上的阿爸阿妈实在不易。超的父母我称呼他们为叔叔和阿姨。他们对我很好，人还没到，就已经为我准备了过年的新衣服，已经八年没能和家人一起过年，小时候除夕晚上枕着新年的新衣服难以入眠的童年的记忆，再次在离家乡万重山水之外的祖国的另一块土地上涌现。肯定是超跟阿姨和叔叔说过我喜欢踢足球，他们还为我买了一个崭新的足球。从北京那间整日"黑色"拥挤的屋子里怀着无尽的不愿意和青春感情的伤痛逃也似的来到这里。而超一家人，为我所做的一切，让我感到真正回到家般的温暖，我深存感激和庆幸。

第二天上午，阿姨留在家里，叔叔开着车，我们几个来到了一家熟人的饭馆去取已经烹制好的煎鱼。在路上，叔叔还带我去了一家眼镜店，因为我的眼镜在北京客车站的旅客休息室里被我自己压坏了一个镜腿。叔叔和那位老板在饭馆后面的厨房聊天，让超和我在前面的一个包间休息。饭馆里没有什么顾客，看着窗外的街道两旁叫卖的一箱又一箱的食品，提着大袋小袋东西的人们，就光看见街上大红大紫的很显眼的颜色也知道人们都在为新年做着忙碌而愉快的准备。叔叔拿着一大箱的煎鱼，离开了那位对叔叔很尊敬的老板，我们又上车了。叔叔紧紧衣襟，启动车子，说："次仁，咱们先去一趟你奶奶的家。"人在北京时，电话里很难听懂叔叔带山东口音的普通话，而人真正处在这个语言环境中，反而能听得懂。叔叔已经把我当成他们家的一员，这比所有的热情周到的款待更让我感动。我在想："哦！我这是在回家过年了！"

大年前两天，超的姑姑一家三口也来了。除了超的姑姑一家三口，还来了亲戚家的两个学生，一个上小学六年级，一个上中学初一，屋里的人多了，过年的气氛也越来越浓了。每天，家里有很多亲戚和同事来串门，从这点也能看得出阿姨和叔叔人缘好。白天，阿姨让超带着我到外面去玩儿，每天都是那样的自在和轻松，约上超的高中同学，有时我们去打篮球，有时去网吧玩一会儿游戏。

超是个篮球迷，卧室里挂着大幅飞人 Michael Jordan 的海报，那几天电视里正放着美国 NBA 比赛，放着日本的《灌篮高手》，那是超必看的节目，就在那时我才认识了我的大学同学们时常挂在嘴边的樱木花道，也就在那时我开始了解超。像所有大学生，他们在学校里是那样的成熟和独立，其实很多成长的痛苦和年轻的幼稚埋藏在心底。尤其男孩子，不愿表现出来，而到了家里他们会试图着把它藏得更深，以让父母知道自己现在是一名大学生了，自己已经长大了。但，往往事与愿违，你越试图去隐藏什么，它反而暴露的越是尴尬。看到在校园里的超和在父母身边的超，我看得更真切，虽是同龄人，但由于不同的经历，有些问题我看得比超更明白，有些道理我也更切身懂得。看着父母身边的超，有些事情上其实他不必非要装得明白和成熟，父母面前他永远是个孩子，而作为孩子的又有多少的时间能在父母的身边？每当看到超很不耐烦地打断阿姨的"唠叨"，每当超很不珍惜地错过一次与叔叔的"长聊"，我是多么的为他感到惋惜。有时，我还嫉妒超，这是一种关系错位的感觉造成的。

在家的两位学生，给我的感觉是：这两个家伙无比的了不得。小的叫张建，一个小学六年级的学生，每天晚上要跟我长谈一个多小时才肯睡去。而谈的内容却大都是关于人生，关乎国家大事。有两件事记忆很深刻。他说："我觉得吧，人在指出别人的毛病时，正好露出自己的毛病。"他为此还用很多的例子进行了补充和解释。他说的也很有道理，我肯为他的观点再做些我的补充。当一个城里人歧视一名农民工时，不正露出他自己猥琐的人格吗？当我们对一个人的一点毛病过于敏感时，同时也说明了自己的潜意识里对这种"毛病"的恐惧吗？有一个性格测试题，问："你认为猫不喜欢狗的原因有哪些？"分析者们从你的答案会分析你的性格，而他们分析的一点根据是你的回答暴露了你的性格和缺点。我觉得一个十几岁的小孩能够有这样看问题的能力，实在让我惊叹。另外，他还有一个伟大的点子更让我惊叹，他说："现在中国，内地人口这么多，应该把大量的内地人迁到你们西藏去，一来可以平衡人口，二来可以开发西藏。"在1998年的冬天我听到一个十几岁小孩的这句话，我本有些想法跟他说，但我沉默了。当他困得实在不行了，他就不说话了，可是等他睡着了，我反而睡不着了。有时我在慢慢考虑他的那些话进而想到一些别的问题，有时则纯粹是物理上的打击。他睡着以后，很不乖，又是挥舞拳头，又是踹踢两脚，不知这孩子在做些怎样的梦。我睡不了，还得轻轻起来，把他露在棉被外的胳膊轻轻地盖好。小张建，他就是这么一个可爱而有想法的孩子。还有一位，大的那位叫毛毛，又高又胖，笑起来很腼腆，说话做事又极为沉着老练。他是一名初一的学生，班里担任班长的职务，跟我们一起时，又孩子，又大人。身高马大的，对着比他矮，比他瘦的我，腼腆地叫一声："次仁哥。"实在叫我有些不好意思。

到家里来的那些亲戚和客人，甚至和我们在一起的超的姑姑一家人，经过阿姨和叔叔的简短的介绍以后，就已经不太把注意力集中在我的身上。大多我所见过的汉族人，知道我是藏族人后总是很好奇，而他们则不是。起初我反而有些不适应，因为我已面带微笑准备好了迎接他们的猎奇般的问题。

9

　　有些糊里糊涂地来到了山东，却像个远去的游子回到了家一样，一切都很自然。在山东据说曾被十三名日本鬼子控制过的小城惠民准备过年了，我觉得自己是回到了家的孩子，而山东也把我当成自己的孩子一样让我安然落脚。头一次在汉族人家里过春节。

　　除夕夜晚，惠民笼罩在极度祥和快乐的节日气氛中，爆竹声在城镇各个角落此起彼伏，传达着人们之间的祝福，整个城市在互相拜年了。一家人一起看央视《春节联欢晚会》，以前在西藏时是没有看过《春节联欢晚会》的，而到了内地都是跟着同学一起在教室里看，那时每次我都想象着中国有多少的家庭亲人团聚一起守在自家电视机前，看着节目吃着团圆饭，那种感觉让人联想起"温馨"二字，让我们在外的学子羡慕不已，而这次虽然不是和自己的家人在一起，但也能够比较真切地体验到这种感觉，真的挺好。

　　当午夜的钟声在晚会现场敲响，在超家的大挂钟里面敲响，在惠民上空的烟花中敲响，我微笑着，感觉很幸福。

　　许久后，我们才睡下。睡前，超低声跟我说："次仁，明天早点起床，见了我妈和姑姑他们别忘了说'新年好'。"

　　我说："好的!"

　　和叔叔他们一块吃晚饭时，一起喝了好多酒，再加上节日的兴奋劲，我有些飘飘然地入睡了，我想自己脸上肯定挂着灿烂的微笑。

当睁开眼睛时，是被超摇醒，旁边的张建，和超一起打地铺的毛毛已经起床了。还没睡够，但一想起今天是大年初一，睡意顿时全无。他们几个在门口等着我，我起来后，超再次嘱咐我：“见他们说‘新年好!’”此时我才想起，这是汉民族的风俗，小孩向大人讨压岁钱。几个人很激动地准备出卧室的门了，我轻声地跟超说：“Money？”超迅速给我打了个“Yes”的手势。

开门后，看见客厅内已经收拾得整整齐齐，叔叔他们坐在沙发上。走出门，第一个冲向前面的是张建，高兴地跑到他们面前说：“新年好!”小孩笑得很开心，大人也笑得很开心! 互相说着：“新年好!”最后面的我也得到了和他们一样多的压岁钱，我腼腆地收了钱，这钱是不能拒绝的吧，只好也跟他们一起乖乖地喊：“新年好!”拿到了压岁钱，几个人挤到盥洗室里漱口洗脸。然后，叔叔跟我们一起到楼下放鞭炮。吊着鞭炮的长长的竹竿从二楼的楼梯的窗户伸出来，拿竿的是超，我跟叔叔跑到楼下点导火线，顿时“噼里啪啦”地火光四散地响起。几个人捂着耳朵，高兴地盯着鞭炮在炸，看着叔叔那高兴的样子，活像个小孩。我想起小时候，阿爸带着哥哥和我放鞭炮时的情景，现在时过境迁地在惠民听爆竹声，又是高兴又是有些说不出的滋味。

放完鞭炮，天还没亮，我们就坐车来到了超的奶奶家。街道上，可以看到有微微的火光，车灯闪过，还可以清晰地看到有青烟缭绕。我问阿姨，那些火光是什么? 阿姨说，那是刚刚有人拜祭过先人。在内地到了这么久，第一次才想通了，其实都是一样的人类，在西藏有拜神求佛的在内地为什么就不能有?

到超的奶奶家，第一次见面还是说：“奶奶，新年好!”照样，又领到了不少的压岁钱，“新年好!”就直接跟压岁钱挂钩了，在小孩子跟大人之间。在奶奶家里，我们一起吃了这年的第一顿饭。

过年了，家里总有好烟好酒，为自家买的，为客人准备的，也有别人送的。刚到超的家还不敢在阿姨和叔叔面前抽烟，后来有一次跟叔叔玩麻将时，习惯性地往外套兜里一伸手就掏出来了那包在来山东前在客车站买的"中南海"，叔叔说："次仁你抽烟哪，不早说，抽这个！"随即丢给我他抽的"一支笔"。烟一块儿抽了，酒是说不喝也要我喝的。"都说藏族人能喝酒，怎么能不喝呢？"叔叔他们都这么说。连阿姨也这么说，就这样，烟也一起抽了，酒也一起喝了。山东人，真豪爽。作为藏族人，我由此感到与山东人的亲切。我常想，尤其在喝酒这方面，汉族人有个成语叫"入乡随俗"，如果我到一个不太喜酒的地方，我是定不喝的，虽然去过的地方不多，但去过的所有地方不论民族都喜酒。何况在山东，又是过年的时候。

汉族人喝酒，一般喝一口酒，夹一口菜，然后说一堆话，但藏族人喝青稞酒惯了，喜欢大杯一扬，没有去夹菜的习惯，喝完酒就接着笑声和歌声。

大年初三的那天晚上，超的姑姑一家人在惠民过完初二就回自己家去过年了，那晚有另外一家在惠民当地的亲戚来串门，好像是超的大舅家。一桌人坐定，叔叔和大舅把我也拉过去说："咱们三个男人喝这个东西。"指着白酒瓶。大舅人也爽快，每次喝酒必定要我举杯。惨了，因为桌上有大舅和他妻子，在小小的桌上跟他俩第一次吃饭，我有些拘谨。光跟着他们的节奏，大口地喝，没吃进多少东西。喝完了两瓶"孔府家酒"之后，阿姨又拿了一瓶"五粮液"，就在"五粮液"快喝完的时候，我感觉有些不舒服，起身说要去卫生间。

平时不那么宽敞的客厅，此时显得很大。我穿过客厅，进了卫生间，就扑在了马桶旁，呕吐了。吐完后，天地开始旋转了，我下意识地坐在旁边的浴缸边上。这些天，因为天凉，晚上楼里停水。白天阿姨在浴缸里注满水，用来洗洗涮涮。当我坐到了浴缸边上，就背身往后滑下，人大半滑进了满满一缸冰冷的水里。隐约瞥见有人从客厅跑进来，然后我的记忆断了线。

再次睁眼时，人已经躺在床上，身上的衣服已经换过了。我起身，卧室的门关着，门外的客厅里很安静，只有电视机的声音能听见。我坐在床边，犹豫了好久，才起身去开门，走出卧室。厨房内的餐桌已经收拾干净了，超的大舅一家人已经回家了，阿姨在厨房忙碌着刷碗盆，叔叔和超他们在沙发上看电视。他们都问我，"感觉好些了吗？"我报以平生最羞愧的笑容，然后坐在沙发上，转头去看电视，不好意思至极。

在山东滑进浴缸到从床上醒来的这段时间我后来算了一下，足足有两个多小时，我是怎么从浴缸出来的？身上的衣服又是怎么换上的？换完衣服，我是不是好好地睡觉的？这些问题当时不好意思问，后来到了学校问超，可他也说不清楚。这段记忆的盲区，可不像睡觉后没有记忆，好比自己的生命中的一段时间永远地被抽去一样的惶恐和害怕，从此起，我告诫自己以后可千万不能喝成这样。

在山东度过了难忘的春节，超的父亲开车把我们送到北京。如果能有机会，我还想听阿姨唤我一声："次仁。"我还想跟叔叔好好地坐下来，抽着烟喝着酒，玩麻将，只是不会再喝过了头，滑进浴缸里。

"黑色"们，又是怎样度过这年新年的呢？过年期间，我从山东打过一次电话。当时他们正在吃火锅，接电话的人是大巴桑，我问他"黑色"们怎样？

他的回答是："不是我不明白，这世界变化太快！"

听他说，从我走后的这段时间，那边发生了很多事情，看得他是眼花缭乱。有可笑的，有好玩儿的，有大闹笑话的人，有大伤脑筋的人。他还说，2月14号那天，很多"黑色"的男孩女孩演绎了好多浪漫故事。他还神秘地说："届①！加迪给她送玫瑰花了，你没希望了！"如果那样，太好了。寒假已经结束了，经过这一假期之后，新的一学期里大家又可

① 届，藏语，是男孩之间的亲切称呼。

以高高兴兴地生活下去了。

10

老生们说，广院的女孩越来越丑了。是他们的审美观跟不上时代的潮流，还是因为这句话直接冲着我们98级女生们说的缘故，总之心里很不以为然。我觉得，校园里的精彩亮点多少还是由女生们点缀的，当然是以男生的角度看。

"黑色"们的话题很少有正经的，一贯如此。我和阿哥，同时看到了一位女孩，两人对她的评价都很高。由此，经常在7号楼里为这事争吵起来，彼此不愿做丝毫的让步。不过，都是说说而已。以前老生中，倒有好几个"黑色"找了汉族的女朋友，但给我的感觉是要么他是抛弃了很多的责任或极富有男士的魅力，要么是那位汉族的女生纯粹地被一种神秘的又富浪漫色彩所吸引或是很有独立个性的，只有这样两人才有可能走到一起。

为一个女孩，阿哥和我时常无聊地争吵。不知除此之外，他是否做过一些努力。我呢，倒是在日记本上为她，也为我看着无望的相思写下了满满一张纸的观后感：

> 美丽总是转瞬即逝
> 也许缘在此，故在此
> 因太易失去，太难把握
> 才美丽

写上了一段酸极了的小男生的苦难单相思之后，又加上了这么几句：

但是——

我不敢上前抓住每一次的波光

我不敢上前拂起每一次的念头

宁可——

我曾经，逝去过

也不——

想打碎自愿筑起的温室

愿丢弃我对仅存的温馨

因为

抚摸心头掠过的一丝的温暖，总比让心痛的恶浪从这薄薄的温暖中喷泻更让我愿意接受

　　这就是我为一个"你的眼睛我很难找到/你的秀发似乎在掩饰你的想要窥视我目光的念头/你的细小的花色的发夹总会掀起另一面束束垂下的青发"的女孩的最后一次的注视。摘抄自1999年3月1日的日记。

　　再翻几页1999年3月5日的日记是这样写的：

　　写给那位姑娘：

远离你的时候

我渴望与你不期而遇于校园里

靠近你的时候

我把余光轻轻地投向你

你的一举一措，都会牵引着我的每条神经，每个细胞

柔情地瞥去一眼

望见的是你天使般铭刻在我心中的身影

在你不会阻挡我渴望读懂你的目光时

我正如醉如痴地贴着你的皮肤，穿梭在你浓黑的青发间，滑落在你温暖的笑靥里

……

……

……犹豫的我却在犹豫中祈祷

日记是那么写的，短短几天的时间内，我就为两个女孩写下了白纸黑字的"酸东西"。这是一个恋爱的季节，这也是一个恋爱的时代，所有的男生应该感谢女生，所有的女生应该感谢男生，因为我们活得很快乐。

寒假逃到山东，心事重重地去了，回来后阳光依然灿烂。走在校园里，想到四个字——"我的大学"。心情畅快。

学校社团部要开始组织各社团的招新，也要组建新的社团。社团部的一位负责人找到我，问我愿不愿成立一个摄影协会。其实，这个想法早有，在很多摄影杂志上看到其他大学的摄影协会的工作搞得有声有色，那时纳闷广院怎么就没有自己的摄影协会呢？有我这样想法的人不止一个，听说我要申请成立一个图片社后，98级电编系的两位学生也找到我，说他们也正在策划成立一个图片社，名字都想好了，叫"超限视窗"图片社。就这么定了，我们准备一起搞，他俩很客气，要我来担任社长。还没完，那天各社团开会，讨论社员招新的事情。发现，又冒出来一个"广院摄影协会"，负责人是一个看着很精明的男生，两人讨论，决定两个社团合作，摄影协会招收具备一定摄影技能和经验的学生组成，而图片社负责培养新手。就这样，广院摄影协会和"超限视窗"图片社正式成立，作为摄影协会的本科部负责人、图片社的社长，我开始进入大学社团圈。

春天来的时候，一切开始欣欣向荣。成立图片社后，我参加了新闻传播学院的学生会，提出申请成立民族部，学院的领导和学生会很支持。

在成立我们二级学院的民族部以后，一年一度的广院学生会也开始招新工作。刚刚接任学生会民族部部长一职的吾买尔江找到我，说96级我们西藏的西洛已经届满退出了学生会，而民族部里必须有一个藏族学生的代表。这样我又成了学院学生会民族部的一名委员，学生会里别的新成员都是参加竞选演说才选上的，而我是被特殊情况而招进，少数民族还真的享有特殊待遇哦。

生活有时像斜坡上滚下来的球，到了底下还得惯性使然要继续同样的一段滚动才罢。初中时，在班里一直是默默无闻地过来，上了高中却进了学生会，之后到了大学后惯性使然，继续着要忙忙碌碌。这个学期一开始，我真的变得有些忙碌了，7号楼的"黑色"们见我就喊："哟嗬，大忙人来了？"休息时间，去7号楼到"黑色"们那里走走，已经成了习惯，但经常是待了一会儿，我就有事要走了。每次把包扔到鬈毛的床上，刚要坐下，进屋还不到一分钟，他就微笑着说："罗布再见！走好，不送！"

校园里学生之间的打架都是无知的无聊，但想来自己已多次出现在了打架的场景中：一次是懦弱的躲藏，一次是愤怒的宣泄，一次是同情的麻木，一次是激情的演绎，一次是痛苦的旁观，一次是纯粹的放弃。然后是内疚，然后是羞愧，然后是逃避。然后我想笑。源头呢？可能是我们的生活本身，很多的事情和种种情绪的累积，把我和我们这帮"黑色"卷进了割裂的角落，一种说不出的压抑深埋我们心底。这样，一旦说藏族，一旦说"黑色"，那就是尊严，那就是一切，我们就要冲上去。生活从来不是平坦温馨，若是，生活也将不成为生活；我们从来不是乖巧有知，若是，我们也将不是我们。

和所有曾经深扎在我心里，而使我才真正开始思索和怀疑的众多的说法一样，"大学就是半个社会"，很长一段时间成为令我费解现象的解释的依据。社会就是存在，而生存对温室里面走出来的学生是陌生的。

大学这半个社会里，学生们并不了解其他民族，也并不了解自己。学生间的打架，是雄性的荷尔蒙使然，是男人强悍的召唤，是自我的溺爱。是为青春的牺牲，是向力量的祭祀。

事情总不会一直那样的，因为我们在成长。

我在系里，在学生会办公室里，在图书馆里忙完了，来到了7号楼，还以为工科的"黑色"们在那里抽着烟聊着大天，然而，却发现他们正忙着学 Flash，正要背起书包去实验室，正和班里学生聊着什么非线、什么公式。

也是后来，当"黑色"们聚在一起，说我们，说别人，说打架时，发现大家对于以前的那些行为承认太幼稚、太傻。说以后再也不能那样了。正像广院赠送给新生的一句话："这里是终点，也是起点。"

因为在小礼堂听了北大钱理群教授关于鲁迅及其关乎国民性的一席讲座，第二天我一上午泡在了图书馆。钱教授说，从传统来讲中国是一个游戏的国家，中国人不信皇帝，而是怕皇帝、骗皇帝；中国人不信教，只是推崇教、利用教；中国人并没有信仰，但常常发誓。鲁迅曾说过，中国是一个语言的游戏国。历史一直在前进着，历史这面镜子，折射出的是民族、国家以及人类最重要的精神财富。来到大学，我的大脑开始考虑一些从未想过的问题，广院每周有各种讲座，我如同赶场一样奔走在各种讲座之间。讲座上听到的新知识、新名词，似懂非懂地让我越发感觉自己知识的贫乏。恰好图书馆，成了这些知识的补给站。一上午，钱教授的关于鲁迅，鲁迅的关于五四，五四的关于民族，我沉浸在从未有过的如此种种深刻的思考中。

自从频繁出入图书馆，大脑里不断翻腾着各种问题，走起路来似乎也沉甸甸的。书中关于少数民族继承自己本民族文化的重要性的一席话，使我不断地沉思。

自从在图书馆音像室打工以来，我看了很多电影，萌发了将西藏的故事、藏民族的文化搬上银幕的想法，还看了让·雷诺阿、黑泽明等大导演的自传。今后要做一名藏族电影导演的雄心壮志已潜藏在我心底。

同在北京的天空底下，除了我们这些"黑色"的大学生，还有很多和我们一样黑黑的脸庞，灿烂的笑容衬着一排洁白的牙齿的"黑色"的中学生。足球成了我们之间的一个交流的桥梁。"五一"学校放了一周的假，这一周我们"黑色"们怎么过呢？大家都想到了去西藏中学，和那里的小"黑色"们踢一场足球赛。按约定，星期天，阳光明媚的早上我们广院的"黑色"们出发了。从通县到小营的这段路，要走过长长的朝阳路，然后沿着东三环，再向北四环行进，实在是远。有些人嫌公交车上太拥挤，有些人嫌骑车太累，后来一拨人坐公交车走了，一拨人骑车走了。鬈毛、顿、扎达和我四个人骑车，在阳光底下行驶了近两个小时后到达西藏中学，直接来到高三学生的宿舍，前面坐公交车走的人也才到不一会儿。

来到母校，和往常一样都会发现有新的变化。学生的宿舍里新安装了钢架床，楼道内铺了瓷砖，校园内变得越来越漂亮了，教室里安装了新的电视柜，还换了 24 英寸的大彩电，想想自己离开学校才一年的工夫，就开始大变样了，似乎学校的所有改善工程项目就等着我们走，我们走了后急不可待地动起来一样。真替小"黑色"们赶上这样的好时候而高兴。母校是真的在变了，有些东西令我们这些老校友感到高兴，但母校越发展就越和自己陌生起来。来了很多可爱的新生，以前认识的学生现在已经长高了长壮实了，险些认不出来了，我想这跟中学很有规律的校园生活有关系。我们这些大学生寝食很没有规律，身体素质肯定很难再提上去了。

那天，由于事先没跟体育处的老师打过招呼，足球场上浇了水，只好将就在篮球场地的水泥地上踢小场。就这样的小场比赛，很多母校学生们前来加油助威。他们很惊奇地看着我们这些大学生们。场上形势，最后的成绩实在是让我们感觉尴尬，那些高三的学生们踢得实在是太好了，脚下功夫好，配合又流畅，在小场地上把我们耍得无可奈何。

踢完比赛，回到了宿舍，洗洗换换后，我们就开始回学校了。他们说等吃晚饭后再走吧，可是离晚饭还有一段时间，我们是了解母校的情况的，知道他们不方便。回广院时，上午骑车的我们四个踢完比赛后可再没有骑回去的力量了，车子交给上午坐公交车来的人，而我们和剩下的人打"黄面的"归校了。

11

我们这代人，生于和平的年代，国家民族经历的所有惊心动魄和血肉生命的牺牲，和我们只是在历史课本上相见。作为大学生不懂得自己民族和国家历史是可悲的，没有亲身经历过那些动荡岁月的人是怎么也不可能真正地懂得历史的，我永远相信这点。这地球其实一直在炮火和硝烟中，只是在离我们非常遥远或遥远的不幸的人们中间，而我们只顾着自己要快乐地成长。如果要让世界真的充满着爱，如果真的关心人类的安危，我们应该是个什么样呢？

1999 年 5 月，以美国为首的北约轰炸我国驻南斯拉夫大使馆，消息很快传遍校园，所有真正珍视生命的人都应该对袭击者的野蛮行径感到无比的愤慨和对死难者感到深深的惋惜和悲痛，应该是这样。但是悲剧的源，离我们这些天之骄子还是不够近。我承认，当噩耗传进我的耳朵时，我没有太大的反应，反思之后我感到的是自己的无知和麻木，我为此悲哀，也为此迷茫，因为这样的学生不止我一个大学生。

北京各高校要组织到大使馆区游行。自愿参加，很多人去了，我也去了，此次事件中，牺牲了三位优秀的新闻工作者，作为一名新闻系的学生，我觉得有义务为他们做些力所能及的事，同时应该说是我们参与并亲身见证和感受这次事件的机会。在学校门口集合时我和很多学生一样，说说笑笑，因为认为这只是去参加一次热热闹闹的游行而已。

当我们学校的车队开始驶向前方的大使馆，街道两旁的人好奇地看着我们拿着大大小小的标语和横幅，车内依然有笑声传来。渐渐地，有同学从车窗大声喊着"打倒美帝"的口号，渐渐地有路旁的群众向我们鼓掌。车子依然在行进，离使馆越近，街道两旁的人就越多，车上学生们的口号喊的声音也就越来越大，同学们也越来越激动。到了大使馆区，我们下车，这里已经聚集了很多人，好几所的高校学生已开始游行了。我们排着队跟着大队走，旁边有警察维持秩序，警察后面有很多群众在围观，同学们激动地喊着："还我同胞，血债血还！""打倒美帝，和平万岁！""杀人偿命，美帝滚蛋！"等等口号。当我们徐徐经过各个使馆，凡是北约国家的使馆被前面的游行者用石头砸得紧闭大门，看不到一点生气，非常狼狈，院内的楼房都紧锁着门窗。其中数美国大使馆被弄得最惨，从老远的地方提过来的砖头能扔多远就扔多远。同学们远远地从学校来游行，最后的高潮就在美国大使馆前，依然未能尽兴，很多人久久不愿离开，但后面还有很多高校的学生等着发泄他们心中的情绪，只好再狠狠地瞪两眼空空的使馆楼，慢慢地离开了。

回校的路上，刚上车后的同学们在高兴地交流着自己的心得、所见所闻。慢慢地，同学们开始困倦了，很多人开始打起瞌睡来，车内很安静。

一周后，吾买尔江、民族部的另外一名委员——哈萨克族的乌兰和我来到了民大，到这里来征集我们这届民族部新组成以来搞的第一次活动——广院少数民族艺术展览的展品。一周后的广院，已经没了那种抗议北约的气氛，广电系统的最高学府里已经和往常一样，但在民大我们看到从学生宿舍的窗户里挂着特大的抗议横幅，校园的布告栏上贴着厚厚的传单。是广院来得早去得快，民大来得慢去得也慢，还是别的，就不知道了。

20 世纪末的 1999 年，对于祖国来讲是个喜庆而重要的一年。6 月底，广院收到了上级部门的通知，要组织学生参加新中国成立五十周年的天安门广场前的重大群众游行活动。我有幸成为代表广院参加大学生游行方阵的三百名学子之一。

天气开始热起来，每天要在干燥闷热的操场上来回走上那么十来次，隔几周还要到外面进行整个高校队列的彩排，据说参加游行的学生暑假还要提前回学校进行最后阶段的训练。渐渐地有同学叫苦，渐渐地开始计算这一次时间和精力的付出划不划算。学校在一开始就说了，参加游行的每个学生都有一定的补助，至于多少还没有说。刚开始有人说，每个同学会拿到八百元，弄得大家高兴得嘴都合不拢，可是随着天气热了，训练辛苦了，补助的消息却开始变了，绝对可靠的消息：学校只给每人二百块钱的补助，然后自己二级学院再给一点。而此时传来其他学校的情况让人很难平衡，说北经贸每人一次性就发一千五百块，北师大每人也给近一千块钱的补助。是烟幕弹还是确有其事，反正广院的学生开始受不了了，大家开始叫冤。训练已经进行了大半，学校也有规定非特殊原因不许中途退出。也罢，只好凭着祖国利益高于一切的光荣的使命感继续训练了。现在的大学生怎么会这样？现实中的确是这么的个个讲求市场原则，有的直接一点，有的虚伪一点。因为我们做学生的还很诚实可爱。

不管平时的日子有多忙碌，但是日复一日地重复几乎相同的主题，这容易叫人养成一种惰性，失去体验新的生活和思考学习的机会。但是，作为公民能有几次机会亲自参加祖国大周年华诞庆祝活动？想想在简单的游行队列的训练背后的意义和价值，我感到自己的幸运和光荣。这是一次人生当中难遇的礼物，可以感受从其他途径所无法获得的知识和感悟。有时我不屑于一次小小的目标而浪费精力，但往往这一小小目标的完成过程中却能收获意想不到的东西，更何况这次的祖国母亲五十华诞的庆典。和将要成为国家 21 世纪栋梁的同龄人一起，参加如此的活动，我视为一次与新世纪的提前邂逅。

在我相对轻松的大学一年级的生活一天天度过的同时，还有一批学生却在经历着艰辛难忘的日日夜夜。在高考前夕我来到了母校。

看到再过两周就要参加高考的弟弟妹妹们时，从他们的脸上我所读到的却是那样的沉着和轻松，以自己经历过的感受相比，和自己的预想相比，我感到很诧异，也许仅仅一年的差别，他们都变得那样的成熟和坦然。

在其他学生们沉着有序地准备即将面临的重大考试时，一位学生却是那样的与众不同。他也是一名应届高三毕业生，但他要走的路是出国留学，去的国家是英国，他获得了联合国教科文组织的一个教育援助计划的名额。以前经常来找我谈心得，谈未来，誓言将来要当一名教师的那个和我一样一头鬈发的他，如今却要出国了，我替他高兴，然而，更是羡慕。

回到了广院，和其他的"黑色"们谈起他的事情，无不为之羡慕。鬈毛说：晓得不？This is 机遇，This is 走了运。出国的梦，眼下的很多大学生都在做，而他一个中学生却那样幸运。以前他和我们一样，从一个西藏小山谷中飞到了首都北京学习，而现在他又完成了再一次的跳跃，这一跳，将跳到大洋彼岸。这是西藏学生的幸运，是我们这代人的幸运。在羡慕感慨之余，我对出国留学有了那么个模糊的想法：中国在强大，地球在变小，中国学子的出路也并非唯有出国，谁强大，谁先进这才是问题的根本。

我想，如果这个计划早一年实施，那么自己兴许有机会完成这第二跳的。但现在，跳跃的人是他，不是自己。想想未来，我们的差距或我们所触及的高度，我不知道，但凭着对国家的信心和对自己的信心，也因一时的些许的失落，我安慰好了自己。开学初，连日猛看钱先生的《围城》，里面写道："城里的人想出去，而城外的人想进来……"问题看得明白了，整理好了心绪，祝福他前程似锦，也祝福弟弟妹妹们高考榜上有名，而我自己眼前的日子也可以继续好好地过了。

12

天热得越来越夸张，知了和蛐蛐儿日夜交替地大声叫嚷时，原来大学一年级已经刹那间送走了。公寓办通知我们在假期前把宿舍搬迁到一个三层楼房里面，不过依然是在学校外面，我们依然被学校"拒之门外"。匆匆搬完宿舍，舍友们照样是迫不及待地离开学校了，除了林和田参加了暑期三下乡活动奔太行山之外，其余兄弟一声"BYE!"就一溜烟似的消失了。

在西藏中学，每年的暑假前后时间也长达一个多月，但那一个多月，被课外活动占据得满满的，过得是极快，而大一暑假刚开始，当校园再一次变得沉寂起来时，让人有些心慌。这么热的天，这么长的假，怎么度过？

益西左盼右盼终于盼来了计划了好久的暑期二人生活。每周都要耗几十块的长途电话费窃窃私语的电话那端的女朋友从浙广来了北京。曲珍的男朋友，也从武汉来到了北京，他们两对儿，都分别住进了我们化招北楼。看着他们浪漫的二人生活，我们几个哼着单身情歌的人觉得很是羡慕。不过他们白天去逛北京各处旅游景点，晚上也很难见到他们，因而我们受的刺激就少了些。

寝室里只剩下我跟维吾尔族的平。平很勤快，把屋子打扫得干干净净。我俩从电照系同学那里借来了 VCD 机，可以看看片子。北楼里剩的人不多，偶尔看到个别宿舍里有那么一两个人出入，大多是早出晚归，可能是在台里实习吧。楼里的卫生间和盥洗室，不再是往日那样湿漉漉的，很多的寝室的门上贴着封条。一个人在屋里时，一个人穿过长长的楼道时，感觉很空。益西和他的女朋友住在 301 房间，我和平的宿舍在302 房间，曲珍和她的男朋友洛桑住在 305 房间，在楼道最东边的房子里住的是"黑色"扎达。

平的哥哥，长得和他一样瘦高，从乌鲁木齐市来北京玩儿，这样平不再寂寞了，我的心里也感觉好受一些，因为我和扎达白天很多时间是和 7 号楼的"黑色"们一起度过的，只有到晚上才可能回北楼。看到平一个人在屋时，我有一种冷落了同学的内疚感。现在好了，他们哥儿俩在一块儿，白天出去游玩儿，晚上累累地回校，过着充实的假期。

7 号楼里的那帮"黑色"们，大多沉迷于《星际争霸》。他们的宿舍都在下半学期初就集资买了电脑，恰逢 5 月份校园网开通。瞬间，电脑像个瘟疫在这届 98 级工科生中传染。先是宿舍集资买电脑，到后来有钱的学生自己单买，走在 7 号楼的楼道里，经过每个宿舍都能看到里面有那么一两台硕大的显示器前面坐着瞪大了眼睛的工科生。现在放暑假了，校园网关了，但通过现成的网线几个屋的电脑可以联起来玩时下最流行的攻略游戏《星际争霸》。

我们有几个"黑色"，非常迷恋《星际争霸》，其中以扎西为最。扎西来自西藏边境重镇樟木口岸，是夏尔巴族。他和我们其他"黑色"一样，小学毕业就来到了内地西藏班学习。他和鬈毛，高中是从天津毕业的。刚进大学时，我并不知道他是夏尔巴人，一次偶然的谈话中知道的，我对于夏尔巴族没有多少了解，后来看书查资料才知道夏尔巴族，才知道夏尔巴族跟藏族的关系。如今他们和藏族人一样，而在我身边的扎西，则跟我们是同样的"黑色"藏族人。然而对于电子和数字有着特殊的敏锐和天赋，鬈毛说："扎西人很聪明，在高中时数学尤其棒！"在中学教室里，我特别看好偏科学生，尤其数学。数学特别好的学生，看问题做事情，总是有些与众不同。对于扎西以前的事我是不知道的，如今在7号楼里的扎西，真是个与众不同的人。和其他很多的工科"黑色"一样，他也特别地讨厌他们的那些令我胆战心惊的工科课程，而且对此比较没有信心，所以到了大一下学期时，他们很多人都有旷课的记录，有考试挂彩的前科。但是扎西比他们更彻底，虽然"黑色"女生们苦口婆心地见一次劝一次，我们男"黑色"们也是直接地间接地提醒他，可是他只是"嘿嘿"地笑两声不作任何的悔改之意，而整整一年下来，他估计连十节完整的课都没有上下来。那他在干什么呢？在他们屋没有买电脑前，他几乎天天在睡大觉，而自从有了电脑，则天天抱着电脑不放，弄得他们屋子里的其他学生比较苦恼。他的电脑方面的知识，绝对可以当半个专家，他的电玩水平一直在飙升。

那些天，我和扎西不去7号楼时，7号楼的"黑色"们大都在玩《星际争霸》。下午差不多三点多钟后，几乎所有的"黑色"都去操场踢足球。一共十来人，在篮球场的水泥地上踢小场。在篮球场上踢足球，不需要大面积地跑动，玩儿的更多的是短传配合和小范围的较量。这适合"黑色"们，我们不太喜欢光靠速度和力量来踢球。操场上也有一些家属区的人来运动，但比往日少多了，每天下午去踢足球渐渐成了我们暑假生活当中的固定内容。踢球踢到五六点钟，然后回宿舍，洗洗之后一块儿去吃饭，之后有的玩电脑，有的看电视，有的看片子，当然有时也有其他的节目。暑假学校通宵给电，因此睡得很晚，通宵达旦地玩是常有的事儿。过了个通宵，天亮之后，到校门口的小摊去吃过早点后，就睡到中午时分，暑假太长，这样的生活就成了一种方式和习惯了。

我们的生活好比在羊圈里关了一整晚的羊群在清晨太阳照亮村头时从羊圈里放出来，高兴地蹦着，"咩咩"地叫着爬向山冈的情形，感受到了自由，感受到了和煦的阳光，只顾着兴奋地往前走，很少想象爬到了山顶，等待着的是依然的灿烂阳光，还是突如其来的暴风雨。尤其是我们这些大一的学生，因为时间还早，因为山头还没翻过，所以依然幸福不已。大学里的生活主题是多种多样的，所见所闻是那样的广泛，走过的路，认识的人，逐渐增加，伴随着各种各样的心情我们好像在开始成长。

7月下旬的北京，白天是毒辣的太阳，晚上是更毒辣的蚊子。

夜来了，天空格外晴朗，可以看见星星点点。我躺在北楼的阳台上，不时地给自己身上狠狠地拍下巴掌，蚊子没逮着，倒是拍疼了自己。一边苦笑这又是何苦，一边看着天上的星星发呆。一个黑影出现在我的上方。"罗布，你在这里啊，我找了你好久！"我起身一看，是98级电编系的张霖，他的母亲是我们系的教授，他很喜欢踢球，人也不错，我们是认识的。他说，明天他跟几个家属院里的朋友要到北体大踢比赛，缺门将，问我能不能一块儿去？他邀请得很诚恳，也很客气。闲待了好几天，在学校里待着也是同样的内容，换个花样也挺好，我答应了。

第二天，跟着张霖去了，来的人一看一听就知道是北京的孩子，一路贫不完的嘴。第一次到北体大，我倒晕了东西南北。他们约好的那支队伍，虽说是北体大的，但其中显然有水分，和我们一样说是广院的但是个杂牌军。双方实力悬殊，我们赢的一点都没意思，倒是在我们比赛的同时，旁边的场地上也有两支队伍进行比赛，其中一支队伍装备整齐，踢得不赖。当两个场地的比赛结束后，那支队的队长说："哥们儿，咱们要不也踢一场？"看来，他们和我们一样，棋未逢对手，球未能尽兴。

经过短暂的休息，比赛开始了，双方踢得很激烈。作为守门员，我最喜欢激烈的比赛，比赛越激烈越能让我集中精力，表现得越好。一个稀松的场面，一个个软绵绵的球最让人讨厌。我表现得比前面那场比赛更出色了，听见才刚刚熟悉的队员们在为我叫好，对方的前锋盯着我，眼神中似乎是无限的不解，他也许在纳闷：这个黑黑鬈发的人，丫的，怎么这么牛？

球赢了，张霖他们很高兴，我们来到附近的一家餐馆吃饭。席上，几个人更兴奋了，嘴也更贫了。我只是微笑着，除了点头应他们频繁的劝菜之外，更多时沉默着，听他们讲些我似懂非懂的事情。他们是很长一段时间的哥们儿了，说话时的背景太多，信息量太大。

下午时分，回了学校。他们把我送到宿舍门口，挥手告别。

林和田去太行山，掐指一算，快回来了，这事儿想起来让我有些烦，因为林那家伙准备回来的当天就坐火车回广东的家。他安排得倒是不错，但我要替他提前去买当天的火车票。

气温照样高得叫人晕，我骑着一辆破旧的自行车，穿着拖鞋，穿着背心，奔向北京站。车子快速地蹬起来后，热辣辣的空气反而变得凉快起来。最近北京地铁正在扩建，四惠路一段，完全在坑坑洼洼的工地中，弄得我连新买的白色的背心上都是泥点。由于车闸不灵，我在一个拥挤的被工地缩得不能再缩的十字路口，跟一辆夏利出租车相撞。庆幸的是，人没事，出租车没蹭坏，只是自行车车把被严重地撞歪了。那位的哥使劲地瞪着我，嘴巴使劲地一张一合，好像在骂我，但我听不到，说了一声："Shit！"我就推着车，走到隔离铁板前，去弄正车把。车把是弄正了些，但骑起来，很难控制，只好推车走了很长的泥泞路，到了大道上才敢慢慢地骑着。

泥泞不平的道路，有惊无险的狼狈，拥挤馊臭的北京站口，在毒辣的太阳底下，在火辣辣的空气中间，当我短裤兜里装着一张从北京到广东的纸片在北楼门口停下了那个歪了把的自行车时，我才长长地嘘了一口气。

林和田倒是按时归来，他俩以太行山下的老乡们抽的"宫廷"烟作为送给我们的礼物时，心底有些气想撒一撒。可是匆匆回来，又匆匆告别，林像其他几个兄弟一样一溜烟似的走了。太让人气愤，气也没其他地方撒，看看窗外的阳光那么毒，叫人太沮丧。

这么热的天，这么长的假期怎么度过？寒假时，还在学院的资料库里干了几天的活儿，算是勤工俭学，挣了些零花钱。而这次暑假却怎么也不想去勤工俭学，到外面打工实习那就更不敢想了。暑假怎么过？一开始还是有些心慌，不过这日子还是一天天过着。在东北财经大学就读的拉罗从大连来北京，闷热的天气有朋自大连来，老同学相见分外愉悦。益西他们二人生活过得也似乎渐渐没意思起来了，平和他哥天天跑东跑西的也好像累了。和其他在校园的各个阴暗角落里逃避着火辣的太阳和毒辣的蚊子的"黑色"的男女们约好，我们在北楼的阳台上开了一次"依然战斗着的同志们"的PARTY。平和他哥亲自下厨，我们吃到了正宗的新疆兄弟烤的羊肉串，喝着燕啤，在这个难得的清凉的夏天的夜晚我们过得很快乐。

当揉揉熬了一通宵的惺忪的睡眼时，看看95级师哥给我留下的那个很少有人呼我的BP机显示的是上午11点多钟，赶紧起来，冲个凉水澡，叫上扎西，和7号楼的"黑色"们一起到学校的大食堂买饭。

回来的路上，端着饭碗，边吃边闹，下午照样去操场流汗，晚上又开始熬夜前的准备工作。平不知从哪里搞到的，找来了校园里风靡一时的日本恐怖片《午夜凶铃》的连续剧版。一共十二集，我们坚持三个通宵，把它一口气看完，感觉自己这次暑假干成了一件很有意义的事儿。美国的人胆儿太大，根本拍不出好的恐怖片，日本这个民族积蓄了太多的压抑和恐惧，拍出的恐怖片真的很不错。我把《午夜凶铃》推成至今自己有幸看到的恐怖片中的最好的一部。当影片看多了，也妄想着自己将来在电影方面倒腾点儿东西，所以看片子时的感触特别多。好的恐怖片，比如《午夜凶铃》，的确很是吓人，叫人头皮都起鸡皮疙瘩。以一种探究的角度看影片时，真正的好片给人的不光是感动和身临其境的体验，而是对编剧、导演等主创人员的敬重和视听梦幻世界的无比的诱惑和冲动。看完《午夜凶铃》，我也开始构思一个发生在中国大学生身边的恐怖片。平知道了，就叫我赶紧把本子写出来，说咱们把它拍出来。电影包含的因素太多，一部影片的诞生太不容易，看到有一位同样有热情的人愿意在这方面共同做点什么，我很高兴。

雷阵雨过后的广院里，开始吹起冷冷的风，开始掉落黄黄的树叶，冷风虽然转眼不见，黄叶虽然只有那么几片，但我知道这个夏天很快就要过去了。

13

暑假结束，新学期开始时，再次见面的同学和熟人们都说我："哇——留着这么长的头发？"当我有些满腹牢骚地结束这个暑假时，看着镜子中的自己那蓬松长发，在进行着检讨：这个夏天为什么这么令我感到灼热，也许就因为这一头足以织一张毛毯的头发？

现在的人学古代的人留长发，不是复古情结，而是赶时髦，在我看来，留长发使人能够活一种另类的生活。广院里留长发的人有的是，我们"黑色"当中有好几个人留着长长的头发，羡慕和想要亲身体验的想法在我心中由来已久。放暑假前我的头发已经够长了，天开始热了，但为了圆一个自己的梦，留长发对我这一头又卷又干涩的头发真是一个梦，就这么固执地想着，我就坚持了一整个暑假硬是把头发留了下来。以至于西门的保安在我进校门时要我出示证件，以至于益西说我是个流氓，一个把砍刀和铁棍藏在头发里的流氓，在这种情形下我都未曾动摇。但是，千辛万苦留下的长发，却面临了严峻考验，结果是我无比不情愿地进了理发店。

原因一是我堂弟考上了西藏中学，几乎连泽当都没去过几次的他从仲萨民办小学做梦般地要来北京读书了，所有亲人非常地为他担忧，嘱咐我他一到学校就去看他。而去母校，意味着我要见到很多以前的老师和以前的校友，我这模样，怕是吓坏了他们。

原因二是"新中国成立五十周年庆典"就要来临，扎着辫子在1999年的重大日子从天安门广场经过，我想是够没有素养的。

由于堂弟他们的火车临时改期，而我在学校里忙着开学初的种种事情，等我留着寸头去母校见到他时，他到北京已是第四天了。找到了他的宿舍，他不在宿舍。他的一个同学说帮我到教室找他，刚到内地的小孩看到自己的同胞大哥哥非常激动。

我从楼道的窗户内，一眼就认出了我的堂弟陈列。一个孩子从教学楼门口急速地往宿舍楼这边跑来，背部稍拱起，两肘高高地夹在身侧，这一跑姿我是在家时见过的，姿势很逗，印象很深，他居然还是那么跑。我走到楼梯口时，正跟气喘吁吁地跑上来的陈列碰见。小孩子，在这陌生的环境里突然见到亲人肯定是高兴坏了，又是搓着手，又是"呵呵"地笑着，一时变得不知所措起来。我也很高兴，不知说什么好。我走过去，像个大人，摸摸他的头，然后搂着他到了他的宿舍。

我问他，路上都好吧？他微笑着点头。

问他觉得北京怎么样？他微笑着。

我问是好还是不好？他还是微笑着点头。

我看了看，他的床和其他的东西，弄得井井有条，他们已经准备开课了。对于我俩来讲，其实有很多的话要说，但一下子还是不能聊起来。两人坐了好久，我问他一些话，他更多的时候微笑着用点头和摇头来回答，我叮嘱他一些注意的事儿他也是微笑着点头，很少听到他说几句完整的话。一直在乡里待着突然来到了首都北京，他有很多的困难和东西要慢慢适应，慢慢学习。就像八年前，我来到了这所学校时一样。

在同一个城市里，有自己的一位亲弟弟般的堂弟的到来，我觉得非常高兴，觉得自己身上有了一份幸福光荣的责任，想着一定要好好地关心他，帮助他，让他在北京快快乐乐地成长。但一切刚刚开始，我还真不知道从哪里做起。我看到他一切很好，暂时没有什么事需要我来帮忙，我就准备回广院，说好过些日子再来看他。临走时，他说："哥哥，先等一下。"说完很麻利地从自己的提包中掏出一件毛衣，说这是我的阿妈让他交给我的。

回广院的路很长，在一直伸向东边的朝阳路上，我摸着阿妈亲手用家里的羊毛给我织的毛衣，想着陈列那张可爱稚嫩的脸庞，我想到一些从未想过的事情。大学一年的时间就这么快地过去了，人说大学四年值万两黄金，我已经消耗了至少二千五百两黄金了……

95级的七名老"黑色"毕业了，99级来了十二名新"黑色"，我们的队伍又壮大了，别时聚时总要送旧迎新。给新"黑色"们开迎新会，还是在老地方。欢迎词还是那几句，晚会上的程序还是那些，但不同的事也有很多，比如：我现在成了一年前的巴拉，做起了广院"黑色"们的后勤服务员；还有，聚会的热闹和开心程度比以往有过之而无不及，但没有发生聚会后那些无聊的"战役"。

一次高校游行方阵在昌平军训基地的集体彩排，一次参加本次国庆游行的全部单位在天安门广场上的最后一次彩排，我们终于迎来了1999年10月1日。我们高校游行方阵整装待发等候在南池子街里。我们隐约听见一声高过一声的响亮的口号，听见铿锵作响的鼓声，看见一队队彩车，从远远的前方的长安街依次通过，我们还看见空军机组表演方阵的飞机呼啸着从我们头顶飞过，我想此刻站在天安门城楼上的国家领导，在观礼台上的各界人士，在广场上的鲜花方阵的少先队员们，还有正在观看游行直播的电视机前的全国人民和全世界的华人肯定与我们一样澎湃在无比的激动和自豪中。

终于轮到我们了，从南池子的红漆大门拐向前方的天安门广场，我们置身于无比壮观宏大的场面中。在北京八年的时间，从一开始的激动和到后来的渐渐平常的心态，前后多少次通过这条祖国最心脏的路，而今天它激起我无以名状的感情。刚刚上路时，我和同学们兴奋地说着笑着，而此刻当我们站在通过广场接受检阅的最后一道线上时我们都沉浸在一种庄严的气氛之中。走在我们队伍最前面的是红旗方阵，之后是彩旗方阵，然后是标语方阵，跟在标语方阵后面是由民大学生组成的少数民族学生代表，然后就是由北京各高校学生组成的大学生方阵，中间还有一个由武警战士负责的一个巨大的标语。就这样我们郑重走过祖国母亲五十华诞的生日。

踏着《走进新时代》的高亢节奏，我们的队伍在天安门城楼底下，在金水桥边，沸腾了。同学们虽然保持着统一的步伐和动作，但被此时此景所感染的心情情不自禁地澎湃起来了。远远地看见了国家领导人站在天安门城楼上，虽然看不清他们谁是谁，但以最中心的江主席，向两旁依次推断，我们知道他们就在那里，在那里无比关怀地看着我们，向我们招手，向我们鼓掌。

平时坐着车，骑着车，还感觉挺长的这条中国最宽的马路，今天却用双脚一步一步走来，感觉却那样的短暂。我知道了为什么，因为这段路，此刻它连接了中华民族亘古渊源的历史长河，连接了多少华夏儿女生生不灭的英魂，连接了我们可爱的祖国历经的磨难和艰辛。今天，此时此刻，我们有幸叩开了历史的大门，完成了一次跨越时空的追问。历史允诺了我们："梦想从此飞扬，前程从此似锦。"

回到了学校，同学们的激动和喜悦自不必说。阿爸扎西从山南泽当来电话说，他看见了我们高校游行的队伍，虽然在电视上没有看到我本人，但他真的为我感到高兴，全家人都替我骄傲。

从游行队伍的组建到今天最后使命的完成，历时四个月。最终完成了，没有同学谈及当初训练时必谈而且大谈的补助的事，显然每个人的心中在说：值了！

一年一度的国庆节期间的"'神牛杯'在京藏族青年足球联赛",按时开哨。作为去年的冠军队伍,本次比赛由我们广院的"黑色"们主办。前些天,为了本次比赛的顺利进行,来往穿梭于这个城市里,与其他队伍商量赛事,到北京的其他相关单位去寻求资金赞助,通过找到我舅舅的老同学如今在北京藏医院工作的仁旺拉叔叔,我们得到了藏医院的资金支持。想法总是太多,但比赛的规模和影响力还是没能达到自己希望的程度。不过,我们踢得很快乐,比赛中我们体会到了同胞兄弟间固有的真挚情谊和运动给我们带来的快乐和激情,我们还奢望什么呢?这不就是我们这帮"黑色"所期待的,也是"神牛杯"此项赛事创办者们的初衷吗?

　　在这里我想夸耀一番我们广院的这帮"黑色"们,因为我觉得我们真的很不错。我们的话题很无聊,也没多少正经的,以至于其他学校的"黑色"来到了广院说有点不适应。我相信所有的真的东西,并不一定要一板一眼的那么严肃无情趣地表达的,在我们这帮"黑色"的打打闹闹、嘻嘻哈哈中我们传递着彼此的关爱和生活的快乐。

　　"我是堆龙的铁马骑士,兜里每天不多不少正好三十三块钱,请您转告您的阿妈啦,请您转告您的阿爸啦,把您的阿姐嫁给我……哎——weston嗨!"我们的歌是这么唱的。

　　"唉!拜托您,走在大街上保持一点微笑行不行。阁下长得那么有创意,脸又那么黑,人家看不见您,把您给撞坏了,可别怪咱哥们儿没提醒您喔!"我们是这样嘲弄自己的"黑色"兄弟姐妹。

　　当某个假期结束后再次回到学校见面时,要么笑他:"哇噻,又黑得一塌糊涂!"要么哄他:"哟嗬,天天在家用刷子刷来着吧,居然能变白?"我们历来如此,在生活学习中不如意不快乐的时候,常常想起有这帮"黑色"们在左右时,心中无限温暖。

　　这届"神牛杯"比赛,当我们第一场小组赛顺利拿下由在京工作的大黑哥们组成的青年联队,就要对阵这届实力不俗的公大队时,我们说:

"这次就别拿冠军了，让给人家吧！"

当我们打了一次比任何以往的比赛都艰难的硬仗，我的"黑色"的兄弟姐妹们知道，在一旁的同样黑色的同胞们看到，我们是如何地骁勇善战未有丝毫畏惧感放弃，拿下了这场半决赛的比赛，下午就要面对和我们一样拼到最后的民大联队，最终要看鹿死谁手。我们说："噢滋滋！看来这冠军非拿下不可啊！"

经过上午各一场硬仗的两支队伍，下午两点半就要角逐最后的冠军了。民大联队的同学们很是客气地说："下午肯定是广院哥哥们的射门表演。"话虽这么说，但两队都到了这步境地，所谓此时不搏何时搏？

太多的说不出，对方球队一点也不比我们弱，但我们却就这样继去年之后又一次问鼎"神牛杯"！

96 级的桑布说："广院三连冠！"

我们这帮 98 级"黑色"们说："啊呀！明年还得主办比赛，好烦啊！早知道这样，还不如把冠军让给别人呢！"

去年这时候，我们 98 级"黑色"们由于要赶着去军训没能参加最后的颁奖晚会，而这次有幸参加了。

晚会上，满满的一屋子，全都"黑色"，非常快乐，好玩儿！

结束语 ···

　　有那样的书，写的是西藏；有那样的歌，唱的是西藏。在内地的十一年里，有多少人向我问起西藏，我也向无数的人谈起西藏，但那些对话，更多的是好奇的询问和自尊的回答。西藏，他们说那是神秘而遥远的香巴拉，那里有终日不绝的佛音和众多虔诚的朝圣者；他们说西藏是个蛮荒未化的世界，更像个心灵寄托的栖息地。没有离开仲萨，没有考上内地，也许我跟舅舅格桑一样是个牧民，也许我跟哥哥一样穿梭在家乡的山山水水之间。

　　阴暗的小屋，昏黄的酥油灯，锁不住我坠地的第一声啼哭，它永远地从母亲的床边消失，而也注定了心永远地漂泊。我是游子，走过喧嚣的城市，错过擦肩的人们，我不属于任何的地方。眼前，脚下踏着的这块土地，我抓不住它万变的脉搏，无奈的我用努力去定位自己。

　　遥寄思念，我远离家乡，整整十一年。家乡是什么？八岁前，我生活在仲萨，之后我在曲松县上学四年，然后飞到了北京，在北京又上学，一晃就过了十一年。我在北京生活的时间居然比在仲萨时的还长。什么是家乡，哪里是我的家乡？

　　心里、话里念的是它，醒时、梦时想的是它。这是一颗游子的心。

　　仲萨，山谷相拥，小河淌过。村民们务农兼放牧，仓里装满了青稞，院里挂满了干肉，那就是主人家三百六十五天忙碌的最大的回报。

小时候的我咬定仲萨有一百户人家，在我眼里"一百"就如阿妈的兜里揣的一百块钱，那是极大的富有。我认为所有的东西只要数量到了一百那就是极限。我上了学，学校组织我们学唱国歌，国家的概念第一次进入我的脑海。记得在一个深夜，我和从县里毕业回来的表哥多布杰围坐在昏黄的酥油灯旁，我疑惑地问："世界上有很多国家吧?"

"是啊。"表哥说。

"世界上有一百个国家?"我想世界再大，也不可能超过一百个国家吧。

"两百多个国家和地区呀!"表哥说着，眼神里是一种肯定的神态。

"世界那么大?! 那仲萨呢?"我想。后来，阿妈和我去山上祭祀家乡神。我仔细地数了山下的人家，也只不过三十二户。

最初的生命在浑然天成之中体验感受着大自然的博大，渐渐地我们体验着生命的意义，我们体验悲凉。

带着露水的青草摇曳着，虫儿在低吟，扇动着翅膀的小鸟掠过深蓝的天空，奔流不息的河水翻卷着的浪花闪闪发光，我躺在温湿的草地上，和煦的阳光亲吻着我的脸颊，裸露的小腿伸展在露珠点点的草坪上，每一根汗毛都被滋润着很惬意。

田埂上被阿妈的脚踩出的一个个深深的坑，清水从坑的四周顿时渗进中央，水中映出湛蓝的天空中浮动着的白云。风乍起，云彩随着风变幻莫测地从这山扫过那山，放眼望去成片的青稞穗秆翻卷着层层的波涛，风伴着阿妈锄地的歌声，从耳边吹过，我依偎在阿妈的草筐底下……

然而我上学了，到年龄了，我离开了仲萨。我的心再也没有那么近地贴近过大自然，远离了香草的味道，触摸的不再是肥沃的油软泥土，听到的不再是阿妈的和着山水虫草的歌声——它们只能回味在心中。

躺在统一定制的被褥中，窗外的月光洒在床头，寝室里响起同学的鼾声、呓语，我居然会默念起六字真经，祈求家乡的各路神仙，保佑我和我的家人……

用木箱里带有土涩味道的糌粑和开始泛着霉味的酥油，就着浓浓的砖茶，来填饱远离阿爸阿妈的我的小肚子。课桌上有不能逾越的、一批批学生用小刀和笔尖刻出的"三八线"；讲台上有老师"嚓嚓"地写出美丽的板书；坐椅上同学们各个伏案专心地做着笔记……

全校最瞩目的是毕业班，同学们都在苦苦地拼搏，凌晨三四点钟在班主任的敲门声中爬起，紧紧衣襟，迅速奔向教室，拿起厚厚的复习资料……

终于毕业了，全校师生熟悉的面孔，校园里的每一棵树，操场上、楼道里的每一个角落，以及校园外繁华的街景、城市的喧闹声，这一切都着实地印刻在我的心中……

中国在强大，地球在变小，弗洛伊德、卡帕、斯皮尔伯格、INTER-NET、信息时代、全球一体化……

一棵树苗，汲取大地的营养，接受风尘的洗礼，慢慢地长成大树。枝叶在不断扩张，在地球上占据着自己的一席之地。根依然延伸，可枝叶远离了根，枝叶纵情地在阳光中伸展，接受阳光雨露，根无语。我们是枝叶，父母家乡是我们的根。

枝叶与根，原本是一脉族系，原本是相依相成。

我要重逢！

我要回家！

家乡是什么？家乡是我的血脉、我的根。无论我走在哪里，家乡永远在我的心中。

后 记

　　手机上显示"一个未接电话"，按下"显示"键，是一个 8 打头的电话，我纳闷儿，是谁呢？看尾数，跟在北京上学的表弟陈列的相似。回呼后，那端传来："喂，找谁呀？"（藏语！）

　　陈列，通常他的名字译成汉语应是"赤列"才对，估计是当初村子里给他上户口时乡干部作弄，译成"陈列"，完全一个汉语动词。陈列是1999 年考到北京的，我这个表哥毕业之时，他在北京已经度过了离家之后最初的两年半。责任重大，我每次兜里揣着一百来块钱，去母校看他。可我能帮的，能替他做的，真是微乎其微。他是每隔一段时间就大变一个样，虽和初到北京时一样的腼腆，但是离那个当初的西藏偏远山村小孩已是相去甚远。个头长高了，居然比我在初中时长得还块；穿衣讲究了，和他的同学一样一身 HOT。我知道他很懂事，学习肯定不会放松，生活上肯定很乖，所以我无须再装着大人教导他要好好学习，团结同学之类的话了。兜里揣的一百来块钱，我一去一回路费就得花十几块，还有就是要带他到校外的餐馆吃一顿，改善一下他的伙食。母校的伙食虽然一直在改善着，但依然叫我替表弟和小"黑色"担心。餐桌上，叫他点个菜，他说不会点；问他吃什么，他说随便。等我算了算兜里的"玛尼"，摆上了一桌还算可以的菜肴，陈列的口里一会儿是贝克汉姆，一会儿是齐达内，他说他已是班里足球队的主力。对初中时于班队无缘，在乙队里还是人人最看不上的守门员的我来讲，他已经是胜我一筹的了。

为的是好给他的家人报我们在北京一切安好的信儿，有次带他去天安门照相，记得送他回校的路上，两人坐在雍和宫对面的62路公交车站旁等车。看到一位年迈的老太太很吃力地清扫马路，我看着心疼，可怜这么大把年纪的老人为了生计还要当清洁工。但是陈列毫不介意，他说那是她年轻时不学文化，没有本事。从此，我对他另眼相看了。我比他大八岁，他现在走的是我走过来的路，而眼前太多的已是不能同日而语了。遥远的深山狭谷中走出来的我，初到时曾对大都市，还非常懵懂陌生，可是如今，对于他们，眼前城市间的一切已是很自然了。

同是2000年，我索朗舅的大女儿央宗小学毕业，以全区第一的成绩考上了福建的学校。如果陈列他们不是学校里最后一届初中生的话，央宗也会在北京的。那样，我们家族里的三个孩子都在首都上学了。央宗和其他所有内地西藏班的学生一样，刚到内地时还是在说家乡、说父母，说适应与不适应，但在过了一年半以后，和陈列一样，一切都自然了。在他们眼里西藏和内地的概念远没有我当初感觉那样的遥远。

从1985年内地西藏班创办以来，一批批长着黑红的小脸蛋戴着哈达的学子来到内地，现在很多学生早已毕业，很多学生走上了工作岗位，还有很多仍在内地上中学、上大学。可以说，我揪着内地西藏班，写这些东西，说这些话，真的太不新鲜了。城市中的内地西藏班的学生，习以为常地穿梭于林立的高楼之中。

以前我还质疑国内的媒体，为什么对我们这一群内地西藏班不关注。记得大一时就在"神牛杯"足球联赛举办前夕，我给《北京青年报》打电话，说在十一期间有这么一项赛事，关于在京西藏学生的足球赛活动。原以为向来很有新闻敏感力的《北京青年报》的记者会对"神牛杯"感兴趣，可那位值班记者轻描淡写地哦了一声就扣下了电话，大大地让我木然。还是在我写这本书时，我的初衷是写一类人——内地西藏班的学生。一直认为一个十一二岁就离开了西藏，从此几乎十余年在内地学习生活的孩子，真的太不容易了。我一直伤心在内地时人家说我们是在内地学习的藏族人，回到了西藏家乡人说我们是从内地回来的学生，好像自己从此永远地成了边缘人。但是有些事情我想得太多了，时间会改变一切，时间会消磨一切，时间也会叫人遗忘。慢慢地，内地西藏班，我们这些学生，无论怎样，在别人、在自己、在社会，总是那么一天一天地在成长着、变化着，在朝着自己努力的方向变化着。

内地西藏班短短十几年的时间，值得写本书吗？我以个人的角度，在更多的空间里出现的是"我"，愿意翻翻这本书的也许仅是我的同学和我的朋友们，也许将来只有我自己。如果内地西藏班，将来在西藏的民族政策史上，在中国的教育史上，在西藏的教育史上，画上浓浓的一笔，那么我会庆幸自己是一名亲历者，更是一名记述者，即使可能是名跛脚的记述者。

想写本书的念头很早，那是 2001 年 3 月开始动笔，到了 2001 年底，近一年的时间，我把自己绑在电脑屏幕前。我把大学中最宝贵的时间，倾注在了这本书上，而这段时间里有的同学在外面实习打工领不菲的薪酬，有的同学拥有了几百个小时的影像习作战果，还有的同学执著地踏上了考研的道路，而我用笔记录了十一年学子的全部真情实感。

我的确初衷不改地，通过对"我"一个西藏山村里的小学生和众多的雪域山川中的学子一起来到了内地，然后在他乡前后整整十一年的求学生活的描写，把我的所闻、所见、所思，用关于"我们"的"当时"，写就了这二十几万字的书稿。

"过程"和"结果"呈现出来的关系其实很简单，因为两者就是一回事。二十几万字里的我没有结果，没有收获那是假的。当我一个人在静静地面对着屏幕，敲进"我"的"陈年往事"时，就像穿越时光隧道一样，我又经历了自己当初从来没有体验过的东西——成长的快乐、生活的精彩、生命的奥妙，懵懂、启迪、哲理……书中所记述的文字可以说还不足以准确表达我所经历的和我所得到了的一切一切。

在书稿即将付梓之时，首先我要感谢我的父亲母亲，感谢我的叔父索朗扎西和众多的亲戚，感谢索朗旺久和旦增达吉两位先生。同时我更要感谢我的恩师马丽华老师，是她鼎力相助并力荐给北京十月文艺出版社，并在出版社大力支持下，此书才得以问世，在此再次对马老师表示深深的谢意！

此书是我献给我的母校——北京西藏中学的特别礼物。同时，也特别献给我的儿子诺诺。

鹰萨·罗布次仁

2011 年 4 月